Susan Florya

**Ein Saxofon im Handgepäck**

Roman

**Die Autorin:**
Susan Florya wurde 1969 während einer Urlaubsreise in Istanbul / Türkei geboren. Aufgewachsen ist sie mitten im Rheinland. Schon als Kind hat sie Geschichten aufgeschrieben, und ein Leben ohne Bücher ist für sie undenkbar. Ihre zweite große Leidenschaft, das Reisen, wurde ihr mit der Geburt praktisch in die Wiege gelegt. Ihre Hobbies verbindet sie nun, indem sie gefühlvolle Romane in fernen Ländern ansiedelt und ihre Leser auf diese Art an einige der interessantesten Orte der Welt entführt.

**Das Buch:**
Erst ein folgenschwerer Hundebiss, dann ein schwangerer Teenager … Am Ende seiner Karriere nimmt die Scheidung dem einstigen Star-Musiker Jeff Thompson nicht nur seine Millionen, sondern auch die geliebte Tochter. Er baut sich in Kapstadt eine neue, bescheidene Existenz auf, doch die Sehnsucht nach Sarah lässt ihn nicht zur Ruhe kommen.
Bis ihn ausgerechnet die Frau, die ihm alles genommen hat, um Hilfe anfleht. Nur er kann jetzt Sarahs Leben retten. Bekommt Jeff damit endlich die Chance, seine Tochter zurückzugewinnen? Ist wenigstens sie an der Wahrheit interessiert? Doch Sarah lebt in der Schweiz. Aber auch in Südafrika warten eine Frau und ein Kind auf Jeff …

Der gefühlvolle Roman entführt den Leser in die ebenso farbenprächtige wie fremde Welt Südafrikas und nimmt ihn mit auf eine fesselnde Reise zwischen Verzweiflung, Hoffnung und Liebe.

Susan Florya

# Ein Saxofon im Handgepäck

Roman

Impressum:
Copyright © 2015 Susan Florya, Autorin
Buchsatz: Marina Boddenberg
Kontakt: Susanflorya@freenet.de
Homepage: www.Susan-Florya.com
Facebook: www.facebook.com/susan.florya
Twitter: www.twitter.com/SusanFlorya
Umschlaggestaltung: BoD – Books on Demand, Norderstedt.
Coverfoto: Publitek, Inc., DBA Fotosearch
Herstellung und Verlag: BoD – Books on Demand, Norderstedt.

ISBN (Taschenbuch): 978-3-734771736
ISBN (EBook): 13-978-3-738015270

Alle Rechte vorbehalten. Nachdruck, auch auszugsweise, nur mit schriftlicher Genehmigung der Autorin. Dies gilt insbesondere für die elektronische oder sonstige Vervielfältigung, Übersetzung, Verbreitung und öffentliche Zugänglichmachung.

»In jedem von uns klingt
eine geheimnisvolle Melodie.
Wer sie erhört und ihr folgt,
den führt sie zur Erfüllung
seiner kühnsten Träume.«
*Siegfried & Roy; Las Vegas*

# 1. Kapitel

Der Strand war menschenleer. Hier am nördlichen Ende von Sea Point, wo die modernen Apartment-Anlagen mit ihren schicken Clubs und Bars in billige Lokale und einfache Motels übergingen, gab es keine Parkanlagen mit Radweg, Spielplatz und Meerwasser-Pool. Nur eine flache Mauer trennte die Küstenstraße von dem schmalen Streifen Sand, der schnell in die rauen Steine und Felsen überging, an denen sich die Wellen des Atlantiks brachen. Traumstrände sahen anders aus!

Die Traumstrände Kapstadts lagen drüben in der False Bay, wo das Wasser wärmer und die See ruhiger war. Wo alles eleganter, teurer und besser bewacht war. Hier kümmerte sich niemand um den Strand oder die verrotteten Tonnen, in denen die Kids mal wieder Feuer gemacht hatten und leere Bierdosen von wilden Nächten zeugten.

Der Mann, der auf einer Klippe oberhalb der Brandung stand, hatte keinen Blick für den dreckigen Strand übrig. Völlig in seine Musik versunken, spielte er auf seinem Saxofon eine melancholische Version von *Happy Birthday To You*, die so gar nicht zu der fröhlichen Aussage des Lieds passte. Dennoch verschmolz die Melodie perfekt mit der einsamen Stimmung des neu erwachenden Tages an diesem vergessenen Stück Strand.

Leise wehte der letzte Ton mit dem Wind davon. Gedankenverloren blickte der Mann noch einen Moment lang über den Ozean. Schließlich kniete er nieder und packte das Instrument sorgfältig in den Koffer, der neben seinen Füßen auf dem Felsen lag. Mit dem Koffer in der Hand wandte er sich zum Gehen, blieb wieder stehen. Seufzend schaute er erneut über das Meer, dann gab er sich einen Ruck und trat den Rückweg zur Straße an.

*Sea Point Beach Motel* verkündete die weithin sichtbare Leuchtreklame am Straßenrand, die Gäste in die einfache Unterkunft locken sollte. Auch wenn der Strand nun wirklich nicht zum Bleiben animierte. Zwei hellgelbe, zweigeschossige Gebäude mit je einem Dutzend Zimmern gruppierten sich um den Parkplatz, auf dem einige Fahrzeuge standen. Wie immer, wenn er vom Strand zurückkam, ließ Jeff den Blick über die kleine Anlage schweifen, stets auf der Suche nach möglichen Stellen, die eine Reparatur erforderlich machten. Das Motel war eine billige Herberge für übermüdete Fahrer, die ein sauberes Bett und eine funktionierende Dusche suchten, diese aber nicht mit diversen Krabbeltieren teilen wollten. Mehr nicht. Eine einfache Unterkunft, in der man ein oder zwei Tage blieb, wenn man kein Geld für die teuren Hotels, Lodges und Gästehäuser am Fuße des Tafelbergs hatte. Jeff war stolz auf sein kleines Motel. Als er die Anlage vor ein paar Jahren gekauft hatte, war sie eine heruntergekommene Bruchbude gewesen, in der hauptsächlich LKW-Fahrer die schmuddeligen Zimmer meist nur stundenweise gemietet hatten. Noch immer stolzierten nach Einbruch der Dunkelheit spärlich bekleidete Frauen die Beach Road entlang, meist halb verhungerte Junkies aus den Cape Flats auf der Suche nach einem Freier. Inzwischen jedoch machten sie einen Bogen um das *Sea Point Beach Motel*.

Es schien alles in Ordnung zu sein. Letzte Woche hatte eine der Dachrinnen den ersten Herbststurm nicht überlebt. Der Schaden war schnell behoben, etwas Farbe hatte die letzten Spuren an der Hauswand beseitigt. Sieben Autos und ein Truck. Nicht schlecht für einen ganz normalen Wochentag am Ende der sommerlichen Reisewelle. Die Familie mit dem grünen Van hatte sogar die einzige Suite genommen. Naja, Suite war ein etwas hochtrabender Ausdruck, hörte sich aber besser an als »Familienzimmer«. Außerdem verfügte die Suite nicht nur über zwei Zimmer, es gab sogar eine kleine Küchenzeile und einen Balkon zum Meer hinaus. Jeff blickte hinauf. Die Gardinen waren verschlossen, es war alles still. Endlich! Der Kleinste der vier Racker, die aus dem Van geklettert waren, hatte die halbe Nacht gebrüllt. Zum Glück standen die benachbarten Zimmer leer, sonst hätte es bestimmt wieder Ärger gegeben. Als könnte er an der Rezeption etwas dagegen tun, wenn ein Baby brüllte.

Am anderen Ende des Gebäudes wurde im Erdgeschoss eine Tür geöffnet. Ein dicker Schwarzer, nur mit Jeans und Unterhemd bekleidet, trat heraus, eine Zigarette in der Hand. Hastig verschwand Jeff aus dem Blickfeld des Mannes. Er hatte den Trucker letzte Nacht selbst eingecheckt und keine Lust, sich erneut mit ihm unterhalten zu müssen. Ehrlich gesagt, wollte er sich jetzt überhaupt nicht unterhalten. Mit niemandem.

Die Chancen standen gut, stellte er erleichtert fest. Sein verbeulter Kombi mit der grellbunten Werbung auf den Türen rostete nicht auf seinem Platz an der Rückseite der Rezeption vor sich hin. Also hatte Mbhali Jemmy bereits in die Schule gebracht. Anschließend ging sie immer auf den Markt, sie würde also eine Weile unterwegs sein. Jeff gähnte, während er auf das ebenerdige Häuschen zu ging. Im Vorbeigehen hob er mit einem nachsichtigen Lächeln das Skateboard auf, das wieder einmal mitten auf dem

Weg lag und räumte es beiseite. Lausebengel!

Ein billiger Campingtisch und drei ebensolche Stühle standen auf der kleinen Veranda des Hauses, das genau so einfach wie das Motel war. Bunte Blumen auf den Fensterbänken gaben dem Anbau ein freundliches Gesicht, und über der Eingangstür klingelte leise ein aus seltsamen Fundstücken bestehendes Windspiel vor sich hin.

Auch der nicht allzu geräumige Wohnraum zeugte trotz der etwas abgenutzten Einrichtung von Liebe zum Detail. Kissen, Decken und Überwürfe lagen auf dem Sofa in der Ecke vor dem altmodischen Fernseher. Ein bunter Blumenstrauß und eine Schüssel voller Weintrauben standen auf dem Esstisch, auf dem ein Zeichenblock genau wie die Spielzeugautos auf dem Boden auf ein Kind hindeuteten. In einem Regal reihten sich Bücher, CDs und stapelweise Notenhefte aneinander.

Jeff legte den Saxofonkoffer zu drei ähnlichen Koffern ins untere Fach des Regals, ehe er in die offene Küche hinüber ging, wo ihn bereits eine Thermoskanne erwartete. Er goss sich Kaffee ein, lehnte sich gegen die Küche und hielt die übergroße Tasse in die Höhe. Beim Anblick des Fotos, das ein etwa zehnjähriges Mädchen mit langen, dunklen Locken zeigte, verzog sich sein Gesicht voller Schmerz.

»Happy Birthday, Sarah«, wisperte er heiser.
»Happy Birthday!«

Jeff Thompson war ein attraktiver Mann Anfang Fünfzig. Groß gewachsen, mit sportlicher Figur und strahlend blauen Augen, die einen faszinierenden Kontrast zu seinen dichten, dunklen Locken bildeten, war er durch und durch der Publikumsliebling, den die Bilder an der Wand seines Schlafzimmers zeigten. Fotos mit weltberühmten Musikern, Sängern und Entertainern. Bilder von Verleihungen diverser Auszeichnungen, von denen mehrere in Form vergoldeter Schallplatten ebenfalls an der Wand hingen. Daneben das große Poster, das ihn mit seinem Saxofon zeigte und für ein längst vergessenes Konzert in Memphis / Tennessee warb. Jeff in eleganten Anzügen, immer mit seinem Saxofon. Fotos gemeinsam mit Carla und Sarah. Vor langer Zeit.

Vor einer Ewigkeit.

Müde ließ er sich auf sein Bett sinken und streifte den dünnen, schwarzen Handschuh ab, der seine linke Hand vor den Blicken anderer verbarg. Angestrengt streckte und dehnte er die Finger, versuchte, die kreuz und quer verlaufenden Narben nicht zu sehen, während er die schmerzlindernde Salbe einmassierte. Natürlich sollte er nicht im Freien Saxofon spielen, wenn es kühl war. Das rächte sich immer sofort. Eigentlich sollte er überhaupt nicht Saxofon spielen, aber was wussten die Ärzte, Therapeuten und Wichtigtuer schon. Es funktionierte doch. Nicht mehr so grandios wie früher, als er ganze Geschichten mit seiner Musik erzählen, mit seinem lachenden oder weinenden Instrument sein Publikum verzaubern konnte. Aber sie hatten ihm gesagt, er würde nie wieder auch nur einen Ton spielen können.

Pustekuchen! So leicht gab Jeff Thompson nicht auf. Dafür hatte er zu hart darum gekämpft, von seiner Musik leben zu können. Seiner Familie nur mit seinem Saxofon ein sorgenfreies Leben zu ermöglichen. Nein. Sie hatten ihm alles genommen, aber nicht seine Musik.

Am Strand störte es niemanden, wenn seine Finger nicht auf den Klappen brillierten. Jemmy und Mbhali störte es auch nicht. Alle anderen waren nicht mehr wichtig. Sein Blick fiel auf den Bilderrahmen auf dem Nachttisch. Sarah. Sie war das Wichtigste in seinem Leben gewesen. Noch wichtiger als das Saxofon. Zärtlich strich er mit den Fingerspitzen über das Foto. Räusperte sich. Versuchte, den Klos im Hals hinunter zu schlucken. Stattdessen schien er ihm den Atem zu nehmen. Warum kämpfen, es sah ihn doch niemand! Jeff ließ sich aufs Bett fallen, rollte sich auf die Seite und ließ seinen Gefühlen ihren Lauf, bis die vergangene Nachtschicht ihren Tribut forderte und er in einen unruhigen Schlaf hinüber glitt.

\* \* \*

»Pass auf, dass Trixie nicht auf die Straße läuft, Schatz!« Carla stand im Eingang des Chalets und beobachtete, wie Sarah mit dem Yorkshire Terrier vergnügt durch den tiefen Schnee tobte, während Jeff ihre Ski vom Dach des Geländewagens hob. Er warf einen verstohlenen Blick auf seine Frau, die in ihren engen Jeans und dem schmalen Rollkragenpullover so hinreißend aussah, dass er sich am liebsten sofort mit ihr ins Schlafzimmer verdrückt hätte. Oder besser noch in den Whirlpool. Irgendwo musste doch auch noch diese Flasche Champagner liegen, die sie im Hotel bekommen und nicht mehr getrunken hatten. Wo versteckte die sich nur?

»Hast du gehört, Sarah? Nicht auf die Straße!«

»Ja, Mama! Papa, guck mal, Trixie verschwindet immer im Schnee.« Sarah kicherte. »Baust du einen Schneemann mit mir?«

So viel zu Whirlpool, Champagner und Ehefrauen in engen Jeans. Erneut guckte Jeff zur Eingangstür, aber Carla war hineingegangen, um ihre Koffer auszupacken. Er seufzte enttäuscht.

»Papa!« Nun schon eindringlicher. »Bauen wir jetzt einen Schneemann?«

Jeff ließ die Ski Ski sein und schob schwungvoll eine Ladung Schnee vom Autodach, sodass seine Tochter die komplette Lawine in den Nacken bekam.

»Fertig«, lachte er. Sarah quietschte, schüttelte sich und versuchte, mit ihren in rosa Fäustlingen steckenden Händen die kalte Überraschung aus ihrem Kragen zu schieben.

»Du bist gemein, Papa! Das war so gemein! Na warte! Trixie, Papa ist gemein zu mir.«

»Ich bin nicht gemein, ich bin nur groß genug, um aus dir einen Schneemann zu machen, ohne mich bücken zu müssen.« Er fasste seine Tochter um die Taille, hob sie hoch und wirbelte sie durch die Luft. Sie jubelte voller Vergnügen. Der Hund sprang kläffend um sie herum und stieß kleine Schneefontänen auf.

»Na, Eisprinzessin, wie ist die Luft da oben?«

»Super! Mach weiter!« Vergnügt breitete Sarah die Arme aus und legte den Kopf in den Nacken. »Ich kann ganz viele Sterne sehen.«

»Ich sehe nur einen einzigen!« Jeff drückte sie an sich und gab ihr einen Kuss. »Nur meinen ganz persönlichen, allerliebsten Lieblingsstern sehe ich.«

»Lass mich runter! Du wolltest einen Schneemann mit mir bauen.«

»Warum? Der ist doch längst fertig!«

»Papa, bitte!«

Gut, gewonnen! Bei diesem Bettelblick aus blauen Kinderaugen schmolz ja der ganze Schnee weg, geschweige denn ein völlig hilfloser Vater, der eigentlich das Auto ausladen wollte. Mit einem schnellen Schmatz auf die Wange stellte er Sarah auf den Boden zurück.

»Okay, wir bauen den größten Schneemann, den du je gesehen hast. Aber vorher bringe ich eben deiner Mama diese Tasche hinein.« Er gab Sarah mit dem Zeigefinger einen kleinen Nasenstüber, bückte sich zu ihr hinunter und flüsterte: »Dann ist Mami beschäftigt. Einverstanden?« Er hielt ihr seine Hand für eine High Five entgegen. Sofort klatschten ihre kleinen Finger in den mollig-warmen Handschuhen dagegen.

»Jau! Aber beeil dich! Komm, Trixie, wir fangen schon mal an. Du musst den Schnee rollen. Guck, so! Und dann ...«

Der Rest ging in Trixies Gekläff unter, weil sie das Gebell eines Hundes irgendwo in der Nachbarschaft lautstark kommentieren musste. Jeff beobachtete die Beiden einen Moment lang. Unglaublich, dass seine kleine Prinzessin in wenigen Tagen schon elf Jahre alt wurde. Wenn sie wüsste, dass die heiß ersehnten neuen Rollerblades genau in dieser Tasche versteckt waren. Sie würde jubeln vor Begeisterung und anschließend einen Tobsuchtsanfall bekommen, weil sie die poppig pinken Superflitzer nicht sofort ausprobieren konnte. Was hatte sie auch unbedingt zwei Monate zu früh auf die Welt kommen müssen? Hätte sie gewartet, wäre sie bestimmt an einem herrlich warmen Tag Anfang Mai geboren.

Nur zu gern erinnerte er sich an den Tag, an dem er zum ersten Mal in seiner Karriere ein Konzert abgesagt hatte. Keine Macht der Welt hätte ihn davon abhalten können, ihre Ankunft in seinem Leben zu versäumen! Wenn er allerdings noch lange vor sich hin träumte, würde sie ihn gleich äußerst rabiat daran erinnern, dass er doch einen Schneemann mit ihr bauen wollte. Rasch wandte er sich wieder dem Auto zu, hob eine Reisetasche heraus und trug sie zum Haus. Dabei stapfte er genüsslich durch den noch dicken, unberührten Schnee am Wegesrand. Amüsiert schüttelte er über sich selbst den Kopf, als er in die wohlige Wärme des Chalets trat. Er konnte nichts dafür, selbst nach all den Jahren, die er nun schon fernab seiner südafrikanischen Heimat lebte, faszinierte ihn dieses weiße Zeug jedes Jahr aufs Neue. Den Skiurlaub mit der Familie hatte er sich jetzt wirklich verdient. Die Konzerte zum Jahresanfang waren anstrengend gewesen, dazu die viele Fliegerei für die neue Tournee. Er wollte einfach ein paar Tage lang ...

»Trixie! Nein! Bleib hier! Nein! Trixie, nicht! ... Papa!« Sarahs Stimme holte ihn mit einem Schlag in die Gegenwart zurück. Das klang nicht mehr nach fröhlichem Herumtollen im Schnee, da schwang nackte Angst mit! Die Reisetasche fiel zu Boden, mit langen Schritten eilte Jeff aus dem Haus, sprang mit einem Satz die Stufen der Veranda hinunter.

»Papa! ... Papa!!!«

Während er die Auffahrt entlang rannte, sah er Sarah im Licht der Laternen wie angewurzelt auf der Straße stehen, Trixie eng an sich gepresst, den Blick starr geradeaus gerichtet. Er hörte wütendes Gebell, das immer lauter wurde, wagte jedoch nicht, Sarah auch nur für den Bruchteil einer Sekunde aus den Augen zu lassen. Er merkte nicht einmal, wie er in den bereits angefrorenen Reifenspuren ausrutschte, rannte nur.

Mit einem Satz hechtete er über den niedrigen Zaun, stieß mit der rechten Hand Sarah und Trixie beiseite und warf sich vor sie. Im gleichen Moment verschwand seine linke Hand zwischen den Zähnen des Pit Bulls.

\* \* \*

Mit einem Aufschrei fuhr Jeff senkrecht im Bett auf. Sarahs Hilferuf in den Ohren, die Blutlache im

Schnee vor seinem inneren Auge, rang er krampfhaft nach Atem. Er presste die Hände vor den Mund, als könnte er damit im Nachhinein noch seinen Schrei unterdrücken. Schweißgebadet warf er die Decke von sich, setzte sich auf die Bettkante, bemüht, den Albtraum abzuschütteln. Durch die Ritzen der Jalousien drang heller Sonnenschein ins Zimmer, der den Raum in schummriges Dämmerlicht tauchte. Zitternd griff er nach dem Bilderrahmen auf dem Nachttisch. Mit beiden Händen das Foto haltend, betrachtete er Sarah, während seine Zähne noch immer aufeinander schlugen. Sie hatte nichts abbekommen, hatte nicht einmal mit ansehen müssen, wie der Hund seine Hand in einen blutigen Fleischklumpen verwandelt hatte. Glücklicherweise war Carla schnell genug gewesen, um ihr diesen Anblick zu ersparen.

Er massierte seine Hand, in der es wie immer nach diesem nie endenden Albtraum schmerzhaft klopfte und pochte. Seufzend rollte er Nacken und Schultern, dann stand er auf und machte sich auf den Weg ins Bad. Zwei Stunden Schlaf mussten genügen. Bloß nicht erneut die Augen schließen und womöglich eine Wiederholung des verdammten Films heraufbeschwören.

Keuchend stand er unter der Dusche, ließ das Wasser über seinen Körper rinnen, als könnte er damit die Bilder im Abfluss verschwinden lassen. Ganz allmählich wurde er ruhiger. Das warme Wasser tat so gut. Die Stirn gegen die Fliesen gelehnt, blieb er unter dem harten Strahl stehen, bis der Warmwasservorrat aufgebraucht war. Ja, super hinbekommen, Jeff! schalt er sich selbst, als er das jetzt unangenehm kalte Wasser abdrehte. Seit wann ging ein Afrikaner derart verschwenderisch mit diesem kostbaren Gut um? Du bist nicht mehr in der Schweiz, wo Wasser in Massen von den Gletschern rinnt und der nächste Regenguss nicht lange auf sich warten lässt!

Er angelte nach dem Badelaken. Hoffentlich stand gerade keiner der Gäste unter der Dusche, sonst gab es wieder Ärger, weil nur kaltes Wasser aus den Hähnen kam. Andererseits war es unwahrscheinlich, dass morgens um diese Zeit jemand duschte. Jeff schlüpfte in eine Jeans und zog ein hellblaues Polo-Shirt an, auf dem der Schriftzug *Sea Point Beach Motel* eingestickt war. Ein bisschen Werbung konnte nie schaden.

In der Küche nahm er sich eine Handvoll Weintrauben aus der Obstschale, goss Kaffee in die Fototasse und lehnte sich gegen die Küche. In Gedanken versunken zog er einen seiner unzähligen schwarzen Baumwollhandschuhe über seine vernarbten Finger. Dabei fiel sein Blick auf die Instrumentenkoffer im Regal. Jetzt noch eine Stunde mit dem Saxofon an den Strand. An nichts denken, einfach nur ein paar Balladen vom Wind über das Meer tragen lassen. Die Wärme der Sonne auf der Haut spüren. Seine pochende Hand sagte überdeutlich, dass er sich eine andere Ablenkung würde suchen müssen.

Mit einem Seufzer leerte er die Tasse, nahm sich noch ein paar Weintrauben und verließ das Haus. Wenn schon an Schlafen oder Musizieren nicht zu denken war, konnte er die Zeit auch nutzen, um den wöchentlichen Großeinkauf zu erledigen, den ein Motel mit sich brachte. Mbhali hatte die Einkaufsliste sicher längst ausgefüllt.

Irgendwie kamen ihm Tausend Dinge in den Sinn, die er jetzt lieber tun würde als Toilettenpapier und Zuckertüten zu kaufen. Wenn wenigstens Jemmy da wäre. Der Junge konnte eh viel besser Saxofon spielen als rechnen, der verplemperte in der Schule nur seine Zeit. Upps, diesen Gedanken sollte er wohl besser für sich behalten, oder Jemmy würde keinen Fuß mehr in die Schule setzen. Ganz zu schweigen von den grausigen Flüchen, die Mbhali über ihm ausschütten würde. Zurück zum Einkauf. Toilettenpapier, Zuckertüten Waschpulver ...

»Morgen, Jeff. Früh dran heute?« Der junge Farbige an der Rezeption sah von seiner Zeitung auf. »Du siehst aus, als könntest du dringend ein paar Liter Kaffee gebrauchen.«

»Morgen, Azibo. Scharfsinnig wie immer, was?« Gutmütig wandte Jeff sich zu einem Sideboard um, auf dem Wasser und Kaffee für die Gäste bereitstand.

»Schon Post gekommen?« fragte er, während er das schwarze Gebräu in einen Becher füllte. Azibo legte einen Stapel Briefumschläge auf den Tresen.

»In 108 ist das Klo verstopft. Eilt nicht, die Leute sind abgereist. Der Kühlschrank in 216 spinnt mal wieder. Hält sich für einen Gefrierschrank, aber das ist ja nichts Neues.«

»Dan kann sich später um beides kümmern. Oder erwarten wir in den nächsten Stunden so viele Gäste, dass wir jede Hütte schnellstmöglich brauchen?«

»Huch, hab gar nicht gemerkt, dass du schlafwandelst. Träum weiter, aber geh vorsichtig zurück in dein Bett. Und verschütt´ bloß den heißen Kaffee nicht! Soll ich dich heimführen?«

»Es geht doch nichts über fürsorgliches Personal. Danke, ich finde allein nach Hause.« Mit der Post und seinem Kaffee ging er lachend in den kleinen Raum gegenüber der Rezeption, an dessen Tür ein Schild mit der Aufschrift *Büro* prangte. Bei näherer Betrachtung war das Zimmer eine Mischung aus

Abstellkammer, Gepäckaufbewahrung und Warenlager, in dem zufällig ein alter Schreibtisch mit einem noch älteren Stuhl davor am Fenster stand. Statt eines modernen Laptops nahm ein klobiger Computer den meisten Platz auf dem Tisch ein, immerhin schien das Gerät aber nur noch ein entfernter Nachfahre der C64-Generation zu sein. Mit leisem Summen fuhr der PC hoch, während Jeff im Stehen die Briefumschläge öffnete und flüchtig durchsah. Rechnung, Rechnung, Rechnung, Mahnung - Mist! Flüchtig las er das Schreiben. Natürlich, wieder mal die Telefone. Die Mahnung landete in seiner hinteren Hosentasche, die Rechnungen im Ablagekorb, der übliche Stapel Werbung ungelesen im Mülleimer. Nachdem der PC endlich startklar war, überflog er die Einkaufsliste, änderte ein paar Dinge ab, dann druckte er die Liste aus. Laut ratternd verteilte der Nadeldrucker die Schrift auf dem Papier.

»Heul nicht, du musst den Einkauf ja nicht bezahlen«, knurrte er den Drucker an, den das allerdings absolut nicht beeindruckte. Jammernd vollendete das Gerät quälend langsam sein Werk, knisterte dann merkwürdig vor sich hin. Auf der ausgedruckten Liste fehlten diverse Buchstaben. An derartige Lükken gewöhnt, riss Jeff das Blatt ab und faltete es zusammen.

»Okay, du kriegst auch einen Termin bei Dr. Dan. Heute Abend. Aber wehe, du willst schon wieder ein neues Farbband!« Er schaltete die Geräte aus und verließ das Büro.

»Ich fahre einkaufen, Azibo. Falls was ist, ich hab das Handy dabei.«

»Okay, Boss!« Azibo nickte. »Bis später!«

Draußen glitt sein Blick über den jetzt leeren Parkplatz und die offenen Zimmertüren. Im Obergeschoss stand der Wagen eines Zimmermädchens auf dem Gang.

»Mbhali?« rief er in gedämpftem Ton. Eine hochgewachsene, attraktive Schwarze in einem bodenlangen, bunten Kleid tauchte hinter dem Reinigungswagen auf. Sie war etwa Mitte Vierzig, hatte ein zum Kleid passendes Tuch um ihre Haare gewickelt und winkte nun mit ihrem Staubwedel.

»Morgen, Jeff! Was machst du denn schon hier?«

»Konnte nicht schlafen. Vollmond.«

»Und morgen schneit´s am Kap!« Sie lachte ein helles, fröhliches Lachen, wurde aber schnell wieder ernst. »Bist du okay?« fragte sie argwöhnisch.

»Geht schon.« Er wich ihrem Blick aus, während er sich müde den Nacken rieb. »Ich fahr´ zum Einkaufen nach Gardens. Brauchst du noch irgendwas?«

»Drei Wochen Mauritius wären nicht schlecht, ansonsten fällt mir nichts ein.« Wieder ließ sie ihr glockenhelles Lachen hören. »Fahr vorsichtig! Wir sehen uns heute Abend.«

Sie winkte noch einmal mit dem Staubwedel, dann kehrte sie an ihre Arbeit zurück. Wesentlich besser gelaunt als zuvor ging Jeff zu seinem Wagen, startete den knatternden Motor und reihte sich in den dichten Verkehr auf der Küstenstraße ein.

## 2. Kapitel

Die perfekt gestärkte Tischdecke, die schneeweißen Stoffservietten und das hübsche Geschirr ließen vergessen, dass der Tisch nur aus billigem Plastik war. Eine Sturmlaterne tauchte den Vorgarten in stimmungsvolles Licht, und wenn zwischenzeitlich eine längere Lücke den Motorenlärm auf der Küstenstraße verstummen ließ, drang das Rauschen der Brandung durch die Dunkelheit herüber. In einer Mauerecke glomm der Rest eines kleinen Feuers, über dem an einem dreibeinigen Eisengestell ein Grillrost hing. Ein schwerer Eisentopf stand daneben auf dem Boden.

Mbhali hatte ihre Arbeitskleidung gegen ein sonnengelb schimmerndes Gewand vertauscht, dass nicht nur ihre Verbundenheit mit den alten Traditionen der Xhosa deutlich zeigte, sondern auch ihren wohlgeformten Rundungen schmeichelte. Ein ebenso glänzendes Tuch hielt ihre unzähligen kunstvoll geflochtenen Zöpfchen im Zaum. Große Ohrringe klimperten bei jeder Bewegung mit ihren zahlreichen Armreifen um die Wette, als sie nun den Inhalt des Kochtopfs in eine Schüssel füllte und auf den Tisch stellte. Ein magerer Junge flitzte um sie herum, eine Flasche Eistee in Händen haltend. Selbst in der schwachen Beleuchtung fiel auf, dass seine Haut wesentlich heller als die Mbhalis war und eher an Milchkaffee erinnerte. Pfiffige, braune Augen blitzten unter seinem dunklen, krausen Schopf hervor. Selbstvergessen die Zungenspitze in den Mundwinkel geklemmt, gab er sich alle Mühe gab, die Gläser zu füllen, ohne bereits jetzt schon das gute Tischtuch zu bekleckern.

»Bringst du bitte den Salat mit, Jeff?« rief Mbhali

über die Schulter durch die offen stehende Haustür. Innen hörte man die Kühlschranktür quietschen.

»Mach ich!« klang es gedämpft zurück, dann folgte ein undeutliches: »Salat? Hallo, bist du der Salat?«

Schmunzelnd holte Mbhali das Fleisch vom Grill. Hoffentlich erkannte Jeff die Mischung aus grünen Blättern und diversen anderen Zutaten, die man vor der Zubereitung nicht erst schlachten musste. Mit Vitaminen stand er auf Kriegsfuß, solange sie sich nicht in Mangosaft befanden.

»Meinst du die große Glasschüssel mit dem Giraffenfutter?« hörte sie auch schon die erwartete Frage. Sie grinste. »Ja-aaa!«

»Kommst du endlich, Dad? Ich hab Hunger!« Ungeduldig stellte Jemmy die Flasche auf den Tisch.

»Ich hole ihn jetzt, sonst kommt der nie.«

»Du machst erst einmal die Flasche zu, bevor sie umfällt. Er wird schon kommen, wenn er …« Sie brach ab, als Jeff mit der Schüssel in der Hand ins Freie trat. Wohlwollend glitt ihr Blick über seine langen Beine, die in einer ungewöhnlich eleganten schwarzen Hose steckten, dann weiter hinauf zu dem silbergrauen Hemd, dessen obere Kragenknöpfe offen standen. Während der Arbeit im Motel oder den Nachtschichten an der Rezeption trug Jeff stets eine gute Hose und eines der Logo-Shirts. Zu Mbhalis heimlichem Bedauern lief er in seiner Freizeit allerdings stets nur in ausgewaschenen Jeans herum.

»Bin schon da, Mister Ungeduld.« Er stellte die Schüssel auf den Tisch und sog genüsslich die Luft ein. »Hmmm, das duftet! Ich bin hungrig wie ein Löwe!«

»Ich auch«, jammerte Jemmy mit Leidensmiene. Jeff wuschelte ihm durch die Haare. »Was sonst, du kleiner Nimmersatt.« Grinsend stellte er ihm die Salatschüssel vor die Nase. »Hier, ganz viel gesundes Grünfutter. Damit du groß und stark wirst. Und du«, er angelte sich mit der Gabel ein köstlich duftendes Straußensteak von der Fleischplatte, »kommst mal ganz schnell her, bevor du mir davonfliegst!«

»Strauße können nicht fliegen! Hier, das kannst du haben, gesundes Grünzeug mag ich nicht.« Wie zuvor Jeff stellte Jemmy nun Mbhali die Salatschüssel vor die Nase. »Ich möchte auch was von dem Vogel.«

Mbhali stöhnte demonstrativ. »Ihr seid unmöglich! Alle Beide!« Ohne die angewiderten Mienen zu beachten, füllte sie drei Salatschälchen. »Wer keinen Salat isst, bekommt auch keinen Nachtisch. Kapiert?«

»Warum muss ich grüne Blätter essen? Ich bin keine Giraffe, sondern einfach nur überdurchschnittlich groß«, maulte Jeff.

»Wenn Daddy keine grünen Blätter mag, muss ich auch keine grünen Blätter mögen. Ich werde auch ohne grüne Blätter bestimmt mal so groß wie er!«

»Und wenn ihr beide später Melktert essen wollt, haltet ihr jetzt die Klappe und esst!«

Todernst lehnte Jeff sich zu Jemmy hinüber und flüsterte deutlich hörbar: »Kleiner Tipp unter Männern, Jem: Wir sollten das Zeug besser essen!«

»Naa guut. Wenn du meinst ...« Jemmy warf einen skeptischen Blick in die Schüssel. »Dann kriege ich aber auch ein riesengroßes Stück Melktert.«

»Nicht nur du, Kumpel! Nicht nur du.« Mit einem Gesicht wie ein unschuldiger Schuljunge setzte Jeff sich wieder aufrecht hin. »Guten Appetit, meine Lieben!«

»Guten Appetit!« krähte Jemmy vergnügt.

Mbhali lachte nur. »Lasst es euch schmecken, ihr beiden Gangster!« Dann wandte auch sie sich ihrem Abendessen zu.

»Wo hast du den ganzen Nachmittag lang gesteckt?« fragte Jeff, nachdem der erste Hunger gestillt war und er sich schnell das einsam zurückgebliebene Steak sicherte.

»Ich war mit dem Skateboard unterwegs.« Vorwurfsvoll sah Jemmy seinen Vater an. »Du hast geschlafen.«

»Oh je, Schande über mein Haupt. Stimmt, als ich vom Supermarkt kam, war ich so müde ... Eigentlich wollte ich mich nur ein paar Minuten hinlegen. Ich muss wohl doch eingeschlafen sein.«

»Das ist auch gut so«, warf Mbhali ein. »Du warst doch heute Morgen höchstens zwei Stunden im Bett. Wenn überhaupt.«

»Könnte hinkommen.« Hastig verdrängte er die schmerzliche Erinnerung an den grauenhaften Albtraum. Dass er unbewusst anfing, seine Hand zu massieren, bemerkte er gar nicht. »Wie kann ich das nur wieder gutmachen?«

»Du musst morgen ganz lange mit mir spielen«, quetschte Jemmy an der Ladung Mielipap vorbei, die er im Mund hatte.

»Mach du lieber erst einmal die Futterluke leer«, tadelte Mbhali. »Außerdem muss dein Vater nicht mit dir spielen, sondern er spielt vielleicht mit dir, wenn du ihn anständig darum bittest.«

Jemmy verdrehte die Augen und zog eine genervte Grimasse. Doch bevor er dafür den nächsten Tadel einheimsen konnte, breitete Jeff die Hände zwischen den Beiden aus.

»Stop! Time-Out!« Versöhnlich nickte er Jemmy zu. »Morgen spielen wir wieder, versprochen. Heute war ich ...« Er brach ab, ließ den Kopf sinken und schluckte schwer. Da legte sich eine Hand liebevoll auf seinen Arm. Als er aufsah, schaute Mbhali ihn verständnisvoll lächelnd an. Dankbar lächelte er zurück an, ehe er sich wieder das Essen schmecken ließ.

\* \* \*

Inzwischen war es auf der Straße ruhig geworden, nur selten drang noch der Motorenlärm eines Autos herüber. Mbhali und Jeff hatten sich in ihren Stühlen zurückgelehnt und genossen den Blick auf den jetzt schwarzen Ozean, auf dem vereinzelt die Lichter einiger Schiffe zu sehen waren. An der Küste entlang zogen sich die beleuchteten Vororte Kapstadts bis hinauf in die dahinter liegenden Berge. Die romantische Kulisse ließ leicht vergessen, dass die Nacht nicht überall so friedlich war wie hier im Vorgarten. Besorgt wandte Mbhali immer wieder den Blick ab und beobachtete Jeff, der offensichtlich ganz in Gedanken versunken war. Erst als Jemmy im Pyjama zu ihnen trat, kehrte er in die Wirklichkeit zurück.

»Gute Nacht, Mamani.« Der Junge umarmte sie liebevoll, verzog allerdings das Gesicht, als sie ihm einen Kuss auf die Wange drückte.

»Gute Nacht, mein Schatz. Schlaf gut. Und träum was Schönes!«

»Bestimmt!« Jemmy wandte sich um. »Kommst du, Daddy?«

Jeff stemmte sich bereits aus seinem Sessel hoch.

»Ja, was denkst du denn?« Ehe sich der Junge versah, wurde er gepackt und schwungvoll über die Schulter geworfen. »So, du kleiner Teufel, jetzt geht´s ab ins Bett! Die Bettflöhe haben Sehnsucht nach dir.« Jemmy quietschte begeistert.

»Ab morgen bekommst du nur noch das Giraffenfutter!« Mit einem demonstrativen Stöhnen ging Jeff unter der Haustür hindurch in die Knie. »Die Steaks kriege ich, damit ich die ganze Melktert, die du in dich ´reingeschaufelt hast, überhaupt noch tragen kann. Wenn das so weitergeht …« Den Rest konnte Mbhali nicht mehr verstehen, als die Beiden im Haus verschwanden.

»Gute Nacht, mein Großer.« Zärtlich deckte Jeff den Jungen zu, der seinen schäbigen Plüschhund fest im Arm hielt. Am Fußende des Bettes hing ein großes Poster, dass Jeff Saxofon spielend als Schattenriss zeigte. An der Wand klebten Bilder von Fußballspielern und Surfern. Ein Foto zeigte Mbhali, Jeff und Jemmy bei einem fröhlichen Picknick vor den quietschbunten Badehäusern am Strand von Muizenberg. Jeff streichelte den Kopf des Plüschhunds.

»Nacht Jimbo. Pass gut auf dein Herrchen auf.« Er tätschelte Jemmy liebevoll. »Morgen spielen wir wieder zusammen, versprochen.«

»Au ja!« Doch ein Blick auf den schwarzen Handschuh, der seine Bettdecke zurecht zog, ließ ihn besorgt dreinschauen. »Tut deine Hand denn auch nicht weh?«

»Na wenn schon, sie wird nicht gleich abfallen.« Er beugte sich hinunter und gab ihm einen Kuss auf die Stirn. »Gute Nacht, Kumpel. Schlaf gut.«

»Du auch. Gute Nacht.«

Jeff stand auf, doch bevor er das Licht ausknipste, sah er den Jungen, der in dem großen Bett so klein wirkte, melancholisch an. »Ich hab dich lieb, Jemmy«, sagte er leise.

»Ich hab dich auch lieb, Daddy.«

Jeff spürte den Klos im Hals, dieses Gefühl, das sich stets in ihm ausbreitete, wenn er Jemmy in seiner Nähe hatte. Unfähig noch etwas zu sagen, verließ er das Zimmer.

\* \* \*

»Hier, es wird allmählich kühl.« Jeff legte Mbhali, die noch immer die Sterne betrachtete, eine Strickjacke um die Schultern. Auch er selbst trug eine abgenutzte Lederjacke.

»Oh ja, danke dir!« Wohlig schlüpfte sie in die Jacke. »Ich habe dir den restlichen Kuchen eingepackt, dann hast du nachher noch was Süßes für zwischendurch.«

»Du bist ein Schatz! Obwohl Jemmy mich morgen umbringen wird, weil ich ihm nichts übrig gelassen habe.« Versonnen betrachtete er das Foto auf seiner Tasse. Selbst in der schwachen Beleuchtung zeichneten sich die schmerzlichen Erinnerungen deutlich auf seinem Gesicht ab.

»Heute vor achtzehn Jahren hab ich sie zum ersten Mal im Arm gehalten«, sagte er wie zu sich selbst.

»Es war der glücklichste Moment in meinem Leben.«

»Ich weiß«, erwiderte Mbhali ebenso bedrückt.

»Nattie ist schon so lange tot, aber Geburtstage und Weihnachten …« Sie brach ab. »Entschuldige bitte! Ich wollte dich nicht ausgerechnet heute an sie erinnern.«

Jeff schüttelte den Kopf. »Jeder Blick auf Jemmy erinnert mich an sie. Ich bin trotzdem froh, dass der Junge da ist.« Er seufzte. »Sie feiert jetzt bestimmt gerade eine wilde Party mit einem Haufen Freunde und einer riesengroßen Geburtstagstorte.« Seine Hand strich sanft über ihren Arm. »Ich bin so froh, dass du da bist, Mbhali. Ich weiß nicht, was ich ohne dich und Jem machen würde.«

Sie nahm seine Hand. »Mach dir darüber keine Gedanken, wir sind ja da. Wir sind immer für dich da.« Einen Moment lang verharrten beide in der Berührung, doch dann gab Jeff sich einen Ruck und stand auf.

»Okay, ich muss los, damit Nkosane Feierabend

machen kann.« Mit einem flüchtigen Kuss auf ihre Wange ging er zurück ins Haus. Gedankenverloren schaute sie hinter ihm her. Dann nahm sie ihre Tasse, nippte daran und blickte wieder auf den schwarzen Ozean hinaus.

# 3. Kapitel

»Schläft sie endlich?« Ordentlich legte Ellen ein kunstvoll besticktes Lesezeichen in das Buch, das sie in Händen hielt und schaute ihre Tochter an, die sich erschöpft ihr gegenüber auf das Sofa fallen ließ.

»Ja, endlich«, erwiderte Carla müde. »Sie ist völlig fertig. Erst verbringt sie den halben Tag im Dialysezentrum, und dann hängt sie auch noch stundenlang mit dem Kopf im Klo, weil sie sich die Seele aus dem Leib kotzt. Tut mir leid, Mama.« Sie seufzte niedergeschlagen. »Ein anderes Wort fällt mir dafür einfach nicht mehr ein. Verdammt, es ist ihr achtzehnter Geburtstag! Da feiert man die wildeste Party seines Lebens und knutscht mit heißen Typen in dunklen Ecken herum. Stattdessen liegt sie mit Fieber im Bett, weil sie zuletzt nur noch geweint hat. Sie hat panische Angst davor, wieder ins Krankenhaus zu müssen.« Verzweifelt schlug sie die Hände vor ihr Gesicht. Ellen setzte sich neben sie und legte ihren Arm um ihre Schultern. Trotz des Altersunterschieds von über dreißig Jahren war die Ähnlichkeit zwischen Mutter und Tochter unverkennbar. Beide hatten die gleiche, grazile Figur, die gleichen blonden Haare, selbst ihre Bewegungen ähnelten sich. Ebenso wie der ganze Raum zeigte auch ihre elegante Kleidung, dass Geld offensichtlich keine große Rolle spielte. Doch ihre aktuellen Sorgen ließen sich mit Geld allein nicht beheben.

»Ich weiß einfach nicht mehr weiter, Mama.« Nervös knetete Carla ihre langen, schlanken Finger, die dafür geschaffen waren, spielerisch leicht über Klaviertasten zu fliegen und die Welt mit den Melodien großer Meister zu verzaubern.

»Solange sie keine Spenderniere bekommt, geht das ewig so weiter. Das ist doch kein Leben, schon gar nicht für ein junges Mädchen. Sie darf nicht essen, was sie will, sie darf nicht trinken, wenn sie Durst hat. Sie kann ja nicht einmal mehr in die Schule gehen, weil sie ständig zur Dialyse muss! Der Privatunterricht ist schön und gut, aber … Sie kapselt sich immer mehr ab. Es ist doch nicht normal, dass eine Achtzehnjährige sich am liebsten in ihrem Zimmer vergräbt.« Voller Schmerz drückte sie ihre Hand gegen ihren Hals, als würde die Geste ihr das Atmen erleichtern. »Warum kommen wir beide denn nicht als Spender in Frage? Verdammt, ich bin ihre Mutter! Warum stimmen unsere Werte nicht überein?«

»Wenn doch Charles noch leben würde …« Auch Ellen seufzte. »Dann hätten wir eine Chance mehr gehabt.«

»Vater hätte ihr sofort beide Nieren gegeben, wenn das möglich gewesen wäre.« Zu aufgebracht, um still sitzen zu können, stand Carla auf und ging im Zimmer auf und ab. »Dr. Bergner sagt, es kann drei, vier Jahre dauern, bis über die Datenbank eine passende Spenderniere gefunden wird. Manchmal sogar noch länger.« Hilflos schüttelte sie den Kopf. »Sarah kann doch nicht jahrelang so weitermachen, bis irgendwo jemand stirbt und …« Erschrocken brach sie ab. »So meinte ich das nicht, ich …«

»Ich weiß, was du meinst, Schatz.« Ellen trat zu ihr und strich ihr beruhigend über den Arm. »Meinst du, mir geht es anders?« Sie atmete tief durch, grübelte still vor sich hin. »Du weißt, dass es noch eine andere Chance gibt«, sagte sie nach einer geraumen Weile schließlich mit deutlichem Zögern.

»Eine Chance, die genauso gering ist, wie die, dass

deine oder meine Niere in Frage gekommen wäre. Ich weiß nicht, Mama ...«

»Aber es ist eine Chance! Carla, es ist die einzige Chance, die Sarah noch hat. Willst du, dass sie jahrelang auf eine Niere warten muss, die vielleicht nie kommt?«

»Und wenn seine Werte auch nicht passen? Er wird sich niemals damit abspeisen lassen, dass er einen Test machen und beim falschen Ergebnis wieder in der Versenkung verschwinden soll! Er wird mit ihr reden wollen. Er wird wissen wollen, wie es ihr geht. Womöglich will er sie sehen. Sarah würde sich tierisch aufregen. Das macht doch dann alles nur noch schlimmer! Am Ende kommt er als Spender gar nicht in Frage, und das ganze Theater war umsonst.«

Ellen schwieg. Carlas Hände haltend, wartete sie, bis diese sich ein wenig beruhigt hatte.

»Du weißt, was ich von ihm halte. Trotzdem, er ist ihr Vater! Es besteht eine fünfzigprozentige Chance, dass er als Spender in Frage kommt. Willst du Sarah um diese Chance bringen, nur weil er dich wegen eines kleinen, schwarzen Flittchens verlassen hat? Das ist er nicht wert!« Sie sah ihre Tochter eindringlich an. »Vielleicht hat er genau das Ersatzteil in sich, das Sarah dringend braucht. Dann soll er es liefern! Danach kann er hingehen, wo der Pfeffer wächst.«

Missmutig ließ Carla den Kopf hängen, während ihr Körper von lautlosem Schluchzen geschüttelt wurde. Schließlich sah sie durch einen Tränenschleier auf. »Sieht so aus, als bräuchte ich ein Flugticket nach Kapstadt, was?«

»Du weißt, wo du ihn findest?«

Carla nickte, während sie nach einem Taschentuch kramte. »Ja«, murmelte sie. »Leider ja.«

\* \* \*

»Jetzt mach keinen Ärger, du Scheißding! Komm schon, sei lieb zu Papa und rutsch 'rein! Nein, nicht da! Oh du dicke Mama, wie soll ich da reinkommen?«

Amüsiert lauschte Jeff dem Hörspiel, das durch die offene Tür aus dem Büro zu ihm herüber drang. Ab und zu hörte er das jämmerliche Knattern des Druckers, mal derbe Flüche, dann wieder bettelnden Zuspruch: »Du hast ein B, verdammt noch mal! Also druck es auch. Das ist das B! Siehst du das?«

»Es ist ein Drucker, Dan, kein Fernglas!«

»Halt die Klappe und stör mich nicht! Dieses Baby und ich erleben gerade einen äußerst intimen Moment! Allerdings hätte ich meine Finger lieber so tief in meiner Frau drin als in diesem verdammten Scheißding! Vor allem ist meine Frau höchstens halb so alt wie dieses Dreckteil. Ja, leck mich doch! Kein B, aber Papas Finger komplett blau! Oh verdammt, damit kommst du nicht durch, du dämliches Monster. Womit hab' ich dich verdient? Komm endlich!«

Schmunzelnd wandte Jeff sich wieder den Belegen zu, die sich vor ihm auf dem Tisch stapelten. Er saß hinter dem Tresen der Rezeption, einen alten Computer und ein schwarzes Telefon neben sich, dessen Tasten regelmäßig klemmten. Eine Neonröhre summte an der Decke. Im Fenster warf die rote Leuchtreklame mit dem Wort *OPEN* einen surrealen Schimmer auf den Parkplatz, auf dem nur drei Autos, ein Pick-up und ein kleiner Transporter standen. Leider gehörte der verbeulte Pick-up keinem zahlenden Gast, sondern dem riesigen, muskelbepackten Schwarzen, der in seiner Uniform mit dem Security-Abzeichen an der Brust und einem Schlagstock am Gürtel im Nebenzimmer einen erbitterten Kampf mit dem widerspenstigen Drucker führte.

\* \* \*

Jeff gähnte so sehr, dass er fürchtete, sich den Kiefer auszurenken. »Oh Mann, die Nacht wird hart!« Er blickte auf die Uhr, gähnte erneut. »Erst halb zwei.« Dan lehnte mit einem Arm auf dem Tresen, in der freien Hand hielt er einen Kaffeebecher, den er nun leerte. »Schlaf soll manchmal helfen.«

Er hob ergeben die tintenbeschmierten Hände, als Jeffs Killerblick ihn traf. Schnell wechselte er das Thema. »Der Kühlschrank in der 216 müsste für 'ne Weile durchhalten, und der Drucker tut's auch wieder. Schreib halt nicht so viele Worte, in denen B oder M vorkommen. Ach, äh, hast du das Einlaufventil mitgebracht, das ich für die ... Oh Mann, guck nicht so! Es ist nicht das, was du denkst.«

»Woher soll ich wissen, was ein Einlaufventil ist? Das hört sich nach etwas ziemlich Ekligem beim Arzt an.« Jeff verzog angewidert das Gesicht. »Schreib keine fiesen Sachen auf meinen Einkaufszettel, dann bringe ich den Kram auch mit.«

»Oh Herr im Himmel, warum musstest du diesen Mann von seinem Saxofon trennen und ihn stattdessen zum Hotelchef machen?« Dan lachte. »Schon gut, ich hol' das Ding selber. Jetzt schieb' was von der Torte 'rüber, bevor ich 'raus gehe, um böse Buben zu suchen, die nicht da sind.« In hohem Bogen flog der Kaffeebecher in den Mülleimer. »Nach der Aktion mit dem Scheißdrucker wünsch' ich mir glatt einen, den ich mal verkloppen kann.«

Jeff gähnte erneut. »Ich kann gerne für dich spazieren gehen, dafür tippst du die dämlichen Belege ein.«

»Lass mal, Alter, für irgendwas musst du auch noch gut sein!« Der Schwarze schob sich ein Stück Kuchen in den Mund. Zufrieden kauend musterte er sein Gegenüber hinter dem Tresen.

»Mal 'ne Frage unter Männern«, sagte er zwischen zwei Bissen. »Du und Mbhali, meinst du, das kriegst du irgendwann noch hin?«

»Wüsste nicht, was dich das angeht.« Scheinbar ungerührt tippte Jeff auf seiner Tastatur herum.

»Na hör mal, sie ist 'n echtes Superweib! Und wag ja nicht, was anderes zu behaupten! Versteh' einfach nicht, warum du bei ihr nicht die Kurve kriegst. Vergiss deine Ausreden«, bremste er direkt, als Jeff widersprechen wollte. »Hab schon zu oft was in eurer Hütte repariert, um nicht zu wissen, dass ihr getrennte Schlafzimmer habt. Wenn du sie dir nicht schnappst, wunder' dich nicht, wenn's irgendwann ein anderer tut.«

»Demjenigen kann ich nur raten, dir nicht zu begegnen, wenn ihm seine Kronjuwelen lieb sind!«

»Mach dir lieber Sorgen um deine eigenen Kronjuwelen! Die verschrumpeln irgendwann wie 'ne Feige in der Wüstensonne, wenn sie nicht langsam mal wieder zum Einsatz kommen.«

»Bin ich froh, dass sich wenigstens einer von uns um mein Allerheiligstes sorgt. Du willst hoffentlich nicht nachschauen, ob da noch alles funktioniert, oder?«

»Ich befürchte das Schlimmste, Alter! Solange, wie deine Kronjuwelen schon außer Betrieb sind …«

»Hast du eigentlich keine Arbeit, Dan? Bezahl' ich dich neuerdings als Sexberater?«

»Ich sag nur, dass du endlich Nägel mit Köpfen machen solltest. Mensch, Jeff, du lebst seit Jahren mit ihr zusammen. Ihr seid doch ein prima Paar! Und der Kleine könnte sich keine besseren Eltern wünschen. Ihr drei habt euch gesucht und gefunden. Oder will Mbhali dich nicht? Sorry, aber das kaufe ich dir nicht ab!«

»Warum nicht? Du weißt ganz genau, wie ernst sie ihre Xhosa-Traditionen nimmt!«

»Super! Gratuliere!« prustete Dan vor Lachen. »Ich fasse es nicht: Du bist nach all den Jahren tatsächlich immer noch der einzige WEISSE Südafrikaner, der wegen seiner Hautfarbe Minderwertigkeitskomplexe hat.«

»Darum geht es nicht.« Genervt rieb Jeff sich die Hand. »Vielleicht hat sie einfach von uns Kerlen die Nase voll. Erst mein Vater, dann der Idiot, mit dem sie verheiratet war ...«

»Du bist nicht dein Vater, kapier das endlich!«

»Nein, bin ich nicht, aber ...« Er wandte sich von seiner Tastatur ab, verschränkte die Arme vor dem Körper und betrachtete angestrengt die gegenüberliegende Wand. Dann ließ er den Kopf hängen.

»Da ist immer noch die Sache mit Nattie«, gestand er kaum hörbar. Verständnislos schüttelte Dan den Kopf.

»Es war nicht deine Schuld, dass die Kleine sich ´ne Überdosis in die Venen gejagt hat.«

Mit einem abgrundtiefen Seufzer sah Jeff seinen Freund an. »Wenn sie kein Geld für das Zeug gehabt hätte, wäre sie vielleicht noch am Leben.«

»Und wenn ich ein Karnickel wär´, würde ich den ganzen Tag mit meinen Häschen rammeln! Mensch, Jeff, mal ehrlich: Hat Mbhali dir auch nur ein einziges Mal in irgendeiner Form die Schuld an der Sache mit Nattie gegeben?«

»Nein.«

»Na also. Dann schnapp´ dir die Braut endlich. Du solltest auch mal wieder ordentlich rammeln, Junge, das macht das Hirn frei.«

»Eigentlich war ich überzeugt, aus dem Alter ´raus zu sein, in dem das Hirn in der Hose sitzt!« Er betrachtete den Schwarzen neugierig. »Was ist los mit dir? Willst du eine Single-Börse eröffnen und hast mich als erstes Opfer zum Verkuppeln ausgesucht?«

Dan schnappte sich den restlichen Kuchen und ging zur Tür. »Ich weiß, was ich sehe. Und ich sehe, dass Mbhali nichts dagegen hätte, wenn du nicht immer nur so brüderlich an ihr herumtätscheln würdest. Du hast ´ne heiße Braut in deiner Hütte, du hast ´nen prima Jungen, also mach endlich ´ne anständige Familie draus!« Er trat in die Nacht hinaus, hob noch einmal winkend die Hand. »Bis später, Alter! Ich weck´ dich zum Feierabend.«

Jeff winkte kurz zurück, dann schob er sich ebenfalls ein Stück Kuchen in den Mund. Nachdenklich wandte sich wieder seinem Computer zu.

## 4. Kapitel

Ein jazziger Song, gespielt von zwei Saxofonen, klang über den Strand und vermischte sich mit dem Tosen der Brandung. Die Nachmittagssonne brannte vom strahlend blauen Himmel, doch vom Meer wehte ein kalter Wind herüber, der zeigte, dass der Herbst unerbittlich den Sommer verdrängte. In der Ferne waren ein paar einsame Spaziergänger zu sehen, aber die Sonnenanbeter hatten sich wie immer woanders angesiedelt. Aus den umliegenden Felsen ragte ein riesiger Gesteinsbrocken, der bei Ebbe wie ein Tisch wirkte. Zwei schwarze Instrumentenkoffer lagen darauf. Daneben standen Jeff und Jemmy, ihre Saxofon an einem Gurt um den Hals hängend, völlig in ihre temperamentvolle Melodie vertieft. Mit Jacken gegen den Wind gerüstet, kümmerten sich die Beiden nicht um die frische Brise. Im Gegenteil, so zog der Straßenlärm wenigstens in die entgegengesetzte Richtung ab und störte ihre Musik nicht. Doch plötzlich brach Jemmy sein Spiel unvermittelt mit einem schrägen Quietschton ab, der stark an die Notbremsung eines Autos erinnerte.

»Autsch!« Jeff verzog schmerzhaft das Gesicht und ließ das Saxofon sinken. »Was war das denn? Hast du keinen Sprit mehr?« Aber Jemmy schien ihn gar nicht zu hören. Stattdessen guckte er aus großen Augen an ihm vorbei.

»Hey, Kumpel, was ist los? Ist dir eine Möwe ins Horn gefallen?«

Jemmy reagierte nicht. Was auch immer er entdeckt hatte, zeichnete sich langsam als Furcht in seinem eben noch so konzentrierten Kindergesicht ab.

Das Saxofon in Händen haltend, wandte Jeff sich

kopfschüttelnd um. Im nächsten Augenblick wich seine Neugier sichtlichem Schrecken, als er die Frau sah, die nur wenige Schritte von ihm entfernt stand und ihn unsicher musterte. Er spürte, wie seine Unterlippe zu zittern begann.

»Carla?« flüsterte er fassungslos. Wie gelähmt starrte er sie an. Sie war Anfang Vierzig, immer noch schlank und zierlich wie eine Tänzerin. Ihre einst schulterlangen, blonden Haare waren einem modischen Kurzhaarschnitt gewichen, der ihr schmales Gesicht wirkungsvoll umrahmte. Das dezente Make-up konnte die Müdigkeit ihrer braunen Augen nicht ganz verbergen. Sie trug eine schlichte, sandfarbene Sommerhose mit einem passenden Blazer, der einen eleganten Kontrast zu ihrer lachsfarbenen Seidenbluse bildete. Filigrane Ohrringe und eine schmale Goldkette mit einer einzelnen Perle daran waren der einzige Schmuck. Über ihrer Schulter hing eine kleine, helle Handtasche mit einem exquisiten Label auf dem Verschluss. Wortlos betrachtete sie Jeff, dann glitt ihr Blick zu dem Jungen, der sie befangen anstarrte. Unvermittelt verwandelte sich Jeffs Starre in angstvolles Entsetzen. Er legte das Saxofon auf den Felsen, ohne sie auch nur für den Bruchteil einer Sekunde aus den Augen zu lassen.

»Was ist passiert, Carla?« Seine Stimme klang ungewöhnlich rau, konnte die Furcht nicht verbergen, die sich langsam, aber sicher in seinem Kopf ausbreitete. »Was ist mit Sarah?«

Carla antwortete nicht. Stattdessen sah sie Jemmy feindselig an. An sein Saxofon geklammert schaute er hilflos zwischen Jeff und der Fremden hin und her.

»Carla«, sagte er mit Nachdruck. »Was ist mit ihr? Ist sie okay? Ist sie ...« Es blieb nur noch ein heiseres Flüstern. »Ist sie ... Lebt sie?«

Carla nickte stumm. Schützend verschränkte sie die Arme dicht vor ihrem Körper.

»Ja«, sagte sie leise. »Ja, sie lebt.« Schweratmend schloss sie die Augen, sichtlich bemüht, ihre Gefühle unter Kontrolle zu bekommen. Auch Jeff musste sich zwingen, durchzuatmen. Gleichzeitig stützte er sich mit einer Hand auf dem Felsbrocken ab. Seine Knie schienen ihn nicht mehr tragen zu wollen, dennoch fühlte er sich ein klein wenig besser als noch Sekunden zuvor. Sie lebte. Das war das Einzige, was zählte. Sarah lebte.

»Wie geht es dir?« riss Carla ihn aus seinen Gedanken. Was für eine unwichtige Frage. Er stand hier, offensichtlich putzmunter. Vielleicht um ein paar Jahre gealtert, aber nach wie vor so verdammt gut aussehend, dass garantiert jede Frau mit zwei funktionierenden Augen im Kopf sich nach ihm umdrehen würde. Auch wenn er, wie jetzt, in billiger Schlabberjeans, dreckigen Turnschuhen und einem verwaschenen T-Shirt unter der abgewetzten Lederjacke da stand. Und dann dieser Junge! Warum starrte er sie so an? Hatte der Bengel noch nie eine Weiße gesehen? Mein Gott, das hier war Kapstadt, nicht der afrikanische Busch! Die dunklen Augen in diesem Gesicht, das längst nicht so schwarz war, wie es sein sollte, machten ihr fast Angst. Guckte sie an wie eine Außerirdische, die gerade ihrem Raumschiff entstiegen war. Aber ein Saxofon am Hals! Kein billiges Kinderspielzeug aus Plastik, nein, ein echtes. Eins von denen, die richtig Geld kosteten. Dafür hatte man einen Blick, wenn man zwölf Jahre lang mit einem weltberühmten Musiker verheiratet gewesen war. Aber klar, wie der Vater, so der Sohn. Sie hatte es ja gerade selbst gehört. Spielen konnte der kleine

Bastard. Ganz der Vater! Nein, besser. War sowieso ein Wunder, dass Jeff trotz seiner kaputten Hand wieder solche Töne aus seinem Instrument ...

»Was ist mit Sarah?«

Die bange Frage holte Carla in die Wirklichkeit zurück. Sich mit den Fingern durch die Haare fahrend, wandte sie sich von dem Jungen ab und blickte in Jeffs von Furcht gezeichnetes Gesicht.

»Was ist mit meinem kleinen Mädchen?« setzte er kaum hörbar hinzu.

Carla seufzte. »Sie ist kein kleines Mädchen mehr, Jeff. Sie ist eine erwachsene Frau.«

»Mag sein. Trotzdem wird sie für mich niemals etwas anderes sein als mein kleines Mädchen. Meine kleine Prinzessin.«

Wieder machte sich ungemütliches Schweigen zwischen ihnen breit. Erneut glitt Carlas Blick auf Jemmy. Jeff nickte dem Jungen zu, als er es bemerkte.

»Bist du so lieb und räumst alles weg, Jem? Ich komme später nach.«

Statt einer Antwort zog Jemmy eine kleine Schnute, die sich aber schnell verzog, als Jeff ihm entschuldigend über den Kopf strich. »Tut mir leid, Großer«, sagte er leise und legte sein Saxofon in den Koffer. Nachdem auch Jemmy sein Instrument verpackt hatte, nahm er beide Koffer und stapfte davon. Jeff beobachtete ihn, bis er die Straße überquert hatte, nicht ohne noch einmal zurückzublicken. Dann verschwand der Junge aus seinem Blickfeld. Unsicher wandte er sich Carla zu. »Sag mir, was passiert ist!« Er massierte seine Hand, die plötzlich schmerzhaft pochte. »Nach all den Jahren ... Du wärst nicht hier, wenn mit ihr alles in Ordnung wäre!«

»Stimmt«, gab Carla zu. »Ehrlich gesagt, wäre ich auch jetzt lieber nicht hier.«

»Könntest du die Vergangenheit vielleicht für eine Weile ruhen lassen?« Die nagende Ungewissheit drohte ihn zu zerreißen. »Der Mist von gestern spielt doch jetzt wirklich keine Rolle! Was ist mit Sarah?«

Erneut atmete Carla tief durch. »Sie ist sehr krank.« Fahrig nestelte sie am Riemen ihrer Handtasche. »Ihre Nieren ... Sie leidet an einer chronischen Niereninsuffizienz.«

»Oh mein Gott!« Voller Entsetzen schlug Jeff eine Hand vor seinen Mund. In seinem Kopf schien sich schlagartig alles zu drehen, während er gleichzeitig keinen klaren Gedanken fassen konnte. Das war gar nicht möglich! ... Nein, sie war viel zu jung für so etwas ... Schwer krank? ... Sie war doch erst ... Nein, das musste ein Albtraum sein! Er würde gleich aufwachen ... Gleich!

Ein Blick auf Carla zeigte ihm überdeutlich, dass sein Albtraum gerade erst begann.

»Sie ... Sie braucht dringend eine ... Eine...« Der Gedanke an Sarah ließ sie hilflos abbrechen. Sie presste eine Hand vor den Mund, um das aufsteigende Schluchzen zu unterdrücken, das sie mit einem Mal nicht mehr weitersprechen ließ. Erschüttert starrte er sie an, zu keiner Regung fähig. Nur seine bebende Unterlippe verriet seine Angst.

»Sie braucht eine Spenderniere«, begann Carla erneut. »Ich kann ihr nicht helfen, meine Nieren ...«

»Was ist mit mir?« fiel Jeff ihr ins Wort. »Ich bin ihr Vater. Sie kann meine Niere haben!«

Eine winzige Spur der Erleichterung zog über Carlas Gesicht. »Deshalb bin ich hier», sagte sie gelöster. »Ich hatte gehofft, dass du das sagst.«

Sie suchte in ihrer Handtasche nach einem Taschentuch. Unterdessen blickte Jeff aufs Meer hinaus, ohne wirklich etwas zu sehen. Unzählige Gedanken schossen ihm durch den Kopf, vermischten sich mit Bildern von Sarah. Erinnerungen, wie sie mit ausgebreiteten Armen zu ihm gerannt kam, um von ihm herumgewirbelt zu werden oder auf seinen Schultern zu sitzen. Mit vor Aufregung hochrotem Gesicht in der ersten Reihe zwischen Tausenden von Zuschauern sitzend, wenn sie bei einem seiner Konzerte dabei sein durfte. Gemeinsam auf dem Fußboden im Wohnzimmer mit ihren Barbiepuppen spielend. Sein kleines Mädchen. Seine Prinzessin. Sein ein und alles. Das Bild einer schwerkranken jungen Frau, deren Leben von Maschinen abhängig war, wollte einfach keinen Platz in seinem Kopf finden.

»Was muss ich tun?« fragte er schließlich, als er das Schweigen zwischen ihnen nicht länger ertragen konnte. »Nach Zürich fliegen?«

»Nein, nicht sofort.« Carla schüttelte den Kopf. »Ein erster Test, ob du überhaupt als Spender in Frage kommst, kann auch hier gemacht werden. Wenn die Werte passen, sind zahlreiche Untersuchungen nötig, die man fast alle ebenfalls hier durchführen kann. Es wäre ja albern, in die Schweiz zu fliegen, nur um dort festzustellen, dass du doch keine Organspende leisten kannst.«

Es wäre also albern, wenn er seine todkranke Tochter besuchen würde. Als Ersatzteillager würden sie ihn akzeptieren, aber als Vater, der sich Sorgen um sein krankes Kind macht, nicht. Er schluckte schwer, ließ sich jedoch nicht anmerken, wie sehr ihn der Satz getroffen hatte. Was erwartete er? Nach all den Jahren? Er konnte doch froh sein, dass sie immerhin noch wusste, wer Sarahs Vater war. Dass sie im Notfall tatsächlich zu ihm kam.

Eine Windböe ließ ihn frösteln, und auch Carla zog

ihre Jacke enger um sich.

»Am Spätnachmittag wird es jetzt schon recht kühl hier«, sagte er betont sachlich. Bemüht, seine Emotionen vor ihr zu verbergen. »Außerdem kommt bald die Flut. Wenn wir keine nassen Füße bekommen wollen, sollten wir allmählich hier verschwinden.«

»Gute Idee. Wenn ich gewusst hätte, dass ich dich am Strand finde, hätte ich andere Schuhe angezogen.«

Automatisch sah er auf ihre eleganten Pumps hinunter, die es ihr nicht leicht machten, durch den Sand zu laufen. Trotz seiner Sorgen musste er sich ein Grinsen verkneifen. Als wenn sie andere Schuhe im Gepäck hätte. Carla Thompson war selbst bei einem Urlaub auf den Malediven mit hochhackigen Glitzer-Flip Flops zum Baden gegangen. Auf die simple Idee, ihre Ferragamos einfach in die Hand zu nehmen und barfuß durch den Sand zu laufen, wäre sie nie gekommen. So stakste sie ungelenk hinter Jeff her, der mit großen Schritten zur Straße ging.

Mehrere Fahrzeuge parkten vor dem Motel. Ein malaiisches Pärchen trug gerade Koffer und Taschen in eines der Zimmer im Obergeschoss. Vor einem anderen Zimmer spielten zwei Kinder, während ein Mann, offensichtlich der Vater der Beiden, an der Hauswand lehnte und eine Zigarette rauchte. Der silberne Mercedes auf dem Parkplatz stach zwischen den schmutzigen Familienkutschen, Vans und Kombis heraus wie ein Eisbär auf dem Tafelberg.

Als Jeff näher trat, entdeckte er Jemmy, der auf halber Höhe der Treppe saß und ihm winkte. Schon sprang er auf und rannte die Stufen hinunter.

»Hi, Daddy!«

»Hi, Kumpel! Spielst du Leuchtturmwärter?« Er

beäugte ihn skeptisch. »Oder hast du was angestellt, und Mamani lässt dich nicht ins Haus?«

»Nein!« Oh, du absolut kindliche Unschuld. Als wenn dieser Junge jemals etwas anstellen würde! Ernst und wichtig schüttelte Jemmy den Kopf. »Ich passe auf das Auto da auf!« Er wies mit dem Finger auf den Mercedes mit dem schwarzen Verdeck.

»Können wir den behalten? Der Flitzer ist echt voll cool!«

Mit einem Anflug von Neid ließ auch Jeff seinen Blick über das smarte Cabrio gleiten. »Ja, das ist er allerdings«, musste er zugeben. »Aber ich glaube nicht, dass die Mietwagenleute am Flughafen so dumm sind. Die merken es sofort, wenn wir denen unsere alte Schüssel anstelle dieser Nobelkarosse hinstellen.«

»Schade!« Enttäuscht wandte Jemmy sich vom Auto ab. Im gleichen Moment war der Wagen bereits vergessen, und er schaute Jeff hoffnungsvoll an.

»Spielen wir jetzt weiter?«

»Nein, heute nicht mehr. Sieh mal, ich habe überraschend Besuch bekommen ...« Jeff zwinkerte ihm verheißungsvoll zu. »Kann ich dich vielleicht mit einem Eis entschädigen?«

Sofort zog ein Strahlen über Jemmys Gesicht. »Au ja!«

»Alles andere hätte mich auch überrascht.« Jeff gab ihm etwas Geld. »Na los, ab mit dir!« Wie von der Tarantel gestochen, eilte der Kleine davon. »Aber du kommst sofort zurück, wenn du ...« Schmunzelnd brach er ab. »Lausebengel!«

Für einen Augenblick hatte er Carlas Anwesenheit beinahe vergessen, doch jetzt wurde er umgehend ernst, als er bemerkte, wie sie das Motel taxierte.

»Ist nicht Vaters exklusive Lodge, dafür liegt es direkt am Meer«, sagte er fast entschuldigend. Gleichzeitig trat er sich dafür im Geiste selbst in den Hintern. Warum machte ihn sein Motel plötzlich verlegen? Er war doch stolz darauf. Es war seins. Er hatte sich hier eine neue Existenz erschaffen. Aus dem Nichts. Dafür musste er sich vor niemandem entschuldigen. Wenn sie nicht ...

»Jeff?« Mbhali rief ihn genau im richtigen Moment. Er sah sich um, entdeckte sie am Durchgang zwischen den Motelgebäuden. Sie winkte ihn zu sich herüber.

»Entschuldige mich bitte einen Moment, ich bin sofort zurück.« Damit ließ er Carla stehen und eilte zu Mbhali hinüber. Die musterte die für den Ort ungewohnt aufgedonnerte Lady.

»Was will die denn hier?« entfuhr es ihr prompt, kaum dass Jeff in Hörweite war.

»Sie ist ...«

»Ich weiß, wer sie ist! Jemmy hat mir bereits erzählt, dass sie da ist. Was will sie hier?«

»Sarah ist krank. Es kann sein, dass sie mich braucht.«

»Kann sein?« Voller Ironie stemmte Mbhali die Hände in die Hüften. »Deine Tochter ist krank, und es »kann sein«, dass sie ihren Vater braucht?«

Verlegen sah er wieder zu Carla hinüber, die sich keine Mühe gab, ihren Hass auf die Schwarze zu verbergen. Mbhali konterte den Blick der Weißen mit einem abfälligen Schnauben, ehe sie sich wieder Jeff zuwandte.

»Was ist mit Sarah?« fragte sie mitfühlend. »Ich würde jetzt sagen: Hoffentlich ist es nichts Ernstes, aber wenn sie hier ist, hat Sarah nicht nur einen Schnupfen.«

»Kann ich dir das später erklären? Im Moment

weiß ich selbst noch nicht allzu viel. Nur, dass sie mich vielleicht - hoffentlich - als Organspender brauchen. Sarah benötigt dringend eine neue Niere.«

»Erst dein Geld, jetzt deine Nieren? Brauchen die feinen Herrschaften vielleicht sonst noch was von dir? Du solltest der Zicke mal eine ordentliche Portion Hirn spenden!«

»Mbhali, bitte!«

»´tschuldigung.«

»Ist noch was? Sonst würde ich gerne erst mal klären, wie es jetzt mit Sarah weitergeht.«

»Nein, geh nur.« Mbhali zuckte mit den Schultern.

»Wollte nur sichergehen, dass Jemmy sich nicht geirrt hat. Er kennt die Zicke ja nur von deinen Fotos.«

»Du kennst die Zicke auch nur von meinen Fotos.«

»Und näher möchte ich sie, ehrlich gesagt, auch gar nicht kennenlernen. Schönen Abend, Jeff!« Damit stolzierte sie mit einem letzten, abwertenden Blick auf Carla hinternschwingend davon.

# 5. Kapitel

»Fünf Minuten von hier ist ein nettes Café.« Etwas verlegen rieb Jeff sich den verspannten Nacken. »Da könnten wir uns vielleicht in Ruhe unterhalten.«

»Ja, warum nicht.« Carla öffnete ihre Handtasche und angelte nach dem Autoschlüssel. Jeff guckte irritiert. »Fünf Minuten zu Fuß, meinte ich.«

»Oh! Ja, klar, äh … Meinst du, ich kann das Auto noch eine Weile hier stehenlassen?«

»Nkosane sitzt an der Rezeption. Der Typ verbringt seine Freizeit damit, jede Kampfsportart zu erlernen, die je erfunden wurde. Ich kann es wirklich niemandem empfehlen, dem Wagen auch nur einen Millimeter zu nahe zu kommen.«

»Ah, ja, klingt beruhigend.« Trotzdem warf sie noch einen skeptischen Blick auf den Mercedes, ehe sie neben Jeff die Straße entlang ging.

Es war ein gemütliches Strandcafé mit weißen Holztischen und Bänken unter blauen Sonnenschirmen im Außenbereich. Auch innen wirkte alles einladend und freundlich. Junge Kellnerinnen in adretten Uniformen bedienten an den Tischen, die bereits gut besetzt waren. Schwarze und Weiße ließen sich zum Feierabend duftende Pizza und kalte Drinks schmecken, während sich das Rauschen der Brandung mit dezenter Hintergrundmusik vermischte.

Jeff und Carla hatten einen ruhigen Tisch im Windschatten der Hauswand ergattert. Beide starrten in Gedanken versunken auf den Ozean, bis die Kellnerin ihnen Wasser und zwei Tassen Kaffee servierte.

»Haben sie sonst noch einen Wunsch?« fragte sie höflich.

»Nein, danke.« Jeff nickte der Serviererin freundlich zu. »So, jetzt von Anfang«, bat er, kaum, dass sie allein waren. Er nippte an seinem Kaffee. »Was ist mit Sarah passiert?«

»Vor gut zwei Jahren hatte sie eine Nierenentzündung. Das war wohl der Auslöser. Trotz aller Medikamente wurde es nicht besser. Sie hatte immer wieder Fieber und Schmerzen, war ständig müde.« Carla blickte suchend über den Tisch, dann auf die Nachbartische. »Süßstoff kennen die hier anscheinend nicht, oder?«

Genervt verdrehte Jeff die Augen. Die Frau hatte Probleme! Doch er verkniff sich einen Kommentar, beobachtete nur angespannt, wie sie ihre Handtasche öffnete, einen kleinen Spender hervorholte und zwei Süßstofftabletten in ihren Kaffee fallen ließ. Sorgfältig packte sie den Spender wieder ein und rührte in ihrer Tasse, während sie mit der anderen Hand die Tasche auf ihrem Schoß festhielt.

»Und? Weiter?« Offensichtlich war sein Gegenüber längst in andere Sphären abgedriftet. Wie er sie kannte, war sie damit beschäftigt, die übrigen Gäste zu mustern, die in bunten Freizeitklamotten oder schlichtem Büro-Outfit für ein buntes Sprachengewirr sorgten. »Carla!« Er überlegte ernsthaft, ihr mal vor das Schienbein zu treten. »Du hast lange genug gerührt. Erzähl' weiter!«

Völlig immun gegen seine Ungeduld, trank sie einen Schluck Kaffee. Sie verzog ein wenig das Gesicht, ehe sie die Tasse mit gezierten Bewegungen zurückstellte.

»Jedenfalls wurde sie einfach nicht wieder gesund«, fuhr sie schließlich fort. »Wir waren bei jedem erdenklichen Spezialisten, aber keiner bekam die Krankheit in den Griff. Mal ging es ihr besser, dann wieder schlechter. Ein paar Mal lag sie im Krankenhaus.« Sie begann, mit der Perle an ihrer Halskette zu spielen. Wieder schweifte ihr Blick in die Runde, doch ihre Gedanken waren in der Schweiz. Sie sah ihre Tochter, die von einem Arzt zum anderen geschleppt wurde, um am Ende doch regelmäßig hoch komplizierten, medizinischen Geräten ausgeliefert zu sein. Ein hübscher Teenager, der selbst im Hochsommer nur langärmelige Blusen trug, um den Verband zu verbergen, der um den Dialyse-Shunt an ihrem linken Unterarm gewickelt war. Ihr kleines Mädchen, das längst alt und intelligent genug war, um genau zu wissen, wie ihre Zukunft aussah, wenn sie nicht bald eine Spenderniere bekam. Das Internet hatte ihr vor langer Zeit bereits auf grausam unverblümte Art verraten, wie lang die Warteliste war, auf der ihr Name ganz weit unten stand.

»Meine Mutter und ich haben uns natürlich sofort testen lassen.« Langsam bröckelte die aufgesetzt coole Fassade, Angst und Sorge bahnten sich ihren Weg durch ihr makelloses Make-up. »Aber wir kommen beide nicht als Spender in Frage. Mama hat ein schwaches Herz, damit scheidet sie sofort aus. Ich selbst bin auch nicht geeignet. Mein Vater hätte sich sofort testen lassen«, setzte sie niedergeschlagen hinzu. »Aber er ist leider vor drei Jahren gestorben.«

»Oh, das tut mir ...«

»Lass nur«, winkte Carla ab. »Du musst nicht heucheln, dass es dir leidtut.«

»Du hättest ja einen seiner elitären Offiziere heiraten können, anstatt mit einem Musiker durchzubrennen«, wehrte Jeff sich. Er meinte es nicht einmal ernst, aber ihr verächtlicher Gesichtsausdruck reizte ihn dazu. Außerdem bot es eine Gelegenheit, seine wachsende Angst um Sarah hinter einer Portion Sarkasmus zu verbergen.

»Ich wollte aber keinen seiner Offiziere, ich wollte dich.« Sie rührte wieder nachdenklich in ihrem Kaffee. »Vielleicht hätte ich auf ihn hören sollen.«

»Ja, dann wärst du wenigstens nicht von einem herumhurenden Casanova wegen eines minderjährigen, schwarzen Flittchens verlassen worden.« Bitter verzog Jeff das Gesicht. »So lautete doch der Kommentar deines Vaters, nicht wahr?«

»Naja, ganz so nett war er nicht, aber du kennst ihn ja.« Verlegen begann sie erneut, in ihrer Handtasche zu kramen, wobei sie offensichtlich selbst nicht wusste, wonach sie suchte. Jeff zupfte gedankenverloren mit zwei Fingern an einer kaum sichtbaren Narbe an seinem Kinn. Ein altes Andenken daran, wie er mit Sarah auf einem zugefrorenen See Schlittschuhlaufen war. Nach einem eindrucksvollen Sturz hatte er die Schlittschuhe sicherheitshalber an den Nagel gehängt. Noch heute erinnerte er sich gut daran, dass ein genähtes Kinn einen Saxofonisten das Ende eines zweistündigen Konzerts schmerzlich herbeisehnen ließ.

»Ich bin nicht hergekommen, um die alten Geschichten wieder aufzuwärmen, Jeff.« Carlas Stimme riss ihn aus seinen Gedanken. »Ja, vielleicht hätte ich auf meinen Vater hören sollen, aber ich habe es nicht getan. Es spielt keine Rolle mehr. Genau so wenig, wie unsere Ehe für dich eine Rolle gespielt hat. Es gibt nur einen einzigen Grund, warum ich hier bin.« Sie nahm einen Schluck Wasser, stellte das Glas zurück, ohne es loszulassen.

»Ich muss Sarah helfen. Egal, wie.« Ihre Stimme brach. »Ich will meine Tochter nicht verlieren!«

Unbeholfen an der Narbe spielend, sah Jeff zu, wie Carla mit einer flüchtig gestammelten Entschuldigung in Richtung Damentoilette verschwand. Er stützte die Ellenbogen auf den Tisch, die Stirn gegen seine Hände gelehnt. Ihr Vater. Dr. Charles Baudère, ehemals eidgenössischer Wichtigtuer in Uniform. Es gab nur einen einzigen Mann, den Jeff noch mehr hasste wie diesen erzkonservativen Oberfeldarzt. Noch immer war es ihm ein Rätsel, wie Carla durchgesetzt hatte, Pianistin zu werden. Dann wurde sie auch noch von einem Musiker schwanger. Von einem AFRIKANISCHEN Musiker! Seinen Frust darüber hatte er jahrelang an Jeff ausgelassen. Nein, es tat ihm nicht leid, dass der Mann von der Bühne abgetreten war. Ganz und gar nicht. Und es kam gar nicht in Frage, dass der Kerl jetzt irgendwo zwischen Himmel und Hölle auf die Gesellschaft seiner einzigen Enkelin hoffen durfte!

»Entschuldige bitte, manchmal gehen die Nerven einfach mit mir durch.« Das Make-up aufgefrischt, die Spuren ihrer Tränen beseitigt, kehrte Carla zurück. Die undurchdringliche Fassade wieder hergestellt, mit der man selbst dann auf der Bühne Samba spielte, wenn einem nach Mozarts »Kleinem Trauermarsch« zumute war.

»Wie geht es denn nun weiter?« fragte er bedrückt.

»Was muss ich tun, um mich als Spender testen zu lassen?«

»Deine Blutgruppe wusste ich durch den Unfall noch.« Dankbar, sich hinter nüchternen Fakten verstecken zu können, wurde Carlas Ton sofort sachlich. »Du hast Blutgruppe A, Sarah AB, das würde vom Prinzip her passen. Ich habe vor dem Abflug noch mit Dr. Bergner gesprochen, das ist ihr behandelnder Arzt. Er hat mir alle nötigen Unterlagen mitgegeben und auch bereits mit einem Kollegen hier gesprochen. Sein Name ist Dr. Davis, er arbeitet als Spezialist für Nierenkrankheiten im Groote Schuur Krankenhaus. Wir können einen Termin mit ihm machen und dann morgen, spätestens übermorgen die ersten Tests durchführen lassen. Dieser Dr. Davis würde dir dann auch den gesamten Ablauf erst einmal ausführlich erklären.«

»Worauf wartest du dann noch?« Jeff blickte auf seine Armbanduhr. So ein wichtiger Doktor war am frühen Abend ja wohl noch erreichbar. »Ruf an und mach´ einen Termin.«

Er beobachtete sie, während sie das Handy, natürlich das allerneueste Modell, umhüllt von teurem Leder, aus der Tasche nahm und die bereits gespeicherte Nummer aufrief. Offensichtlich wurde das Gespräch zuerst von einer Sprechstundenhilfe angenommen, dann weitergeleitet.

»Passt dir morgen früh um neun Uhr? Du müsstest allerdings nüchtern sein.«

Jeff nickte, worauf sie den Termin bestätigte. Sie holte eine Visitenkarte hervor, schrieb eine Telefonnummer auf die Rückseite. »Hier, das ist meine Handynummer. Darunter kannst du mich jederzeit erreichen.«

Jeff warf nur einen flüchtigen Blick auf das hochwertige Papier mit dem Emblem eines bekannten Nobelhotels an der Waterfront, ehe er die Karte in die Hosentasche schob.

»Wie lange brauchen wir von dir zum Groote Schuur Krankenhaus?«

»Zwanzig Minuten. Naja, eher eine halbe Stunde. Auf der Strand Street ist morgens meistens ziemlich viel Verkehr.«

»Ist es okay, wenn ich dich um acht Uhr abhole?«

»Klar. Je eher wir wissen, ob ich kompatibel bin, umso besser.«

»Musst du das so technisch ausdrücken?«

»Wenn ich das nicht so technisch ausdrücke, bin ich gleich der Nächste, der heulend ins Klo rennt.« Er leerte sein Wasserglas, nur um beschäftigt zu sein.

»Wo ist Sarah jetzt überhaupt? Im Krankenhaus?«

»Nein.« Carla schüttelte den Kopf. »Die Dialyse wird ambulant durchgeführt. Sie ist zuhause. Meine Mutter ist bei ihr.« Vergeblich unterdrückte sie ein Gähnen. »Entschuldige, bitte, aber langsam macht sich der Nachtflug bemerkbar. Diese Schlafsessel in der Businessclass sind ja nicht schlecht, aber es war doch ziemlich unruhig, weil ich direkt an der Trennwand saß.« Schreck lass nach, Madame hatte in unmittelbarer Nähe der Holzklasse fliegen müssen. Das mussten ja grausige zwölf Stunden gewesen sein! Jeff verbiss sich den zynischen Kommentar. Er wollte er nach Hause. Schließlich lag eine lange Nacht vor ihm, in der ihn nicht viel von seinen Sorgen und Gedanken ablenken würde. Nachdem er die Getränke bezahlt hatte, machten sie sich auf den Rückweg zum Motel.

\* \* \*

Mbhali trat neben ihn, als die Rücklichter des Mercedes in der Ferne verschwanden.

»Ich habe extra in der 105 ganz neue Bettwäsche aufgezogen. Und jetzt wohnt sie gar nicht hier?«

Wortlos reichte Jeff ihr die Visitenkarte.

»Oh, *The Table Bay Hotel*!« Mbhali gab sich keine Mühe, den snobistischen Unterton in ihrer Stimme zu verleugnen. »Dann werde ich die gute Wäsche besser wieder wegpacken, bis sie wirklich gebraucht wird.«

»Schätze, sie hatte Angst, dass in unserer elitären

Herberge keine Suite mehr für sie frei wäre«, sagte Jeff, wobei eine Spur Sarkasmus in seiner Stimme mitschwang. Mbhali schnaubte.

»Dein Glaube an das Gute im Menschen in allen Ehren, Jeff, aber ich schätze eher, dein exklusives Etablissement war für Ihre Hoheit nicht gut genug.«

»Könnte sein, dass du recht hast.« Er blickte starr geradeaus, spielte mit der Visitenkarte, die sie ihm zurückgab.

»Wolltest du, dass sie hier wohnt?«

»Nein!«

Sie sahen sich an. Als sich ihre Blicke im Schein der Laterne trafen, brachen sie beide wie auf Kommando in befreiendes Gelächter aus.

»Vorgestern habe ich mir nichts sehnlicher gewünscht, als zu erfahren, wie es ihr geht«, sagte Jeff nachdenklich. »Jetzt weiß ich es. Aber warum müssen es so schreckliche Nachrichten sein?«

»Schon unsere Ahnen warnen, dass man mit dem, was das Herz begehrt, vorsichtig umgehen sollte«, erwiderte sie mit dem unerschütterlichen Glauben an ihre Wurzeln. Sie stand auf und räumte das Geschirr ab.

»Ja, man sollte wirklich aufpassen, was man sich wünscht. Es könnte aus Versehen in Erfüllung gehen.« Auch er stand auf. »Jetzt können wir nur hoffen, dass meine Niere passt. Sonst ist sie wirklich auf einen Spender aus dieser Datenbank angewiesen, und das kann Jahre dauern.«

»Ich werde für sie beten, bevor ich ins Bett gehe«, sagte Mbhali ernst. Jeff schaute sie zweifelnd an.

»Meinst du wirklich, du könntest meine Nierenwerte beeinflussen, in dem du ein paar alte Knochen, einen Haufen verrotteter Tierzähne und eine vertrocknete Hühnerkralle auf den Boden wirfst, mit einer stinkenden Kerze die Bude verräucherst und dabei unartikulierte Laute von dir gibst?«

»Zumindest kann es nicht schaden, wenn ich meine Ahnen um Hilfe bitte. Auch wenn du alter Zyniker nicht daran glaubst. Dein Gott da oben kann es offensichtlich auch nicht besser, sonst hätte er solche Krankheiten längst abgeschafft!«

Schmunzelnd legte Jeff seine Arme um ihre Taille.

»Wie immer kann ich deiner Logik nichts entgegensetzen.« Er gab ihr einen flüchtigen Kuss in den Nacken. »Ich werde noch mal eben nach Jemmy sehen und dann die Nachtschicht damit verbringen, alles zu googeln, was das Netz über Nierentransplantationen hergibt. Falls ich was darüber finde, ob du deinen Zauberbeutel besser rechts- oder linksherum über dem Feuer schwingst, sag ich Bescheid.«

»Du bist unmöglich, Jeffrey Thompson!« Mit gespieltem Entsetzen über seinen Unglauben verdrehte sie die Augen. Doch dann wandte sie sich zu ihm um, noch immer in seine Arme geschmiegt. Zärtlich strich sie ihm mit den Fingern über die stoppelige Wange.

»Ich bin froh, dass du noch lachen kannst. Obwohl sie da ist.« Sie verpasste ihm einen kleinen Klaps auf den Hintern. »Jetzt rasier´ dich und sieh zu, dass du an die Arbeit kommst, ich hab´ zu tun!«

## 6. Kapitel

»Sie hat ihr nicht einmal gesagt, dass sie zu mir fliegt!« Wutschnaubend schlug er mit der Faust auf den Tisch. »Wollte erst mal sehen, ob ich überhaupt als Spender in Frage komme. Damit sie sich nicht umsonst aufregt, falls es nicht klappt!« Fassungslos schüttelte er den Kopf.

»Sie fliegt um die halbe Welt und sagt Sarah nicht einmal, dass sie ihren Vater um Hilfe bitten will!«

Mbhali ließ das Geschirrhandtuch sinken und wandte sich zu Jeff um, der seit geraumer Zeit wie ein Tiger im Käfig zwischen Küchenzeile und Sofa auf und ab lief. Es gehörte einiges dazu, Jeff auf die Palme zu bringen, doch Carlas Auftauchen zerrte sichtlich an seinen Nerven.

»Was hast du erwartet?« fragte sie ernst, wie immer der ruhende Gegenpol. »Sie hat dich vor sechs Jahren zum Mond geschossen und hatte nie die Absicht, dich da wieder herunterzuholen.«

»Sie wollte Sarah nicht unnötig aufregen!« Zynisch ahmte er Carlas überheblichen Ton nach, nur um sofort wieder in seine wütende Tirade zu verfallen.

»Papperlapapp! Sie war zu feige, es ihr zu sagen! Weil sie Angst davor hatte, dass ich sie zum Teufel jagen würde.« Gerade noch ein brodelnder Vulkan, brach er im nächsten Augenblick zusammen, als hätte man seinem Feuer den Sauerstoff entzogen. Hilflos stützte er die Hände auf den Tisch, seine Wut war schlagartig dieser grausamen Niedergeschlagenheit gewichen. Mit hängenden Schultern sah er Mbhali verbittert an. »Was denkt diese Frau eigentlich von mir? Sarah ist meine Tochter! Ich lasse doch mein Mädchen nicht im Stich. Niemals!«

Das war der Moment gewesen, an dem er glaubte, Carla hätte ihn geohrfeigt. Er war so baff gewesen, dass ihm nicht einmal eine passende Antwort eingefallen war, was ihn im Nachhinein am meisten ärgerte. Mit dem letzten Rest Stolz in sich war er ohne ein weiteres Wort aus dem Restaurant marschiert und planlos durch die Gegend gelaufen. Wo sich die Touristen aus aller Welt an den Sehenswürdigkeiten der Metropole am Kap erfreuten, war er völlig blind für alles, was sich außerhalb seines Kopfes abspielte, herumgeirrt. Aus unerfindlichen Gründen war er am Ende in einem der allgegenwärtigen Minibusse gelandet, eingezwängt zwischen einer dicken Schwarzen mit einem lebendigen Huhn in ihren Einkaufstaschen und einem zahnlosen Alten, der ihn in ein Gespräch zu verwickeln suchte. Ungeniert hatten ein paar schmalbrüstige, farbige Burschen ihn angestarrt und auf Xhosa darüber gerätselt, was ein Weißer in einem Anzug von Hugo Boss in einem Minibus tat. Als er ausstieg, folgten sie ihm in relativ geringem Abstand. Aber nicht lange.

»Hlukana nam! Ndizakuza ku imotele Sea Point Beach. Lo ngumzi wam!« fuhr er sie energisch an. Es war kein perfektes Xhosa, doch es genügte, um den Burschen klar zu machen, woher er kam. Betont lässig blieben sie zurück, und Jeff machte sich grinsend auf den Heimweg. Die enge Verbindung, die Azibo, Nkosane, Bheka und Dan mit den Bewohnern der dunklen Seite Kapstadts verband, bot einen unübertroffenen Schutz vor Angriffen und Überfällen.

Doch schnell war sein Ärger zurückgekehrt. Nach der Viertelstunde im stickigen Minibus stank sein Anzug nach Schweiß, totem Fisch und anderen Dingen, deren Ursprung seine Nase lieber gar nicht erst nachgehen wollte. Dennoch war er froh, ohne Carla heimgefahren zu sein. Er brauchte ihren gemieteten Luxusschlitten nicht! Hauptsache, er war zuhause und Carla kilometerweit entfernt. Sollte sie sich einen netten Tag auf der Touristenmeile machen. Auf ihn wartete Arbeit, er hatte schließlich ein Motel zu leiten. Zum Glück wartete Arbeit auf ihn. Sonst hätte er nicht gewusst, wie er mit diesem Schmerz umgehen sollte.

Dabei war der Morgen eigentlich problemlos verlaufen. Am Ende seiner Nachtschicht hatte Jeff sich in aller Ruhe zurechtgemacht und mit einem der wenigen guten Anzüge kostümiert, die er noch besaß. Der taubenblaue Einreiher war zuvor von Mbhali mühselig mit Wasserdampf aufgefrischt, das weiße Hemd gebügelt und gestärkt worden. Einst waren maßgeschneiderte Anzüge seine Arbeitskleidung gewesen, seidene Westen sein Markenzeichen. Heute fühlte er sich in dem edlen Zwirn unwohl, wie in eine Rolle gedrängt, die er nicht mehr auszufüllen vermochte. Er war nicht mehr daran gewöhnt, im Rampenlicht zu stehen. Wollte dort auch nicht mehr stehen. Man hatte ihn überdeutlich gelehrt, wie innerhalb eines einzigen Tages aus einem gefeierten Publikumsliebling der Prügelknabe aller Medien wurde. Wie Menschen, die ihn nicht einmal persönlich kannten, ihr Urteil über ihn fällten. Nein, das war vorbei! Nachts an der Rezeption, da ließ man ihn in Ruhe. Sein altes Leben lag viel zu lange zurück, als dass sich noch jemand dafür interessierte. Selbst örtliche Zeitungen wie *Cape Argus* und *Die Burger* hatten nur kurz nach der Eröffnung ein paar Zeilen darüber gebracht, dass »... *der einstige Weltstar nach einem schweren Unfall und der überraschenden Affäre mit einer Farbigen nun sein Dasein als Besitzer eines billigen Motels fristete, in dem bislang die Polizei häufiger zu sehen gewesen war als Gäste, die tatsächlich die ganze Nacht blieben!*«

Es war schon lange kein Polizeiaufgebot mehr da gewesen, um Drogendealer zu verhaften, die ihre Geschäfte in den damals dreckigen Zimmern abwickelten oder Handgreiflichkeiten zwischen Prostituierten und Freiern zu schlichten. Mit der Ruhe, die bald im Motel einkehrte, verlor auch die Allgemeinheit schnell ihr Interesse an ihm. Gelegentlich fand eine alte CD den Weg über die Ladentische, oder ein Musiker führte irgendwo auf der Welt seine alten Kompositionen auf. Dann flossen ein paar Tantiemen auf sein Konto. Gut, Geld auf dem Konto wurde immer freudig begrüßt. Doch darüber hinaus war Jeff nichts weiter als ein kleiner Hotelier, der wie zig andere in der Branche versuchte, genug Geld zu verdienen, um seine Familie zu ernähren.

Er war bei keinem Arzt mehr gewesen, seit der letzte Chirurg nach der x-ten Operation die Fäden aus seinen Fingern gezogen hatte. Von Ärzten aller Art hatte er die Nase gestrichen voll, freiwillig ging er zu keinem dieser selbst ernannten Halbgötter mehr. Welche Ironie des Schicksals, dass ihm jetzt nicht nur ein simpler Arztbesuch bevorstand, sondern eine ganze Reihe von Untersuchungen, die über das Leben seiner Tochter entscheiden würden.

Allein der Gedanke an das weltberühmte Krankenhaus, in dem noch heute ein Museum an die weltweit erste Herztransplantation erinnerte, ließ ihn problemlos auf das Frühstück zu verzichten. Die Zeiten waren schlichtweg vorbei, in denen man es als eine Ehre betrachtet hätte, Jeffrey Thompson behandeln zu dürfen. Heute zählte nur die Tatsache, dass Carla entsprechend hochwertige Kreditkarten bereit hielt. Damals wäre er mit dem lässigen Selbstvertrauen, dass eine erfolgreiche Karriere und ein dickes Bankkonto mit sich brachten, losgezogen und nur den anerkanntesten Professoren begegnet. Jetzt hoffte er einfach darauf, dass die Medizinmänner möglichst schnell zu einem positiven Ergebnis kamen, damit er Sarah endlich zu Hilfe eilen konnte. Er war so nervös, dass selbst die schlaflose Nacht ihm nichts anhaben konnte, als er auf dem ledernen Beifahrersitz des Mercedes neben Carla saß und den Parkplatz der Klinik ansteuerte.

\* \* \*

Schon die prächtige Fassade des 1938 eröffneten Groote Schuur Hospitals machte deutlich, welch renommiertes Krankenhaus sich in den altehrwürdigen Gemäuern und den modernen Anbauten befand. Wie oft hatte Jeff das grandiose Panorama des weißen Klinikgebäudes im typisch kaphölländischen Stil vor der malerischen Kulisse des Devil´s Peak bewundert. Jetzt war er endlich dem von schlichter Eleganz gezeichneten Praxisraum entflohen, nachdem man ihm Unmengen Blut abgezapft, zahllose Fragebögen ausgefüllt und ihn mit verwirrenden Fachbegriffen vollgepumpt hatte. Langsam wurde er müde, war völlig durcheinander und hatte vor allem Hunger. Letzteres war allerdings nicht zu überhören, als sein Magen deutlich knurrte, während er neben Carla im Aufzug stand. Zum ersten Mal seit Stunden lächelte sie.

»Hört sich an, als sollte ich dich jetzt zu einem ausgiebigen Frühstück einladen.« Sie blickte auf ihre Armbanduhr. »Oder fast schon zum Mittagessen. In meinem Hotel ist ein nettes Restaurant. Man sitzt sehr schön dort, direkt am Wasser. Das Essen ist wirklich hervorragend. Leichte, eher mediterrane Küche mit regionalen Einflüssen. Wenn du magst, gehen wir dort zum Lunch?«

Jeff zuckte mit den Schultern. Er verspürte nicht die geringste Lust auf den Besuch eines vornehmen Lokals an der Waterfront, sondern hätte lieber in einer Imbissbude am Greenmarket Square eine Boerewors gegessen. Anschließend hätte er sich in einem Coffeeshop ganz in der Nähe einen doppelten Espresso gegönnt und ein wenig mit dem Besitzer, einem eingefleischten Jazzmusikfan, geplaudert. Aber mit Carla auf den Greenmarket Square? Er musterte sie verstohlen. Ihr hellgrünes Chanel-Kostüm passte wunderbar in die exklusiven Ledersessel des Dr. Davis, dessen Gemächer sie gerade verlassen hatten und die ihn eher an die Büros seiner früheren Manager oder Anwälte als an eine Arztpraxis erinnert hatten. Die ausführlichen Erläuterungen des freundlichen, aber auch sehr distinguiert wirkenden Arztes waren ebenso geschäftig gewesen wie einst die endlosen Planungen für Plattenaufnahmen, Publicity-Auftritte und Konzertreisen. Immerhin beruhigte es ihn zu wissen, dass er, wenn er als Spender in Frage kam, relativ schnell wieder zurückfliegen und sich um sein Motel kümmern konnte. Daran, dass er nur wenige Wochen Zeit hatte, um Sarah wieder für sich zu gewinnen, wollte er jetzt lieber nicht denken. Er konzentrierte sich daher auf das Nächstliegende, auf etwas zu essen. In einem Imbiss in der Shortmarket Street würde Carla wahrscheinlich für einen Menschenauflauf sorgen. Gut, er selbst in seinem Hugo-Boss-Outfit auch. Trotzdem verspürte er wesentlich größeren Appetit auf eine ordentliche Portion Bobotie mit Safranreis als auf Carpaccio und Kingklipp. Aber solange er nur endlich was in seinen knurrenden Magen bekam, nahm er auch eine komplizierte Besteckauswahl in Kauf.

Also waren sie essen gegangen. So stilvoll und

teuer, wie er es erwartet hatte. Mit genau so mickrigen Portionen. Wäre er nicht stinksauer über die Unterhaltung mit Carla gewesen, hätte er jetzt halb verhungert den Kühlschrank geplündert. So aber stand er noch immer am Tisch und fluchte ungehalten vor sich hin.

»Wie stellt sie sich das vor? Dass ich übers Wochenende nach Zürich fliege, mir meine Niere rausschneiden lasse und wieder verschwinde, ohne Sarah auch nur gesehen zu haben? Das kann sie vergessen! Wenn diese verdammte Krankheit mir die einzige Gelegenheit gibt, sie wiederzusehen, dann werde ich diese Chance nutzen. Ich werde nicht abfliegen, ohne Sarah gesehen zu haben.«

»Und was ist, wenn sie dich nicht sehen will?« wandte Mbhali zögernd ein. »Ich meine, es könnte doch sein, dass die Zicke sie dermaßen beeinflusst hat, dass sie ...«

»Dann soll sie mir klar und unmissverständlich ins Gesicht sagen, dass ich mich zum Teufel scheren soll! Das will ich von Sarah selbst hören! Dann lasse ich sie in Ruhe. Egal, wie weh es tut, dann gehe ich und lasse sie in Ruhe. Aber ich lasse mich von Carla nicht einfach so abspeisen. Und auch wenn meine Niere nicht transplantiert werden kann, werde ich nicht untätig hier herumsitzen. Ich will wissen, wie es ihr geht!«

Einen Moment lang schwiegen beide.

»Wann erfährst du, ob du als Spender in Frage kommst?«

»Morgen. Wir treffen uns um elf Uhr vor der Klinik. Bis dahin müssten die Ergebnisse vorliegen.« Er zog eine Grimasse. »Sie wollte mich abholen. Danke, verzichte! Ich kann da auch mit unserem alten Rostkombi hinfahren. Für mich ist der gut genug.«

Mbhali, zog mit dem Finger die Spuren nach, die die unerfreulichen Überraschungen des gestrigen Tages überdeutlich in sein Gesicht gezeichnet hatten.

»Schläfst du auch noch ab und zu?« fragte sie besorgt.

Durch die Ruhe, die sie ausstrahlte, ebenfalls ruhiger geworden, nahm er sie in den Arm und drückte sie an sich. »Du hast ja recht, ich sollte mich eine Weile hinlegen. Zumindest, bis Jemmy aus der Schule kommt.« Der Gedanken an sein Bett ließ ihn automatisch gähnen. »Ein Stündchen kann wohl nicht schaden.« Er hing sich das Sakko an einem Finger über die Schulter und ging ins Schlafzimmer.

# 7. Kapitel

>> Waren das alle Hausaufgaben?« Skeptisch beobachtete Jeff, wie Jemmy seine Hefte zurück in die Schultasche packte. »Oder schlummern irgendwo noch ein paar vergessene Aufsätze, die dir rein zufällig erst heute Abend einfallen, wenn du ins Bett sollst?«

»Nein! Alles fertig!« Völlig immun gegen derartige Verdächtigungen stopfte der Junge seine Stifte in ein mit Tintenflecken übersätes Federmäppchen.

»Spielen wir jetzt Sax?«

»Du spielst, ich kritisiere. Bring deine Noten mit.«

»Och, nach Noten.« Er zog eine Schnute. »Können wir nicht lieber ...?«

»Nein, können wir nicht. Einen Tag spielen wir nach Lust und Laune, einen Tag lernst du nach Noten.« Jeff trug seine leere Kaffeetasse ins Haus.

»Gestern hatten wir unseren Spaß, heute ...«

»Gestern hatten wir gerade erst angefangen, da kam die Frau und du hast mich weggeschickt!«

»Wir haben jetzt ungefähr zwei Stunden Zeit bis zum Abendessen. Willst du so lange mit mir diskutieren oder lieber Musik machen? Falls du nur maulen willst, hole ich mir nämlich erst noch einen Kaffee.« Er schmunzelte, als Jemmy leise vor sich hin brummelnd ins Haus ging. Er selbst hätte früher auch am liebsten immer nur drauflos gespielt. Zum Glück hatte sein Lehrer ihm solche Flausen zwar nicht unbedingt sanft, aber immerhin erfolgreich ausgetrieben. Glücklicherweise zeigte ihm damals überhaupt jemand, wie man dem Instrument Töne entlockte, und nahm nicht einmal Geld dafür. Wenn es nach seinem Vater gegangen wäre, hätte er ...

»Bin da«, krähte Jemmy fröhlich. »Gehen wir?«

Den Instrumentenkoffer in der Hand marschierte er zum Strand. Lachend folgte Jeff ihm. Wie immer! Erst meckern, aber sobald er sein Sax in der Hand hielt, war es völlig egal, was er spielte. Hauptsache, er konnte spielen. Ach, was war ihm das alles noch vertraut, obwohl es so lange her war.

\* \* \*

»Nein, du konzentrierst dich nicht auf das, was du spielst. Deshalb verlierst du den Ton zu schnell. Das Stakkato geht Ta-ta-ka, Ta-ta-ka. Dabei ganz gleichmäßig weiterspielen. Komm, versuch´s noch mal.«

Doch Jemmy ließ das Sax hängen und biss sich auf die Lippe. Der Wind zerrte am Notenheft, das in einem Ständer auf dem Felsen mit Steinen vor dem Davonfliegen gesichert war. Nervös glitten die Kinderfinger über die Klappen.

»Was ist denn heute mit dir los, Kumpel?« Ahnungsvoll ging Jeff vor ihm ihn die Hocke und legte seinen Zeigefinger unter Jemmys Kinn, sodass der Junge ihn anschauen musste. »Du hast doch was.«

»Nein, nichts ...«

»Oh doch! Irgendwas ist nicht in Ordnung. Hast du was angestellt?«

»Neeeiiiin.« Jemmy schüttelte heftig den Kopf.

»Erzähl´ keine Märchen, Jem! Normalerweise werde ich grün vor Neid, wenn ich dich spielen höre. Aber das, was du heute vor dich hin trötest, kriege selbst ich noch hin, wenn du mir eine Hand auf den Rücken bindest.« Er sah ihn forschend an. »Hast du in der Schule Mist gebaut?«

Erneutes Kopfschütteln.

»Na, dann kann´s doch nicht so schlimm sein. Komm, sag´s mir.«

»Die Frau ...«, druckste er herum. »Die von gestern ... Mit der warst du mal verheiratet, oder?«

»Ja, war ich. Sie heißt Carla.«

»Und … Sie ist auch … Die Mama von Sarah?«

»Richtig. Jetzt fragst du dich, was sie hier will.«

Wieder an seiner Unterlippe nagend, nickte er.

»Berechtigte Frage. Hab ich mir auch gestellt.« Behutsam löste Jeff das Saxofon vom Hals des Jungen und legte es in den Koffer. Dann hob er Jemmy hoch und setzte ihn vor sich auf den Felsen.

»Du weißt doch, dass Carla und ich geschieden sind. Sie wohnt mit Sarah in der Schweiz, und ich wohne mit dir und Mamani hier.«

»Aber früher hast du auch bei ihr in dieser Schweiz gewohnt. Als ich noch klein war und dich gar nicht kannte.«

»Das ist eine Ewigkeit her, was, Großer?« Er sah Jemmy fragend an. »Weißt du überhaupt, wo die Schweiz ist?«

»Nö!«

»Bravo! Was lernt ihr eigentlich in der Schule?«

Ratlos zuckte Jemmy mit den Schultern. »Und warum ist die Frau … Die Carla … jetzt hier?«

»Weil Sarah krank ist.« Jeff setzte sich ebenfalls auf den Felsbrocken. »Es ist möglich, dass ich ihr helfen kann wieder gesund zu werden.«

»Du bist doch kein Doktor!«

»Nein, aber wenn wir Glück haben, habe ich etwas, was sie wieder gesund macht. Pass auf, ich versuche mal, dir das zu erklären.« Er überlegte angestrengt. »In deinem Körper gibt es sogenannte Organe. Das Herz, die Leber, die Nieren und so weiter. Habt ihr wenigstens das schon mal in der Schule durchgenommen?«

»Du meinst, so wie wenn Mamani Hühnerleber macht?«

»Jau, mit Peri Peri!« Jeff verdrehte die Augen, setzte dann aber geduldig neu an. »Da.« Er piekte dem Jungen mit dem Finger in die Nieren, worauf der sofort quietschend zusammenzuckte. »Das kitzelt!«

»Okay, jetzt weißt du, wo die Nieren sind. Also, du hast ein Herz, das ist da.«

»Weiß ich!«

»Gut. Die Leber ist auch irgendwo, und die Nieren haben wir gerade gefunden. Die Dinger nennt man Organe. Geht so ein Organ kaputt, wird man krank, und wenn man Pech hat, muss man daran sterben. Aber die Nieren kann man austauschen. Da setzt man eine andere Niere ein, und wenn man dazu Tabletten nimmt, dann funktioniert das angeblich wieder ganz gut.«

»Wo kauft man denn so eine ... So eine ... Organniere?«

»Leider nicht im Pick´nSave, das wäre zu einfach.« Er rieb sich nachdenklich über den Nacken. Wie erklärte man einem gerade Zehnjährigen eine Nierentransplantation?

»Sarah hat eine kaputte Organniere, und du musst die jetzt irgendwo kaufen?« bohrte Jemmy nach.

»Gibt´s die nicht in der Schweiz? Ist die Carla deshalb hier? Bauen wir die Dinger hier in Kapstadt?«

»Das wäre schön, wenn wir uns eine Niere bauen und nach Zürich schicken könnten.« Jeff lachte. »Für Mädchen machen wir sie in Rosa und für Jungs in Blau, was?« Doch dann seufzte er. »Nein, Kumpel, das ist leider alles tierisch kompliziert. Manche Organe kann man zwar austauschen, aber man kann sie nicht selber machen, sondern man braucht einen anderen Menschen dazu. Einen sogenannten Organspender. Wenn die Werte eines Spenders mit den Werten eines Patienten zusammen passen, dann kann man das Organ verpflanzen.«

Jemmys Gesicht verriet deutlich, wie er diese Information zu verarbeiten hatte. »Dann können die also dieses Dings aus der Carla ′rausnehmen und bei Sarah einbauen?«

»Nein, genau da liegt das Problem. Pass auf, Jem: Du hast ein Saxofon und eine Trompete. An deinem Sax ist der Schallbecher kaputt. Kannst du da das Schallstück einer Trompete aufsetzen?«

»Nee! Das passt doch gar nicht.«

»Genau. Aber bei zwei gleichen Saxofonen kannst du es austauschen. So ähnlich klappt es auch zwischen Menschen. Manchmal kann man Teile austauschen, und manchmal nicht. Die Mama von Sarah kann keine Niere spenden, weil sie eine Trompete und Sarah ein Sax ist. Aber ich habe heute beim Arzt einen Test gemacht, und wenn sich herausstellt, dass ich auch ein Sax bin, dann kann ich Sarah eine meiner Nieren geben.«

»Aber ...« Jemmy schluckte schwer, begann dann, an seinen Nägeln zu kauen. Sanft zog Jeff ihm die Hand vom Mund. »Was, aber?«

»Naja, wenn Sarah krank ist, weil ihre Organniere kaputt ist ... Wenn sie dann deine kriegt ...« Er schniefte. »Dann wird sie wieder gesund?«

»Ja, so sollte es sein.«

»Aber ... Aber dann ... Dann wirst du doch krank und musst auch so eine ... So eine Organniere haben. Und ... und ...« Unwirsch wischte er sich über das Gesicht und hinterließ schmutzige Streifen auf seinen Wangen. »Wenn du dann keine neue Organniere von jemandem kriegst ...« Seine Stimme war nur noch ein ängstliches Flüstern. »Musst du dann sterben?«

»Oh, Jemmy, nein! Nein!« Erschüttert zog er den Kleinen in seine Arme. »Nein, ich muss nicht sterben! Du musst keine Angst haben. Komm, nicht weinen, dazu gibt es keinen Grund.« Er holte ein Taschentuch aus seiner Hosentasche hervor und half ihm, die Nase zu putzen. »Das ist doch gerade das Gute an dieser Transplantation: Wenn alles vorbei ist, muss niemand sterben. Sarah nicht, und ich auch nicht.«

»Wirklich nicht?«

Jeff schüttelte den Kopf. »Wirklich nicht. Vertrau mir. Wenn die Ärzte feststellen, dass ich ein Sax bin, dann muss ich für eine Weile in die Schweiz …«

»Du gehst weg?« Neue Panik machte sich breit.

»Ich fliege dann für eine Weile nach Zürich, und sobald die Operation vorbei ist, komme ich ganz schnell zurück.«

»Ich will nicht, dass du weg gehst! Und ich will auch nicht, dass du operiert wirst! Und die doofe Carla soll sich ein anderes Sax suchen, dass eine Organniere für Sarah hat! Ich will nicht, dass du …«

Mit einem abgrundtiefen Seufzer zog Jeff den Jungen auf seinen Schoß. »Ich muss Sarah helfen, wenn ich es kann!«

»Hast du sie lieber als mich?«

»Nein, Jem, das habe ich nicht, und das weißt du auch. Ich habe euch beide gleich lieb. Ihr seid beide meine Kinder.«

»Aber sie ist schon groß, und sie ist nicht hier. Sie kann von jemand anders eine Organniere haben!«

»Dass sie groß und nicht hier ist, spielt keine Rolle. Entscheidend ist, dass es nur ganz wenige Spender gibt, die in Frage kommen. Wenn du so krank wärst, würde ich für dich das Gleiche tun.«

»Meine Organnieren sind in Ordnung! Meinetwegen musst du nicht sterben.« Seine Panik schlug in Trotz um. »Die doofe Sarah …«

»Sarah ist nicht doof, Jem.«

»Mir egal! Soll doch die Frau ihr das Dings geben!

Oder ... Oder ... Oder ...« Mist, ihm fiel kein Oder ein. Verständnisvoll wuschelte Jeff ihm durch die Haare. »Jetzt stellst du erst mal den Wasserhahn in deinem Gesicht ab und beruhigst dich wieder. Noch ist gar nichts entschieden. Vielleicht bin ich ja auch eine Trompete.« Was Gott verhüten möge, betete er inständig. Er musste einfach ein Sax sein!

»Komm, wir gehen nach Hause und waschen dich.«

»Kriege ich ein Eis?«

»Kann es sein, dass du anfängst, die Situation auszunutzen?«

»Nur ein Kleines.«

Erleichtert, dass Jemmy schon wieder mehr ans Essen als an schwierige Operationen dachte, packte er ihn und setzte ihn sich auf die Schultern.

»Vergiss mein Sax nicht!«

»Nein, ich vergesse dein Sax nicht.« Jeff schnappte sich den Koffer, dann trabte er wie ein Pferd unter Jemmys vergnügtem Jauchzen zum Motel hinüber.

## 8. Kapitel

In nervenaufreibendem Stop-and-go quälte sich der Verkehr über den breiten Nelson-Mandela-Boulevard. In der Ferne deutete Blaulicht auf einen Unfall hin, doch Jeff schien gar nicht wahrzunehmen, dass es nicht voranging. Geistesabwesend saß er auf dem Beifahrersitz des Mercedes. Die Ergebnisse waren positiv! Dr. Davis hatte ihnen einen endlos langen Vortrag gehalten. Hängengeblieben war nur ein einziger Satz:

»Nach dem heutigen Stand der Dinge spricht nichts dagegen, dass sie ihrer Tochter eine Niere spenden.« Er konnte Sarah helfen, bald wieder ein weitgehend normales Leben zu führen. Er würde sie wiedersehen!

»Jeff?« Wieder einmal ging nichts mehr. Carla schaute verlegen zu ihm hinüber. »Es tut mir leid, was ich gestern gesagt habe. Dass ich mir nicht sicher war, ob du ... Ich weiß nicht, warum ich das gesagt habe. Ich wollte wohl einfach nur gemein zu dir sein. Dabei bin ich hergekommen, weil ich deine Hilfe brauche.«

»Nicht du brauchst meine Hilfe, sondern Sarah«, stellte er nüchtern klar. »Und sie bekommt diese Hilfe! Alles andere spielt keine Rolle.« Er hatte nicht mit ihr zusammen ins Krankenhaus fahren wollen, dennoch war sie gekommen, um ihn abzuholen. Widerwillig war er eingestiegen, weil es sicherlich einen besseren Eindruck machte, als auf dem Klinikparkplatz aus dem verbeulten Kombi abzusteigen. Man konnte nie wissen, wer gerade aus dem Fenster schaute. Bisher hatte man ihn mit äußerster Zuvorkommenheit behandelt. Mit platinfarbenen Kreditkarten konnte man sich eine Menge Zuvorkommenheit erkaufen. Auch wenn man nur artig neben deren Besitzerin herlief.

Unterwegs hatten sie kein Wort miteinander gewechselt. Im Krankenhaus dagegen waren sie automatisch in die alten Rollen geschlüpft. Das Publikum ging es nichts an, wenn hinter den Kulissen die Fetzen flogen. Auf der Bühne herrschte Harmonie. Immer schön lächeln. Showbusiness.

»Bieg ab, vielleicht entkommen wir dem Stau.« Jeff wies auf eine schmale Einbahnstraße. »Aber fahr langsam. Die Straßen sind ziemlich unübersichtlich. Da spielen oft kleine Kinder zwischen den Autos.«

»So, wie es aussieht, können wir bald nach Hause fliegen«, begann Carla erneut. »Du wirst eine Weile weg sein. Was wird so lange aus deinem Motel?«

Jeff zuckte mit den Schultern. »Muss ich noch organisieren. Ehrlich gesagt, hatte ich dafür in den letzten beiden Tagen noch keinen Nerv.« Er zog eine Grimasse. »Kam ja schließlich alles etwas plötzlich. Nächste Straße rechts.«

»Wenn du deswegen… «, sie zögerte, »schließen musst …« Sie folgte der Gasse, die gerade genügend Platz bot, um den Wagen vorsichtig hindurch zu steuern. »Ich gebe dir das Geld für den Ausfall.«

»Danke, aber bisher habe ich es zum Glück noch nicht nötig, meine Niere zu verkaufen!«

»Versteh´ mich doch nicht gleich wieder falsch!« Carla stöhnte. »Ich will nicht, dass du in Schwierigkeiten gerätst. Man kann doch ein Motel nicht so einfach wochenlang schließen, vermute ich mal.«

»Nein, kann man nicht«, bestätigte er beleidigt.

»Aber Mbhali ist ja da. Außerdem sollten in der Schweiz Telefon und Internet bereits erfunden worden sein.«

»Das Zimmermädchen soll das Motel führen?«

»Sie ist kein Zimmermädchen, sie macht nur den Job, den einer machen muss. Da ich besser organisieren als putzen kann, ist es eine logische Arbeitsteilung. Du kannst auch besser Klavier spielen als kochen.«

»Oh, ich wollte dein Herzblatt nicht beleidigen.«

»Sie ist nicht mein Herzblatt«, presste Jeff nur mühsam beherrscht hervor. »Sie ist Jemmys Großmutter.«

»Och, wie süß! Sie ist die Mutter von dieser Nattie? Wie niedlich! Dann bleibt ja wenigstens alles in der Familie.«

Für einen Augenblick starrte er sie fassungslos an. Sie lächelte unschuldig zurück.

»Hör auf, Carla! Hör sofort auf!« Es war nicht seine Art, herumzubrüllen, doch sein bestimmter Ton war nicht weniger wirkungsvoll. »Es reicht, dass du mir meine Tochter weggenommen hast. Mbhali und Jemmy gehen dich nichts an!«

»Ich habe dir Sarah nicht weggenommen!« keifte Carla sofort. »Das hast du ganz alleine hinbekommen! Wenn du nicht mit diesem billigen, kleinen Flittchen ...«

»HÖR. AUF!« Innerlich zählte er bis zehn, aber um sich zu beruhigen, hätte er auch bis Tausend zählen können. »Wenn du es nicht geregelt bekommst, eine halbe Stunde lang mit mir zusammen zu sein, ohne die alten Geschichten aufzuwärmen, solltest du bei der Buchung der Flüge darauf achten, dass wir möglichst weit auseinander sitzen. Am besten in zwei verschiedenen Flugzeugen!« Mit einer unwirschen Handbewegung deutete er auf die nächste Kreuzung.

»An der Ampel nach links, und dann gib Gas, damit ich endlich aus diesem Auto ´rauskomme!«

## 9. Kapitel

Mbhali schob einen Wagen voller Schmutzwäsche zur Waschküche, als sie hörte, wie ein Auto auf den Parkplatz fuhr und Sekunden später eine Autotür zugeschlagen wurde. Gespannt reckte sie den Hals. Auf der Fahrerseite stand Carla, wie immer so modisch adrett, als wäre sie gerade einem Modemagazin entstiegen. Wenn sie ehrlich war, musste sie allerdings zugeben, dass auch Jeff momentan eher wie einer der weißen Snobs aus Camps Bay wirkte. Dieser fliederfarbene Anzug stand ihm wirklich gut. Sie lächelte ungewöhnlich verträumt. An den Anblick könnte sie sich gewöhnen, war doch mal was anderes wie die ewigen …

»Ich hole dich morgen früh ab. Wir können …« Carlas ungehaltener Ton setzte Mbhalis Tagtraum ein schnelles Ende. Neugierig konzentrierte sie sich wieder auf das, was sich am Auto abspielte.

»Vergiss es, ich brauche keinen Chauffeur!« Offensichtlich war auch Jeff nicht gerade bester Laune.

»Spar´ dir den Umweg hierher, noch mal fahre ich nicht mit.« Ohne ein weiteres Wort ließ er Carla stehen und verschwand im Schatten der Rezeption.

»Dann eben nicht«, rief sie ihm wütend nach.

»Aber sei ausnahmsweise mal pünktlich. Hier geht es nicht um dich und deine gekränkte Eitelkeit, sondern um Sarah!«

Wider Erwarten kehrte Jeff ins Blickfeld zurück.

»Pass auf, dass du genau das nicht vergisst«, erwiderte er kalt. »Hier geht es nur um Sarah!« Damit stapfte er davon. Wutentbrannt stieg sie ins Auto und fuhr mit hoher Geschwindigkeit ab. Mbhali hatte die Hände in die Hüften gestützt und schüttelte mit einem abfälligen Lächeln den Kopf. Sie kannte diese Frau nur von Fotos und dem, was Jeff ihr über sie und das Ende seiner Ehe erzählt hatte, dennoch bestätigte sich ihr Bild von der aparten Schönheit voll und ganz. Sie war wie eine Schlange: Außen in edles Leder gehüllt und perfekt marmoriert, innen nichts weiter als Giftzähne, die entleert werden wollten. Wie hatte er dieser Frau nur verfallen können?

»Teils, weil ich sie tatsächlich geliebt habe, teils, weil sie ziemlich schnell schwanger war«, beantwortete er diese Frage wenig später leicht ironisch. Eigentlich wollte er seinen Frust mit einem Stapel Schreibarbeiten im Büro ersticken. Doch Mbhalis aufmunterndem Lächeln, mit dem sie sich ihm in den Weg gestellt hatte, als er in Jeans und T-Shirt aus dem Haus kam, konnte er ebenso wenig widerstehen wie dem duftenden Kaffee und einem Teller voller Pfannkuchen. Dankbar folgte er ihr zu einem der hölzernen Picknicktische, die auf der Wiese standen, die das Motelgelände vom Nachbargrundstück trennte. Auch sie selbst hatte sich einen Kaffee geholt. Jetzt stibitzte sie ihm einen Pfannkuchen, den sie in kleine Stücke zerriss und sich nach und nach in den Mund steckte.

»Sie hat mir keine Gelegenheit gegeben, ihr freiwillig einen romantischen Heiratsantrag zu machen. Sarah war ja längst unterwegs.« Bei dem Gedanken an Sarah lächelte er selbstvergessen, während er einen Schluck Kaffee trank.

»Wahrscheinlich hätte ich sie sonst auch geheiratet. Ich habe sie wirklich geliebt. Wir haben eine gute Ehe geführt, auch wenn ich das heute selbst kaum noch glauben kann. Wir waren glücklich. Dachte ich jedenfalls«, setzte er mit einem Seufzer hinzu. »Weißt du, wie oft ich mich seit vorgestern gefragt habe, ob sie sich so verändert hat, oder ich?« Nachdenklich ertränkte er einen halben Pfannkuchen in einer Unmenge Sirup. Mbhali bekam schon vom Hinschauen Zahnschmerzen, aber Jeff verzog keine Miene, sondern tunkte auch den nächsten Bissen gnadenlos in die klebrige Masse.

»Dieser ganze sinnlose Schnickschnack. Die tollen Klamotten, die so unbequem sind. Die teuren Restaurants, in denen man nicht satt wird. Okay, das Auto ist cool!« Ganz Mann, grinste er bis über beide Ohren. »Da muss ich Jemmy zustimmen, den Flitzer würde ich gerne behalten. Aber alles andere?« Ernst betrachtete er das Motel, vor dem Azibo gerade Blätter wegfegte. Da stand der Wäschewagen, den Mbhali einfach hatte stehenlassen, weil im Moment Pfannkuchen und Kaffee wichtiger als frische Handtücher waren. Eine der Klimaanlagen machte Geräusche, die verkündeten, dass das Gerät ziemlich bald den Geist aufgeben würde, wenn Dans magische Hände sich nicht bald damit beschäftigten. Das Moskitonetz am Fenster von Zimmer 221 musste ausgetauscht werden. Im Büro lagen mehr unbezahlte Rechnungen als Buchungseingänge, und jetzt, am frühen Nachmittag, stand kein einziges Auto auf dem Parkplatz. Bisher erwartete er für die kommende Nacht nur wenige Gäste, aber die wenigsten Reisenden buchten Quartiere wie diese im Voraus. In der Regel hielten sie einfach an, wenn sie die Reklame am Straßenrand sahen oder auf die Anzeige am Rand der kostenlos erhältlichen Stadtpläne stießen. Außerdem waren dank einiger anstehender Events in der Stadt ein paar wirklich gute Wochen in Sicht. Zum Glück, denn Jemmy wuchs schon wieder aus seiner Schuluniform heraus, von seinen Jeans und Schuhen ganz zu schweigen.

»Ich wollte nicht mehr tauschen«, gab er ehrlich zu. »Versteh mich nicht falsch, die Zeit als Musiker möchte ich nicht missen. Es wäre schön, wenn ich noch immer richtig spielen könnte, nicht nur dieses Geplänkel, von dem nur Jemmy gnadenlos begeistert ist.« Er schaute wehmütig auf den Handschuh, der Tag für Tag seine Fingern umhüllte.

»Selbst auf das Geklimper würde ich verzichten, wenn ich nur regelmäßig Kontakt zu Sarah hätte. Es war richtig, dass sie damals in Zürich geblieben ist, ein Kind gehört zu seiner Mutter. Aber wenn sie wenigstens in den Ferien ...« Hastig versteckte er die Gefühle, die sich breitmachten, hinter der Kaffeetasse. Sarah. Die sich wahrscheinlich gerade fast zehntausend Kilometer entfernt durch eine stundenlange Dialysesitzung quälte und nicht ahnte, dass die rettende Niere ausgerechnet im Körper ihres Vaters steckte. Zum Dank für seine Hilfe würde sie ihn garantiert mit einem gepflegten Tritt in den Hintern zum Mond schießen! Dennoch zerbrach er sich den Kopf darüber, wie er Jemmy, Mbhali und das Motel wochenlang alleine lassen konnte.

»Sie ist kein Kind mehr, Jeff!«

»Komisch, genau das Gleiche hat Carla auch gesagt.« Grüblerisch nestelte er an der Narbe an seinem Kinn. »Wird Jemmy für dich jemals etwas anderes sein als ein Kind?«

»Jemmy?« Mbhali lachte dieses glockenhelle Lachen, das ihn immer an Musik erinnerte. »Selbst wenn mir der Bengel genau wie du über den Kopf wächst und hier mit meinen sieben Enkelkindern anmarschiert kommt: Wird er frech, kriegt er eins hinter die Löffel. Und wenn ich dafür ´ne Leiter brauche!«

»Eben! Sie werden nie erwachsen.« Er musste lachen. »Sieben Enkelkinder?«

»Mindestens!« bestätigte Mbhali stolz. »Er ist schließlich ein halber Xhosa!«

»Er ist auch ein halber Halb-Engländer!« entgegnete Jeff ebenso stolz. »Also nur drei Enkelkinder. Mehr kriegen wir in der Suite nicht unter, wenn sie uns besuchen kommen.«

»Ein echter Xhosa kriegt vierzehn Kinder in der Suite unter. In einem Bett!«

»Und produziert dabei im zweiten Bett gleich noch ein paar weitere, ich weiß! Hoffentlich hält die Decke das aus, sonst landet die Rasselbande mitsamt Matratze auf dem Tresen in der Rezeption. Das kann selbst Dan nicht reparieren.«

»Hast du eigentlich keine Arbeit mehr, seit du nur noch mit Madame Versace spazieren fährst?«

Jeff schob den leeren Teller von sich, stand auf und beugte sich über den Tisch. »Danke.« Er gab ihr einen Kuss auf die Wange. »Für den Kaffee und die Pfannkuchen. Vor allem aber dafür, dass dein Xhosa-Zauber meine schlechte Laune vertrieben hat.«

Zufrieden sah sie ihm nach, wie er kurz mit Azibo sprach und dann ins Büro ging.

## 10. Kapitel

Zur gleichen Zeit lehnte Carla mit dem Telefonhörer am Ohr in der Balkontür ihrer großzügig geschnittenen Suite im fünften Stock des *Table Bay Hotels*. In ein Gespräch mit ihrer Mutter vertieft, ließ sie den Panoramablick über einen Teil des Hafengeländes bis hinauf zum Tafelberg auf sich wirken. Unten an der Waterfront herrschte geschäftiges Treiben. Kleine Fischerboote, Ausflugsdampfer und private Jachten glitten durch die Hafenbecken, Männer in abgerissenen Jeans und schmutzigen Shirts stapelten Kisten, während andere Männer von einem Kutter neue Kisten auf den Kai hinaufreichten. Eine Gruppe Japaner, die in geordneten Zweierreihen ihrer winzigen Reiseleiterin folgten, hatte Mühe, die zwingend erforderlichen Fotos zu schießen, ohne ihre Mitreisenden zwischen den Touristen und Arbeitern zu verlieren. Segelboote trieben gemächlich durch den Hafen. Nahe des Clock Towers hatte sich eine Menschenmenge angesammelt, die darauf wartete, dass die Schwenkbrücke zurückgefahren wurde, um den Übergang auf die gegenüberliegende Seite wieder freizugeben. Polizisten auf Fahrrädern hielten ein waches Auge darauf, dass keine Taschendiebe und Bettler das Postkartenimage der Traumstadt am Kap beschmutzten. Schiffssirenen jaulten. Der Wind trug das Geschrei der Robben aus der Robbenkolonie herüber, das sich mit der flotten Jazzmusik einer Band mischte, die gleich neben dem Hotel eine ansehnliche Zuschauermenge begeisterte. Auf der Rückseite der Bucht strebten zwischen den Hochhäusern zahlreicher Bürogebäude die wenigen Wolkenkratzer von Downtown gen Himmel, an deren glitzernden Glasfassaden Schriftzüge meist internationaler Hotelketten, Banken und Versicherungen prangten.

Dahinter wurden die Gebäude flacher. Kleine, oft kunterbunt angestrichene Häuser zogen sich an den Hängen entlang, bis die schroff abfallenden Felswände des Tafelbergs jede weitere Besiedlung unmöglich machten. Das Gipfelplateau hatte sich wie so oft wieder einmal unter der berüchtigten Tischdecke versteckt, der dichten Wolkenmasse, die das Felsmassiv in undurchdringlichen Nebel hüllte und dem gewaltigen Berg trotz des rundherum blauen Himmels und strahlendem Sonnenscheins ein geradezu mystisches Aussehen verlieh.

»Ich weiß, Mama«, wandte Carla ihre Aufmerksamkeit wieder ihrem Telefonat zu. »Deshalb rufe ich ja jetzt bereits an. Ich wollte mit dir allein sprechen.«

»Stimmt etwas nicht? Gibt es Probleme mit Jeffrey?« Besorgt drang Ellens Stimme durch den Hörer. Auf der anderen Seite der Erde schaute sie über die Dächer der tiefer liegenden Häuser hinweg auf den Zürichsee. Dahinter erhoben sich die schneebedeckten Gipfel der Alpen. Die Menschen auf den Straßen trugen dicke Mäntel, Handschuhe und Stiefel. Auf der Flaniermeile Kapstadts dagegen beobachteten die Touristen in Shorts und Sandalen bei einem kühlen Drink vom Straßencafé aus das vielfarbige Völkergemisch um sich herum. Nur die Einheimischen klappten bei sonnigen Herbsttemperaturen um fünfundzwanzig Grad Celsius bereits die Kragen ihrer Jacken hoch, wenn eine frische Brise vom Ozean herüberwehte.

»Nein.« Obwohl Ellen es durch das Telefon gar nicht sehen konnte, schüttelte Carla den Kopf. »Nein, zumindest was seine Werte angeht, ist alles in bester

Ordnung. Ich könnte vor Glück abwechselnd lachen und weinen, dass wir tatsächlich so schnell einen Spender gefunden haben. Auch wenn es ausgerechnet er ist. Aber ... Ich habe Angst davor, es Sarah zu sagen«, gab sie zögernd zu. »Wir werden wahrscheinlich übermorgen zurückfliegen, und ich habe eine Heidenangst vor dem Moment, wenn sich die beiden gegenüberstehen.«

»Soll ich es ihr sagen? Sie glaubt immer noch, du wärst bei Amelie und Bill in New York. Ich kann ihr doch ...«

»Nein, Mama. Das ist lieb von dir, aber ich muss es ihr selbst sagen.« Carla ging über den flauschigdicken Teppich zur Bar hinüber. Sie klemmte sich den Telefonhörer unter das Kinn, nahm eine Flasche Perrier aus dem Kühlschrank und goss den Inhalt in ein Kristallglas.

»Das geht auch nicht am Telefon, das muss ich machen, wenn ich zurück bin.« Sie trank einen Schluck, stellte das Glas auf den Couchtisch und ließ sich in die goldfarbenen Polster des Sofas sinken.

»Ich habe schon überlegt, ob ich Jeff nicht doch im Hotel unterbringen soll, aber das wird er nicht machen. Er besteht darauf, Sarah zu sehen. Das ist die einzige Bedingung, die er stellt.«

»Ich habe nichts anderes erwartet«, erwiderte Ellen leidenschaftslos. »Mir wäre es zwar auch lieber, wenn wir den Kerl nicht im Haus hätten, andererseits hast du ihn so unter Kontrolle. Nicht, dass er doch noch im letzten Moment vor der Transplantation kniff und wieder in den Busch fliegt.«

»Das würde er nie tun, Mama.« Zumindest davon war Carla absolut überzeugt. »Er ist so närrisch auf Sarah wie eh und je. Was glaubst du, wie schwer es war, ihn für diese Tests noch tagelang hier zu halten.

Er wäre am liebsten mit dem nächsten Flieger nach Zürich geflogen.« Lange hielt es sie nicht auf dem Sofa. Von innerer Unruhe getrieben, ging sie in der Suite auf und ab. »Ich bin so froh, wenn ich wieder zuhause bin«, gab sie ehrlich zu.

»Wir streiten ohne Ende. Ich hatte wirklich geglaubt, es würde mir nichts ausmachen, ihn wiederzusehen. Aber ... Es macht mich wahnsinnig, wenn ich diese Frau sehe. Und erst diesen Jungen!«

»Welche Frau? Ich denke, die Mutter von dem Bengel ist tot?«

»Ist sie auch. Aber die Großmutter ist quietschlebendig.«

»Du lässt dich von einer afrikanischen Oma einschüchtern? Seit wann das denn?«

»Seit die afrikanische Oma aussieht wie die große Schwester von Naomi Campbell! Sie ist kaum älter als ich, und wenn ich sie sehe, habe ich immer das Gefühl, sie würde mich gleich mit toten Hühnern oder giftigen Speerspitzen bewerfen. Die Frau ist total unheimlich!« Sie schluckte schwer, eilte zurück zu ihrem Wasserglas und trank es in einem Zug leer.

»Der Junge ist genau so merkwürdig. Der guckt mich immer an, als käme ich von einem anderen Stern.«

»Vergiss den Bengel, Carla! Bald bist du wieder zuhause, dann siehst du ihn und die komische Oma nie wieder.«

»Jeff lebt mit ihr zusammen!« Carla schüttelte sich.

»Der ist vor nichts fies! Erst hat er was mit dieser kleinen Schlampe, und kaum bucht die mit einer Überdosis Heroin einen Freiflug ins Jenseits, nimmt er eben die Mutter!« Sie spürte, wie ihr erneut ein Schauer über den Rücken lief. »Kannst du dir vorstellen, dass Vater was mit Oma angefangen hätte?«

»Nein, kann ich nicht. Allerdings sah deine Oma auch nicht aus wie die Schwester von Naomi Campbell. Dein Vater hatte Augen im Kopf, der nahm keine zweite Wahl! Außerdem hielt er nichts von Gebrauchtwaren.«

»Mama, du bist unmöglich!« Zum ersten Mal musste Carla lachen. »Du hast recht, sobald ich wieder zuhause bin, habe ich mit dieser Sippschaft hier nichts mehr zu tun. Jeff wird sowieso die meiste Zeit im Krankenhaus liegen. Wenn nur Sarah bald wieder gesund wird.«

»Eben, mein Schatz. Das ist das einzig Wichtige. Alles andere sind vorübergehende Nebenwirkungen. Wir sorgen schon dafür, dass er so schnell wie möglich wieder abreist. Kann ja nicht so schwer sein, wenn Naomis Schwester da unten auf ihn wartet.«

»Ich hab dich lieb, Mama.«

»Ich hab dich auch lieb, mein Schatz. Komm, mach einen schönen Spaziergang und genieß die warme Sonne, solange es noch geht. Hier ist es im Moment ziemlich kalt, und es regnet permanent.«

»Schade, dass ich die Sonne nicht einpacken kann. Ich rufe heute Abend noch mal an, wenn Sarah da ist.«

»Tu das. Ich werde jetzt mal langsam sehen, dass ich zu meiner Yoga-Gruppe gehe. Bis heute Abend.«

Carla legte das Telefon beiseite. Wieder trat sie auf den Balkon und ließ den Blick über das bunte Treiben entlang der Victoria & Alfred Waterfront schweifen. Es wurde wirklich Zeit, dass sie wenigstens für eine Weile ihre Sorgen vergaß und sich den Schönheiten Kapstadts widmete.

\* \* \*

»Bist du sicher, dass du das mit dem Kleinen hinbekommst, Hanaa? Wir sind in den nächsten Wochen fast permanent ausgebucht. Jetzt kommt erst die *Cape Argus Cycle Tour*, danach sofort die *Cape Epic*. Leute, ich kriege die Krise, wenn ich daran denke, dass ich das Jazz Festival verpasse!« Jeff raufte sich die Haare. Auch wenn es schmerzte, nicht mehr dabei zu sein, mitspielen zu können. Den Jubel und die Begeisterung der Menge zu spüren, wenn er sein Saxofon auf den überall verstreuten Straßenbühnen Kapstadts vibrieren ließ. Das alljährliche *International Jazz Festival* war die einzige Veranstaltung gewesen, die ihn regelmäßig zurück in seine Heimat gelockt hatte.

Er lehnte am Schreibtisch, sein ganzes Team um sich geschart. Seine Reisetasche war gepackt, es war höchste Zeit, einen Notfallplan für die nächsten Wochen zu organisieren.

»Für den *Two Oceans Marathon* liegen jede Menge Buchungen vor«, kehrte er zum Thema zurück. »Da sind nur noch drei oder vier Zimmer frei, aber ich glaube nicht, dass die frei bleiben. Wir kriegen die Bude mal so richtig voll. Und ausgerechnet jetzt muss ich weg.« Aber Sarah war wichtiger als alles andere.

»Mbhali wird hier im Büro zu viel zu tun haben, um dir zu helfen.« Er sah die junge Frau, die einen Säugling in einem Tuch auf dem Rücken trug, skeptisch an.

»Ich schaffe das schon«, erwiderte Hanaa zuversichtlich. Sie war gerade erst Anfang Zwanzig und arbeitete sonst nur stundenweise im Motel. Die dralle Schwarze war froh, überhaupt einen Job gefunden zu haben, bei dem sie nicht nur ihren kleinen Sohn, sondern auch das Baby mitbringen durfte. Jetzt strahlte sie vor Glück, vorübergehend ganztägig Geld als Zimmermädchen verdienen zu können.

»Wenn du es nicht schaffst, Hanaa, springt Anele

ganz sicher ein, mach dir da mal keine Sorgen«, winkte Dan gelassen ab. »Mach keinen Stress, Boss! Wir schmeißen den Laden hier schon, während du dir in der Schweiz von schnuckeligen Krankenschwestern den Hintern abwischen lässt und vor lauter Langeweile die Löcher aus dem Käse pulst.«

»Kamali kann notfalls auch mal mit anpacken«, bot Azibo die Hilfe seiner Frau an, boxte dann seinem Kollegen Nkosane in die Rippen. »Deiner Schwester könnte ein bisschen Arbeit auch nicht schaden, Alter!«

»Nur einer? Die schlepp ich alle an! Dann lassen sie wenigstens die Finger von den Kerlen!«

»Du schleppst keine deiner Schwestern an, Nkosane!« Ein drohender Unterton schwang in Jeffs Stimme mit. »Bei mir arbeiten keine Kinder!«

»Mann, Boss, das sind keine Kinder! Die sind ...«

»Alle unter achtzehn«, ergänzte er wissend. »Weit unter achtzehn. Wenn ich höre, dass auch nur eine von ihnen hier ein Kopfkissen aufgeschüttelt hat, bist du weg vom Fenster!«

»Ja, schon klar.« Genervt verdrehte der drahtige Kampfsportfreak die Augen. »Als wenn die sich was von der Figur brechen, wenn sie mal was tun müssen.«

»Ich will gar nicht wissen, was die alles tun müssen! Ich weiß, was du bei mir verdienst, und alleine davon kriegst du deine Mama und die Mädchen ganz bestimmt nicht satt. Also pass auf, dass du den Job hier behältst, die Stellen für prügelfreudige Ex-Knackis sind rar gesät!«

»Keine Sorge, Jeff, ich pass´ schon auf, dass die Jungs keinen Scheiß machen.« Dan bedachte Azibo und Nkosane mit einem Blick, der ihnen versicherte, dass sie sich trotz aller Kampfkünste lieber nicht mit dem muskelbepackten Schrank anlegen wollten.

»Sieh du lieber zu, dass du schnell wieder fit wirst.«

»Darauf könnt ihr wetten, Jungs!« Jeff blickte in die Runde, blieb an Mbhali hängen. »Wenn einer hier aus der Reihe tanzt, trittst du ihm in den Hintern, klar, Chefin?«

Mbhali lächelte bescheiden. »Chefin. Du bist ein Spinner! Aber den Laden hier, den halten wir am Laufen, was, Leute?«

Einstimmiges Gebrüll bestätigte ihre Worte.

Es fiel ihm nicht leicht, das Motel vorübergehend aus der Hand zu geben, dennoch erfüllte sein Team ihn mit Stolz. Seine Leute würden zusammenhalten und die nächsten Wochen irgendwie meistern. Sie waren längst mehr als nur Personal. Sie waren ebenso wie Mbhali und Jem seine Familie.

## 11. Kapitel

>> Zimmer 112, letzte Tür vor dem Durchgang. Check-out ist um elf Uhr. Morgens zwischen halb sieben und neun Uhr steht da drüben Frühstück bereit«, hörte Jeff Nkosane nebenan sagen. Er blickte von seiner Arbeit am Computer auf. Eine junge Frau mit zwei Kindern an der Hand und einem dritten auf dem Arm stand vor dem Fenster. Ihr Mann reichte ihr eine Schlüsselkarte, wies auf Zimmer 112 und ging selbst zum Auto zurück, während die Frau die Kinder zu ihrem Zimmer lotste. Jeff wollte schon weiterarbeiten, als sein Blick auf Jemmy fiel, der mit hängendem Kopf auf einem der Picknicktische saß, einen selbst gebastelten Drachen in der Hand. Noch einmal schaute Jeff kurz auf den Monitor, gleichzeitig jedoch fuhren seine Finger bereits wie von selbst das Programm herunter. Er schob seinen Stuhl zurück und verließ das Büro.

»Hey, Drachentöter, was sitzt du hier herum und bläst Trübsal? Will der Vogel etwa nicht fliegen? Wind haben wir doch genug, oder?«

»Jaa ...« Missmutig drehte der Junge das leuchtend orangene Spielzeug mit seinem grinsenden Gesicht und den langen Bändern am Schwanz hin und her.

»Was, jaaaa?« Im gleichen Tonfall dehnte Jeff das Wort noch mehr in die Länge, konnte ihm aber kein Lächeln entlocken. »Jem, noch bin ich hier! Ich fliege erst morgen ab. Kein Grund, heute schon zu jammern.«

»Ich will aber nicht, dass du weggehst.«

»Hab ich verstanden. Aber es ändert nichts daran, dass ich morgen in dieses Flugzeug steigen werde.« Er hockte sich vor den Jungen. »Ich hab's dir doch erklärt, Sarah braucht mich. Und sobald alles okay ist, komme ich wieder. Ich bringe dir auch was mit. Versprochen!«

Selbst das konnte Jemmy nicht begeistern. Nach wie vor spielte er lustlos mit dem Drachen. Jeff sah auf. Es war Sonntagnachmittag, die Sonne schien, dazu blies ein kräftiger Wind. Perfektes Wetter, um einen Drachen steigen zu lassen.

»Weißt du was? Du holst jetzt deine Mamani, und dann gehen wir alle drei an den Strand.«

»Darf der mit?« Er hielt ihm den Drachen entgegen.

»Der darf nicht nur mit, der muss uns zeigen, wo es langgeht! Los, lauf und hol Mamani. Ich passe solange auf, dass der Kleine nicht ohne uns davonfliegt.«

Wie der Blitz war Jemmy verschwunden. Erleichtert wickelte Jeff die verheddelte Schnüre des Drachen ordentlich auf, als Jemmy auch schon mit Mbhali im Schlepptau anmarschiert kam. Er ging den beiden ein Stück entgegen, wobei er Mbhali wohlwollend musterte, deren rot-buntes Kleid einen zauberhaften Kontrast zu ihrer dunklen Haut bildete. Wie immer hatte sie ein passendes Tuch um ihre Haare geschlungen, aus dem ein kunstvolles Nest rabenschwarzer Zöpfchen hervorquoll. Der schmale, lange Rock schmeichelte ihrer weiblichen Figur. Gegen die wohlproportionierten Formen der Schwarzen wirkte die zierliche Carla fast knabenhaft, schoß es Jeff durch den Kopf.

»Hast du nicht gesagt, du müsstest noch ein paar Dinge im Büro erledigen?«

»Ja, hab ich gesagt«, Jeff griff nach Jemmys freier Hand und steuerte auf den Strand zu. »Aber ich habe auch die ganze Nacht noch Zeit dafür. Jetzt machen wir das, was man an Sonntagnachmittagen so macht, nämlich einen Strandspaziergang. Was dagegen?«

»Ich? Niemals. Oh, unser Haustier haben wir auch dabei! Hallo Flugmonster, musst du mal Gassi?«

»Der fliegt gleich bis in die Schweiz!« prahlte Jemmy. Kaum, dass sie am Strand waren, schnappte er sich die Schnüre und lief mit dem Drachen, der schnell an Höhe gewann, voraus. Zufrieden legte Jeff seinen Arm um Mbhalis Taille, die sich wie von selbst an ihn schmiegte, während sie dem Spiel in gemütlichem Tempo folgten.

»Wovor hast du mehr Angst?« fragte sie, ohne sich von ihm zu lösen, nachdem sie eine Weile in einvernehmlichem Schweigen das Rauschen der Wellen und die Nähe des anderen genossen hatten. »Vor der Operation, oder davor, Sarah zu begegnen?«

Ohne den Schritt zu verändern, gingen sie weiter. Jeff ließ sich Zeit mit der Antwort, wohl wissend, dass die Frau an seiner Seite keine lässige Floskel gelten ließ. Nachdenklich schüttelte er nach einer Weile schließlich den Kopf.

»Vor der Operation selbst habe ich keine Angst«, sagte er ehrlich. »Eher davor, dass vielleicht alles umsonst ist. Dass Sarahs Körper meine Niere abstößt. Oder dass meine Niere in ihrem Körper doch nicht funktioniert. Die Wahrscheinlichkeit ist gering«, setzte er schnell hinzu, mehr, um sich selbst zu beruhigen. »Trotzdem können die Ärzte ein Restrisiko nicht ausschließen.« Er beobachtete, wie Jemmy ausgelassen über den Strand lief, während sein Drachen hoch oben im Wind flatterte. »Die Operation darf nicht schiefgehen«, murmelte er inständig. »Jemmy braucht mich.«

»Jemmy ist nicht der Einzige, der dich braucht, Jeff.«

Er sah sie an, sah in die fast schwarzen Augen, die ihn mit selten gezeigtem Verlangen anschauten.

»Ach, Mbhali.« Er blieb stehen, verlor sich für eine Weile in ihrem ausdrucksstarken Gesicht. Als typisches Make-up einer Xhosa verzierten kleine weiße Punkte ihre Stirn und Wangen. So wenig er als Weisser diese Symbole verstand, liebte er es, wenn sie sich damit schmückte. Die Magie der kunstvoll gesetzten Zeichen faszinierte ihn, ließ ihre Trägerin noch eine Spur geheimnisvoller erscheinen. Zärtlich legte er seine Hand an ihre Wange und fuhr mit dem Daumen über ihre vollen, geschwungenen Lippen.

»Wovor fürchtest du dich, Jeff? Davor, dass die Leute reden? Das tun sie sowieso schon lange.«

Jeff schüttelte den Kopf, ohne den Blick von ihren Augen zu abzuwenden. Seine Hand an ihrem Hals, streichelte er sie zart.

»Wenn ich mich um das Gerede der Leute scheren würde, wäre ich an dieser Hetzjagd zugrunde gegangen, die die Presse damals mit mir veranstaltet hat.« Bitterkeit schwang deutlich hörbar in seiner Stimme mit. »Die Leute sind mir so dermaßen egal.«

Sie schwieg.

»Es läuft so gut zwischen uns, Mbhali. Wir haben nicht viel, aber doch alles, was wir brauchen.«

»Nein, alles haben wir nicht«, erwiderte sie sanft.

»Vielleicht will ich mehr. Glaubst du wirklich, ich spüre nicht, dass du es auch willst?« Jetzt wich er ihrem Blick aus, wollte sich abwenden, doch sie hielt ihn zurück. »Wovor hast du Angst?« wiederholte sie ihre Frage erneut.

Er blickte auf Jemmy, der nach wie vor vergnügt spielte. »Wenn es schief geht … Ich kann nicht noch einem Kind das Zuhause kaputt machen.«

»Du machst ihm nichts kaputt, ganz im Gegenteil.«

Doch sie nickte verständnisvoll. »Bring erst einmal die Sache in Zürich in Ordnung. Ich kann warten.«

\* \* \*

»Ich will aber nicht, dass du wegfliegst, Daddy!« Sie standen ein wenig abseits des Gedränges in der Abflughalle des Kapstädter Flughafens. Um sie herum herrschte emsige Geschäftigkeit. Passagiere schoben voll beladene Gepäckwagen zu den Abfertigungsschaltern, Urlauber versuchten, die letzten, unförmigen Souvenirs zu verpacken. Geschäftsleute tippten auf Laptops, als ginge die Welt unter, wenn sie ihren Computer ausschalten und durch die grossen Scheiben des Flughafengebäudes einen letzten Blick auf den Tafelberg werfen würden. Handys klingelten, Menschen telefonierten in verschiedensten Sprachen oder ließen ihre Finger wild über ihre Smartphones gleiten. Irgendwo weinte ein Baby, und von der Startbahn drang gedämpft das Dröhnen der startenden Jets herüber. Über all dem Lärm tönten sich schier endlos wiederholende Sicherheitshinweise durch die Lautsprecher, unterbrochen von Aufrufen, dass sich verspätete Passagiere dringend zu ihrem Gate begeben sollten. Europäer, Afrikaner, Inder und Japaner verwandelten die Halle in einen multinationalen Mikrokosmos. Der Weiße, der auf dem Boden hockte und einen weinenden Mischlingsjungen zu beruhigen versuchte, fiel nur dadurch auf, dass neben ihm sowohl eine äußerst attraktive Schwarze in einem langen, gelben Kleid, wie auch eine sportlich-elegant gekleidete Europäerin stand. Sichtlich genervt beobachtete die Frau mit dem blonden Kurzhaarschnitt, wie der Mann den Jungen mit dem schmutzigen Rucksack auf dem Rücken zu beruhigen versuchte.

»Jemmy, ich muss Sarah helfen, damit sie wieder

gesund wird.« Jeff kämpfte mit einem dicken Kloß im Hals. »Wir telefonieren. Ich rufe dich an. Und wir können uns doch auch E-Mails schreiben.«

»Ich … kann aber … gar keine … E-Mails … schreiben«, schniefte Jemmy.

»Doch, das kannst du. Komm, sei tapfer und hör auf zu weinen.« Mit dem Taschentuch, dass Mbhali ihm wortlos reichte, wischte Jeff die Tränen aus Jemmys Gesicht, was allerdings ein völlig unnützes Unterfangen war. Jemmy hatte längst beschlossen, mit allen erdenklichen Mitteln darum zu kämpfen, dass sein Daddy nicht in dieses verdammte Flugzeug stieg, das ihn da draußen zu verschlingen drohte.

»Mamani kann mir dir zusammen Mails schreiben.«

»Ich will aber nicht mailen. Ich will mitkommen. Nimm mich mit! Bitte!«

Schweren Herzens schüttelte Jeff den Kopf. »Du musst in die Schule.«

»Gar nicht wahr! Da lern´ ich sowieso nichts. Hast du selber gesagt. Ich hab gehört, wie du es gesagt hast!«

Verlegen blickte Jeff zu Mbhali auf, die unschuldig grinste. »Du musst trotzdem in die Schule, Kumpel! Außerdem kannst du Mamani doch nicht alleine lassen. Sie braucht einen Mann im Haus, der auf sie aufpasst!«

»Dan kann auf sie und auf das Motel aufpassen. Dann kann ich mitkommen«.

Jeff seufzte erneut. Ihm gingen langsam, aber sicher die Argumente aus. Zu allem Übel trat auch noch Carla näher. »Dir ist schon klar, dass wir in einer halben Stunde abfliegen und vorher noch durch die Schlange an der Sicherheitskontrolle müssen?« fragte sie ungeduldig.

»Ja, ich komme.« So schnell flogen Flugzeuge nicht ab, daran konnte er sich noch erinnern. Vor den Start hatten die Airlines stets mehrere »letzte« Aufrufe für fehlende Passagiere gesetzt. Bisher war sein Name nicht erwähnt worden. Er hatte noch viel Zeit.

»Ich muss los, Kumpel. Aber ich rufe dich an. Du machst keinen Unfug und ärgerst Mamani nicht, verstanden? Ich komme so schnell zurück, wie es nur eben geht.« Er drückte den Kleinen fest an sich. »Ich hab dich lieb, Kumpel!«

Er bückte sich zu dem Rucksack neben seinen Füssen hinunter und zog aus der Vordertasche eine CD hervor. »Hier, die hörst du jeden Abend vor dem Schlafengehen. Dann ist das fast so, als würde ich dich ins Bett bringen.« Überrascht blickte Jemmy auf das Cover und vergaß für einen Moment glatt, zu weinen. Das Foto zeigte einen sehr jungen Jeff, der noch fast scheu in die Kamera schaute.

»Die kenne ich ja gar noch nicht!«

Jeff gab ihm einen liebevollen Stups auf die Nasenspitze. »Eben! Das ist die allererste CD, die ich jemals aufgenommen habe. Du musst mir unbedingt mailen, wie sie dir gefallen hat.«

»Mach ich! ... Warte!« Er nestelte seinen Rucksack auf und zog eilig seinen abgewetzten Plüschhund daraus hervor. »Nimm Jimbo mit. Der soll in der Schweiz auf dich aufpassen!«

»Aber ...Aber ...« Jetzt war bei Jeff Hochwasseralarm angesagt. Überwältigt nahm er das zottige Spielzeug zögernd an sich. »Du kannst doch ohne Jimbo gar nicht schlafen.«

»Naja, eine Weile geht das schon.« Ganz überzeugend klang das zwar nicht, aber Jemmy nickte tapfer.

»Du musst mir Jimbo aber ganz schnell zurückbringen.«

»Abgemacht!« Sie klatschten einander mit einer High Five ab, dann nahm er Mbhali in die Arme.

»Du passt auf ihn auf, ja? Und auf dich auch.«

»Auf uns passe ich schon auf, das schwöre ich dir. Pass du nur auf dich auf!« Sie nickte ihm aufmunternd zu, obwohl auch ihr der Abschiedsschmerz deutlich anzusehen war. »Sieh zu, dass ihr beide, du und Sarah, wieder gesund werdet. Ich bete für euch. Für euch beide.« Noch einmal drückte Jeff sie an sich, küsste sie leicht auf die Lippen und strich ihr über die Wange. Widerstrebend löste er sich von ihr.

»Tu das«, sagte er heiser. Ein letztes Mal verlor er sich in ihren Augen. »Siyakuphinda sibonane, wam Mbhali elimnandi!« Auf Wiedersehen, meine schöne Rose. Sie lächelte leise.

»Siyakuphinda sibonane, Jeff. Hamba kakuhle!« Gute Reise.

\* \* \*

»Na, das war ja eine äußerst rührselige Show, die du da abgezogen hast«, sagte Carla abfällig, während sie zwischen Duty Free Shops, Zeitungsläden und Bars zum Gate eilten.

»Wenn du früher verreist bist, hast du keinen solchen Zirkus veranstaltet.«

»Was nicht heißt, dass mir die Trennungen von Sarah leichter gefallen sind.« Jeff wich einem entgegenkommendem Elektrofahrzeug aus. »Aber Sarah war daran gewöhnt, dass ich weg war. Jemmy dagegen… Er war ab und zu mal mit Mbhali für ein paar Tage zu einem Verwandtenbesuch weg, aber eigentlich sind wir immer zusammen.«

»Ist ja rührend.«

»Außerdem denke ich«, fuhr er fort, ohne den Einwurf zu beachten, »ist es ein Unterschied, ob Papa für ein paar Tage beruflich unterwegs ist oder um die halbe Welt fliegt, um sich operieren zu lassen.« Er wies auf ein Gate, an dem zahlreiche Passagiere in einer Schlange standen, die sich langsam auf den Ausgang zu bewegte. »Wir sind da.«

»Klasse! Weil du zwei Stunden gebraucht hast, um einfach nur Tschüss zu sagen, stehen wir jetzt ganz hinten. Ich könnte längst in meinem Sessel sitzen, Champagner trinken und mich ausruhen, stattdessen musste ich dieser melodramatischen Soap Opera zusehen, die ihr da abgezogen habt!«

»Niemand hat dich davon abgehalten, ohne mich schon vorzugehen. Ich mag zum Hinterwäldler mutiert sein, aber wie man mit einer Bordkarte und einem Pass in der Hand zu seinem Flugzeug kommt, weiß sogar ich noch.«

»Kannst du dieses grässliche Viech nicht irgendwo ´reinstopfen?« Sie wies mit angewiderter Miene auf das Spielzeug, das Jeff sich kurzerhand unter den Arm geklemmt hatte. »Das ist so was von eklig!«

»Lass Jimbo in Ruhe.« Er zog den Zottelhund hervor und wedelte damit vor Carlas Gesicht. Zufrieden registrierte er, wie sie einen Schritt zurückwich.

»Nicht jedes Kind hat das zweifelhafte Glück, statt eines Kinderzimmers einen Spielzeugladen zu besitzen.« Schmunzelnd blickte er auf das Knuddeltier.

»Jedenfalls weiß ich jetzt, wie ich heute Nacht notfalls dafür sorgen kann, dass der Platz neben mir frei wird.« Er grinste den Hund an. »Freu dich auf deinen eigenen Businessclass-Schlafsessel, Jimbo! Ihre Hoheit kann ja im Waschraum übernachten. Zwischen Duftseife und Desinfektionsmitteln.«

## 12. Kapitel

Endlich raste der voll besetzte Airbus über die Startbahn, hob schwerfällig ab und kämpfte sich mit dröhnenden Motoren in den wolkenverhangenen Himmel hinauf, der von wild zuckenden Blitzen erhellt wurde. Polternd fuhr das Fahrgestell ein, Flug SWISS 289 hatte seinen, zumindest vorerst, holprigen Heimweg nach Europa angetreten.

Eine gesichtslose Frauenstimme bat die Passagiere in mehreren Sprachen über die knarrenden Lautsprecher, angeschnallt auf ihren Plätzen sitzen zu bleiben, bis sie ihre Reiseflughöhe erreicht hatten. Wo auch immer die sein mochte, so, wie der Jet momentan durch massive Turbulenzen rumpelte. Immer wieder sackte die schwere Maschine ab, während sie in die Dunkelheit raste. Unterdessen ging an Bord die aufreibende Wartezeit und die Hektik des Einsteigens langsam in das erzwungene Nichtstun eines knapp elfstündigen Nachtflugs über. Hohes Verkehrsaufkommen in Verbindung mit Starkregen, Gewitter und Sturmböen hatte beim Umsteigen in Johannesburg dafür gesorgt, dass den Piloten erst mit neunzig Minuten Verspätung eine Starterlaubnis erteilt worden war. Carla hatte sich in Flugzeugen schon immer unwohl gefühlt, auch wenn diese sanft über die Wolken glitten. Jetzt klammerten sich ihre Hände um die Armlehnen. Selbst der zur Begrüßung gereichte Champagner konnte ihre angespannten Nerven nicht besänftigen. Den Kopf gegen die Polster gelehnt, starrte sie an die Kabinendecke.

Auf dem Sitz neben ihr packte Jeff in aller Seelenruhe die winzigen Kopfhörer aus dem Plastikbeutel aus und stöpselte den Stecker in die dazugehörige

Buchse. Mit der Fernbedienung zappte er sich durch die angebotenen Unterhaltungsprogramme, als säße er gemütlich auf dem heimischen Sofa, anstatt in einer riesigen Konservendose durchgerüttelt zu werden wie Eiswürfel in einem Cocktailshaker. Früher hätte er seinen Arm um Carla gelegt, sie an sich gezogen und mit zärtlich geflüsterten Versprechungen von ihrer Angst abgelenkt. Heute ignorierte er sie. Lieber lächelte er die freundliche Flugbegleiterin an, als diese ihm eine Speisekarte reichte.

»Bist du neuerdings unter die Anti-Alkoholiker gegangen?« Verständnislos betrachtete Carla das Saftglas in seiner Hand, während sie selbst bereits am nächsten Champagner nippte. »Früher hast du das Zeug hier zwar ständig mies gemacht, weil es nicht aus Südafrika kommt, aber getrunken hast du es eigentlich ganz gerne.«

»Ich glaube nicht, dass ich ein paar Tage vor einer Nieren-OP Alkohol trinken sollte.« Ohne großes Interesse schlug er das Menü auf, musste jedoch umgehend schmunzeln, als er sich vorstellte, was wohl Jemmy zu einem *Dialog von Zander und Lachs* sagen würde.

Worüber redete so ein Flugzeugessen? Über vegetarische Spezialmenüs, die sich für etwas Besonderes hielten oder über die Enge in der Mikrowelle? Darüber, ob die einsame Herzoginkartoffel es vorzog, mit dem Lachs in Sahnesoße davon zu schwimmen oder sich lieber mit dem Zander hinter die Petersilie zurückzog? Auch das Kresseschaumsüppchen würde seinen kleinen Gemüseallergiker wohl kaum zu Begeisterungsstürmen hinreißen, ebenso wenig wie die Salatkomposition oder das *Terzett aus Brokkoli, Blumenkohl und Prinzessbohnen*. Allerdings verspürte auch Jeff selbst höchstens Appetit auf die Mousse au

Chocolat, die er ganz am Ende der Litanei zwischen Käseplatte und Früchteauswahl entdeckte. Ob man vielleicht sechs mal die Mousse bekommen und die quasselnden Fische jemand anderem geben konnte? Neben ihm gab Carla wie im Sterne-dekorierten Feinschmeckerlokal ihre Bestellung auf. Jeff hatte die Karte längst beiseitegelegt.

»Für mich das Gleiche, bitte. Und kann ich vielleicht einen Kaffee bekommen? Schwarz, mit Zukker?«

»Selbstverständlich, kommt sofort.« Geschäftig klebte die junge Frau bunte Punkte auf seine Rückenlehne, dann verschwand sie, um in Sekundenschnelle mit dem Kaffee zurückzukehren. Vielleicht war so ein Platz in der Businessclass doch nicht so schlecht. Zumindest die Standleitung zur Kaffeemaschine schien gesichert.

Er lehnte sich in seinem Sessel ein Stück zurück. Auch wenn er die Preisdifferenz zwischen Economy- und Businessclass als hoffnungslose Geldverschwendung ansah, musste er sich eingestehen, den einst alltäglichen und heute so ungewohnten Luxus zu genießen. Natürlich war es angenehmer, sich in den Lederpolstern auszustrecken, anstatt sich das Kinn an den eigenen Knien zu stoßen und dauernd einen nachbarschaftlichen Ellbogen in die Rippen zu bekommen. Er war ja weder ein Heiliger noch ein Märtyrer und wusste die angenehmen Dinge des Lebens schon zu schätzen. Dennoch kam er nicht umhin sich auszurechnen, dass er für den Preis dieses kostspieligen Vergnügens wahrscheinlich einen Großteil der dringend benötigten neuen Matratzen für sein Motel hätte kaufen können.

Immerhin war Carla vorerst ruhiggestellt. Himmel, wie hatte sie ihn während des Zwischenstopps in Johannesburg genervt! Die Lounge war ihr zu klein, der Kaffee zu dünn, die Snacks unter ihrer Würde, der ganze Flughafen überhaupt viel zu chaotisch. Er selbst dagegen fand das weitläufige Terminal mit dem hektischen Treiben ankommender und abfliegender Riesenjets äußerst spannend. Da gab es doch viel mehr zu sehen als auf dem verhältnismäßig kleinen Airport von Kapstadt. Von den landestypischen Snacks wie Biltong oder Rusks hatte er sich nicht fernhalten können, aber für Madame musste es natürlich Champagner und Kaviar sein.

Seit auf dem kleinen Bildschirm vor ihm ein actiongeladener Blockbuster lief, war sie neben ihm in dumpfes Schweigen verfallen. Der Ton in seinen Kopfhörern war abgestellt, und er hatte keine Ahnung, warum die blutverschmierten Helden wild um sich schießend auf der Flucht vor explodierenden Autos durch die Gegend rannten. Aber das musste sie ja nicht unbedingt wissen. Als wenn er sich jetzt auf einen Film konzentrieren könnte. Er war auf dem Weg zu Sarah! Mit jedem Kilometer, den der Airbus sich seinen Weg durch die stürmische Nacht bahnte, kam er seiner Tochter zumindest in körperlicher Hinsicht ein Stück näher! Wie unüberbrückbar die Distanz sein würde, die die vergangenen Jahre zwischen ihnen hinterlassen hatten, würde er noch früh genug herausfinden.

*** 

Zander und Lachs hatten sich schon lange nichts mehr zu sagen, in der inzwischen abgedunkelten Kabine war es ruhig geworden. Vereinzelt warf eine Leselampe wie ein einsamer Stern seinen Lichtschein auf einen Passagier, der die Nacht damit verbrachte, in einem Buch zu blättern oder noch immer seinen Laptop zu bearbeiten. Hier und da flackerte ein Film über einen Monitor. Die meisten Fluggäste hatten sich jedoch auf ihren teuer bezahlten Liegesesseln ausgestreckt und versuchten, in den wenigen Stunden zwischen Käsedessert und Frühstücksomelett etwas zur Ruhe zu kommen. Neidisch blickte Jeff zu Carla hinüber, die auf dem Liegesessel neben ihm trotz Flugangst fest zu schlafen schien. Offensichtlich hatten Champagner und Rotwein ihre Pflicht erfüllt. Ihre schlanke Figur zeichnete sich unter der Wolldecke ab und machte deutlich, wie viel Platz sie in ihrem »Himmelbett« hatte. Er selbst dagegen fühlte sich wie eine Sardine in der Dose. Da konnten die Fluggesellschaften noch so sehr mit den Vorzügen ihrer komfortablen Liegesessel prahlen. Wer ein Gardemaß von knapp zwei Metern zwischen Rückenlehne und Vordersitz unterbringen musste, dem kam ziemlich schnell der Verdacht, dass die Werbefuzzys entweder kleinwüchsige Asiaten oder Frauen sein mussten.

Wieder glitt seine Hand unter die Decke, wo er Jimbo unauffällig zwischen seinen Beinen versteckt hatte, als Carla im Waschraum gewesen war. Ob Jemmy ohne sein schmuddeliges Kuscheltier schlafen konnte? Oder jammerte er Mbhali die ganze Nacht die Ohren voll, weil er nicht nur seinen Daddy vermisste, sondern obendrein längst bereute, sich von seinem vollgesabberten Liebling getrennt zu haben?

Sarah hatte früher ohne ihr Kuscheltier auch kein Auge zugemacht. McZottl, ein dunkelbrauner Bär mit einem rot-blau karierten Pullover, war an ihrem zweiten Geburtstag zu ihnen gestoßen, den sie während einer Konzertreise durch Großbritannien gefeiert hatten. Sie hatte ihn im Souvenirladen des Hotels in Edinburgh entdeckt und trotz noch etwas undeutlicher Aussprache unmissverständlich kundgetan, dass sie Schottland garantiert nicht ohne diesen Bären verlassen würde. Nur zu gern hatte Jeff wieder einmal klein beigegeben. Auch wenn Carla den Teddy, der zu allem Übel nicht einmal der Bio-Abteilung eines renommierten Spielwarenladens entstammte, hässlich und viel zu groß für eine Zweijährige fand. Was der arme Bär durch regelmäßige Schleudergänge in der Waschmaschine ausbaden musste. McZottl hatte nie die Chance gehabt, ein ähnlich vollgesabbertes Schmuddelvieh wie Jimbo zu werden. Regelmäßig mutierte der Schotte zum Auslöser abendlicher Weinkrämpfe, wenn er vor dem Schlafengehen nicht rechtzeitig trocken geworden war. In diesen Momenten zog Jeff es dankbar vor, auf einer Bühne zu stehen, anstatt sein heulendes Töchterchen ins Bett bringen zu müssen.

Ob McZottl noch existierte? Als er zum letzten Mal in Sarahs Zimmer gewesen war, hatte der Bär auf dem Bett gesessen. Wahrscheinlich saß heute eher ein pickeliger, junger Bursche auf ihrem Bett. Oh Himmel, nur das nicht! Das ging ja gar nicht! Allein die Vorstellung, dass seine kleine Prinzessin schon mit Jungs ... Erst jetzt fiel ihm auf, dass er nicht einmal wusste, ob seine Tochter bereits einen Freund hatte oder nicht. Toll! Jetzt war an Schlaf erst recht nicht mehr zu denken. Er hätte sich besser auch über den Rotweinvorrat von SWISS hergemacht. Andererseits, es war vier Uhr morgens. Um diese Zeit schlief er nie, sondern arbeitete sich normalerweise durch den langweiligen Papierkram an der Rezeption.

Hoffentlich bekam Mbhali das alles hin. Sie war nicht unbedingt sicher im Umgang mit dem Computer, aber Dan war ziemlich fit und würde ihr helfen. Die Jungs auch, aber die hatten keine Ahnung, wie viele Toilettenpapierrollen oder Seifenstücke ein Motel wöchentlich benötigte. Ob Sarah wirklich schon einen Freund hatte? Sie war doch gerade erst achtzehn Jahre alt geworden. Wieder glitt seine Hand über Jimbo. Verdammt! Achtzehn. Nattie war erst fünfzehn gewesen …

Der Duft von frischem Kaffee zog durch die Kabine und löste ein allgemeines Recken und Strecken aus. Decken wurden beiseitegeschoben, schnell bildeten sich lange Warteschlangen vor den Waschräumen. Die Flugbegleiter begannen damit, dampfende Tücher und Getränke zu verteilen. Erwartungsgemäß war Carla eine der ersten, die sich mit ihrer prall gefüllten Kosmetiktasche einen Weg zu den Waschräumen bahnte. Das gab Jeff die Gelegenheit, das Plüschtier unter seiner Decke unauffällig wieder in seinem Rucksack zu verstauen. Er bewaffnete sich mit dem kleinen Amenity Kit aus der Sitztasche und reihte sich in die Schlange ein, um wenigstens rasiert und halbwegs frisch in der Schweiz anzukommen. Zurück auf seinem Platz versteckte er sich schnell wieder unter seinen Kopfhörern. Zwar führte das Frühstück keine Dialoge, er verspürte allerdings auch keine Lust darauf, sich schon wieder mit Carla zu streiten. Sobald der Jet erst auf dem Zürcher Flughafen landete, war er ihr und ihren Tiraden noch lange genug ausgeliefert. Diese letzte ruhige Stunde ließ er sich nicht nehmen.

* * *

Die Schweiz empfing sie mit nasskaltem Wetter, doch wenigstens waren sie im Laufe der Nacht irgendwo zwischen Namibia und Tunesien dem Sturm entkommen. Carla steuerte ihren schwarzen BMW, den sie vor dem Abflug nach Südafrika in der Parkgarage des Flughafens abgestellt hatte, durch den morgendlichen Verkehr in Richtung Zürichsee. Im

Autoradio lief eine Musiksendung, ansonsten unterbrach nur das leise Brummen des Motors die Stille im Wagen. Der Tag war wolkenverhangen, trist und grau, die Scheibenwischer schoben in stetem Rhythmus den Nieselregen von der Windschutzscheibe. Schnell hatte Carla die Heizung aufgedreht, als sie bemerkte, wie Jeff verfroren seine Lederjacke enger um sich zog. Fehlte gerade noch, dass er ein paar Tage vor der Operation eine Erkältung bekam. Allerdings vermisste auch sie selbst bereits die warmen Sonnenstrahlen, die sie in Kapstadt verabschiedet hatten, ehe sie unterwegs in das Unwetter geraten waren.

Schweigend starrte Jeff aus dem Seitenfenster. Wie oft war er hier entlang gefahren, genau hier auf dieser Stadtautobahn. Von Zuhause zum Flughafen. Vom Flughafen zurück nach Hause. Früher hatte er immer herumgealbert, dass er jeden Laternenpfahl zwischen Kloten und Zöllikon persönlich kannte. Sein Blick glitt über noch immer vertraute Häuser, als Carla von der Autobahn auf die Uferstraße am See bog. Kleine Ortschaften reihten sich aneinander, bildeten an den Hängen die teuersten Wohnlagen Zürichs. Einige fest vertäute Boote dümpelten auf dem jetzt grauen See im Wind vor sich hin, während in den kleinen Marinas teure Sportboote lagen. Die mächtigen Alpengipfel auf der gegenüberliegenden Seeseite waren komplett in einer dicken Wolkenschicht verschwunden.

Auf dieser Seite des Sees bildeten die stattlichen Villen der Reichen und Superreichen die sogenannte Goldküste. Mondäne Wohnhäuser auf weitläufigen, parkähnlichen Grundstücken sorgten für grandiose Panoramablicke über die malerische Bilderbuchlandschaft. Während der Wagen allmählich auf den weissen Kirchturm von Zöllikon zusteuerte, kam es Jeff immer unrealistischer vor, dass er einst hier zuhause gewesen war. Kurz nach Sarahs Geburt waren sie aus dem Zentrum Zürichs hierher gezogen. Eigentlich hätten sie das Haus am Hang rechtzeitig vor Sarahs Ankunft in ihrem Leben beziehen sollen. Da hatte sie die Rechnung allerdings ohne ihre Tochter gemacht! Eigensinnig wie immer war die kleine Lady schneller gewesen als die Maler und Tapezierer, die der Villa den letzten Schliff gegeben hatten.

Je näher sie dem Ende der Sackgasse kamen, zu deren Seiten hohe Zäune und kunstvoll geschnittene Hecken die Sicht auf teure Villen verhinderten, desto unruhiger rumorte es in Jeffs Innerem. Er schluckte schwer, als das ferngesteuerte Tor zur Seite glitt und zwischen weißen Mauern den Weg in die geschwungene Auffahrt freigab. Nichts schien sich verändert zu haben. Das fast quadratische Gebäude mit der hellen Außenfassade, den hellbraunen Fensterläden und der massiven, hellbraunen Eingangstür wirkte noch immer wie die Titelseite für ein Landhaus-Magazin. Im Sommer war das Haus noch schöner, wenn in den Balkonkästen an den Fenstern Geranien blühten und sich der Garten in ein grandioses Farbspektakel verwandelte. Das war das einzig Positive an seinem Schwiegervater gewesen: Für die Gestaltung des Gartens hatte Charles Baudère ein Händchen gehabt, vor allem für seine üppig blühenden, duftenden Rosen.

Lag das Erdgeschoss auf der Straßenseite nur wenige Stufen oberhalb der Auffahrt, verwandelte es sich aufgrund der Hanglage auf der Seeseite ins erste Obergeschoss. Darunter lag die geräumige Einliegerwohnung, in die seine Schwiegereltern eingezogen waren, kurz bevor Sarah in die Schule kam und nicht mehr permanent mit ihren Eltern hatte mitreisen können. Was unten ein großer, dem Wohnzimmer vorgebauter Wintergarten war, zeigte sich oben als ausladende Terrasse in bester Südlage mit erstklassigem Blick auf den See und die dahinterliegenden Alpen.

Carla parkte vor der Garage, stellte den Motor ab und blickte mit einem Seufzer auf das Haus, als hätte auch sie es jahrelang nicht gesehen.

»Ich hätte nie gedacht, dass ich dich noch mal herbringen würde«, gab sie offen zu. Jeff nickte.

»Wenn mir vor einer Woche jemand gesagt hätte, dass ich heute hier sein würde, hätte ich ihn gefragt, ob er einen Sonnenstich hat.« Er atmete tief durch.

»Wann kommt Sarah nach Hause?«

»Ihre Dialyse ist in etwa drei Stunden beendet. Mutter holt sie vom Dialysezentrum ab, für die Fahrt brauchen sie knapp zwanzig Minuten.« Sie langte auf den Rücksitz und zog ihre Handtasche hervor.

»Allerdings wäre es mir lieber, wenn ich zuerst mit ihr allein sprechen könnte.« Damit öffnete sie die Tür und stieg aus.

»Ja, ja, schon okay«, murmelte er abwesend. Seinen Rucksack zwischen seinen Füßen hervorziehend, stieg er aus, folgte ihr zum Kofferraum und hob ihr Gepäck sowie seine Sporttasche heraus.

»Geh nur, ich mach das schon«, winkte er ab, als sie nach ihrem Koffer greifen wollte. Schulterzuckend zog sie ihr Handgepäck hinter sich her, während er Koffer und Tasche die Stufen zur Haustür hinauf hob. Immerhin hielt sie ihm die Türe auf, als er beladen wie ein Maultier in den großzügig gestalteten Eingangsbereich trat. Irritiert sah er sich um. Wo sich früher der Landhauscharakter der Hausfassade fortsetzte und helle, warme Hölzer für einen freundlichen Empfang gesorgt hatten, stand er nun blendendem Weiß gegenüber. Offen bis ins Dach bildete die achteckige Diele den zentralen Mittelpunkt des Hauses. Doch die teils mit Sprossenfenstern versehenen Holztüren waren weißen Hochglanztüren gewichen, in deren Mitte senkrecht angebrachte Spiegelkacheln für Eleganz sorgten. Eine geschwungene, offene Treppe verlief an der Wand entlang zur Galerie im Dachgeschoss, aber die hellen Holzstufen waren weißem Marmor zum Opfer gefallen. Die Designer-Garderobe aus gebürstetem Metall und ein großer, im gleichen Material gerahmter Spiegel vervollständigten das ebenso exklusive, wie kalte Ambiente. Unbewusst legte Jeff den Kopf in den Nacken und sah nach oben, wo immerhin die Dachbalken aus hellem Holz dem Innenarchitekten getrotzt hatten. Außer dem großen Schlafzimmer und einem Gästezimmer befand sich oben auch Sarahs Domäne. Natürlich verfügte jedes Schlafzimmer über ein eigenes Bad sowie einen eigenen Balkon. Doch im Augenblick überlegte Jeff ernsthaft, ob er wirklich bereit war, auch nur einen weiteren Schritt in das Haus zu gehen, das einmal sein wohligwarmes Zuhause gewesen war. Wie er Carla kannte, beschränkte sich diese Renovierung nicht nur auf die Diele.

»Ich habe das Gästezimmer für dich vorbereiten lassen.« Carla zog ihren Mantel aus und drapierte ihn ordentlich auf einen der metallenen Kleiderbügel an der Garderobe. »Du weißt noch, wo das ist?«

»Ja.« Hoffentlich erkenne ich es auch wieder, setzte er im Stillen hinzu.

»Gut, dann lass uns nach oben gehen, ich würde mich nach dem langen Flug gerne etwas frisch machen.« Sie warf einen skeptischen Blick auf die Lederjacke, die er nach wie vor trug. »Würde es dir etwas ausmachen, die mit nach oben zu nehmen? Sarah muss nicht gleich ...«

»Kein Problem. Mir ist sowieso kalt.« Was allerdings eher an Carlas Tonfall lag, der keinen Hehl daraus machte, dass er nur ein notgedrungen geduldeter Gast war. Auch der an ein Chemielabor erinnernde Charme der Eingangshalle ließ ihn frösteln.

»Du bist einfach nicht mehr an normale Temperaturen gewöhnt.« Höfliche Konversation machend, ging sie die Treppe hinauf. »So kalt ist es eigentlich gar nicht. Schnee und Eis hatten wir schon seit Wochen nicht mehr. Klar, die Berge haben noch Schnee, wirst du sehen, wenn sich die Wolken verziehen, aber hier unten sieht es allmählich nach Frühling aus. Naja, heute vielleicht nicht gerade, aber das Wetter in Johannesburg war ja wohl auch nicht besser.«

»Aber immerhin zwanzig Grad wärmer«, knurrte Jeff, während er ihr mit Koffer und Tasche beladen nach oben folgte.

»Wie bitte?« Carla war bereits im Gästezimmer verschwunden, trat nun wieder auf die Galerie hinaus und nahm ihm ihren Koffer ab. »Danke, den kannst du hier abstellen. Hattest du etwas gesagt?«

»Nein, nur laut gedacht.« Erneut ließ er den Blick aus der nun neuen Perspektive über den Eingangsbereich schweifen. Das hier war sein Zuhause gewesen. Hier hatte er Sarah zu Carlas grenzenlosem Entsetzen beigebracht, wie man ein Geländer hinunterrutschte. Damals ging das noch, bevor das kunstvoll gedrechselte Holzgeländer gegen dünne Metallstreben vertauscht worden waren, die nicht wirklich aussahen, als könnten sie einem Halt geben.

Gleich neben dem Gästezimmer lag das Schlafzimmer, in dem eine nur von innen zugängliche Sitzecke einen Puffer zwischen den Räumen schaffte. Wer wollte schon direkt neben dem Gästezimmer ... Falls es mal lauter wurde ... Das Schlafzimmer mit seinen herrlichen Panoramascheiben, durch die man über den See hinweg bis zu den Bergen schauen konnte. Mit einem überdimensionalen Bett, in dem sie so manch unvergessliche, schlaflose Nacht verbracht hatten. Das angrenzende Bad verfügte über einen Whirlpool und ein Dachfenster, durch das man in klaren Nächten die Sterne sehen konnte. Wie gern hätte er hier auf ihrem ganz eigenen »Spielplatz« ein oder zwei Geschwisterchen für Sarah produziert. Aber da war er bei Carla stets auf taube Ohren gestoßen. Dabei hatte sie das erste Baby gar nicht schnell genug bekommen können.

»Jeff? Kommst du?«

Mit einem leisen Seufzen folgte er ihrer Stimme ins Gästezimmer, nicht ohne zuvor einen wehmütigen Blick auf die geschlossene Tür auf der anderen Seite der Galerie zu werfen. Dahinter lag Sarahs Reich, ein Teenagerparadies mit kuscheligen Erkern, das sich über die Hälfte der Dachfläche erstreckte. Früher hatte Sarah oft stundenlang in einem schaukelnden Rattansessel auf ihrer Loggia gehockt und mit Kopfhörern auf den Ohren Musik gehört. Ständiger Ärger mit ihren Eltern war die Folge gewesen, weil sie nie gehört hatte, wenn sie gerufen wurde.

Die Sporttasche in der Hand, den Rucksack an einem Riemen über die Schulter geworfen, ging er ins Gästezimmer. »Hallo, Exil-Schlafzimmer, da bin ich wieder!« dachte er voller Ironie. Es war nicht das erste Mal, dass er ins Gästezimmer zog. Damals, als die Sache mit Nattie aufgeflogen war, hatte Carla ihn umgehend aus dem gemeinsamen Schlafzimmer verbannt. Lange war er nicht als Gast in seinem eigenen Haus geblieben, nachdem sie ihm auch noch Sarah genommen hatte. Ihre Eltern waren mit dem Kind ins Gästehaus eines Kollegen von Charles gezogen, nur wenige Kilometer entfernt und zugleich weiter weg, als wären sie nach Tasmanien ausgewandert.

Als deutlich wurde, dass es für ihre Ehe keine Rettung geben würde, war er der unerträglichen Atmosphäre daheim bald entflohen. Zur Freude sämtlicher Klatschreporter hatte er sich vorübergehend in einem Apartmenthotel in der Stadt eingenistet, damit wenigstens Sarah wieder nach zurück nach Hause konnte. Noch bevor die Tinte auf seinen Scheidungspapieren getrocknet war, kehrte er schließlich heim nach Südafrika. Zurück nach Kapstadt, wo er als Musikstudent zum ersten Mal ein freies, ungebundenes Leben geführt hatte. Wo er irgendwie dafür sorgen musste, dass Jemmy aus diesem dreckigen Township herauskam und endlich in einem halbwegs anständigen Zuhause aufwachsen konnte.

Fassungslos blieb er in der Tür stehen. Wo war der wohlige Kontrast aus edlen Hölzern, exquisiten Teppichen und warmen Farbtönen geblieben? Statt Bildern von blühenden Klatschmohnfeldern in der Toskana und Lavendel in der Provence blickten ihm japanische Schriftzeichen in schwarzen Rahmen entgegen. Mochte die Einrichtung noch so elegant sein, er fand das, was er sah, einfach nur scheußlich. Ein steifes, graues Ledersofa wirkte so unbequem, dass er schon bei dem Gedanken daran sich hinzusetzen, Rückenschmerzen bekam. Davor stand ein niedriger Glastisch. Das Futonbett unter der Seidendecke war mit schwarzem Lack umrandet. Wo er auch hinsah, traf sein Blick auf glänzende Lacke, scharfkantige Linien und harte Kontraste. Wenn es so etwas wie spartanische Eleganz gab, hatte er soeben ein Musterbeispiel dafür gefunden. Da waren ja die Zimmer mit den billigen Möbeln in seinem Motel wohnlicher!

Kühlschrank, Bar, Regalwand, alles glänzte in Schwarz. Ein großer Flachbildschirm und eine teure Stereoanlage stachen sofort ins Auge. Von dem teuren Laptop auf dem kleinen Schreibtisch konnte Jeff nur träumen, wenn er an seine beiden klobigen Computer daheim dachte. Bad, Balkon, Telefon, es mangelte wie immer an nichts, solange man keinen Wert auf ein gewisses Wohlfühl-Ambiente legte.

Früher hatte es so manchen Gast überrascht, dass es nur ein einziges Gästezimmer im Haus gab und dieses im Verhältnis zu den übrigen Räumen eher klein war. Wäre es damals allein nach Carlas Willen gegangen, hätte die Villa über mindestens vier oder fünf Gästesuiten verfügt, damit sie ihren Status als Künstlergattin im angemessenen Rahmen repräsentieren konnte. Doch Jeff verbrachte die meiste Zeit seines Lebens in Hotels. Er war in einem kleinen, erstklassigen Boutique-Hotel aufgewachsen, in dem die Gäste viel Platz hatten und Privatsphäre für ihn selbst ein Fremdwort gewesen war. Grund genug, für sich und seine kleine Familie ein Zuhause zu schaffen, in dem er nicht auch noch in den wenigen wirklich privaten Stunden Gästen über den Weg laufen musste. Das konnten noch so liebe Freunde sein, privat war privat! Wem es wirklich gelang, ins Gästezimmer der Thompson-Villa eingeladen zu werden, der konnte sich darauf etwas einbilden. Für die meisten Besucher zahlte Jeff gern die Rechnung in einem der exklusiven Romantik-Hotels am Zürichsee. Wehmütig dachte er daran zurück. Im Augenblick hätte er viel darum gegeben, dieser Musterseite eines asiatischen Möbelhaus-Katalogs zu entfliehen und sich eng vor den kuscheligen Kachelofen der Romantikhotels zu drücken.

»Ich habe ein paar Veränderungen vorgenommen, wie du siehst.« Carla öffnete eine der Balkontüren, um frische Luft hereinzulassen. »Am besten richtest du dich erst einmal ein wenig ein. Es ist ja jetzt sowieso nur für ein paar Tage, bis du in die Klinik gehst.« Sie kontrollierte im Bad, ob die Heizung eingeschaltet war.

»Ich mache mich dann ein wenig frisch. Getränke und ein paar Snacks findest du in der Bar. Wenn du etwas essen möchtest ...«

»Nein, danke. Ich bin noch satt vom Frühstück.«

»Von dem Krümel bist du neuerdings satt?« Skeptisch musterte sie ihn, doch er bemerkte es gar nicht.

»Gut, du musst es wissen. Es wäre nur nett, wenn du ab spätestens mittags nicht mehr im Haus herumlaufen würdest, weil ...«

»... du erst mit Sarah sprechen willst und es ziemlich unpassend wäre, mich dann gerade mit dem Kopf im Kühlschrank zu finden, ist schon klar.« Er drehte sich zu ihr um. »Ich habe die Regeln verstanden, Carla. Du hast sie mir seit vorgestern oft genug eingetrichtert. Ich bin hier. Damit werden wir jetzt alle leben müssen.«

Einen Augenblick lang sah es so aus, als wollte sie noch etwas sagen, dann jedoch verließ sie achselzuckend das Zimmer. Die Absätze ihrer Pumps klapperten kurz über die Marmorfliesen der Galerie, ehe sie in ihrem Schlafzimmer verschwand.

## 13. Kapitel

**》》** Wenn du mir gesagt hättest, dass du zu IHM fliegst, hättest du dir den Weg sparen können! Er kann seine Niere behalten! Die will ich nicht!«

Jeff lehnte am Türrahmen, die Tür des Gästezimmers einen Spalt breit geöffnet. Schon eine ganze Weile drang Sarahs aufgebrachte Stimme aus dem Wohnzimmer zu ihm nach oben. Anfangs hatte sie sich sogar gefreut, ihre Mutter schneller als erwartet wiederzusehen. Seit die ihr allerdings gestanden hatte, dass sie nicht zu Besuch bei Freunden in New York gewesen war, sondern Jeff von einem heimlichen Trip nach Südafrika mitgebracht hatte, war es gar nicht mehr nötig, die Wohnzimmertüren zu schließen. Sarah mochte krank sein, ihr lebhaftes Temperament war dennoch bis in den letzten Winkel des Hauses zu hören.

»Schatz, dir bleibt gar keine andere keine Wahl.« Das war Ellens ruhige, kultivierte Stimme, die gedämpft nach oben drang. Besänftigend versuchte sie, auf ihre Enkelin einzureden.

»Ich verstehe dich ja. Aber neue Nieren bekommst du nun einmal nicht im Supermarkt. Du kannst froh und dankbar sein, dass dein Vater dir helfen kann und du jetzt nicht mehr darauf angewiesen bist, einen Spender über die Datenbank zu finden. Stell dir doch vor, du musst bald nie wieder zur Dialyse!«

»Es ist ein enormer Glücksfall, Liebling«, versuchte auch Carla, ihre Tochter zu überzeugen. »Natürlich wäre es uns wesentlich lieber gewesen, wenn Omi oder ich dir eine unserer Nieren hätten geben können. Aber das war ja leider nicht möglich. In diesem

Fall ist er die beste Chance, die du hast! Sieh mal, die OP ist reine Routine, danach kannst du in ein paar Wochen wieder ein fast normales Leben führen. Du bist nicht mehr auf Privatlehrer angewiesen, sondern wirst richtig zur Schule gehen und deinen Abschluss machen. Dann kommst du endlich wieder unter Leute. Du kannst mit Freundinnen weggehen. Keine strengen Diäten mehr, keine Dialyse, und dieses grässliche Hautjucken hört dann auch endlich auf.«

»Ich war ihm die ganzen Jahre egal, jetzt brauche ich ihn auch nicht«, tobte Sarah, die Worte ihrer Mutter komplett ignorierend. »Der kann bleiben, wo der Pfeffer wächst! Vielleicht brauchen die in Afrika ja seine Niere, wenn er eine übrig hat. Ich brauche sie jedenfalls nicht! Außerdem …« Sie verstummte, als Jeff zögernd das Zimmer betrat.

»Hallo, Sarah«, sagte er leise. Unruhig massierte er seine Hand, während er seine Tochter fassungslos ansah. Natürlich hatte er sich unzählige Male gesagt, dass sie kein Kind mit Zöpfen und Zahnspange mehr war. Aber er hatte ein kränkliches Mädchen erwartet, dass in Decken gehüllt fiebrig auf dem Sofa lag. Stattdessen stand er einer aufgebrachten Amazone gegenüber, die sich gerade vom hübschen Mädchen zur schönen jungen Frau wandelte. Einen guten Kopf größer als ihre Mutter, gertenschlank, mit schier endlos langen Beinen in schwarzen Jeans. Auch wenn ihre dunkelbraunen Locken in weichen Wellen bis weit über ihre Schultern fielen, war sie wie eh und je eine weibliche Kopie seiner selbst. Ihre blauen Augen funkelten ihn an, als würde sie ihm am liebsten sofort an die Gurgel gehen. Nur ihre Hände, die sie jetzt demonstrativ vor der Brust verschränkte, verrieten, wie sehr sie zitterte. Trotzig schaute sie ihn an, ohne seine Begrüßung zu erwidern. Jeff ging an ihr vorbei. Zumindest überraschte es ihn nach dem Schock in Flur und Gästezimmer nicht mehr, dass auch das Wohnzimmer nicht mehr wieder zu erkennen war. Die Vergangenheit war erfolgreich entsorgt worden, es dominierten kontrastreiches Weiß, Grau und Schwarz. An den Wänden hingen moderne Gemälde, die bestimmt irgendetwas Kunstvolles darstellen sollten. Alles wie gerade aus dem Einrichtungsmagazin entsprungen. Wo waren die liebevoll ausgesuchten Souvenirs geblieben? Die ebenso exotischen wie wertvollen Kunstgegenstände, die afrikanischen Bilder, die Familienfotos aus San Francisco, Sydney oder Tahiti? Selbst der große Flügel mitten im Raum war so blitzblank gewienert, als wäre er nur ein Dekorationsartikel und nicht das Instrument einer begabten Pianistin.

Angespannt trat Jeff auf seine Schwiegermutter zu, deren arrogante Miene keine Zweifel an ihrer Meinung über sein legeres Outfit aus schwarzer Hose und grau melierten Pullover aufkommen ließ. Mochte darin auch ein bekanntes Designer-Label eingenäht sein, das Teil war steinalt! Nur zu gut erinnerte sie sich daran, dass er diesen Pullover auch schon getragen hatte, als seine verletzte Hand noch dick verbunden in einer Schlinge an seinem Hals hing.

»Hallo Ellen«, grüßte er zurückhaltend. Er war fast überrascht, dass sie seine ausgestreckte Hand tatsächlich in ihre perfekt manikürten Finger nahm, die frostige Kälte in ihrer Stimme hatte er allerdings erwartet.

»Guten Tag, Jeffrey. Lange nicht gesehen.« Sofort ließ sie seine Hand wieder los, offensichtlich hatte sie der Form, die ihre gute Erziehung verlangte, vollends Genüge getan. Er verspürte ebenfalls nicht das geringste Verlangen danach, sich mit der Frau zu unterhalten, die ihm die Tür vor der Nase zugeschlagen hatte, wenn er Sarah besuchen wollte. Ganz zu schweigen von ihrem - dem Himmel sei dank! - verstorbenen Gatten, der ihn am liebsten wie einen räudigen Hund mit der Schrotflinte vertrieben hätte.

»Du kannst gleich wieder abfliegen, wir brauchen dich nicht!« maulte Sarah patzig. Carla versuchte, sie zu beruhigen, indem sie ihr sanft über die Schultern rieb, aber Sarah schob ihre Mutter wie ein paar lästige Fliegen beiseite. Die Hände in die Hüften gestemmt, giftete sie ihren Vater wütend an.

»Meinetwegen hättest du nicht gar nicht erst herkommen müssen, ich habe dich nicht gerufen! Und deine verdammte Niere will ich auch nicht!«

»Das sehe ich anders«, erwiderte Jeff, um Ruhe bemüht. »Ich weiß, dass du wütend auf mich bist. Aber ich bin hier, um dir zu helfen. Du willst doch gesund werden, und ...«

»Geh zurück nach Afrika! Ich brauche dich nicht«, fiel sie ihm aufgebracht ins Wort. Ihre flatternde Mähne schien ihre Worte noch zu verstärken, als sie eigensinnig den Kopf schüttelte. »Ich werde auch ohne deine Hilfe wieder gesund!«

Erneut trat Carla zu ihr. »Schatz, bitte! Du weißt genau, dass du seine Niere dringend brauchst. Niemand verlangt von dir, dass du deswegen alles vergessen oder verzeihen sollst, aber ...«

Ohne ihre Mutter zu beachten, machte Sarah einen Schritt auf Jeff zu. »Meinetwegen musst du dich nicht verkrüppeln lassen. Ich kriege bestimmt eine andere Niere. Ich stehe in der Datenbank!« Ihre Augen verschossen eine ganze Ladung Giftpfeile, die jedoch unbeeindruckt an ihm abprallten. »Ich brauche deine Niere nicht! Ich brauche gar nichts von dir!«

»Ach nein? Du brauchst nichts von mir?« Es reichte! Verständnis und Geduld hin oder her, jetzt brach auch in ihm das Temperament durch, das die Ähnlichkeit zwischen Vater und Tochter mehr verdeutlichte als alle Äußerlichkeiten es vermochten. Schock und Scheu des Wiedersehens waren schlagartig vergessen, stattdessen fuhr Jeff sie erbost an.

»Du brauchst nichts von mir?« wiederholte er mit bitterem Sarkasmus. »Dann sieh dich mal um, Prinzessin!« Er machte eine flüchtige Handbewegung durch den Raum, ließ dann seinen Blick an ihr auf- und abgleiten. »Sieh´ dich an! Guck´ mal in deinen Kleiderschrank! Was glaubst du, von wessen Geld das alles bezahlt worden ist? Wohl kaum von den paar Franken, die deine Mutter neuerdings als Klavierlehrerin verdient!«

»Ich hätte lieber einen Papa als das viele Geld gehabt«, schleuderte sie erbost zurück. »Aber ich war dir ja egal! Du hast ja ein anderes Kind!« Ärgerlich wischte sie sich mit dem Handrücken ein paar Tränen der Wut aus dem Gesicht. »Spar´ dir deine Niere für deinen kleinen Liebling auf! Oder steck sie dir dahin, wo du nicht dran kommst! Ich will sie nicht!« Damit drehte sie sich auf dem Absatz um und rannte die Treppe hinauf.

»Sarah!« Carla eilte in den Flur. »Sarah, warte!«

Doch oben knallte bereits eine Tür ins Schloss, dass die kleinen Scheiben in den Flügeltüren des Wohnzimmers erbebten. Schon einen Fuß auf der Treppe, hielt Ellen sie zurück.

»Bleib hier, ich kümmere mich um sie«, sagte sie mit ihrer üblichen Gelassenheit. »Da du ihn hergeholt hast, ist sie auf dich im Moment sicher auch nicht sonderlich gut zu sprechen.«

Seufzend ging Carla zurück ins Wohnzimmer, wo

Jeff sich mühsam zwang, nicht selbst wie ein aufgebrachter Büffel hinter seiner Tochter herzustürmen.

»Das war ja eine väterliche Glanzleistung von dir! Verdammt, Jeff, sie hat gerade eine mehrstündige Dialyse hinter sich!«

»Und damit das aufhört, braucht sie meine Niere! Ob sie will oder nicht«, gab er noch immer aufgebracht zurück. Er strich sich verlegen durch die Haare. »Okay, das ist gerade völlig in die Hose gegangen. Aber hättest du ihr nicht erst vor einer halben Stunde gesagt, dass ich da oben sitze, wäre es ...«

»Ach, jetzt bin ich an allem schuld? Was hätte ich tun sollen? Ich konnte sie ja wohl kaum mitnehmen und sagen, komm, wir fliegen zum Papa, mal sehen, ob der vielleicht eine Niere für dich übrig hat.«

»Dann hätte sie zumindest Zeit dazu gehabt, sich auf unser Wiedersehen einzustellen.«

»Damit du sie voller Stolz in diese Bruchbude einquartieren könntest, die du Motel nennst? Hättest du sie zum gemütlichen Familientreffen eingeladen? Zusammen mit deinem kleinen Bastard? Und dein schwarzes Liebchen hätte für euch alle gekocht?«

»Das reicht! Mach die nötigen Termine im Krankenhaus, damit ich die restlichen Untersuchungen hinter mich bringe. Sarah braucht diese Niere, also wird sie diese Niere bekommen. Auch wenn sie sich ums Verrecken noch mal auf den Kopf stellt, während ich sie ihr höchstpersönlich zwischen die Rippen stopfe! Ich lasse mich von dir beleidigen, ich lasse mich von deiner Mutter wie der letzte Dreck behandeln. Ich mache alles. Aber ich fliege nicht zurück, ehe mir nicht sämtliche Ärzte Zürichs schriftlich mit notarieller Beglaubigung garantieren, dass diese verdammte Transplantation ein Erfolg war und mein Mädchen wieder gesund wird!«

## 14. Kapitel

McZottl fest an sich gepresst, hockte Sarah im Schneidersitz auf ihrem Bett und schluchzte dem alten Teddybären hemmungslos das Fell voll. Es war nicht sonderlich schwer gewesen, Ellen loszuwerden. Ein demonstratives Gähnen, schon war Großmütterchen überzeugt, dass Sarah sich eine Weile ausruhen wollte. Sie war wirklich müde. Müde diesen Streitereien gegenüber, die in ihr ein längst verdrängtes Déjà-vu auslösten. Als hätten die letzten Jahre überhaupt nicht existiert, stritten ihre Eltern genauso weiter wie zuvor. Offensichtlich hatten die ihren familiären Kleinkrieg nie beendet, sondern nur für eine geraume Weile auf Eis gelegt.

Eine Zeit lang hatte sie neben der einen Spalt breit geöffneten Tür auf dem Boden gesessen und gelauscht. Schon da waren ihr die Tränen über das Gesicht geflossen. Jahrelang war sie davon überzeugt gewesen, sich nicht mehr an die Stimme ihres Vaters erinnern zu können, die jetzt wider Erwarten überraschend vertraut war. Mit ihr hatte er früher meist Englisch gesprochen. Sein Deutsch war fließend, aber von einem deutlichen Akzent geprägt. Jetzt stellte sie fest, dass sie nicht einmal wusste, ob er Englisch oder Afrikaans sprach, wenn er nicht in der Schweiz war.

Ihr Papa! Wieder presste sie ihr Gesicht noch fester in das zottige Bärenfell, damit keiner ihrer Schluchzer nach außen drang. Es musste ja nun wirklich niemand merken, dass sie längst nicht so cool war, wie sie tat. Schlimm genug, dass sie nur diesen verdammten Teddybären hatte, mit dem sie ihre Sorgen teilen konnte. Von den Menschen in ihrem Umfeld hielt sie schon lange nicht mehr viel, denn selbst von seinen sogenannten Freunden bekam man früher oder später einen Tritt in den Hintern. Besser, man vertraute niemanden. Dieses abgekartete Spiel da unten im Wohnzimmer bewies doch gerade erst wieder, dass man niemandem glauben durfte! Ihre Mutter hatte sie belogen, hatte all die Jahre behauptet, nicht zu wissen, was aus Papa geworden war. Hatte ihr auf ihre kalte, abweisende Art zu verstehen gegeben, dass sie nicht an ihn erinnert werden wollte. Es war ein unausgesprochenes Tabu, ihren Vater zu erwähnen. Mama hatte erst alle Fotos von ihm im Kamin verbrannt, dann nach und nach alles entsorgt, was sie an ihn erinnerte. Sogar die wunderschönen Bilder von wilden Tieren, die im Sonnenaufgang unter ausladenden Schirmakazien in der afrikanischen Steppe grasten. Alles war verschwunden. Auch die Möglichkeit, ihn zu fragen, warum er die andere Frau und das andere Kind mehr liebte als Mama und sie selbst.

Irgendwann war Sarahs Sehnsucht nach ihm in Wut umgeschlagen, weil er sie alleine gelassen hatte. Sie war doch seine Prinzessin gewesen! Aber dann hatten ein paar neugierige Reporter diese Sache mit der heimlichen Affäre aufgedeckt. Fotos in den Illustrierten zeigten Bilder von Jeff mit einem schwarzen Baby im Arm. Wenig später waren ihre Großeltern mit ihr für eine Weile ausgezogen. Als sie endlich wieder nach Hause durfte, war er mit Sack und Pack verschwunden. Einfach weg! Sogar seine Saxofone, seine Noten und die Goldenen Schallplatten, die an der Wand in seinem Studio gehangen hatten, alles war weg. Er hatte sich nicht von ihr verabschiedet. Ihr nicht einmal bye-bye gesagt. Hatte kein einziges Mal bei ihr angerufen oder ihr auch nur einen Brief geschrieben. Klar, warum sollte er auch? Sie war ja schuld daran, dass er nicht mehr Saxofon spielen konnte. Wenn sie damals nur besser auf Trixie aufgepasst hätte … Trixie haute immer ab, wenn man nicht aufpasste. Dann hatte der riesige, schreckliche Hund zugebissen, und von da an war alles ganz anders geworden. Als dann noch diese Fotos in den Zeitungen aufgetaucht waren, gab es nur noch Streit im Haus. Dabei hatte Papa seine Geliebte in Afrika nicht erst, seit er nicht mehr Saxofon spielen konnte. Nein! Der kleine Junge war ja damals schon vier Jahre alt. Den hatte es bereits gegeben, als Sarah angeblich noch seine Prinzessin gewesen war!

Wütend schleuderte sie eines der vielen Kissen vom Bett quer durch ihr Zimmer. Der einzige Raum im ganzen Haus, dem man ganz sicher niemals auch nur eine Spalte in *Living at home* widmen würde. Sarahs Reich. Zum Entsetzen ihrer Mutter hatte sie die einst weißen Wände eines Tages leuchtend gelb gestrichen, die teuren Seidenvorhänge von den Fenstern und Balkontüren gerissen und gegen billige, orangene Chiffonschals aus dem schwedischen Möbelhaus ausgetauscht. Sie erinnerte sich noch haargenau daran, obwohl es mehr als vier Jahre zurücklag. Sie war einfach mit dem Bus ins Gewerbegebiet gefahren, hatte ihre ganzen Ersparnisse ausgegeben und hinterher mit ihren unzähligen Tüten ein Taxi nach Hause genommen. Ihre Mutter war Amok gelaufen! Trotzdem verzauberten seither leuchtendes Orange und knalliges Rot das riesige Dachzimmer in ein warmes Feuerwerk der Farben, wenn die Sonne durch die Scheiben schien. Zum Glück verstand Opa als Arzt etwas von Trotzreaktionen und diesem ganzen psychologischen Quatsch, auch wenn er sich eigentlich eher mit zu grenzenlosem Gehorsam verpflichteten Soldaten auskannte. Sarah war es egal, ob ihre Renovierungswut etwas mit Trotz oder pubertärem Widerstand oder was auch immer zu tun hatte. Sie wollte einfach nur wenigstens in ihrem eigenen Zimmer nicht so frieren wie ansonsten überall im Haus.

Aus irgendeinem unerklärlichen Grund war zusammen mit ihrem Vater auch alle Wärme ausgezogen, dagegen blieb selbst der Kamin im Wohnzimmer machtlos.

Rote Chiffongardinen umgaben ihr weißes Himmelbett, auf dem eine Patchworkdecke lag, die aussah, als wäre der Farbkasten explodiert. An die ursprüngliche Farbe des Sofas unter der Dachschräge erinnerte sie sich kaum noch, seit sie die sicherlich dezent-elegante Couch permanent unter sonnigen Kuscheldecken vergrub. Quietsch-orangene Sitzsäcke waren überall verteilt, unzählige Bücher, die garantiert nicht die intellektuellen Ansprüche einer Carla Thompson erfüllten, stapelten sich bis unter die Dachschräge.

Ihre härteste Schlacht hatte ihr den Sieg beschert, dass außer der Putzfrau keiner mehr ihr Reich betreten durfte, den sie nicht ausdrücklich einlud und höchstpersönlich in die heiligen Gemächer führte. Also hatte hier, kurz gesagt, niemand mehr außer ihr selbst Zutritt!

An den Wänden hingen Fotos von menschenleeren Stränden. Sie liebte das Meer, obwohl sie nur noch selten an einem Strand gewesen war, seit ihr Vater aus ihrem Leben verschwunden war. Ihre Mutter flog lieber zu kurzen City-Trips nach London, Paris oder Rom. Okay, so ein Shoppingwochenende in New York war voll cool. Aber es war etwas ganz anderes, mit Mama durch die Konsumtempel Manhattans zu wandern, als Papa beim Wellenreiten vom

Boogie-Board zu schubsen oder mit ihm zu schnorcheln. Und jetzt war Papa wieder da. Einfach so. Saß da unten mit Mama am Küchentisch, trank Kaffee und stritt sich schon wieder mit ihr. Das war ja nicht zu überhören! Zwar hörte sie nur das ewige Keifen ihrer Mutter, aber das genügte vollauf, um zu wissen, was unten abging.

Das nächste Kissen flog durch das Zimmer. Verdammt! Was sollte sie jetzt tun? Da ließ er jahrelang nichts von sich hören, hatte sie offensichtlich komplett vergessen, weil er voll und ganz mit seinem anderen Kind beschäftigt war - und jetzt tauchte er einfach auf, um ihr seine Niere aufzuzwingen.

Als wollte er ihr nur eklig schmeckende Hustentropfen verabreichen, statt sich ihretwegen ein, wie sie inzwischen aus leidvoller Erfahrung wusste, lebenswichtiges Körperteil herausnehmen zu lassen, damit sie weiterleben konnte. Scheiße, das war einfach nicht fair. Wie konnte sie ihn hassen, weil er sie alleine gelassen hatte, wenn er urplötzlich aus dem Nichts heraus wieder auftauchte, um ihr das Leben zu retten?

Irgendwann klopfte Ellen an die Tür und holte Sarah zum Essen. Im Vorübergehen warf sie einen Blick in die Küche. Jeff saß am Tisch, schaute hoffnungsvoll zu ihr herüber, als Carla sie im Hausflur abfing.

»Willst du nicht doch mit uns essen?« fragte sie scheinbar verständnisvoll. Sarah schüttelte den Kopf und ging wortlos hinunter in die Wohnung ihrer Großmutter. Ein Abendessen in Omas Küche war jetzt das kleinere Übel. Auf keinen Fall wollte sie mit ihren Eltern gemeinsam an einem Tisch sitzen. Ihre Eltern. Hah! Was für ein Wort! Ihre Erzeuger. Mehr nicht. Beides Lügner! Er war zu seinem anderen Kind abgehauen, ohne sie mitzunehmen. Mama wusste nicht, wo Papa war, flog angeblich nach New York und kam mit ihm im Schlepptau aus Kapstadt zurück. Wem sollte sie eigentlich überhaupt noch irgendetwas glauben? Oma war auch nicht besser! Die war doch auch all die Jahre lang Teil dieses Komplotts gewesen.

Scheiße! Alles Scheiße! Es war so eine verdammte Scheiße! Aber sie hatte Hunger. Scheiße! Nicht mal zu einem anständigen Hungerstreik war sie fähig.

\* \* \*

Und nun stritten sie schon wieder. Oder vielleicht auch immer noch.

»Sie war noch ein Kind, Jeff«, hörte Sarah ihre Mutter vorwurfsvoll sagen. Die Arme um die Knie geschlungen, die Tür neben sich so weit geöffnet, dass sie jedes Wort hören konnte, das unten gesprochen wurde, hockte sie auf dem Teppich.

»Glaubst du, ich hätte nicht mitbekommen, dass sogar die Polizei gegen dich ermittelt hat?«

»Da gab es nichts zu ermitteln!«

»In der Schweiz nennt man so was Verführung Minderjähriger! Aber in Afrika ist das wahrscheinlich nur ein Kavaliersdelikt, das sich mit ein paar Geldscheinen regeln lässt, oder? Ich meine, in einem Land, in dem der Staatspräsident öffentlich predigt, dass man nur mit einem Kind Sex haben muss, um AIDS zu kurieren ... Wen kümmert's da schon großartig, wenn ein stinkreicher Weißer mal ein bisschen mit einem schwarzen Mädchen herummacht und ...«

»Hör auf, Carla! Verdammt noch mal, hör auf!« Sarah hörte, wie ein Glas oder eine Tasse wütend auf den Tisch geknallt wurde. »So war es nicht«, sagte er aufgebracht. »Ich habe Nattie weder verführt noch vergewaltigt. Ich habe dem Mädchen nichts getan!«

»Okay, vielleicht hat sie dich sogar hereingelegt.«

Jeffs Worte ignorierend, fauchte sie ungehalten weiter. »Ein Kind vom großen Star löst bestimmt so manch finanzielles Problem ...«

»Ja, wer wüsste das besser als du!«

»Was willst du damit sagen?«

»Nichts. Nur, dass wir uns mit der Hochzeit ziemlich beeilen mussten, damit du dein kleines Bäuchlein noch in der weißen Robe verstecken konntest.«

»Sarah war ein Unfall!«

»Von mir aus. Sie war der schönste Unfall meines Lebens! Mit etwas mehr Geduld hätte ich dich sonst allerdings auch geheiratet. Aber du konntest ja nicht schnell genug sichergehen, Mrs. Thompson zu werden.«

»Du willst mich doch wohl nicht mit diesem kleinen schwarzen Flittchen auf eine Stufe stellen!«

Jeff seufzte abgrundtief. »Hör endlich auf, Carla«, wiederholte er müde. »Ich habe teuer dafür bezahlt. Ich habe meine Familie verloren. Sarah ...«

»Du hast dich doch sehr schnell mit einer neuen Familie getröstet. So ein kleiner Sohn mit Vaters Talent ist doch auch nicht zu verachten!«

Ein Stuhl knarzte, dann hallte Jeffs Stimme durch den Flur. »Ich gehe schlafen. Es wäre nett, wenn wir morgen früh ins Krankenhaus fahren könnten, ohne uns unterwegs zu zerfleischen. Falls das nicht geht, sag es bitte. Dann nehme ich mir lieber ein Taxi.«

Die Antwort ihrer Mutter verstand Sarah nicht mehr. Hastig schob sie die Tür leise ins Schloss, ehe Jeff die Treppe hinauf kam und ihr Lauschen entdeckte. Sie ging zu einer Schrankwand, zu der nur sie einen passenden Schlüssel besaß, seit sie das Schloss mühsam ausgetauscht hatte. Damals, während ihrer Renovierungsphase. Sie traute niemandem mehr, und die Schätze, die sich hinter den beiden

Türen verbargen, gingen nur sie etwas an. Wenn Mama die in die Finger bekäme, gäbe es mit Sicherheit wieder Zunder im Kamin.

So ziemlich alle jemals erschienen CDs und DVDs ihres Vaters lagen hier gestapelt. Eigene CDs mit seiner Band, Sampler mit anderen Künstlern, Mitschnitte von Konzerten und TV-Sendungen. Fast alles, was ihre Mutter aus den Regalen im Wohnzimmer zerbrochen und entsorgt hatte, hatte Sarah sich heimlich erneut beschafft. Am Geld mangelte es schließlich nicht. Carla hatte bei der Scheidung erfolgreich dafür gesorgt, dass Jeff weitgehend leer ausging. Solange sie sich damit ihren familiären Frieden erkaufen konnte, ließ Carla das Sparschwein ihrer Tochter ganz sicher nicht hungern.

*SaxRelax*, eine ihrer Lieblings-CDs, war jetzt perfekt, um sie auf andere Gedanken zu bringen. Sie nahm die silberne Scheibe aus der Hülle, legte sie in den CD-Player und setzte die Kopfhörer auf. Schon breitete die sanfte Musik wohlige Wärme in ihr aus. Sie reckte sich zur obersten Ablage des Schranks, angelte mit den Fingerspitzen nach einem dicken Ordner und ließ sich damit der Länge nach auf ihr Bett fallen.

»*Karriereende nach Hundebiss!*« »*Star-Saxofonist von Kampfhund angefallen!*« »*Steht Sax-Man vor dem Aus?*« »*Schwerer Unfall: Jeff Thompson mit Rettungshubschrauber nach Genf gebracht!*«

Seitenweise reihten sich die Klarsichthüllen aneinander, aus denen ihr Schlagzeilen wie diese entgegensprangen. Darunter Fotos von einem zähnefletschenden Pit Bull, von Jeff mit dick verbundener Hand. Bilder von Carla und einer völlig verängstigten Sarah, deren Fotos die Pressemeute am Eingang des Genfer Krankenhauses von ihnen erwischt hatte. Sie blätterte weiter. Zu den vielen, vielen Artikeln, die nur wenige Wochen später den schicksalhaften Hundebiss zu einer Nebensächlichkeit degradierten:

*»Geheimes Doppelleben aufgeflogen! Star-Musiker Jeff Thompson und das afrikanische Baby«*

*»Erst vor wenigen Wochen sorgte der berühmte Saxofonist Jeff Thompson (45) für Schlagzeilen, als ihm während seines Skiurlaubs am Genfer See ein Kampfhund die linke Hand zerfleischte. Höchstwahrscheinlich wurde seine Weltkarriere damit auf brutale Weise schlagartig beendet. Hatten Fans und Bewunderer des Musikers noch für eine baldige Genesung gebetet, fällt nun ein Schatten auf das langjährige Saubermann-Image des Wahl-Schweizers. Wie erst jetzt bekannt wurde, hat Thompson, der mit seiner Ehefrau Carla (39) und Tochter Sarah (11) in der Nähe von Zürich lebt, offensichtlich einen unehelichen Sohn in seiner südafrikanischen Heimat. Damit nicht genug, war Nathalie M., die Mutter des inzwischen vierjährigen Jeremy, zum Zeitpunkt der Geburt gerade erst sechzehn Jahre alt. Laut Aussage von Nathalie M. hatte sie den Musiker im Alter von fünfzehn Jahren kennengelernt. Thompson war damals zu Besuch in Paarl gewesen, wo sein inzwischen verstorbener Vater ein Luxushotel besaß. Im Rahmen einer Feier wäre es im Laufe des Abends zu der verhängnisvollen Liaison gekommen. Wie Nathalie M. bestätigte, zahlte der Musiker regelmäßig Alimente für das Kind, kümmerte sich selbst jedoch nicht um den Jungen. Carla Thompson hatte bislang keine Ahnung vom Seitensprung ihres Mannes. Zum Zeitpunkt der Affäre war Nathalie M. minderjährig. Aus diesem Grund ermittelt nun auch die südafrikanische Polizei gegen den Weltstar, der bisher als treuer Ehemann und liebevoller Vater bekannt war. Thompson selbst hat zu den Vorwürfen noch keine Stellung bezogen.«*

Das grobkörnige Schwarz-Weiß-Foto zeigte Jeff auf einer Parkbank mit einem Baby in den Armen, neben ihm stand ein dunkelhäutiges Mädchen mit einem Kinderwagen.

Wütend schlug Sarah den Ordner zu. Stapelweise hatte sie die Zeitungsausschnitte abgeheftet. Mal mehr, mal weniger reißerisch hatten sie alle den gleichen Inhalt: Papa hatte mit einer Fünfzehnjährigen geschlafen, die war schwanger geworden, er hatte ihr Geld bezahlt, damit sie die Klappe hielt und die Affäre nicht bekannt wurde.

Danach war der Name Jeffrey Thompson aus den Zeitungen nicht mehr wegzudenken gewesen. Die Presse präsentierte die ganze Schlammschlacht, die zwischen Carla und ihm entbrannt war, in jedem noch so unappetitlichen Detail der Öffentlichkeit. Dabei unterschieden die Herrschaften von der schreibenden Zunft längst nicht immer zwischen Wahrheit und Dichtung. Als diese Nathalie dann auch noch kurz darauf starb und das Kind bei irgendeiner Verwandten in den Townships von Kapstadt verschwand, ließen die Reporter vor Freude die Korken knallen. Sie brauchten lange Zeit keinen Gedanken mehr daran zu verschwenden, wie sie die Titelseiten ihrer Schmierblätter füllen konnten!

Die Scheidung war dreckig, aber schnell verlaufen, Carla hatte das alleinige Sorgerecht und den Großteil des Vermögens bekommen. Für Jeff gab es in der Schweiz nichts mehr zu tun. Seine Karriere war vorbei, seine Ehe nur noch Geschichte. Sein altes Leben existierte nicht mehr. Bis auf die Tatsache, dass er jetzt unten in der Küche saß.

## 15. Kapitel

Die Tür zu seinem früheren Musikzimmer stand offen. Eine ältere Frau im geblümten Kittel wischte mit dem Staubtuch über das vom Boden bis zur Decke reichende Bücherregal. Als sie seine Anwesenheit bemerkte, ließ das Staubtuch liegen und wischte sich die Hände an ihrem Kittel ab.

»Guete Morge, ig bi d´Frou Mathies.« Sie streckte ihm erfreut die Hand entgegen. »Ig putze hie jede Morge und luege, dass Ordnig isch.«

Au weia, die Dame war eindeutig nicht aus Zürich. Was immer sie gesagt haben mochte, erinnerte Jeff dumpf an das unverständliche Kauderwelsch des Berner Oberlands. Jeder Besuch dort hatte ihn an seinen Sprachkenntnissen schier verzweifeln lassen. Freundlich erwiderte er ihren Handschlag. »Jeff Thompson. Nett, sie kennenzulernen.«

»Oh, äh, ich bin Sarahs Vater,« setzte er erklärend hinzu, als er merkte, wie Frau Mathies ihn mit unverhohlener Neugier musterte.

»Ja, das hani mir scho dänkt. Me gsehts ganz dütlech.« Sie bestätigte ihre Aussage mit einem zustimmenden Nicken.

»Öii Frou ... Öii Ex-Frou ... Auso i meine, auso d´Frou Thompson het erwähnt, dass dir chömet.«

Mit verständnisloser Miene machte Jeff Anstalten, den Rückzug anzutreten. »Ich will sie nicht länger stören, Frau Mathies, sie ... äh ...«

»Ne nei, ke Sorge. Dir störet mi nid. Blibet nume hie u lueged ume. I mache hie spöter witer u fo de afe ir Stube an.« Wieder mit ihrem Staubtuch bewaffnet verließ sie das Zimmer, doch als Jeff schon erleichtert ausatmen wollte, wandte sie sich erneut um. »Öies Zimmer macheni de spöter, we dir wäg sid. Isch i öiem Zimmer aues ir Ordnig? Bruched dir no öppis? Sägit mir nume, wenn öppis fäut oder nid ir Ordnig isch.« Er hatte zwar kein einziges Wort verstanden, es dafür aber plötzlich furchtbar eilig.

»Entschuldigen sie bitte, aber wir sind schon spät dran«, sagte er hastig. »War nett, sie kennenzulernen. Auf Wiedersehen, Frau Mathies.«

»Uf widerluege, Herr Thompson«, hörte er sie noch sagen, dann verschwand er sicherheitshalber aus dem Umfeld der Berner Staubwedelqueen.

Der kurze Blick in sein früheres Arbeitszimmer hatte sowieso genügt. Er würde zukünftig auch dann einen großen Bogen um den Raum machen, wenn die sprachgewandte Putzfrau nicht anwesend war. Regale aus schwarzem und weißem Lack, teils mit Glastüren versehen, hatten auch hier alles Wohnliche verdrängt. Ein kantiges Ledersofa mit passendem Sessel gruppierte sich um einen stylischen Couchtisch. Der gläserne Schreibtisch mit dem ledernen Chefsessel und einem flachen Notebook machte deutlich, dass dies jetzt wohl Carlas Büro war.

Die Goldenen Schallplatten, gerahmten Poster und Fotos, die heute sein Schlafzimmer in Kapstadt zierten, hatten früher die Wände dieses Zimmers gepflastert. Eine Vitrine hatte seine Trophäen und Auszeichnungen beherbergt. Stapelweise Notenhefte neben der High-Tech-Stereoanlage. Aufnahmegeräte, Mischpult, Mikrofone und natürlich seine Saxofone. In zahllosen Nächten hatte er in dem schallisolierten Studio oft bis zum Umfallen komponiert, arrangiert, geprobt. Tagsüber spielte Sarah unter dem Fenster, während er geübt hatte. Babywiege, Laufstall, Krabbeldecke, Spielzeugparadies – alles hatte im Laufe der Jahre dort gestanden, wo jetzt nur noch ein steriler Laptop darauf wartete, benutzt zu werden.

Sarahs Lieblingsplatz. Sie konnte stundenlang mit ihren Puppen spielen, während er nur wenige Schritte entfernt lautstark musizierte. Anfangs wollten Carla und er sie aus Angst vor einem Gehörschaden wirklich nicht in seine Nähe lassen, wenn er übte. Allerdings war die kleine Prinzessin da wie immer völlig anderer Meinung als ihre besorgten Eltern gewesen. Sie schlief nirgendwo schneller ein als dort, wo Papa ordentlich Krach machte. Am Ende siegte der Egoismus, schließlich brauchen selbst besorgte Eltern ab und zu mal Schlaf. Klein-Sarah bekam den bestmöglichen Gehörschutz – und Jeff trug sein fest schlummerndes Töchterchen später behutsam ins Bett, wo sie sich winzig klein zusammenrollte, ohne zu bemerken, dass er ihr die Ohrenschützer abnahm. War er verreist, erfüllten seine CDs in der Regel auch ihren Zweck. Hauptsache, Papa tutete ordentlich ins Horn! Seltsamerweise hatte Carlas Klavierspiel nie diesen beruhigenden Effekt auf sie ausgeübt.

Wie viele erfolgreiche Songs hatte er hier komponiert. Damals war sein Kopf fast explodiert, weil er die ganzen Melodien gar nicht schnell genug zu Papier bringen konnte. Selbst als er nach dem Unfall nicht mehr spielen konnte, hatte er noch Noten aufgeschrieben. Doch ohne Sarah war sein Kopf leer. Mit ihr war auch die letzte Melodie verschwunden. Erst Jemmy hatte ihn inspiriert, überhaupt wieder zu testen, ob er nicht vielleicht doch noch spielen konnte. Er spielte wieder, ja. Aber selbst Jemmy hatte es bisher nicht fertiggebracht, die Ideen in seinen Kopf zurückzubringen.

»Kommst du, Jeff? Wir müssen los.« Carla stand im Mantel neben ihm, den Autoschlüssel in der Hand.

»Ja, von mir aus können wir.« Seine Lederjacke trug er bereits, anders war die Kälte im Haus nicht zu ertragen. Er sah so dermaßen bescheuert aus mit dieser abgewetzten Jacke über dem zeitlos modischen, hellbraunen Anzug. Aber ihm war kalt, und etwas Wärmeres hatte er nicht dabei. Was hätte er jetzt für einen seiner alten, Lammfell-gefütterten Mäntel und ein paar warme Stiefel gegeben!

»Sarah ist vorerst bei meiner Mutter, Frau Mathies. Allerdings kommt sie in etwa einer halben Stunde nach oben. Ich habe das Handy dabei, falls etwas sein sollte.«

»Darsch guet, Frou Thompson. Bis spöter. Uf widerluege, Herr Thompson.«

\* \* \*

»Ist es wirklich okay, Sarah alleine zu lassen?« fragte Jeff besorgt, als sie durch die nasskalte Morgendämmerung fuhren. »Ellen geht doch gleich weg, wenn ich das richtig verstanden habe.« Er hatte Sarah heute noch gar nicht zu Gesicht bekommen. Sie war ihm erfolgreich ausgewichen und zum Frühstück zu ihrer Großmutter verschwunden.

»Sarah ist nicht alleine. Frau Mathies ist da, die passt schon auf. Eigentlich wäre auch gleich ihre Lehrerin gekommen, aber ich hatte gehofft, dass sie heute mit zu Dr. Bergner käme und ihr abgesagt. Naja, soll sie den freien Tag genießen.«

»Ehrlich gesagt, bin ich ziemlich überrascht, dass es Sarah so …« Er suchte nach einem passenden Ausdruck. »So gut geht«, sagte er schließlich. »Versteh´ mich nicht falsch, ich bin froh darüber. … Nachdem, was du in Kapstadt beschrieben hast …«

»Im Moment geht es ihr gut.« Mit einem nervösen Blick auf die Uhr fädelte Carla sich in den dichten Berufsverkehr auf der Hauptstraße ein.

»Es ist ein ständiges Auf und Ab. Vor drei Wochen lag sie eine Weile im Krankenhaus. An ihrem Geburtstag war sie gerade wieder zuhause, hat sich nur erbrochen und wegen eines grässlichen Ausschlags die ganze Haut aufgekratzt. Im Moment ist sie topfit. Zu fit, ehrlich gesagt! Diese verdammte Situation zwischen dir und ihr wäre für uns alle bestimmt wesentlich einfacher, wenn sie mit Fieber im Bett läge und gar nicht richtig mitbekäme, dass du da bist.«

»Den Gefallen tut sie dir aber nicht!« Er konnte sich ein zufriedenes Grinsen nicht verkneifen. »Mir ist es wesentlich lieber, zwischen uns fliegen die Fetzen, als dass sie scheintot im Bett liegt.«

»Dann erfüllt sie deine Ansprüche ja voll und ganz! Aber du hast ihr ja schon immer alles durchgehen lassen.«

Er musterte sie von der Seite, wie sie stur auf die Straße schaute und verkniff sich einen Kommentar. Vielleicht gelang es ihnen ja doch noch, diese wenigen Kilometer bis zum Universitätsspital hinter sich zu bringen, ohne einen erneuten Streit vom Zaun zu brechen.

## 16. Kapitel

»Das ist gar kein Problem, Frau Thompson. Ich kann morgen im Dialysezentrum den weiteren Ablauf in aller Ruhe mit Sarah besprechen. Dort kann sie mir ja nicht weglaufen.«

Dr. Michael Bergner war ein vertrauenerweckender Mittfünfziger, der Jeffs Sympathie auf Anhieb gewonnen hatte. Der herzlichen Begrüßung war ein ehrlicher Dank gefolgt, dass Jeff sich so rasch als Spender zur Verfügung gestellt hatte. Nun saßen die Drei in seinem Zimmer in einem Seitentrakt des Klinikkomplexes. Im Gegensatz zum exquisiten Refugium des Dr. Davis entpuppte sich Dr. Bergners Raum als helles, freundliches Sprechzimmer. Die Einrichtung bestand aus funktionellen Möbeln, an der Wand hing ein abstrakter Kunstdruck. Medizinische Nachschlagewerke reihten sich im Bücherregal aneinander. Bis auf einen Briefbeschwerer in Form einer Katze und einen Bilderrahmen, in dem ein Familienfoto steckte, fehlte jeglicher Schnickschnack.

»Ich habe mir die Ergebnisse der Untersuchungen in Kapstadt bereits angesehen, die mir der Kollege geschickt hat.« Dr. Bergner wies auf einige Ausdrucke, die auf dem Tisch lagen. »Das sieht alles äusserst vielversprechend aus. Ich hatte ja schon seit Längerem darauf hingewiesen, dass Sarahs Vater unsere beste Chance wäre, nachdem sie, Frau Thompson, und ihre Mutter als Spender nicht in Frage kamen.« Jeff warf Carla einen verärgerten Blick zu, den sie geschickt ignorierte. Also wandte er sich direkt an den Arzt.

»Heißt das, wir hätten diese Transplantation schon viel früher durchführen können?«

»Ja, selbstverständlich«, erwiderte Bergner offen.

»Es wäre wahrscheinlich sogar möglich gewesen, Sarah mit einer frühzeitigen Nierenspende die monatelange Dialyse komplett zu ersparen. Wir haben ja bereits vor fast einem Jahr festgestellt, dass wir die Krankheit auf medikamentösem Weg langfristig nicht in den Griff bekommen. Eine Spenderniere bietet die einzige Chance, Sarah ein relativ normales Leben zu ermöglichen.« Er machte eine etwas hilflose Geste, ehe er seine Fingerspitzen gegeneinander legte. »Leider kamen weder ihre ehemalige Frau noch Frau Baudère als Spender in Frage, und soweit ich informiert bin, war es schwierig, sie zu finden, Herr Thompson. Schon die ganze Zeit über ruhte meine Hoffnung auf ihnen, damit Sarah nicht darauf angewiesen war, über die Warteliste erst in einigen Jahren vielleicht eine neue Niere zu erhalten. Ich war wirklich überaus erleichtert, als ich erfahren habe, dass man sie endlich in Kapstadt lokalisiert hat.«

»Oh ja, ich war sehr schwer zu finden!« Jeff gab sich alle Mühe, seine aufkeimende Wut zu unterdrücken, dennoch hätte er Carla in diesem Moment gerne den Hals umgedreht. Stattdessen wandte er sich mit einem ironischen Lächeln Dr. Bergner zu.

»Wenn sie auf Google »Jeffrey Thompson« eingeben, werden sie zuerst mit uralten Skandalgeschichten bombardiert. Aber im unteren Drittel der ersten Seite finden sie eine Anzeige für das *Sea Point Beach Motel* auf der Beach Road in Kapstadt. Raten sie mal, wessen Name dort steht, neben Telefonnummer und E-Mail-Adresse.« Mit einem Mal war sein Ärger verflogen, übrig blieb schier grenzenlose Müdigkeit.

»Ein Anruf! Eine einzige E-Mail«, sagte er verzweifelt. »Ich wäre mit dem nächsten Flugzeug hier gewesen. Selbst wenn ich auf jeder verdammten Wüstenpiste hätte umsteigen müssen, ich wäre innerhalb von vierundzwanzig Stunden hier gewesen!«

Zur gleichen Zeit schlich Sarah auf die Galerie hinaus und lauschte angestrengt nach unten. Vorsichtig warf sie einen Blick über das Geländer. Im Wohnzimmer dröhnte der Staubsauger. Oma war vor ein paar Minuten abgefahren. Das Gespräch zwischen ihren Eltern und Dr. Bergner in der Klinik dauerte sicherlich eine ganze Weile, also hatte sie vorerst freie Bahn. Zum Glück war Frau Mathies zuerst ins Schlafzimmer gegangen und hatte anschließend sofort das Gästezimmer sauber gemacht. Flink huschte sie über den Flur. Sie wollte nur mal gucken, ob es zwischen Papas Sachen vielleicht ein Foto von dem Jungen gab. Schließlich war der ja so was wie ihr kleiner Bruder. Okay, Halbbruder. Sie kannte nur die grobkörnigen Babyfotos aus der Zeitung und wollte doch wenigstens wissen, wie er wirklich aussah.

Eigentlich wirkte das Zimmer fast so unbewohnt wie immer. Eine billige Reisetasche stand auf dem Boden. Durch den geöffneten Deckel spähte sie hinein. Socken, Unterwäsche, Sweatshirts ... Nicht gerade spannend. Offensichtlich hatte er sich auf keinen längeren Aufenthalt eingestellt, wenn die Tasche nicht einmal ausgepackt war. Andererseits lohnte das ja auch gar nicht, wenn er ins Krankenhaus ging.

Sie schob den Gedanken beiseite. Die Sache mit der Nierenspende war ihr immer noch suspekt. Wenn er wenigstens mal einen Brief geschrieben hätte! Fast sechs Jahre lang hatte er nicht einmal eine billige Weihnachts- oder Geburtstagskarte und eine Briefmarke für sie übrig gehabt, wollte ihr nun aber gleich eine ganze Niere schenken? Egal! Weiter.

Im Kleiderschrank hingen zwei einsame Anzüge.

Zwei Hemden. Eine Jeans. Sah wirklich nicht so aus, als wollte er länger als unbedingt nötig bleiben. Ihr Blick fiel auf das Bett. Was war das denn? Neugierig griff sie unter den merkwürdigen Hügel, der sich am unteren Ende des Kopfkissens abzeichnete. Sie zog den hässlichsten Plüschhund hervor, den sie je gesehen hatte. Puh, war der scheußlich!

Das Fell mochte mal braun gewesen sein, vor langer, langer Zeit. Jetzt war es nur noch ein zotteliges, verwaschenes Etwas. Dem Hund fehlte ein Auge, die wenigen, noch verbliebenen Barthaare hingen traurig herunter. Bei genauerem Hinsehen entdeckte sie einige Stellen, an denen das Spielzeug geflickt worden war. Himmel, war der hässlich!

Im gleichen Moment entdeckte sie die beiden Fotos, die in einem einfachen Plastikrahmen auf dem Nachttisch standen. Ein Bild von ihr, mit Zöpfen und einer pinkfarbenen Pudelmütze. Hilfe, das war Jahrhunderte her! Da war sie höchstens zehn oder elf gewesen. Das Foto daneben war interessanter: Es zeigte eine attraktive Schwarze in einem farbenfrohen Sommerkleid und mit einem passenden Tuch auf dem Kopf, die neben einem kaffeebraunen Jungen an einem Strand hockte. Beide lachten vergnügt in die Kamera. Der Junge winkte. Er hatte kurzes, schwarzes Kraushaar, auf seinem roten T-Shirt prangte ein Bild von Spiderman. Dünne, lange Beine guckten aus seinen abgerissenen Shorts hervor, seine Füße steckten in einfachen Sandalen. Sarah biss sich auf die Unterlippe. Das war er also.

Sie wusste aus der Zeitung, dass er Jeremy hieß. Ihm gehörte bestimmt auch der scheußliche Hund. Aber wer war die Frau? Etwa Papas Freundin? Oder womöglich seine neue Frau? Hatte Papa inzwischen wieder geheiratet? Diese Frau konnte nicht die Mutter von dem Jungen sein. Die war tot, hatte in der Zeitung gestanden. Aber wer war die Frau?

Sie wandte sich dem Jungen zu. Zu ihrer eigenen Überraschung war Neugier das Einzige, was sie ihm gegenüber in sich spürte, obwohl sie ihn so gerne hassen würde. Aber der Kleine konnte nichts dafür, dass der blöde Hund Papas Hand zerfleischt hatte, weil Trixie abgehauen war. Nach der Sache mit Trixi war er schließlich zu seinem anderen Kind gegangen. Der kleine Junge hatte nur einen hässlichen Plüschhund, der konnte nicht viel kaputt machen.

Einen Moment lang kämpfte Sarah gegen das unbändige Verlangen an, alles, was ihr in die Finger kam, durch die Gegend zu schleudern. Oder sich heulend aufs Bett zu werfen. Doch sie tat es nicht. Stattdessen stellte sie mit zitternden Fingern den Bilderrahmen zurück und schob den scheußlichen Plüschköter wieder unter die Bettdecke. Dann griff sie in die Tasche, die auf ihrer Schulter hing. Mit dem kleinen Plastikgerät, das darin lag, kroch sie unter den Schreibtisch. Unwirsch rieb sie sich mit dem Handrücken über das Gesicht, weil der Tränenschleier ihr die Sicht nahm. Sie steckte das Babyfon in die Steckdosenleiste an der Wand. Nur gut, dass der Babyausstatter das Teil nach ihrem Anruf direkt geliefert hatte. Manchmal war es wirklich von Vorteil, wenn man Thompson hieß und in einem weithin bekannten Villenvorort wohnte.

Sie musste einfach wissen, was Papa sagte, wenn er mit Jeremy telefonierte. Außerdem war die Sache ja jetzt noch interessanter geworden. Vielleicht fand sie auf diesem Weg sogar heraus, ob diese Frau auf dem Foto seine Frau war. Nach der OP würde er zurück zu seiner Familie fliegen und Sarah ganz schnell wieder vergessen.

\*\*\*

»Du hast sie fast ein Jahr lang unnötig leiden lassen, nur weil du deine gekränkte Eitelkeit nicht mal vergessen und mich anrufen konntest? Da machst du das Leben deines Kindes lieber von einem Haufen Maschinen abhängig? Sag mal, hast du sie eigentlich noch alle?« Jeff gab sich keine Mühe mehr, seinen grenzenlosen Zorn im Zaum zu halten. »Du wusstest, wo du mich findest! Das wusstest du ganz genau, schließlich hast du eben diese Adresse regelmäßig auf die Umschläge geschrieben, mit der du mir meine Post zurückgeschickt hast! Warum lässt du Sarah monatelang leiden, wenn ich ihr …«

»Es reicht jetzt, Jeff«, unterbrach Carla seine Tirade giftig. »Ich wollte Sarah nicht unnötig aufregen und ihr Hoffnung machen, wo vielleicht keine Hoffnung war.«

»Ach nein? Meine Niere wäre vor zehn Monaten genauso kompatibel gewesen wie heute. Sarah hätte nicht ein einziges Mal an die Dialyse gebraucht, wenn du mich rechtzeitig angerufen hättest!«

»Und woher sollte ich wissen, dass du helfen willst? Du bist abgehauen!«

»Ich bin NICHT abgehauen! Du hast mich rausgeschmissen!«

»Ich habe dich gebeten, auszuziehen. Ich habe nicht gesagt, dass du gleich bis ans Ende der Welt gehen sollst!«

»Entschuldige bitte, aber ich bin Südafrikaner. Ich bin am Ende der Welt geboren!«

»Das war fast zwanzig Jahre lang kein Grund für dich, weiterhin im Busch zu leben!«

»Ich lebe nicht im Busch!«

»Erst, seit es diesen kleinen Bastard gibt, hast du plötzlich deine große Heimatliebe wiederentdeckt!

Vorher hielt sich deine Begeisterung immer in bescheidenen Grenzen, besonders, wenn du auch nur in die Nähe von Paarl solltest.«

»Lass Jemmy und meinen Vater da ´raus! Hier geht es allein um Sarah und darum, dass du mit ihrem Leben gespielt hast, obwohl ich ihr von Anfang an hätte helfen können!«

»Wenn du nicht mit diesem Flittchen herumgemacht hättest, wärst du nie weggegangen. Dann hättest du Sarah noch viel eher helfen können!«

»Wie konnte ich mich nur in dich verlieben? Ich muss doch unter Drogen gestanden haben oder komplett besoffen gewesen sein, als ich dich geheiratet habe! Zum Glück hat Sarah nur ihren beschissenen Nierenschaden von dir geerbt und sonst nichts!«

So ging das, seit sie die Haustüre aufgeschlossen hatten. Sie schrien sich seit über einer Stunde ohne Unterlass an. Dafür brauchte sie kein Babyfon, das war auch so im ganzen Haus klar und deutlich zu hören.

In eine flauschige Decke gewickelt, hockte Sarah wieder einmal auf dem Fußboden und lauschte ungeniert. McZottl fest umklammert, kämpfte sie schon lange nicht mehr gegen die Tränen an, die nach ihrer Rückkehr aus dem Gästezimmer nur kurzzeitig getrocknet waren. Papa wäre wirklich schon viel früher gekommen, um ihr zu helfen!

Erst vor ein paar Tagen war sie achtzehn Jahre alt geworden. Sie war offiziell erwachsen! Jetzt hockte sie hier und fühlte sich genau wie damals, als sie gerade zwölf Jahre alt gewesen war und die ständigen Streitereien ihrer Eltern belauscht hatte, die ihr so fremd waren. Damals hatte sie angefangen, immer zu frieren. Ihr war so kalt. Ihr war so schrecklich kalt.

# 17. Kapitel

»Hallo Mbhali, ich bin`s!«
Wie von der Tarantel gestochen, fuhr Sarah auf. Sie hatte sich hingelegt und war eingedöst, aber die Stimme ihres Vaters, die leicht verzerrt aus dem Lautsprecher des Babyfons klang, ließ sie ihre Abgeschlagenheit umgehend vergessen. Sich ein Kissen in den Rücken schiebend, setzte sie sich im Bett auf und spitzte die Ohren.

»… Ja, ich bin nur noch heute hier, morgen Nachmittag gehe ich in die Klinik. Die OP ist für Freitag angesetzt. Deshalb rufe ich heute noch mal an … Katastrophal! Ich habe diese Streitereien so satt, kann ich dir sagen. Sobald wir im gleichen Raum sind, fliegen die Fetzen … Nein, sie lässt mich absolut nicht an sich heran … Ach, vergiss es! Anfangs haben wir uns ja wenigstens noch angeschrien, aber mittlerweile geht sie mir komplett aus dem Weg … Doch, sie ist hier. Aber wenn sie nicht bei meiner Ex-Schwiegermutter sitzt, sperrt sie sich in ihrem Zimmer ein … Natürlich habe ich versucht, mit ihr zu reden. Vorhin erst wieder. Wäre ich nicht gerade noch ausgewichen, läge ich wahrscheinlich jetzt schon im Krankenhaus. Sie hat mir die Tür vor der Nase zugeschlagen.«

Upps, ja, das hatte sie allerdings. Obwohl er es nicht sehen konnte, kaute Sarah verlegen am Nagel ihres Zeigefingers. Woher sollte sie wissen, dass ER vor der Tür stand, als es klopfte. Er wollte fragen, ob er mit ihr reden könne. Mit einem eiskalten »Nein!« hatte sie ihm die Tür fast ins Gesicht geknallt. Trotz ihrer Wut darüber, dass er überhaupt in die Nähe ihres Zimmers gekommen war, konnte sie sich anschließend ein Grinsen doch nicht verkneifen, als er ihre Reaktion in gleichem Ton mit einem klaren »Das war deutlich!« kommentiert hatte.

»… Nein, heute geht`s ihr nicht so besonders.« Mist, jetzt hatte sie einen Teil des Gesprächs verpasst. Dabei war es schon ärgerlich genug, nur eine Hälfte des Telefonats hören zu können. Ob Mbhali die Frau auf dem Foto war?

»Die letzten Tage ist sie hier durchgefegt wie ein Sandteufel durch die Kalahari, aber heute … Sie kam völlig erschöpft von der Dialyse zurück und hat sich sofort hingelegt. Carla sagt, sie hätte halt gute und schlechte Tage. Ich vermute eher, dass die ganze Aufregung doch zu viel für sie ist … Mbhali, glaub mir, sie hasst mich. Sie hasst mich wie die Pest!«

Sarah biss sich auf die Lippe, unwillkürlich schüttelte sie den Kopf. Die Verzweiflung in seiner Stimme war selbst durch den hohlen Klang des billigen Lautsprechers nicht zu überhören. Es wurde still. Offensichtlich sprach nur noch die Frau.

»Sie bekommt diese Niere, da kannst du Gift drauf nehmen«, fuhr er etwas ruhiger fort. »Auch wenn sie mich am liebsten umgehend zum Teufel jagen würde, ist sie nicht so dumm, sich diese Chance entgehen zu lassen. Mit meiner Niere kann sie in ein paar Wochen wieder mit Freundinnen Partys feiern, ins Kino gehen, oder was auch immer Mädchen in dem Alter so machen … Was weiß ich? Keine Ahnung! Aber wenn ich abfliege und meine Nieren alle wieder mitnehme, dann hängt sie weiterhin auf unbestimmte Zeit an dieser Maschine. Vielleicht ein paar Jahre, vielleicht für immer. Nein, Mbhali, so dumm ist sie nicht!«

Scheiße, musste er das so deutlich sagen? Natürlich war sie nicht dumm. Nur stinksauer auf ihn.

»… Ist er da? …Gib ihn mir … Hey, Kumpel, wie läuft's bei dir? Alles klar?«

Oh verdammt, das musste der kleine Junge sein. Sofort zog ein Stich der Eifersucht durch ihr Herz. Jetzt hatte er also einen »Kumpel«. Toll! Klang nach dicker Männerfreundschaft. Klar, so ein Kumpel war bestimmt besser als ein Mädchen, das zu dämlich war, auf einen winzigen Hund aufzupassen.

»Natürlich habe ich deine E-Mail gelesen. Siehst du, du kannst es doch! Und du übst wirklich jeden Tag? … Nach Noten? Bist du krank? … Nein, natürlich glaube ich dir! … Ja, das spielst du mir dann alles vor … Nein, ich muss noch eine Weile hierbleiben … Nach der Operation kann ich ein paar Tage lang nicht anrufen, aber sobald ich wieder aus dem Krankenhaus zurück bin … Nein, Jemmy, dann kann ich nicht sofort nach Hause kommen. Das habe ich dir doch erklärt. Danach muss ich eine Weile hierbleiben, weil … Nein. Nein, Jemmy, nicht weinen! … Nein, ich muss nicht sterben. Komm schon, Kumpel! Es wird alles gut. Ich muss wirklich nicht sterben! … Jimbo passt doch auf mich auf! … Ja, er liegt hier gleich neben mir in meinem Bett. Nein, ihm geht es gut … Er hatte ein bisschen Flugangst, aber jetzt geht es ihm wieder gut … Ja, Jimbo passt auch im Krankenhaus auf mich auf … Du gehst jetzt schlafen, okay? … Ich passe auf Jimbo auf, versprochen. Ich hab dich lieb, Großer! … Gute Nacht. Und ärger deine Mamani nicht! … Oh Mann, er hat eine Heidenangst … Ich hab gesehen, ihr seid fast ausgebucht? … Unglaublich, vielleicht sollte ich euch öfter mal alleine lassen … Was ist das da mit der 104? … Kriegt Dan das hin? … Stimmt, war 'ne blöde Frage, natürlich kriegt er das hin … Sonst alles okay? … Du, ich muss Schluss machen, das wird langsam arg teuer …

Natürlich weiß ich, dass sie genug Geld hat, um eine Telefonrechnung nach Südafrika zu bezahlen, aber trotzdem ... Nein, mir ist das aber unangenehm ... Ja, Mbhali, ich weiß! ... Tu das. Und pass auf Jemmy auf. ... Mach ich. Bis dann! ... Ich dich auch. Bye!«

Mit einem Seufzer legte er den Telefonhörer weg, setzte sich auf sein Bett und schob sich ein Kissen in den Rücken. Seine Hände um Jimbos abgenutzte Pfoten geschlungen, starrte er in Gedanken versunken auf die beiden Fotos, die auf dem Nachttisch standen.

Auf der anderen Seite der Galerie hockte Sarah noch immer auf ihrem Bett, McZottl fest an sich gepresst. In der Hand hielt sie ein gerahmtes Foto, das sie selbst zwischen einem grinsenden Jungen und zwei kichernden Mädchen zeigte. Ebenso wie der blonde Junge trug sie eine Baseballkappe mit der Aufschrift »Bristol Aquarium«.

Gedankenverloren schloss sie die Augen. Dreieinhalb Jahre war die Aufnahme alt, entstanden während der einzig glücklichen zehn Monate, an die sie sich seit der Scheidung erinnern konnte. Sie hatte gekämpft, gebettelt und gedroht, bis ihre Mutter ihr am Ende widerwillig dieses Schuljahr in England erlaubt hatte.

Sprachprobleme kannte Sarah nicht, schließlich hatte ihr Vater dafür gesorgt, dass sie zweisprachig aufwachsen konnte. In England wusste niemand, wer sie war. Zu dem Zeitpunkt, als sie Teil der netten Gastfamilie wurde, waren die Schlagzeilen verstummt. Endlich war sie allem entronnen, hatte ein knappes Jahr lang die Chance gehabt, ein ganz normales Leben zu führen. Monatelang waren für sie und ihre neuen Freundinnen nur Klamotten, Boygroups und Jungs interessant gewesen.

Jungs - vor allem einer. Dylan. Der Strubbelkopf mit den blauen Augen ...

Kaum wieder daheim in der Schweiz, war der Alltag mit voller Wucht über sie hereingebrochen. Nach den unbeschwerten Monaten auf der Insel erschien die Einsamkeit zuhause noch unerträglicher als zuvor. Eine Weile flogen noch Briefe und Telefonate über den Ärmelkanal, zweimal hatten sich die Drei sogar in den Ferien gegenseitig besucht. Aber dann war Sarah krank geworden. Zwischen Therapieversuchen und Krankenhausaufenthalten fehlte ihr schon bald die Kraft, den Kontakt nach Bristol aufrecht zu erhalten. Für Dylan wurden gesunde Girls aus der Nachbarschaft schnell interessanter als das kranke Mädchen in der Schweiz. Sarahs hoffnungsvolle Pläne, möglichst bald ein weiteres Austausch-Schuljahr zu machen, am besten gleich bis nach Amerika oder Australien zu verschwinden, schmolzen mit jedem Rückschlag dahin. Das Dialysegerät hielt sie am Leben, während es gleichzeitig all ihre Träume zunichtemachte. Geblieben war nichts weiter als wehmütige Erinnerungen und ein Teddybär, dem allein sie ihre Sorgen anvertrauen konnte.

Sie legte das Foto beiseite und setzte sich die Kopfhörer auf, die auf dem Nachttisch lagen, schaltete dann mit der Fernbedienung die Stereoanlage ein. Leise klang der warme Ton des Saxofons an ihre Ohren. Die ruhige Ballade hieß einfach nur *Sarah´s Song*. Es war der größte Hit geworden, den der Mann, der mit einem hässlichen Plüschtier im Arm drüben im Gästezimmer saß, jemals komponiert hatte.

* * *

Sie hatten es immerhin bis ins Krankenhaus geschafft. Ohne einen einzigen Streit! Ganz im Gegenteil, die gut zehnminütige Fahrt war in absolutem

Schweigen verlaufen. In kaltem, unangenehmen, Schweigen, das die kurze Fahrt von der Villa zum Universitätsspital zu einer schier endlosen Reise durch die Kleine Karoo hatte werden lassen.

Jeff hatte seinen Rucksack lässig zwischen seinen Füßen geparkt, weil ja doch mal das Handy klingeln könnte. Ein Handy, das überhaupt nicht eingeschaltet war. Dass er sich weniger allein vorkam, wenn er den darin versteckten Jimbo in seiner Nähe wusste, hätte er allerdings selbst unter Folterqualen nicht zugegeben. Momentan versuchte er ohne großen Erfolg, jeden Gedanken daran zu verdrängen, dass seine Tochter nur eine Armlänge von ihm entfernt auf dem Rücksitz hinter ihrer Mutter saß.

Das Gepäck vorerst im Wagen zurücklassend, gingen sie ohne ein Wort durch die Flure der Klinik. Sie beobachteten im Aufzug gebannt die Leuchtzifferanzeige über den Türen, als liefe dort ein spannender Film. Immerhin erreichten sie auf diese Art tatsächlich das Sprechzimmer von Dr. Bergner, ohne sich unterwegs einem familiären Atomkrieg geliefert zu haben. Das war doch wirklich mal ein Fortschritt.

Jetzt saßen sie nebeneinander vor dem Schreibtisch des Arztes. Rechts Jeff, direkt daneben und gleichzeitig am anderen Ende der Welt Sarah. Links außen Carla, die kurzzeitig vergeblich versucht hatte, beruhigend nach den Händen ihrer Tochter zu greifen, deren Finger sich entweder nervös verknoteten oder zu ihren Zähnen glitten, wo die hübsch lackierten Fingernägel langsam aber sicher abgebissen wurden.

Routiniert ignorierte Dr. Bergner die angespannte Atmosphäre. Stattdessen fasste er in ruhigem, sachlichen Ton noch einmal alle Fakten der anstehenden Transplantation zusammen.

»Wie ich bereits sagte, alle Testergebnisse sind äusserst zufriedenstellend ausgefallen, der Transplantation steht also nichts mehr im Wege. Morgen Vormittag werden wir bei ihnen, Herr Thompson, die bisherigen Blutuntersuchungen und ein EKG zur Sicherheit wiederholen, während wir bei dir, Sarah, eine hoffentlich letzte Dialyse durchführen werden. Danach dauert es in der Regel eine Weile, bis wir mit der Operation anfangen können, aber ich habe bereits alles für den frühen Nachmittag eingeplant.« Er wandte sich an Jeff. »Wie die Entnahme stattfindet, hatte ich ihnen ja bereits ausführlich erklärt. Wir werden eine sogenannte laparoskopische Methode anwenden, bei der wir den Schnitt wesentlich kleiner ausführen können als er für eine herkömmliche Nierenentnahme nötig wäre. Abgesehen davon, dass die Narbe in der Regel weniger schmerzhaft verheilt, verläuft der Heilungsprozess bei einem minimalinvasiven Eingriff auch schneller. Sie hatten ja bereits erwähnt, dass sie möglichst rasch nach Südafrika zurückkehren möchten.«

»Ich muss. Ich kann mein Motel nicht länger als unbedingt nötig allein lassen. Im Moment arbeiten meine Leute gut, aber auf die Dauer geht das nicht. Da muss ich selbst wieder ´ran, so schnell es geht.«

»Das verstehe ich. Trotzdem werden sie ein wenig Geduld aufbringen müssen. Sie können nicht vom OP-Tisch ins Flugzeug steigen«, erwiderte Dr. Bergner ernst. »Wir werden ihnen anfangs einen Zugang legen, um sie mit schmerzstillenden Medikamenten zu versorgen, später können wir dann auf Tabletten umsteigen.«

»Das ist kein Problem.« Jeff hob seine vom üblichen Handschuh umgebenen Finger. »Viel schmerzhafter als das hier kann es nicht werden. Das habe ich auch überlebt.«

»Ich garantiere ihnen, gegen das, was sie bereits durchgemacht haben, werden ihnen die nächsten Tage wie ein Spaziergang im Park erscheinen.«

»Dafür hätte ich aber gerne Sonnenschein und mindestens fünfundzwanzig Grad Celsius!«

»Von mir aus liebend gern.« Der Arzt warf einen skeptischen Blick aus dem Fenster. »Allerdings liegen meine Fähigkeiten eher auf anderen Gebieten.« Er blätterte kurz in seinen Unterlagen. »Naja, wer weiß. Schließlich bleiben sie uns erst einmal eine gute Woche erhalten, danach wird es hoffentlich sonniger. Sie wissen, dass sie auch nach der Entlassung noch mindestens zwei Wochen lang täglich zur Nachbehandlung kommen müssen? Wie steht es mit regelmäßigen Kontrollen, wenn sie wieder in Kapstadt sind? Dafür ist gesorgt, wenn ich das richtig verstanden habe?«

»Ja.« Jeff nickte. »Der Nachbehandlung im Groote Schuur Krankenhaus steht nichts im Wege.«

»Gut.« Mit einem aufmunternden Lächeln wandte Dr. Bergner sich an Sarah. »Nun zu dir, Glückspilz! Ich bin froh, dass du endlich der OP zugestimmt hast. Es ist wirklich die einzig richtige Entscheidung, das wirst du bald einsehen.«

Das nervöse Nägelkauen zeigte, dass Sarah davon noch nicht wirklich überzeugt war, doch sie hatte ihre Unterschrift auf diesem Zettel hinterlassen. Sollte Papa doch seine Niere spenden, wenn er eine zu viel hatte. Er würde schon sehen, was passierte, wenn sein kleiner »Kumpel« eines Tages womöglich vor dem gleichen Dilemma stand! War ja nicht völlig abwegig. Sie war auch immer gesund gewesen. Bis vor zwei Jahren. Bis sie sich diesen verdammten Virus eingefangen hatte. Wenn der »Kumpel« nun auch eines Tages eine Niere bräuchte ... Tja, Papa kam dann wohl als Retter in der Not nicht mehr in Frage. Ätsch! Dann konnte Kumpel mal sehen, wen Papa lieber hatte!

Scheiße, die Wahrscheinlichkeit, dass der Junge mal in die gleiche Verlegenheit wie sie kam, ging so dermaßen gegen Null. Sie hatte zwar morgen Papas Niere - aber der Kleine hatte in drei oder vier Wochen den ganzen Papa wieder für sich. Scheiße, es war von Anfang an total unfair gewesen, und es blieb so unglaublich unfair!

»Hast du dazu noch Fragen?«

Äh, nee, Mist, wovon redete der Doktor gerade? Äh...

»Alles in Ordnung, Sarah?« Zuversichtlich sah er sie an. »Keine Sorgen, du bist in den allerbesten Händen. Auch wenn wir derartige Operationen gerne als Routinejob bezeichnen, du bist keine Routine für uns. Du bist uns wichtig, mir und meinem ganzen Team! Du weißt, dass du mich alles fragen kannst. Wir sehen uns ja noch einige Male, bevor es wirklich los geht. Also, alles in Ordnung?«

Sarah zögerte, ihre Finger spielten mit ihrer Unterlippe, die plötzlich unkontrolliert zitterte. Sie schluckte schwer.

»Ich hab Angst«, gab sie schließlich kaum hörbar zu. »Ich hab schreckliche Angst!«

Carla sprang auf, doch Jeff war schneller. Wie von selbst streckte er den Arm aus, zog ihre Finger sanft von ihrem Mund weg und schloss seine Hände um die ihren. Hielt sie fest, obwohl sie gar keinen Versuch unternahm, sie ihm wieder zu entziehen. Aufrichtig schaute er sie an.

»Ich auch, mein Schatz«, flüsterte er. »Ich auch.«

## 18. Kapitel

Es war geschafft. Es war wirklich geschafft! Die endlosen, nervenaufreibenden Stunden waren vorüber, die Transplantation nach den Aussagen Dr. Bergners erfolgreich von Statten gegangen. Sie konnte es noch immer nicht fassen. Fast drei Stunden lang hatte sie mit Ellen vor dem OP auf die erlösende Nachricht gewartet. Jede Schwester, jeden Pfleger, wer immer auch durch die Türen mit der Aufschrift »Zutritt nur für medizinisches Personal« gegangen war, mit dieser bittenden, flehenden Mischung aus Angst und Erwartung angesehen, die auf ein winziges, beruhigendes Nicken und das Ende dieses zermürbenden Wartens hoffte. Voller Sorgen hatten Ellen und Carla sich wie sonst nur selten aneinander geklammert, Trost und Beistand in der Nähe des anderen gesucht. Waren unruhig in dem kargen Wartebereich auf- und abgegangen, hatten irgendwann angefangen zu beten. Auch wenn sie beide keine Kirchgänger waren, in Momenten wie diesen gab der Gedanke, dass da oben vielleicht doch eine höhere Macht war, die auf ihr Kind aufpasste, Kraft und Zuversicht. Längst vergessene Fürbitten bahnten sich ihren Weg, während Hände sich wie von allein gegeneinander legten, Augen sich schlossen, Finger sich gegen Lippen pressten und der Kopf sich in ungewohnter Demut senkte. Wenn alles Geld der Welt keinen Einfluss mehr darauf hatte, ob das Mädchen, das hinter den hellgrünen Schwingtüren allein dem Können der Ärzte und einem Haufen piepsender und summender Maschinen ausgeliefert war, am Ende der Prozedur als genesende Patientin, komatöses Bündel Mensch oder gar lebloses Wesen durch die Flure geschoben wurde.

Es war vorbei. Sarah lebte! Die neue Niere arbeitete bereits, produzierte viel schneller als erhofft den Urin, der ab sofort wieder die Giftstoffe aus ihrem Körper spülen und ihr ein von der Dialyse unabhängiges Leben schenken würde.

Von tiefer Dankbarkeit erfüllt saß Carla auf der Intensivstation, in einen sterilen, grünen Kittel gehüllt, und hielt die schmale Hand ihrer Tochter. Sarah wirkte so klein, so zerbrechlich zwischen all diesen Geräten, die ihren Körper überwachten und unterstützten. Das Beatmungsgerät schien ihr blasses Gesicht völlig einzunehmen, Kabel und Drähte führten unter das hässliche Krankenhausnachthemd, Schläuche von diversen Flaschen in den Zugang, der auf ihrem Handrücken klebte. Es piepste hier und rauschte dort. Schwestern auf leisen Gummisohlen huschten ans Bett, kontrollierten Anzeigen oder die Tropfgeschwindigkeit der Infusionsflaschen. Jedes Mal fürchtete Carla, hinaus geschickt zu werden, doch niemand machte Anstalten, ihre Anwesenheit am Krankenbett zu beenden.

Als sie eine leise, kaum merkliche Bewegung zwischen ihren Händen spürte, sah sie auf. Sarahs Lider flatterten leicht, gleichzeitig wurde die Anzeige auf dem Monitor munterer. Sofort trat eine der freundlichen Schwestern näher.

»Sie wacht auf«, sagte sie, während sie gleichzeitig nach einem Pieper griff. »Ich werde sofort Dr. Bergner informieren. Nur zu«, die Frau im weißen Kittel nickte ihr aufmunternd zu. »Sprechen sie mit ihr. Unser Dornröschen hat lange genug geschlafen.«

»Hallo, mein Schatz, wach auf! Komm, wach auf!« Sanft strich Carla ihr mit den Fingerspitzen ein paar Haarsträhnen aus dem Gesicht. Noch schien Sarah sich dagegen zu wehren, aus dem weichen Nichts der Narkose in die Wirklichkeit zurückkehren zu müssen. Dann jedoch öffnete sie ganz langsam die Augen, sah sich schwach und müde um. Sekunden später zuckte sie in aufkommender Panik, als sie spürte, dass sie nicht sprechen konnte. Doch Dr. Bergner war bereits bei ihr.

»Ganz ruhig, Sarah, es ist alles in Ordnung. Du kannst noch nicht sprechen, aber es ist alles okay. Der Schlauch kommt bald weg.«

Tränen der Erleichterung rannen Carla über die Wangen, als sie feststellte, dass Sarah sie erkannte. Zärtlich streichelte sie ihr über den Arm, eine der wenigen Stellen, an der sie keine Schläuche oder Kabel verschieben konnte.

»Hallo, mein Liebling! Da bist du ja wieder!«

Dr. Bergner lächelte sie ermunternd an. »Siehst du, Sarah, ich habe es dir doch versprochen: Du schläfst eine Weile, und wenn du wieder aufwachst, ist alles erledigt«, redete der Arzt auf sie ein, während er gleichzeitig einige Untersuchungen durchführte.

»Jetzt schläfst du noch ein bisschen, und dann sehen wir mal zu, dass der blöde Schlauch auch bald verschwunden ist. Einverstanden?« Es dauerte einen kleinen Moment, dann nickte sie kaum merklich. Doch statt Carla oder den Arzt anzusehen, wanderte ihr müder Blick unstet, ja regelrecht suchend, hin und her.

»Ich bin hier, Schätzchen!« Wieder strichen Carlas Fingerspitzen ihr zart über die Wange. »Ich bin hier.«

Schon schlossen sich die Lider wieder. Sekunden später war sie eingeschlafen. Dr. Bergner umfasste beruhigend Carlas Schulter.

»Keine Sorge, sie braucht jetzt einfach nur Ruhe.« Er gab den Schwestern einige Anweisungen, wandte sich dann wieder an Carla. »Kommen sie, sie wird jetzt bis morgen früh durchschlafen. In ein oder zwei Tagen wird es ihr schon viel besser gehen.«

Widerwillig nickte Carla. Sie flüsterte Sarah einen Abschiedsgruß zu und verließ die Intensivstation, um zu ihrer Mutter zurückzukehren, die noch immer im Warteraum am Fenster stand und auf die Dächer der Stadt starrte.

»Wie geht es ihr?« Kaum hatte Carla die Schwingtüren durchquert, eilte Ellen besorgt auf sie zu.

»Alles in Ordnung«, erwiderte Carla matt, aber glücklich. Jetzt, wo die schlimmsten Sorgen vorüber waren, hatte eine bleierne Müdigkeit sie übermannt.

»Sie ist aufgewacht, es sieht alles gut aus. Jetzt schläft sie.«

»Gott sei Dank!« Erleichtert nahm sie ihre Tochter in die Arme.

»Entschuldigung, wenn ich noch kurz eben stören darf?« Dr. Bergner war zu ihnen getreten. Hastig trennten sich die Frauen voneinander, Schrecken auf den Gesichtern. War doch nicht alles in Ordnung?

»Sie wollen doch bestimmt auch wissen, wie es Herrn Thompson geht.«

Sofort schüttelte Ellen kalt den Kopf. »Sie haben bestimmt Wichtigeres zu tun, als hier mit uns zu plaudern, Herr Doktor. Wichtig ist, dass es Sarah gut geht. Alles andere ist uninteressant.«

»Mama, bitte!« Das war Carla jetzt aber doch peinlich. Mit einem Schulterzucken wandte Ellen sich ab, blickte wieder aus dem Fenster. Verlegen sah Carla den Arzt an. »Entschuldigen sie bitte, Herr Doktor, sie meint es nicht so. Sie ist nur ...«

»Du brauchst dich nicht für mich zu entschuldigen, Carla. Halt´ den Herrn Doktor nicht unnötig auf, der muss sich um seine Patienten kümmern.«

Betroffen trat Carla ein paar Schritte beiseite. »Wie geht es ihm?«

»Auch er hat die Operation gut überstanden. Er konnte bereits die Aufwachstation verlassen und wurde wieder in sein Zimmer verlegt. Allerdings schläft er jetzt natürlich auch.« Dr. Bergner zögerte kurz. »Falls sie ihn besuchen möchten, er liegt auf Station B, Zimmer 5.16.«

»Vielen Dank, Herr Doktor.« Dankbar ergriff Carla seine Hand. »Vielen Dank für alles.«

»Keine Ursache. Dafür sind wir ja da. Wir sehen uns morgen. Wiedersehen, Frau Thompson.«

»Wiedersehen, Herr Doktor.«

Wieder allein, wandte Carla sich ihrer Mutter zu.

»Ich bleibe heute Nacht hier. Willst du nicht lieber nach Hause fahren? Ich rufe dich an, falls irgendetwas sein sollte.«

»Du gehst zu ihm, nicht wahr?«

»Mama, bitte. Er hat Sarah gerade das Leben gerettet!«

Ellen griff nach ihrem Mantel und der Handtasche, die auf einem Stuhl lagen. »Das ändert nichts an der Tatsache, dass er dich sitzen gelassen hat, weil er mit dieser dreckigen Negerschlampe herummachen und einen kleinen Bastard in die Welt setzen musste.« Kalt schlüpfte sie in ihren Mantel. »Vergiss das nicht vor lauter Dankbarkeit. Ihm war eine andere wichtiger als du! Diese dreckige Hure war noch nicht einmal so alt wie deine Tochter, die da drin gerade den Kampf ihres Lebens hinter sich hat!« Damit rauschte Ellen aus dem Raum und ließ Carla allein mit ihren Gedanken auf den harten Plastikstühlen zurück.

## 19. Kapitel

Sie kam sich wie ein Eindringling vor. Natürlich hatte ihre Mutter recht, wie immer. Warum machte sie sich noch Gedanken um ihm, er hatte seine Schuldigkeit getan. Dennoch konnte Carla Jeff nicht einfach ablegen wie ein Werkzeug, das nicht mehr benötigt wurde. Auch wenn es lange her war und sie sich zwingen musste, an die schönen Zeiten zu denken, die von den schlechten turmhoch überragt wurden, hatte sie ihn doch mal geliebt! Natürlich hielt er ihr heute vor, ihn mit einer überraschenden Schwangerschaft in die Ehe gedrängt zu haben, aber so war es nicht. Bereits vom ersten Moment an hatte sie sich ein kleines Bisschen in ihn verliebt, kurz nachdem er ihr hinter der Bühne einer Fernsehshow begegnet war. Als sie nur eine kleine Pianistin in einem Zürcher Orchester war, das sämtliche Künstler einer großen Gala des Schweizer Fernsehens begleiten durfte. Er hatte sie an der Treppe zu den Garderoben gerade noch am Arm gepackt und festgehalten, als sie mit dem Absatz im Kleidersaum hängengeblieben war und um Haaresbreite die Stufen hinuntergefallen wäre. Hatte sie angesehen und mit seinem ungewöhnlichen Akzent frech gefragt, ob er vielleicht auch nach der Show noch eine Weile darauf aufpassen dürfe, dass sie nicht über ihre eigenen Füße stolperte. Wenig später hatte er sich nicht mehr nur auf ihre Füße beschränkt …

Nur ein gutes halbes Jahr später trat Carla im Park eines romantischen kleinen Seeschlösschens an den Ufern des Lago Maggiore in einem zauberhaften Brautkleid, das ihr kaum sichtbares Bäuchlein geschickt verbarg, vor einem von blühenden Rosen umrankten Traualtar neben ihn. Sie würde nie den Moment vergessen, als er sein Saxofon hervorgeholt und vor allen Gästen nur für sie allein »Just the two of us« gespielt hatte. Viel Zeit für sie beide allein war ihnen nicht geblieben. Die Flitterwochen am See hatten sich auf wenige Tage beschränkt, ehe sein voller Terminkalender ihn erneut quer durch Europa hetzte. Doch der Gedanke, seine geliebte Frau und das Baby, das sie in sich trug, nicht ständig in seiner Nähe zu haben, ließ ihm keine Ruhe. Kurzerhand trieb er seinen Manager in den Wahnsinn, indem er beschloss, zukünftig nicht mehr von ständig wechselnden Orchestern abhängig sein zu wollen, sondern seine eigene Band zu gründen. Die Mitglieder waren schnell gefunden. Niemand lehnte leichtfertig das Angebot ab, mit dem berühmten Stern am Musikhimmel arbeiten zu dürfen. Auch wenn die Entourage, die dafür sorgte, dass er sich um kaum etwas anderes als seine Musik Gedanken machen musste, wieder einmal über die grenzenlose Naivität und den Starrsinn ihres improvisationsfreudigen Schützlings die Hände über dem Kopf zusammenschlug. Wie gern vergaß er, dass im gesitteten Europa nicht alles so locker-flockig seinen spontanen Einfällen angepasst werden konnte wie im heimischen Südafrika. Unzählige Telefonate und E-Mails später feierte die *Jeff Thompson Sax Band* Premiere.

Die schwangere Klavierspielerin im Schlepptau sorgte mit Schweizer Pünktlichkeit endlich dafür, dass der Bandleader rechtzeitig zu Beginn eines Konzerts fix und fertig angezogen hinter der Bühne stand, anstatt im letzten Moment im Bademantel aus dem Hotel gezerrt und unterwegs auf dem Rücksitz eines Autos in dreiteilige Anzüge gezwängt zu werden, weil er mal wieder ganz in seine Musik vertieft die Zeit verpasst hatte. Wobei seine Begleiter stets dankbar gewesen waren, wenn es hin und wieder tatsächlich nur die MUSIK gewesen war, in die er sich so leidenschaftlich vertieft hatte ...

Schlagartig war Carla keine namenlose Klavierspielerin mehr, die morgens mit dem Bus zun Orchesterprobe fuhr, um die horrende Parkgebühr in der Umgebung der Tonhalle zu sparen. Die nachmittags stundenlang auf dem Flügel in ihrer kleinen Dachgeschosswohnung übte und am Abend nach Konzerten und TV-Auftritten über die Bahnhofstraße schlenderte, um sich an Schaufensterscheiben mit unbezahlbaren Kreationen die Nase platt zudrücken. Nun wohnte sie in den geräumigen Suiten erstklassiger Hotels, und selbst ihre Umstandsgarderobe trug die Labels der Designer, deren Kleider sie einst in den Modezeitschriften bewundert hatte. Während ihr Babybauch immer runder wurde, lieferten sich die Handwerker ihrer zukünftigen Villa hoch über dem Zürichsee einen Wettlauf gegen die Zeit, um der jungen Familie ein Heim zu geben, und Jeff trug seine immer unförmiger werdende Frau auf Händen. Dann war Sarah geboren, und nicht nur er schwebte vor Glück im siebten Himmel.

Er hatte ihr die Chance gegeben, aus dem kleinbürgerlichen Dasein unter dem disziplinierten Regiment ihres Vaters auszubrechen. Stunde um Stunde saß sie am Klavier und wusste doch genau, dass ihr das gewisse Etwas fehlte, um selbst als gefeierte Solistin aus dem Schatten des Orchesters hervorzutreten. An Jeffs Seite war es nur ein kleiner Schritt gewesen, der ihre kühnsten Träume wahr werden ließ. Ja, sie hatte ihn geliebt. Sie hatte ihn wirklich geliebt! Schließlich war es fast unmöglich gewesen, sich nicht in den charismatischen Riesen zu verlieben. Sie hatten sich an Orten geliebt, da wurde ihr jetzt allein bei dem Gedanken noch heiß. Regeln waren dazu da, ignoriert zu werden, und wenn es um seine schöne, junge Frau ging, war er nicht zu bändigen. Manches Mal war es gar nicht so einfach gewesen, ihn aus dem Bett auf die Bühne zu bekommen. Als wenn sie das je gewollt hätte! Doch seine Musik war der einzige Aspekt seines Lebens, in dem er absolute Perfektion von jedem erwartete. Er kam vielleicht manchmal zu spät. Öfter mal. Afrikanische Zeitmesser verfügten selbst nach Jahrzehnten in Europa nicht über die Genauigkeit eines Schweizer Uhrwerks. Aber sobald er sein Saxofon in Händen hielt, verlangte er zweihundert Prozent Einsatz. Von sich selbst und von jedem, der mit ihm zusammen arbeiten wollte. Das Ergebnis war eine Musik, die mit ihrer spielerischen Leichtigkeit verleugnete, wie viel Schweiß und Arbeit sich hinter den Klängen verbarg, die das Publikum in eine Zauberwelt der Melodien versetzte.

Carlas Vater war streng und unnahbar gewesen. Seine Welt war die Medizin, nur in Gegenwart seiner Kollegen, mit denen er fachsimpeln konnte, taute er auf. Mit einem Klavier spielenden Mädchen konnte er nicht wirklich etwas anfangen, und seine Ehefrau betrachtete er als einen naturgegebenen Bestandteil seines Daseins, der sich um Haushalt, Kind und gelegentliche Repräsentationstermine kümmerte. Dass Gott ihn mit einer klimpernden Tochter gestraft hatte, statt ihm einen strammen Sohn zu schenken, der in seine Fußstapfen hätte treten können, verzieh er dem da oben nicht. Warum er allerdings auch noch ausgerechnet einen tutenden Schwiegersohn aus Hottentottenland hatte abbekommen müssen, war selbst einem intelligenten Mann wie ihm bis zu seinem Tode ein unerklärliches Rätsel geblieben.

Jeff dagegen hatte vom ersten Augenblick an einen absoluten Narren an seiner kleinen Tochter gefressen und jammerte über jede Sekunde, die er von seiner Prinzessin getrennt verbringen sollte. Manchmal war Carla direkt neidisch gewesen, hatte ihn oft mit seiner »Affenliebe« gehänselt. Dabei gab es gar keinen Grund, eifersüchtig zu sein, schließlich war er nach wie vor ein ebenso fürsorglicher Vater wie heißer Liebhaber. Eigentlich war ihr Leben perfekt gewesen. Bis zu dem Tag, an dem dieser verdammte Köter sich ausgerechnet in Jeffs Hand verbeißen musste.

Als hätte er ihre Gedanken an seinen quälenden Albtraum gespürt, begann Jeff, unruhig zu rumoren. Er stöhnte leise im Schlaf, bewegte sich, stöhnte erneut, als die Bewegung Schmerzen verursachte.

»Schscht, Jeff. Ganz ruhig, es ist alles in Ordnung.« Tatsächlich entspannte er sich sofort, als er ihre Stimme hörte. Für einen winzigen Augenblick sah es aus, als würde er sie im Schlaf anlächeln, ehe er reglos weiterschlief. Das Einzelzimmer, in dem er lag, war nicht sonderlich geräumig, aber freundlich eingerichtet. Hellgelbe Wände und Bilder, die Sonnenblumen in der Toskana zeigten, gaben dem Raum eine warme Atmosphäre. Fast erinnerte es eher an ein Hotel als an ein Zimmer in einem riesigen Krankenhaus. Unter dem Fenster, aus dem sich bei besserem Wetter ein wunderschöner Ausblick auf den Park bot, stand ein Holztisch mit einer leeren Blumenvase. Einen der beiden Stühle hatte Carla sich ans Bett geholt.

Nachdenklich fiel ihr Blick auf die von unzähligen Narben gezeichneten Finger, die still auf der Bettdecke lagen. Sie zog die Decke vorsichtig unter seiner Hand hervor und faltete sie dann darüber. Er hasste es, wenn andere die Spuren sahen, die der Pit Bull und unzählige Operationen auf seiner Haut hinterlassen hatten. Dieser verdammte Köter hatte alles ruiniert! Nie würde sie den Anblick und die Schreie vergessen, die von der Straße zu ihr ins Schlafzimmer gedrungen waren. Zuerst Sarahs angstvolles Rufen, dann das immer lauter werdende Gebell. Jeffs Schmerzensschrei klang ihr bis heute in den Ohren, während sie selbst hinter ihm gerade noch im letzten Moment das entsetzte Gesicht ihrer kleinen Tochter an sich drücken, ihre Hände auf die Ohren unter der rosa Pudelmütze pressen konnte. Zum Glück war ein Nachbar vom Lärm auf der Straße aus dem Haus gelockt worden und hatte den Hund mit einem Golfschläger außer Gefecht gesetzt. Während sie auf das Eintreffen der Ambulanz warteten, hatte Jeff fast ohnmächtig vor Schmerzen immer nur gefleht:

»Bring Sarah weg! Lass sie das nicht sehen. Bring sie weg!«

Sie hatte nichts gesehen, war im Schock erstarrt, bis sich später einer der Sanitäter um das kleine Mädchen gekümmert hatte. Aber Carla selbst konnte die Blutlache niemals vergessen, die sich im Schnee immer schneller ausgebreitet hatte. Der Anblick des rohen, von Knochen durchsetzten Fleischklumpen blieb unvergessen. Mehr war nicht übrig von den Fingern, die noch am Vorabend das Publikum in einer Genfer Konzerthalle zu enthusiastischen Rufen nach endlosen Zugaben hingerissen hatten. Erst lange nach dem offiziellen Ende des Konzerts war endlich der Vorhang gefallen. Niemand ahnte, dass es der letzte Vorhang war, der jemals für die *Jeff Thompson Sax Band* fallen sollte.

Lange hatte er im Krankenhaus gelegen, genau so blass und reglos wie heute. Aufgrund des hohen

Blutverlusts hatte er eine Weile um sein Leben gekämpft, heute eines gerettet. Das Leben des Kindes, das er selbst dann noch zu schützen versuchte, als er bereits hilflos im Schnee lag.

Wieder sah sie auf die Hand, die sich jetzt unter der Bettdecke abzeichnete. Genau genommen war Jeff ja selbst an dem Unfall schuld gewesen! Was hatte er auch diesen nervtötenden kleinen Kläffer ins Haus holen müssen. Trixie, die jaulende Fußhupe. Der Wadenbeißer stand doch permanent unter Strom, raste durch die Gegend wie eine Rennsemmel auf Drogen! Überall hinterließ das Vieh Dreck, ständig hatte man die kleinen Pfotenabdrücke auf dem Parkett. So schnell konnte die Putzfrau gar nicht putzen, wie das Ferkel mit den albernen Schleifen im Fell alles versaute. Sie, Carla, war ja von Anfang an gegen einen Hund im Haus gewesen. Aber Jeff musste natürlich wieder einmal dahinschmelzen, als Sarah mit bettelndem Dackelblick von diesem ach so niedlichen Yorkshire Terrier geschwärmt hatte, den ihre beste Freundin bekommen hatte. Schon überlegte der viel zu nachsichtige Papa, dass das arme Kind unbedingt auch so einen kläffenden Freund bräuchte. Schließlich war Sarah ja nun in der Schule, konnte nicht mehr permanent mit ihren Eltern durch die Welt reisen und musste doch wenigstens jemanden haben, mit dem sie schmusen konnte, wenn Papa und Mama unterwegs waren. Meine Güte, warum konnte Sarah nicht einfach mit einem Teddy kuscheln, wie andere Kinder es auch taten? Nein, es musste natürlich dieser Hund sein.

»So lernt sie auch gleich, Verantwortung für ein Lebewesen zu übernehmen«, kam ihr Jeff dann auch noch mit pädagogisch wertvollen Argumenten, nur um zu rechtfertigen, dass er seiner Zahnlücken-

Prinzessin gegenüber wieder einmal nicht »Nein!« sagen konnte.

Also zog Trixie in die Villa und machte sehr schnell deutlich, dass sie nicht beabsichtigte, ihr Reich auf die beiden Hundekörbchen zu beschränken, die in der Diele und in Sarahs Zimmer für sie parat standen. Trixie war überall, ständig musste man aufpassen, um nicht über die rasende Ratte zu stolpern. Und wollte man in Ruhe Klavier spielen, fing das Mistvieh an zu bellen.

Ohne Trixie wäre dieser Unfall nie geschehen. Dann hätte die kläffende Haarschleife in der Einfahrt des Chalets nicht auf das Gebell dieses Kampfköters geantwortet. Der Mörderhund wäre nicht durch die Straße gerannt, um sich das haarige Hot Dog als Vorabend-Snack zu gönnen, hätte nicht stattdessen Jeffs wertvolle Finger zwischen seinen Zähnen gehabt. Statt im Krankenhaus um die Zukunft zu bangen, hätte Familie Thompson einen erholsamen Winterurlaub in den Schweizer Alpen verbracht. Aber Trixie, diese kleine Töle, hatte alles versaut!

Geld hatten sie genug, aber das glamouröse Leben war vorbei. Wozu brauchte man elegante Kleider, wenn man nur noch zuhause saß und seinem depressiven Ehemann dabei zusah, wie er Noten auf Papier schrieb, die er nicht mehr spielen konnte? Wenn man ein schlechtes Gewissen bekam, sobald einen die neidischen Blicke trafen, mit denen er sie unbewusst bedachte, weil sie noch Klavier spielte. Statt in kostbaren Roben auf Champagner-Empfängen, Benefiz-Galas und großen Bällen den Medien gegenüber mit ihrer Bewunderung für ihren erfolgreichen Mann kokettieren zu können, hockte sie mit einem stillen Kerl in Jeans und Pullover im heimischen Wohnzimmer, der zum Essen nicht einmal mehr ein normales Besteck benutzen konnte. Sie musste ihm das Steak vorab in kleine Stücke schneiden, weil seine linke Hand in einem Verband steckte, gegen den jeder Boxhandschuh ein zierliches Spitzendeckchen war. Sie war an Shoppingtrips in New York und glanzvolle Auftritte in Singapur gewöhnt, nicht daran, in grausigen Warteräumen unpersönlicher Krankenhäuser darauf zu warten, dass man ihren Ehegatten nach einer von zahllosen Operationen wieder einmal halb benommen in sein Privatzimmer schob, wo er verzweifelt auf seine nach wie vor unbrauchbare Hand starrte.

Ganz nebenbei musste sie auch noch ein völlig verstörtes Kind versorgen, das sich die Schuld an allem gab. Natürlich war sie schuld an der Misere! Wer denn sonst? Sie, Carla, hatte doch noch gesagt, Sarah solle auf Trixie aufpassen. Aber nein, Sarah hatte lieber mit Papa im Schnee herumgealbert, statt auf den Köter zu achten.

Ein paar Tage vor seinem elften Geburtstag sollte man durchaus in der Lage sein, auf einen winzigen Hund aufzupassen. Wenn man stattdessen lieber Schneemänner baute ...

Es war nur gerecht gewesen, dass der kleine Kläffer zwei Jahre später von einem LKW überfahren wurde. Was konnte denn Carla dafür, dass das verdammte Vieh nicht auf sie hörte und sofort wie von der Tarantel gestochen aus dem Auto schoss, nachdem sie die Tür geöffnet hatte. So schnell hatte der massige Transporter natürlich nicht mehr bremsen oder ausweichen können, sondern Trixie in ein blutiges Abziehbild auf dem Asphalt verwandelt. Direkt vor der Haustür des Tierarztes - welche Ironie!

Aber auch wenn Sarah das völlig anders sah, an

der Sache mit dem afrikanischen Baby war Carla nun wirklich unschuldig gewesen! Sie war doch selbst aus allen Wolken gefallen, als diese Fotos in der Zeitung aufgetaucht waren. Nie hätte sie gedacht, dass Jeff ... Schon gar nicht mit einem fünfzehnjährigen Flittchen! Mit einem halben Kind, das auch noch ein Kind bekam. Deshalb war er also jedes Jahr so wild darauf gewesen, zu diesem Jazz Festival nach Kapstadt zu fliegen, obwohl er sonst um seine südafrikanische Heimat einen großen Bogen machte. Deshalb wollte er auch nie, dass ihn seine Familie dorthin begleitete. Von wegen: Unruhen, riskante Sicherheitslage, gefährliche Gegend, Probleme mit der Apartheid, zu unsicher für eine schöne Frau und ein kleines Kind. Der geile Mistkerl hatte nur nicht gestört werden wollen, wenn er sich mit der schwarzen Mutti vergnügte!

Ausgerechnet mit einer kleinen schwarzen Nutte musste er sie betrügen! Nicht nur, dass er sie überhaupt betrog. Schlimm genug, aber so was kam in den besten Familien vor. Meine Güte, so einen kleinen Fehltritt hätte sie ihm doch werbewirksam in Szene gesetzt! Sie hätte sich leidend um ihre Ehe gesorgt und dann um die Familie ihres Kindes kämpfend fotografieren lassen. Am Ende schließlich wäre sie gönnerhaft in die Rolle der verständnisvollen Künstlergattin geschlüpft, um ihm diese unbedeutende Nebensächlichkeit quer durch alle Boulevardblätter großmütig zu verzeihen.

Eine kleine Affäre mit einem namenlosen, vollbusigen Boxenluder, das ihn mal kurz vom rechten Weg und den Schmerzen in seiner Hand abgelenkt hatte - damit wäre Carla fertig geworden. Aber nein! Der Scheißkerl konnte nicht einfach sein Karriereende im falschen Bett zelebrieren, der musste schon jahrelang ein Doppelleben führen. Mit einem halben Kind. Einer kleinen, dreckigen, afrikanischen Nutte!

Ein paar Mal war Carla in den vergangenen Jahren mit anderen Männern ausgegangen. Seit sie angefangen hatte, aus Langeweile in einer angesehenen Zürcher Musikschule Klavierunterricht zu geben, hatten die alleinstehenden Lehrerkollegen damit begonnen, sie zu umwerben wie die Motten das Licht. Sie luden sie zum Essen oder ins Theater ein, auch auf so mancher Feier war sie dem einen oder anderen Flirt verfallen. Doch keiner der Männer konnte sie faszinieren, wie einst Jeff es mit seiner Mischung aus exotischem Abenteurer, lebenslustigen Künstler und verantwortungsbewusstem Familienvater geschafft hatte. Jeff war Kollege, Freund und Liebhaber zugleich gewesen. Bunt und farbig wie die Regenbogennation, aus der er stammte. Dagegen hatten die blassen Langweiler, die sich mit ihrem Wikipedia-Wissen über große Komponisten und ihre Werke wichtigtaten, nicht die geringste Chance. Aber Jeff hatte sie betrogen. So sehr, dass sie keinem Kerl mehr vertrauen wollte.

Carla seufzte abgrundtief. Warum musste er selbst jetzt noch so verdammt gut aussehen? Er war einundfünfzig! Die Männer, die sie kannte, schoben mit einundfünfzig eine Wampe vor sich her, die von zu viel Bier, Pizza und Chips vor dem Fernseher zeugte. In den Geheimratsecken ihrer grau melierten Haaren konnte man locker die japanischen SUVs parken, mit denen sie ihre dahinschwindende Männlichkeit auszugleichen versuchten, und aus den Hosenbeinen ihrer unter dem Bauch hängenden Jeans blitzten weiße Frotteesocken hervor. Schon der Gedanke, einem von ihnen im Strandbad zu begegnen, nur mit einer Badehose bekleidet, trieb ihr Schauer des Entsetzens über den Rücken, geschweige denn, neben so einem wabbeligen Schlaffi aufzuwachen! Der Mann in diesem Bett dagegen...

Er war so blass wie das Kissen, auf denen nur seine widerspenstigen dunklen Locken für einen Kontrast sorgten. Auf seinem Gesicht führte ein dünner Sauerstoffschlauch in seine Nase, Infusionen rannen durch die Schläuche in seinen Arm, der aus dem scheußlichen Krankenhausnachthemd ragte. Seitlich am Bett hing ein Beutel, in den langsam Urin tropfte. Ein Fuß, der sich seinen Weg unter der Bettdecke hervor gesucht hatte, steckte in einem weißen Kompressionsstrumpf, von dem Carla wusste, dass er bis an die Oberschenkel reichte. Nein, er hatte im Augenblick wirklich absolut nichts mit dem sexy Musiker gemein, dem erwachsene Frauen einst rote Rosen auf die Bühne geworfen hatten. Und dennoch spürte sie selbst jetzt ein grenzenloses Verlangen danach, sich neben ihn zu legen. Sich in seinen Arm zu kuscheln, seine Hände auf ihrem Körper zu spüren. Sich seinen geschickten Fingern hinzugeben, die sie die Vergangenheit ganz schnell vergessen ließen ...

Wie sehr sie diese Junkie-Hure hasste! Gut, dass die wenigstens an dem Zeug krepiert war, das sie sich von seinem Geld beschafft hatte. Die gleiche Ironie wie die Sache mit dem Hund, der vor der Tierarztpraxis seinen letzten Japser von sich gab. Es gab doch noch so etwas Ähnliches wie Gerechtigkeit auf der Welt! Wie die gerechte Tatsache, dass Jeff ausgerechnet seiner Tochter mit einer Spenderniere ein Leben retten musste, das er zuvor durch die Affäre mit dem schwarzen Flittchen zerstört hatte.

## 20. Kapitel

》》 Nein, das ist wirklich überhaupt kein Problem. So etwas passiert, wenn man kleine Kinder dabei hat. Der Schaden ist ja behoben. Gehen sie wieder schlafen. Gute Nacht.«

Mbhali hob den Wäschesack vom Boden auf und zog die Tür hinter sich zu. Sie gähnte. Die Flecken auf den Laken ließen eigentlich keine Zweifel daran aufkommen, dass der Kleine auch nur minimalste Reste all dessen, was er im Laufe des Tages gegessen hatte, noch im Magen haben könnte. Fehlte gerade noch, dass er gleich die nächste Ladung auf die jetzt frische Wäsche in Zimmer 221 spuckte.

»Komm, ich bringe dich zurück«, sagte Dan, der die ganze Zeit an der Hauswand gelehnt und seinen wachsamen Blick über den stillen Parkplatz hatte schweifen lassen.

»Danke, Danjuma, aber das muss sofort in den Bottich. Wenn ich das nicht einweiche, geht der Gestank nie wieder ´raus.« Routiniert knotete sie den Sack fest zusammen und hob ihn sich auf den Kopf. Bis auf wenige Ausnahmen war es jetzt, um zwei Uhr nachts, still hinter den Zimmertüren. Ein Mann schnarchte, dass es noch an der Treppe zu hören war, doch offensichtlich störte es niemanden. Im Erdgeschoss plärrte ein Fernseher, aber auch hier schienen die Nachbarn entweder mit gutem Schlaf oder anständigen Ohrstöpseln gesegnet zu sein.

Auch Mbhali hatte bereits geschlafen, als Dan vorhin an das Fenster ihres Schlafzimmers geklopft hatte. Es war ihm sichtlich unangenehm gewesen, sie mitten in der Nacht aus dem Bett holen zu müssen, aber was sollte er machen? Der Vater des Jungen war an der Rezeption aufgetaucht, nachdem sein Sohn sich schwungvoll über das Doppelbett erbrochen und die Mutter sämtliche Handtücher dazu benutzt hatte, die Sauerei zu beseitigen. Wäre Jeff an der Rezeption gewesen, hätte er die Angelegenheit selbst geregelt. Sicher nicht so adrett und fix wie Mbhali, seine Talente im Bereich Haushaltswesen waren nicht sonderlich ausgeprägt, aber für ein nächtliches Bettenbeziehen ausreichend. Wenn man ein Motel besaß, kamen solche Dinge vor.

Ein stolzer Xhosa oder Zulu wäre allerdings nie auf die Idee gekommen, auch nur ein Handtuch zu wechseln, wenn er für einen Job an der Rezeption bezahlt wurde. Also hatte Bheka seinen wachsamen Kollegen Dan gerufen, dem die zweifelhafte Ehre zuteil wurde, Mbhali aus dem Tiefschlaf zu holen.

»Schöne Sauerei«, schimpfte Dan leise. »Das stinkt ja wie 'ne tote Hyäne in der Mittagshitze!«

»Morgen nicht mehr«, Mbhali schob den Schein, den der Mann ihr als Dank in die Hand gedrückt hatte, in ihre Rocktasche. Sie unterdrückte ein erneutes Gähnen. »Wäre nett gewesen, wenn der Bengel das eine Stunde früher erledigt hätte. Ich war endlich eingeschlafen.«

In der Waschküche angekommen, wies sie auf einen großen Bottich. »Sei so nett und lass Wasser in die Wanne einlaufen.« Unterdessen verteilte sie eine ihrer Spezial-Mischungen über die Wäsche.

»Hast du was von ihm gehört?« Dan drehte den Wasserhahn zu.

Mbhali schüttelte den Kopf. Ein letztes Mal rührte sie mit einem ehemaligen Besenstiel durch die Schmutzwäsche in der Lauge, dann wischte sie sich die nassen Hände an einem herumliegenden Tuch ab. Gemeinsam verließen sie die Waschküche. Dan mochte schon lange keinen Grund mehr gehabt haben, seinen Schlagstock vom Gürtel zu lösen, dennoch: Dies hier war Sea Point. Ein Stadtviertel, das zwar nicht zu den absoluten No-go-Areas von Kapstadt zählte, andererseits aber über eine Polizeistation verfügte, deren Beamte weiß Gott nicht über Langeweile klagen konnten. Auch jetzt waren in der Ferne Sirenen zu hören, ein sicheres Zeichen dafür, dass der Zellentrakt im Laufe der Nacht wieder gut besucht sein dürfte.

Auch am Tag hielt man besser ein wachsames Auge auf alles, was sich hier abspielte. Auf jeden Fall war es kein Ort, an dem man eine Frau nach Einbruch der Dunkelheit alleine herumlaufen ließ.

»Er ist heute operiert worden, also kann er sich nicht melden«, sagte Mbhali unvermittelt, als Dan bereits zu überlegen begann, ob er seine Frage wiederholen oder sich mit dem Kopfschütteln in der Waschküche zufriedengeben sollte. »Aber es geht ihm gut. Es ist alles gut gegangen.«

Sie kamen am Fenster der Rezeption vorbei, wo der Schriftzug »OPEN« einen roten Streifen auf den Asphalt malte. Dan gab Bheka im Vorbeigehen ein Zeichen, dass der Schaden behoben war.

»Jemmy vermisst ihn schrecklich«, sagte Mbhali. »Er versteht die Sprache der Ahnen nicht, dafür ist er schon zu Weiß. Er fragt mich, warum ich behaupten kann, dass es Jeff gut geht, obwohl er so weit weg ist und sich nicht meldet. Die Kinder brauchen heutzutage für alles ein Telefon oder einen Computer. Sie spüren einfach nicht mehr, ob sie sich noch Sorgen machen müssen oder sich Erleichterung in ihnen ausbreiten darf.«

»Wenn du sagst, dass es ihm gut geht, dann geht es ihm gut.« Sichtlich beruhigt folgte Dan ihr durch den Vorgarten. »Am Telefon kann er dich anlügen, weil er nicht will, dass du dir Sorgen machst. Aber wenn du sagst, er ist okay, dann ist er okay.«

»Für Jemmy ist es schwer. Nicht nur, weil Jeff nicht da ist.« Mbhali seufzte. »Er hat große Angst. Diese ganze Operation macht ihm so viel Angst. Wenn wir ihn wenigstens ab und zu besuchen könnten, würde Jemmy sehen, dass alles in Ordnung ist. Aber so? Dazu noch diese Frau! Der Kleine hat noch nie erlebt, dass Jeff sich mit jemandem derart gestritten hat. Jetzt hat er Angst, weil er mit dieser Zicke zusammen weg ist.«

»Eigentlich sollte Jemmy froh sein, dass Jeff sich mit der Zicke permanent gestritten hat. Das sollte ihm sagen, dass er bestimmt nicht dort bleiben will.«

»Ganz meine Meinung. Aber Jemmy hat trotzdem Angst, dass Jeff Sarah lieber haben könnte als ihn.«

Dan musterte sie in der schwachen Beleuchtung der Lampe über dem Hauseingang.

»Er kommt zurück, Mbhali«, sagte er zuversichtlich. »Sein Motel lässt er nicht im Stich. Und dich und den Jungen erst recht nicht!« Überraschend sanft legte er seine Hand auf ihren Arm. »Dir sagen unsere Ahnen, dass er die Operation gut überstanden hat. Mir sagt mein Gefühl, dass er so schnell wie möglich zurückkommen wird!«

Mbhali nickte. »Ich gehe wieder schlafen. Danke für den Begleitschutz, Danjuma.«

»Keine Ursache.« Er blieb stehen, bis er hörte, wie der Schlüssel im Schloss herumgedreht und der Riegel vor die Tür geschoben wurde. Sie sah immer noch verteufelt gut aus, dachte er zufrieden. An seiner schon immer mit üppigen Rundungen gesegneten Frau Anele waren sechs Schwangerschaften nicht spurlos vorbeigegangen, während Mbhali nur ein einziges Kind zur Welt gebracht hatte. Es wurde höchste Zeit, dass Jeff einen ordentlichen Schubs in die richtige Richtung bekam, sobald er aus der Schweiz zurück war. Wenn die Schlafmütze nicht selbst merkte, mit welch schwarzen Diamanten er unter einem Dach lebte ... Zufrieden machte Dan sich auf den Rückweg. Jeff ging es gut, der Rest würde sich finden. Es war an der Zeit, sich einen Kaffee zu holen und diese fantastische Neuigkeit mit Bheka zu teilen.

Im Bad vertauschte Mbhali unterdessen ihr schlichtes Baumwollkleid gegen ihr Nachthemd. Das Kleid warf sie direkt in den Wäschekorb, nachdem sie den Fünfzig-Rand-Schein in ihre Spardose gesteckt hatte. Jeden Cent Trinkgeld, den sie bekam, sparte sie für den Tag, an dem Jemmy seine Ausbildung beginnen würde. Ob als Musiker oder was auch immer er werden wollte. Der Kleine sollte mal die bestmögliche Ausbildung bekommen, und die konnte Jeff nicht alleine bezahlen. Schon genug, dass er das Schulgeld für eine der besseren Schulen zusammenkratzte und nicht einmal die Schuluniformen im Second-Hand-Laden kaufte. Eines Tages würde das Geld aus der Spardose eine nicht unbeträchtliche Summe für Jemmys Zukunft beisteuern.

Gähnend tapste sie barfuß im Dunkeln zu ihrem Schlafzimmer hinüber. Erst jetzt bemerkte sie, dass die Tür zu Jeffs Zimmer einen Spalt breit offenstand. Ahnungsvoll schlich sie hinein. Der kalte Schein des Mondes drang durch das Fenster und gab ihr genügend Licht. Wie ein Embryo unter der Decke zusammengerollt, schlief Jemmy mitten in dem großen Bett, sein eigenes Kissen unter dem Kopf, Jeffs Kopfkissen fest mit den Armen umklammernd.

Voller Liebe dachte Mbhali daran, wie er nach dem

Abendessen Saxofon gespielt hatte, weil er hoffte, dass sein Daddy es in der Schweiz hören und davon schneller genesen würde. Vielleicht war der kleine Flegel doch noch Xhosa genug, um auch ohne Telefon und Computer eine Verbindung zu den Menschen zu spüren, die ihn liebten. Sie streichelte ihn zärtlich. Dabei spürte sie die Nässe auf seinen Wangen. Er hatte sich also in den Schlaf geweint. Sie beugte sich über ihn und hauchte ihm einen kaum spürbaren Kuss auf die Stirn. Ganz kurz bewegte er sich im Schlaf, schien sich noch kleiner zusammen zu rollen, obwohl das kaum möglich war. Presste das Kissen noch enger an sich, ohne aufzuwachen. Plötzlich konnte Mbhali den Gedanken nicht mehr ertragen, in ihr Zimmer hinüber und in ihr eigenes Bett zu gehen. Vorsichtig hob sie die Decke an und kroch darunter, schob dann behutsam ihren Arm um das ruhig atmende Bündel.

»Er kommt nach Hause«, raunte sie ihm zu. »Mach dir keine Sorgen, mein Schatz. Er kommt bald wieder nach Hause.«

## 21. Kapitel

Auch wenn das von Glasscheiben umgebene Zimmer mit seinen piepsenden Geräten und flackernden Monitoren ebenso unpersönlich war wie die Intensivstation, fühlte Carla sich schon wesentlich besser, als sie jetzt am Morgen erneut an Sarahs Bett saß. Der furchteinflößende Tubus war einem dünnen Beatmungsschlauch in ihrer Nase gewichen. Noch immer führten zahllose Drähte und Schläuche unter das dünne Nachthemd und in die Zugänge auf ihrem Handrücken. Doch laut Aussage der Ärzte hatte Sarahs Zustand sich im Verlauf der letzten Stunden weiter stabilisiert. Die Niere arbeitete ebenso einwandfrei, wie sie es zuvor in Jeffs Körper getan hatte. Es war eine reine Vorsichtsmaßnahme, noch einen weiteren Tag auf der Wachstation abzuwarten, ehe Sarah in ein normales Zimmer verlegt werden konnte.

Nach der schlaflosen Nacht müde und doch gleichzeitig vor Erleichterung aufgewühlt über das positive Ergebnis, betrachtete Carla ihre schlafende Tochter. Sie wirkte so zart und zerbrechlich inmitten der ganzen Technik. Die blasse Haut ohne jedes Make-up, die langen Haare zu zwei Zöpfen geflochten. Kaum zu glauben, dass sie offiziell bereits erwachsen war! Sie war doch noch so mädchenhaft. Aber das blieb wohl nicht aus, wenn man seine aufregenden Teenagerjahre in Krankenhäusern und Arztpraxen verbrachte, statt zwischen Disco und Coffeeshop ins Leben zu tanzen. Diese Erfahrungen hatte ihr die Krankheit genommen, ihr stattdessen unbarmherzig gezeigt, wie hart und brutal das Leben sein konnte. Doch jetzt hatte sie endlich eine echte

Chance, ihr Leben als junge Erwachsene leben zu können. Durfte man den Aussagen der Fachleute glauben, funktionierte eine Spenderniere in der Regel zehn bis fünfzehn Jahre. Es gab jedoch auch viele Patienten, die schon zwanzig oder gar dreißig Jahre ohne Schwierigkeiten mit einer neuen Niere lebten. Im Augenblick waren Carla die Statistiken vollkommen egal. Wer wusste schon, was in zehn oder zwanzig Jahren war. Die Medizin machte so schnell riesige Fortschritte, vielleicht gab es schon bald Medikamente, die eine Funktion der eingepflanzten Niere über Jahrzehnte hinweg ermöglichten. Oder es wurden künstliche Nieren erfunden, die jederzeit eingesetzt werden konnten, ohne lange Wartezeiten oder Abstoßreaktionen.

Ein leises Rumoren holte Carla aus ihren Gedanken. Sarah schien aufzuwachen, nur widerwillig aus der friedvollen Wolke des noch von der Narkose beeinflussten Schlafes an die Oberfläche zu dringen. Ihre Lippen bewegten sich anfangs tonlos, dann, ohne die Augen zu öffnen, fragte sie heiser: »Papa?«

Das simple Wort traf Carla wie ein Hammerschlag. Sie schluckte schwer, versuchte einen Moment lang, sich einzureden, dass sie sich verhört haben musste. Sofort machte Sarah diese Hoffnung umgehend zunichte.

»Papa? ... Papa soll kommen.« Unruhig huschte ihr Blick über ihre Mutter hinweg. Sie wandte den Kopf zur Seite, schaute zur Tür, dann wieder zurück an die Decke. »Papa? ... Wo ist Papa?«

Carla schluckte erneut, nahm Sarahs Hand, die rastlos über die Bettdecke glitt. Mühsam beherrscht versuchte sie, das Flehen nach Jeff zu ignorieren.

»Ich bin hier, mein Liebling! Alles ist gut. Du wirst bald wieder gesund und darfst nach Hause. Oh

Schatz, ich bin so froh …« Es überraschte sie nicht einmal, dass ihr Plan scheiterte.

»Ich will, dass Papa kommt«, sagte Sarah weinerlich, als hätte sie die Worte ihrer Mutter gar nicht gehört. »Papa soll kommen!«

»Das geht jetzt leider nicht, mein Schatz.« Hilflos nahm Carla einen der feuchten Waschlappen vom Nachttisch und wischte Sarah damit über das Gesicht und die rauen Lippen. »Möchtest du etwas trinken? Du hast doch bestimmt Durst.« Behutsam half sie ihr, ein paar kleine Schlucke aus dem Schnabelbecher zu trinken. Erschöpft sank Sarah zurück in ihre Kissen.

»Wo ist Papa?«

»Er liegt auf einer anderen Station. In einem hübschen Zimmer ganz für sich allein. Mach dir keine Sorgen, es geht ihm gut.« Carla nahm ein frisches Nachthemd zur Hand, das eine der Schwestern zuvor gebracht hatte. Die Dinger waren scheußlich, aber dies war wohl nicht der richtige Ort für rote Seide oder schwarze Spitze.

»Sieh mal, Schatz, sollen wir dir ein frisches Nachthemd anziehen? Deins ist ganz verschwitzt. Wenn ich dich wasche, fühlst du dich bestimmt gleich besser.«

Sarah nickte nur. Willenlos ließ sie die Prozedur über sich ergehen, schloss die Augen, bis ihre Mutter wieder die Decke über sie breitete. Carla seufzte mutlos. Sie hatte keine Ahnung, ob Sarah eingeschlafen oder einfach nur zu erschöpft war, um weiter auf ihre Anwesenheit zu reagieren. Niedergeschlagen redete sie sich ein, dass sie Ruhe brauchte. Dieser Gedanke schmerzte nicht so sehr wie die Wahrheit, die ihr sagte, dass sich die Kluft zwischen ihrer Tochter und ihr wohl niemals schließen würde.

\* \* \*

Zwei Stockwerke höher lag Jeff in seinem Bett und fing bereits an, sich zu langweilen. Sein Körper war matt und erschöpft, doch trotz der Schmerzmittel, die in seinen Arm tropften und ihn noch müder machten, als er sowieso schon war, fand er keinen Schlaf mehr. Vor dem Fenster hatte gerade die Morgendämmerung eingesetzt, als er die Augen aufschlug. Damit kamen die Gedanken. Wie mochte es Sarah gehen? Wo war sie? Noch auf der Intensivstation? War alles in Ordnung? Hatte sie die OP ähnlich gut überstanden wie er selbst?

Er erinnerte sich, dass er irgendwann aus diesem komatösen Zustand aufgewacht war und die Stimme einer Frau gehört hatte. Keine bekannte Stimme, sondern eine mit einem starken Schweizer Akzent. Sie hatte beruhigend auf ihn eingeredet, bevor er wieder eingeschlafen war. Doch er konnte sich nicht daran erinnern, ob sie über Sarah gesprochen hatte oder nicht.

In Kapstadt war es jetzt schon eine Stunde später, also heller Vormittag. So sehr Jeff sich anstrengte, er hatte nicht die geringste Ahnung, welcher Tag heute war. Sonntag? Wochentag? Irgendwie schien sein Hirn nur aus Watte zu bestehen. Nur der Gedanke an Sarah war eine Konstante, die sich nicht in Luft auflöste. Leider fand er aber in dem ganzen geistigen Wirrwarr keine Antworten auf seine Fragen.

Was machten sie Zuhause jetzt wohl? War Jemmy in der Schule? Oder war doch Sonntag, und der Kleine hockte alleine am Strand, sehnsüchtig auf Daddy wartend? Jeff lächelte wehmütig. Wie schön es wäre, Jemmy jetzt hier an seinem Bett zu haben! Mit all seinem Geplauder über diese grandiosen Wichtigkeiten, die seine kleine Welt bestimmten. Aber Jemmy war weit, weit weg. Ebenso wie Sarah, die zwar im gleichen Krankenhaus lag, auf wesentlich schmerzvollere Art aber noch weiter von ihm entfernt war als Jemmy.

Was machte wohl Mbhali gerade? Diese Frage ließ sich sogar mit seinem Lachgas-infizierten Wattehirn schnell beantworten: Egal, welcher Tag heute war, um diese Zeit zog sie garantiert mit ihrem Reinigungswagen über die Flure, sammelte Schmutzwäsche ein und entsorgte den Müll. Beseitigte die unzähligen Spuren fremder Menschen, die diese im Laufe der Nacht hinterlassen hatten. Leere Pizzakartons und volle Aschenbecher, stinkende Bierflaschen, benutzte Kondome, dreckige Handtücher und versiffte Toiletten. Bettwäsche, die nach Schweiß, Furzen und Sex stank. Ein beschissener Scheißjob! Doch Mbhali verrichtete ihn tagein, tagaus mit der ihr angeborenen Geduld ohne ein Murren. Nur selten gelang es einem Gast, ein Zimmer derart verwüstet zu hinterlassen, dass sogar die gelassene Mbhali die Beherrschung verlor und lautstark ihren Unmut über »diese verdammten Dreckschweine! Wie sieht´s bei denen Zuhause aus?« kundtat.

Wie gern würde er jetzt unbemerkt lauschen, wie sie mit ihrer hellen Stimme fröhliche Lieder in der so vertrauten Klicksprache der Xhosa sang, während sie Laken ausbreitete und Seifenstücke verteilte.

Vorsichtig versuchte er, sich etwas bequemer zu legen. Das Pochen und Ziehen in seiner linken Seite war keineswegs mit der Folter zu vergleichen, die damals in seiner Hand getobt hatte. Trotzdem hatte die Wunde wohl nicht ganz verstanden, dass das Zeug aus den Flaschen da oben nur deshalb in seine Blutbahn tropfte, damit das Loch unterhalb seiner Rippen sich nicht allzu unangenehm bemerkbar machte. Er verzog das Gesicht, als er feststellen musste, dass auch eine Verlagerung seiner Haltung keine wirklich intelligente Idee gewesen war. Dann eben nicht.

Außerdem piekte die blöde Nadel im Arm. Sein Blick glitt von den Infusionsflaschen über die Schläuche zu seiner Hand. Warum hatten sie das ausgerechnet links anbringen müssen? Sonst hätte er den Arm unter die Decke stecken können.

Erst jetzt fiel ihm auf, dass ein Zipfel des Betttuchs geschickt um seine Hand gewickelt war. Nanu? Das war doch sicher keine der Schwestern gewesen. Aber er selbst? Einhändig, im Schlaf? Merkwürdig! Seine Handschuhe lagen in der Nachttischschublade. Gleich neben dem Handy und den beiden Fotos.

Vielleicht half es, den Nachttisch eine Weile anzustarren. Ganz fest zu denken: »Komm näher!« Nein, keine Chance. Das blöde Ding stand wie angewachsen knapp außerhalb seiner Reichweite. Es hatte Rollen. Aber was nutzten die besten Rollen, wenn niemand da war, der die Rollen in Bewegung setzte?

Erneut versuchte er, sich ganz langsam ein Stückchen auf die Seite zu drehen. Nur so weit, dass er den Arm ausstrecken und die Schublade - Autsch! Verdammt! Nein, Scheiße, besser nicht!

Puuh, das hatte gesessen! Ob einer der Ärzte ein Skalpell in der Wunde vergessen hatte? Platz war ja genug vorhanden, schließlich gab es da, wo über fünfzig Jahre lang seine linke Niere gesessen hatte, jetzt nur noch ein großes Loch. Aua! Bestimmt hatte jemand sein halbes OP-Besteck drin vergessen. Stand doch immer wieder in den Zeitungen. Da wurden Scheren und Nadeln in Operationswunden vergessen, warum nicht auch ein ganzer Messerblock in seiner linken Seite? Fühlte sich jedenfalls so an.

Er grinste vor sich hin. Wenn Mbhali wüsste, wie

sehr er gerade total auf wehleidigen Mann machte. Die würde ihm solche Faxen ganz schnell austreiben. Wenn er ehrlich zu sich selbst war, konnte er das Ziepen an seiner Seite nicht einmal wirklich als Schmerz bezeichnen. Es war unangenehm, viel mehr aber auch nicht. Kein Messerblock. Allerhöchstens eine klitzekleine, abgebrochene Nadelspitze.

Andererseits, alleine in diesem Zimmer, vor dessen Fenster gerade erst ein neuer Tag erwachte, war man ja schon aus purer Langeweile gezwungen, ordentlich im Selbstmitleid zu ertrinken! Wenn er nur diesen Nachttisch näher heran befördern könnte ...

»Guten Morgen, Herr Thompson! Na, gut geschla-...« Die hübsche Krankenschwester brach ihren Gruß unvermittelt ab, als sie ihren frisch operierten Patienten halb aus dem Bett hängen und mit Infusionsschläuchen am Arm nach dem Nachttisch angeln sah.

»Was machen sie denn da?« Mit wenigen Schritten war sie bei ihm und schob ihn ebenso vorsichtig wie resolut in seine Kissen zurück.

»Ich wollte ... doch nur ...«

»Sie kriegen noch früh genug Gelegenheit, sportlich zu werden, wenn wir sie heute Nachmittag aus dem Bett holen, aber jetzt ...«, die Frau mit der blütenweißen Uniform sah ihn streng an, »bleiben sie liegen! Ich glaube nicht, dass Dr. Bergner begeistert wäre, wenn die Narbe aufreißt und sein hübsches Stickmuster ganz umsonst war.« Sie klappte den Tisch an seinem Nachtschrank aus, stellte das Frühstück darauf ab und schob ihm das Ganze so, dass er problemlos essen konnte. Zufrieden registrierte er, dass die ersehnte Schublade sich jetzt in seiner unmittelbaren Nähe befand.

»Die Frage, wie es ihnen geht, erübrigt sich wohl, wenn sie schon durch ihr Bett turnen«, plauderte die

Schwester munter, während sie seine Infusionsflaschen kontrollierte. »Lassen sie es sich schmecken, ich komme dann später wieder.«

»Schwester ...?« Er versuchte vergeblich, einen Blick auf das kleine Namensschild am Revers ihres Kasacks zu erhaschen, ohne allzu auffällig auf ihren Busen zu starren.

»Monika. Ich bin Schwester Monika.«

»Angenehm. Ähm ... Wissen sie vielleicht, wie es meiner Tochter geht? ... Sarah? ... Sarah Thompson?«

Schwester Monika schüttelte bedauernd den Kopf.

»Tut mir leid, ich habe keine Ahnung. Aber Dr. Bergner wird später nach ihnen sehen. Der kann ihnen dann sicher alle Fragen beantworten.«

Jeff nickte enttäuscht.

»Bis später dann, Herr Thompson.« In der Tür drohte sie ihm noch einmal mit dem Zeigefinger.

»Und keine weiteren Aerobicstunden, klar?«

»Klar. Bis später.«

Erst jetzt bemerkte er, wie hungrig er war. Hmmm, so eine schöne Tasse Kaffee am Morgen ... Äh, würg! Da baumelte eindeutig das Ende eines Teebeutels an der kleinen Kanne. Tee! Zum ersten Frühstück! Seine Urahnen mochten ja aus England nach Südafrika ausgewandert sein, das hieß aber doch noch lange nicht, dass er Tee trinken musste. Einen nadelspitzengroßen Messerblock in der Seite und Tee auf dem Frühstückstisch - da musste man ja krank werden.

Skeptisch hob er den Deckel vom Teller, bitte nicht auch noch gesundes Grünfutter. Graubrot, Käse - Jau, er war in der Schweiz! Das Zeug hatte richtige Löcher. Nicht dieser chemische Billigersatz aus dem Pick´nSave, sondern echter Schweizer Käse.

Vielleicht bestand ja doch noch Hoffnung, dass er

den Krankenhausaufenthalt überleben würde. Trotz des Tees. Das Ei sah auch essbar aus. Joghurt. Naja, so gesund musste er nicht gleich wieder werden. Nicht am ersten Tag nach der OP.

Er streckte die Hand aus und öffnete die begehrte Schublade. Ohne hineinzusehen, nahm er einen Handschuh heraus und streifte ihn über seine Finger. Schon besser. Die Wanderkarte des Grand Canyons auf seiner Haut musste er sich nun wirklich nicht beim Essen anschauen. Erneut griff er in die Schublade und zog die Fotos heraus. Mbhali und Jem am Strand. Das Kinderfoto von Sarah. Wehmütig lehnte er beide Fotos gegen die Wasserflasche auf dem Nachttisch. Besser! Jetzt war er wenigstens nicht mehr allein.

## 22. Kapitel

Unsicher verließ Jeff den Aufzug und folgte dem Wegweiser zur Station C2. Seine zögerlichen Schritte hatten absolut keine Ähnlichkeit mit dem sonst so ausgreifenden Gang seiner langen Beine. An einem Flurfenster blieb er stehen, schaute hinaus über eine Grünanlage der Klinik. Der Nieselregen hatte aufgehört, allmählich gelang es den ersten Sonnenstrahlen, die graue Wolkendecke zu vertreiben. Sehnsüchtig richtete er den Blick auf eines der wenigen blauen Himmelsfenster, die sich ab und zu zeigten. Wie ihm die Sonne fehlte, die ihn endlich wieder wärmte. Natürlich war es in Kapstadt im Sommer zu heiß, im Winter zu nass. Pfiff der Südostwind durch die Straßen, fegte er den Sand wie grobes Schmiergelpapier über die Haut. Aber dieses Trübsalwetter hier schlug ihm doch arg aufs Gemüt!

Aber er war nicht unterwegs zu Station C2, um an einem Flurfenster über das Wetter zu jammern. Dafür hätte er auch in seinem Zimmer bleiben können, in dem die Langeweile ihm den letzten Nerv tötete. Zum Glück schauten wenigstens die netten Krankenschwestern immer wieder mal herein, auch wenn sie es nur aus Mitleid taten, weil ihn sonst niemand besuchte.

Seit der OP waren vier Tage vergangen. Ihm fehlte Jemmy so sehr. Mbhali hätte ihn längst auf Trab gebracht und nicht zugelassen, dass er dumpf vor sich hinbrütete. Aber beide waren weit weg. Nur seine Gedanken leisteten ihm Gesellschaft.

Jeff seufzte. Er stand noch immer an diesem Fenster. Wollte er nun den Flur entlang gehen oder nicht? Noch war der Aufzug ganz in der Nähe, der ihn zurück in seine Höhle brachte, in der er mehr Ruhe vor der Welt hatte als ihm lieb war.

Nein, er zog das jetzt durch! Was sollte schon passieren? Sie lag doch im Bett. Vielleicht langweilte sie sich genau so sehr wie er und wäre froh, wenn er käme. Klar, sie würde ihn mit Konfetti, Blasmusik und ausgerolltem roten Teppich erwarten! Stand er vielleicht doch unter Drogeneinfluss, oder war er ganz einfach im Fieberwahn unterwegs?

»Kann ich ihnen helfen?« Ein stämmiger Pfleger tauchte unerwartet neben ihm auf. Jeff blickte an sich hinunter: dunkelblaue Sweatpants, graues Sweatshirt, Turnschuhe. Es war nicht zu übersehen, dass er ein herumirrender Patient war. Auch wenn er nicht in gestreiftem Frotteebademantel und hellblauer Pyjamahose über die Flure lief.

»Danke, ich komme schon klar.« Fehlte noch, dass der Typ ihn jetzt hilfsbereit begleitete und womöglich freudestrahlend am Ziel ablieferte. Bloß das nicht! Den bevorstehenden Rausschmiss bekam er gerade noch alleine geregelt. Die Zeiten, wo er alles dafür getan hätte, sein Publikum zu begeistern, waren längst Geschichte.

»Alles in Ordnung, danke«, bekräftigte er noch einmal. »Hab nur eine kurze Pause eingelegt und die Aussicht genossen.« Da gab es auch so viel zu geniessen. Immerhin schien der Pfleger an Schwachsinnige mit merkwürdigem Akzent gewöhnt zu sein und ging achselzuckend seiner Wege.

Auch wenn sein Schneckentempo immer langsamer wurde, stand er schließlich doch vor Zimmer 3.37. Die Tür war geschlossen, ein einzelner Name stand auf der Karte, die in einer Halterung an der Wand hing: Sarah Thompson. Er lehnte sich gegen den Türrahmen. Wenn sie wieder nicht mit sich reden ließ? Wenn sie ihn zum Teufel jagte? Wenn sie ...

»Entschuldigung, suchen sie jemanden?«

Erschrocken zuckte er zusammen, als die Tür geöffnet wurde und eine Schwester mit einer leeren Flasche in der Hand aus Sarahs Zimmer trat. Hastig machte er einen Schritt zur Seite.

»Nein, danke. Ich habe sie gerade gefunden. Sarah.« Er wies auf das Namensschild. »Ich ... Ich ...«

»Oh, sie sind Sarahs Vater?« Die Frau nickte. »Gehen sie nur hinein, sie ist alleine und langweilt sich. Sie freut sich bestimmt, sie zu sehen.«

Na, davon war Jeff allerdings nicht überzeugt! Aber das konnte die Frau im weißen Kittel ja nicht wissen. Zögernd legte er die Hand auf die Klinke, wartete ungeduldig ab, bis die Schwester im Nebenzimmer verschwand. Immerhin, Sarah war allein, darauf hatte er gehofft. Morgens waren die Patienten stets mit Untersuchungen, Anwendungen oder Reha-Maßnahmen beschäftigt, da störten Besuche nur. Daher rechnete er auch jetzt, eine halbe Stunde nach dem Mittagessen, nicht mit Carla. Offensichtlich hatte er sich nicht verrechnet. Wenn er das hier allerdings nicht bald durchzog, würde sie früher oder später hinter ihm stehen, ihn am Kragen packen und selbst zum Mond schießen. Noch einmal atmete er tief durch, klopfte dann an die Tür. Sofort hörte er Sarahs Stimme: »Herein!«

Er trat ins Zimmer, wobei er die Türe hinter sich sofort wieder schloss. Nein, möglichst keine Szene auf dem Flur!

Dann blieb er stehen, sah seine Tochter an, die ihn mit einer Mischung aus Überraschung und Entsetzen anschaute. Sie saß im Bett, hielt ein Buch in der Hand, das sie jetzt geistesabwesend auf die Bettdecke legte, ohne zu bemerken, dass es zuschlug.

»Hallo Sarah«, sagte er scheu. Sich sicherheitshalber mit einer Hand auf die Türklinke stützend, spielte seine andere Hand nervös an seinem Kinn. Wehmütig betrachtete er seine Tochter. Seine Prinzessin.

Auch sie war sprachlos, starrte ihn einfach nur an, so überrascht, ihn zu sehen, dass sie ihn wenigstens nicht sofort anschrie und hinaus warf.

»Wie ... Wie geht`s dir?« fragte er befangen. Sie antwortete nicht. Nur ihre Unterlippe, die zu zittern begann, verriet ihre Anspannung. Hilflos blickte sie ihn an, an ihm vorbei, wieder zu ihm zurück. Betrachtete die Bettdecke, auf der ihre Hände ein Eigenleben entwickelten und sich in den Stoff der Bettwäsche krallten, wieder lösten, nur um sofort erneut danach zu greifen. Sie schluckte sichtlich.

»Bitte«, flehte er sie an. »Jag mich nicht weg.«

Kaum merklich schüttelte sie den Kopf, ohne ihr nervöses Spiel mit der Decke zu unterbrechen. Wieder schaute sie ihn an, schüttelte erneut den Kopf. Sie presste die Lippen aufeinander, biss sich mit den Zähnen auf die Unterlippe, die so verräterisch zitterte. Immer wieder wich sie seinem von Hilflosigkeit und Verzweiflung gezeichneten Blick aus, nur um ihn doch sofort wieder anzusehen. Als könnte sie nicht glauben, dass er nur wenige Schritte von ihr entfernt im Raum stand.

»Ich ... Ich dachte, ich ... Ich komme dich ... mal besuchen«, begann er stammelnd. Sein Kopf war völlig leer. Vorhin in seinem Zimmer wusste er genau, was er sagen wollte, wenn er die Gelegenheit dazu bekäme, mit ihr zu sprechen. Jetzt war alles, was er sich zurechtgelegt hatte, wie weggeblasen. Er wollte sie um Verzeihung bitten, doch jetzt kam ihm diese Bitte lächerlich vor. Wie konnte sie verzeihen, dass er all die Jahre nicht für sie da gewesen war?

Es war unmöglich, mit Worten auszudrücken, was er wirklich sagen wollte. Eine völlig verrückte Sekunde lang sehnte er sich danach, sein Saxofon in Händen zu halten. Mit seinem Saxofon hätte er die richtigen Töne gefunden für das, was auszusprechen unmöglich war, ohne lächerlich und albern zu klingen. Doch sein Saxofon lag in Kapstadt. Außerdem konnten seine Finger dem Instrument derartige Töne heute sowieso nicht mehr entlocken.

Mit hängenden Schultern stand er im Zimmer. Er wagte nicht, sich auf den Stuhl am Bett zu setzen. So nah wollte sie ihn garantiert nicht bei sich haben. Außerdem war hier der Fluchtweg näher. Lange würde sie ihm sowieso keine Audienz gewähren. Sobald sie ihren Schrecken überwunden hatte, würde er im hohen Bogen rausfliegen. Vielleicht sollte er langsam mal den Mund aufmachen und irgendetwas sagen, solange sie ihm die Gelegenheit dazu gab.

»Ich dachte, dir ist vielleicht genau so langweilig wie mir, da passt ein Besuch ganz gut. Nachher kommen ja bestimmt deine Freundinnen, wenn die Schule aus ist.« Oh Hilfe, damit gewann er bestimmt keinen Blumentopf. Aber ihm fiel nichts Gescheites ein. Nur sinnloses Geschwafel. »Dann ...«

»Nein, die kommen nicht«, unterbrach Sarah ihn nüchtern, fasziniert auf die Bettdecke starrend.

»Wie, die kommen nicht? Was meinst du damit?« Wollte er wirklich über Schulfreundinnen reden? Sie zuckte mit den Schultern, nestelte an ihren Fingern.

»Genau das. Sie kommen nicht.«

Unbeholfen versuchte er, seine Nervosität mit aufgesetzter Lässigkeit zu überspielen. »Okay, ich schätze, Teenie-Mädels gehen lieber ins Kino, anstatt Krankenbesuche zu machen, aber trotzdem. Was sind das für Freundinnen, die dich nicht besuchen?«

»Hör auf, Papa!« fuhr sie ihn gereizt an. » Ich habe keine Freundinnen, die mich besuchen kommen.«

»Rufen sie wenigstens an?«

»Hörst du mir nicht zu? Ich habe auch keine Freundinnen, die mich anrufen. Ich habe ganz einfach überhaupt keine Freundinnen. Capito?«

»Wie, du hast keine Freundinnen?« Verblüfft trat er näher, so erstaunt, dass er sogar vergaß, seinen geplanten Sicherheitsabstand einzuhalten. Er stützte sich mit beiden Händen auf die Rückenlehne des Stuhls. »Sarah, deine halbe Schulklasse war ständig bei uns zu Besuch!«

»Ja.« Sie war so kalt. So knapp, sachlich und eiskalt, dass es wehtat. Denn ihre Augen sprachen eine ganz andere Sprache. Nur ihre Augen und die zitternde Unterlippe zeigten ihren Schmerz. »Damit hast du alles gesagt, was es dazu zu sagen gibt: WAR!« Demonstrativ verschränkte sie die Arme vor der Brust. Eine Gelegenheit für ihre Finger, sich zur Abwechslung in den Stoff ihres langärmeligen Nachthemds zu krallen.

»Ich verstehe nicht ...«

»Da gibt es nichts zu verstehen. Außer Mama und Oma kommt mich niemand besuchen. Basta.«

»Aber ... Wieso ... Ich meine ... Was ist aus ... Aus all den Mädchen geworden ... Du hast doch fast immer ... Sie waren doch immer alle bei uns ...«

»Klar! Wenn dein Vater ein toller Star ist, dann hast du ganz viele Freunde! Dann wollen sie alle damit angeben, dass sie schon mal bei Thompsons waren. Auch wenn sie die Musik doof finden, die er macht, aber in die Villa mit dem Pool im Keller wollen sie alle!« Sie lachte ein fast hysterisches Lachen, Schmerz ohne jede Spur von Heiterkeit. Plötzlich fühlte sie sich wieder wie ein zwölfjähriges Mädchen mit Zöpfen und Zahnspange, das am Daumennagel knabberte. Ihr cooles Gehabe, ihr aufgesetzter Zynismus war verschwunden. Übrig blieb ein Häufchen Elend, das mit den Fingern an der Unterlippe zupfte, als sie leise stammelnd hinzufügte: »Wenn der tolle Star dann plötzlich gar kein Star mehr ist ... Wenn in allen Zeitungen steht, dass er in Wirklichkeit ein ... einer ist, der mit ... mit Mädchen rummacht, die so alt sind wie die großen Schwestern deiner Freunde ...« Sie brach ab. Biss sich erneut auf die Lippe, presste die Arme noch enger an sich, schaute zum Fenster, ohne etwas zu sehen. Um Fassung ringend. Darum, nicht in Tränen auszubrechen.

Jeff ließ sich auf den Stuhl sinken. Sie bemerkte es nicht einmal. Ihr Schmerz drang in ihn, schien ihn zu zerreißen, doch er schwieg. Wagte kaum, zu atmen. Ihre harte, unnahbare Schale hatte einen Riss bekommen. So schrecklich es war, was sie sagte, so sehr ihre Worte ihn verletzten, sie sprach mit ihm. Gewährte ihm einen Blick auf die Wunden, die in all den Jahren nicht verheilt waren, sondern noch immer voller Eiter schmerzten.

Er hatte keine Ahnung, was jetzt richtig oder falsch war. Wollte sie, dass er ihr widersprach? Dass er sie um Verzeihung bat? Er wusste es nicht. Wusste nur, dass, was immer sie jetzt sagen würde, endlich gesagt werden musste. Auch wenn es noch so weh tat.

Er musste sich davon abhalten, nach ihren Fingern zu greifen oder ihr eine beschützende Hand auf die Schulter zu legen. Seine Finger krallten sich ineinander, dass es wehtat und die Knöchel weiß hervortraten. So, wie sie ihre Finger in den Stoff des Nachthemds krallte.

»Wenn du Mama nur einfach betrogen hättest, mit einer ganz normalen Frau, dann wäre es irgendwie okay gewesen«, sagte sie leise, ohne ihn anzusehen. Er war sich nicht einmal sicher, ob sie überhaupt zu ihm sprach oder eher zu sich selbst.

»So etwas passiert. Männer betrügen ihre Frauen. Und umgekehrt. Das ist … irgendwie normal … Berühmte Stars gehen sowieso immer fremd …« Wieder brach sie zitternd ab, als würde sie frieren. Ihre Augen wanderten unstet von der Bettdecke zum Fenster, vom Fenster zur Bettdecke, wieder zurück zum Fenster. »Zuerst durfte niemand mehr mit mir spielen. Sogar, als ich mit Oma und Opa ausgezogen bin. Es durfte niemand mehr kommen. In der Schule hat keiner mehr mit mir geredet. Die Eltern wollten das nicht.« Zum ersten Mal sah sie auf, sah ihn an wie ein verletztes Reh. »Die hatten Angst, dass du … dass du …«

»Sarah!« Erschüttert schlug er die Hände zusammen. Seine Stimme war nur ein heiseres Flüstern.

»Ich bin kein pädophiles Schwein, dass sich an kleine Mädchen ranmacht.«

»Das haben sie aber gedacht!« Es tat so weh, diesen Schmerz zu hören. »Das haben aber alle gedacht. Sogar die Lehrer haben mich gefragt, ob du … Ob du …« Sie versuchte ein ironisches Lächeln, das völlig misslang. »Ich hab gar nicht verstanden, was die von mir wollten … Das war das einzig Gute daran, dass ich krank geworden bin. Ich musste nicht mehr in die Scheiß-Schule!« Wut mischte sich in ihre Worte. »Die Privatlehrer sind zwar grottenlangweilig, aber sie sind wenigstens nicht gemein zu mir!«

Fassungslos zog er am Ausschnitt seines Sweatshirts, als wäre er eine Krawatte, die ihm die Luft abschnürte. »Das ist nicht wahr, oder? Bitte, sag, dass das nicht wahr ist!«

Sarah schien in gar nicht gehört zu haben. Scheu,

hilflos, verletzt sprach sie weiter. »Sie waren doch mal meine Freunde! Aber dann haben sie mich gehänselt und nur noch schreckliche Sachen über dich gesagt!« Von der Erinnerung gepackt, wurde ihr Körper von einem stillen Krampf geschüttelt. Vielleicht wäre es einfacher gewesen, wenn die Tränen endlich geflossen wären. Doch das erlösende Gewitter wollte einfach keinen Weg nach draußen finden.

»Als dich dann die Polizei verhaftet hat und ...«

»Stop! Moment mal!« Verblüfft, schockiert hob Jeff die Hände. Instinktiv, als wollte er so seine Unschuld zeigen. »Wer hat gesagt, man hätte mich verhaftet?«

Jetzt war sie in der Realität angekommen. Schaute ihm ins Gesicht, überrascht, dass er derart ahnungslos schien. »Es stand in der Zeitung«, sagte sie nüchtern. »Dass die Polizei ermittelt. Wegen ... Weil ... Naja, weil die noch minderjährig war und dann das Kind gekriegt hat ... Opa hat gesagt, nur weil du viel Geld hast und das alles in Afrika passiert ist, wärst du nicht ins Gefängnis gekommen. Weil man in Afrika alles mit Geld erledigen kann.«

»Dass dein Opa das gesagt hat, kann ich mir lebhaft vorstellen. Das hätte ihm so gepasst!« Jeff zog eine Grimasse. Hörte seinen befehlsgewohnten Schwiegervater direkt, wie er seine Meinung über Afrikaner im Allgemeinen und Jeff im Besonderen lautstark kundtat.

»Ich war nie im Gefängnis und habe auch niemanden bestochen«, sagte er fest. Gequält musterte er Sarah. »Will mir vielleicht auch noch jemand anhängen, dass ich Nattie womöglich ermordet hätte?«

Tatsächlich hielt sie seinem Blick stand. Lächelte sogar ein wenig, auch wenn es noch so traurig aussah, als sie den Kopf schüttelte. »Nein. Nein, natürlich nicht!«

»Wenigstens etwas.« Erleichtert atmete er auf. »Ich bin nach Kapstadt geflogen, damit diese Gerüchte aufhörten. Ich habe Nattie nichts getan und konnte das auch beweisen! Nichts, was in den Zeitungen stand, entsprach auch nur annähernd der Wahrheit!«

»Mir hast du nie die Wahrheit gesagt«, bemerkte Sarah leise. Jeff schnaubte.

»Wie denn auch? Deine Mutter und deine Großeltern haben schon dafür gesorgt, dass ich keine Chance bekam, mit dir zu reden.« Bittend schaute er sie an. »Ich sage dir die Wahrheit. Ich sage dir alles, was du wissen willst!«

»Deine Wahrheit interessiert mich nicht mehr.« Da war nicht einmal mehr Trotz in ihrer Stimme. Nur grenzenlose Leere. »Du lügst mich ja doch nur an.«

»Ich habe dich nie angelogen. Noch nie im Leben!«

»Hast du wohl!« Endlich funkelte sie ihn wieder wütend an. Ihre Wut war besser zu ertragen als diese Depression, der Schmerz, die Verzweiflung. »Du hast gesagt, ich wäre deine Prinzessin. Dass ich für dich das Liebste auf der ganzen Welt bin. Aber dann bist du einfach weggegangen. Du hast mir nicht mal eine Geburtstagskarte geschrieben! Du bist gegangen und hast nicht mal Tschüss gesagt!«

»Oh Sarah! Sarah, du hast ja keine Ahnung!« Er stand auf. Jetzt war er es, der verzweifelt aus dem Fenster starrte.

»Du hast mich vergessen! Du bist einfach abgehauen und hast mich vergessen. Wahrscheinlich musste Mama dich erst mal daran erinnern, dass ich überhaupt noch da bin!«

»Ich habe dich nie vergessen! Du hast keine Ahnung, wie sehr ich dich vermisse! Es vergeht keine Sekunde, in der ich dich nicht an dich denke!«

»Das glaube ich dir nicht! Du hast ein anderes

Kind. Das hast du lieber als mich.«

»Ich habe Jemmy lieb, ja! Aber ich habe doch nicht ein Kind gegen das andere eingetauscht.« Er trat näher. »Sarah, du bist meine Tochter! Ich war dabei, als du geboren bist! Ich wollte dich immer nur beschützen! Ich habe dich immer noch so lieb, dass es wehtut, dich nicht bei mir zu haben! Aber dann ...«

»Dann hast du mal eben Spaß mit einer anderen gehabt und das war's. Warst du wenigstens besoffen, als du mit ihr geschlafen hast?«

»Wenn nichts mehr geht, hilft nur noch grausamer Sarkasmus, nicht wahr? Eiskalte Fassade, coole Sprüche, und später heulen, wenn es keiner mehr sieht.« Er lachte ein kurzes, humorloses Lachen. Wie sehr ihm ihre Reaktion aus der Seele sprach.

»Nein, ich war nicht betrunken. Du hast recht, von deinem Standpunkt aus bin ich ein mieses, dreckiges Schwein, das deine Mutter und dich betrogen und sich dann nach Südafrika verdrückt hat. Du weißt es nicht besser. Deshalb versuche ich doch, dir zu erzählen, was damals wirklich passiert ist!«

»Woher soll ich wissen, dass du mich nicht wieder anlügst? Du hast mich jahrelang angelogen und gesagt, ich wäre dein Liebling. Das hast du bestimmt zu dem Bengel auch gesagt!«

»Wie hätte ich das gekonnt? Ich hatte doch keinen blassen Schimmer, wo er war!«

»Aber bezahlt hast du!«

»Ja. Bezahlt habe ich. Teuer bezahlt! Damit, dass ich dich verloren habe.« Mit einem Schlag war seine eigene Verzweiflung wieder übermächtig. »Bitte, Sarah, du musst mir glauben ...«

»Ich muss dir gar nichts glauben! Gar nichts! Ich lasse mich nicht ...«

»Was machst du denn hier?« Carlas erzürnte Frage

brachte sie beide schlagartig zum Schweigen. Keiner von ihnen hatte mitbekommen, dass sie hereingekommen war. Jetzt starrten sie sie beide an, als wäre sie gerade vom Mars gelandet. Im gleichen Moment zog Sarah ihre Decke bis zu ihren Schultern hoch, wickelte sich darin ein, als wäre ein eisiger Wind durch das Zimmer gefahren.

»Was machst du hier?« wiederholte Carla hochnäsig.

»Ich besuche meine Tochter!«

»Dann ist dieser Besuch jetzt zu Ende!«

»Ich denke nicht, dass du das zu entscheiden hast. Das hier ist Sarahs Zimmer.«

»Soweit ich weiß, hatten wir abgemacht, dass du nicht alleine zu ihr gehst. Sie ist gerade erst operiert worden ...«

»Stell dir vor: ich auch!«

»... und braucht jetzt Ruhe! Auf keinen Fall braucht sie ...«

»Mama! Bitte! Bitte, hör auf! Hört bitte auf, euch schon wieder zu streiten!« Die Tränen, die ihr über die Wangen liefen, schien sie gar nicht zu bemerken.

»Ich glaube, ich gehe dann besser«, sagte Jeff wehmütig. Er nickte Sarah noch einmal kurz zu, dann verließ er mit hängenden Schultern das Zimmer. Wie er den Rückweg in sein Zimmer bewältigte, konnte er hinterher nicht mehr sagen. Er wusste nur, dass er irgendwann vor seinem eigenen Fenster saß, die Ellenbogen auf den Tisch gestützt, das Gesicht in seinen Händen verborgen. Er war nicht einmal in der Lage, irgendetwas zu denken.

## 23. Kapitel

Es war ein langer, anstrengender Tag gewesen. Nicht zum ersten Mal seit Jeffs Abreise überlegte Mbhali, wie sehr sie Hanaa beneidete. Die junge Frau schob einfach nur ihren Wagen von einem Zimmer zum anderen, leerte Mülleimer aus und machte die Betten. Natürlich wusste man nie, welch böse Überraschung einen erwartete, wenn man den nächsten Toilettendeckel anhob oder hinter einen Duschvorhang blickte. Aber das war ihr Job, solange sie zurückdenken konnte. Dabei konnte sie ihre Gedanken schweifen lassen, während ihre Hände Laken unter Matratzen stopften und Waschbecken putzten.

Mbhali war in den Personalquartieren eines exquisiten Hotels in Paarl geboren, hatte ihrer Mama geholfen, seit sie laufen konnte. Sie liebte die feurigroten Blüten der üppigen Flamboyants, denen die Lodge ihren Namen verdankte. Als Kind war ihr Leben in der weitläufigen Hotelanlage spannend gewesen, auch wenn sie nur in einem kleinen, schäbigen Teil davon spielen durfte. Ihre älteren Brüder mussten schon mit anpacken, aber sie passten immer auf, dass Mbhali nicht in den Swimmingpool fiel. Wie gern hätte sie nur ein einziges Mal darin gebadet! Natürlich war das undenkbar gewesen. Sie war nicht nur ein Kind vom Personal, sondern hatte auch schlichtweg die falsche Hautfarbe. In das geschwungene Becken mit den blauen Fliesen und den kleinen Springbrunnen, aus denen das Wasser sprudelte, durften nur Gäste. Weiße Gäste. Ebenso, wie nur weiße Gäste mit einem kühlen Drink in der Hand unter großen Sonnenschirmen auf den dick gepolsterten Liegen relaxten. Das Wasser im Pool roch nicht wie normales Wasser aus dem Wasserkranen oder dem Brunnen im Garten. Vielleicht war da ja irgendetwas drin, was die Haut weiß machte. Einmal hatte Mbhali spätabends gemeinsam mit Danjuma, ihrem jüngsten Bruder, todesmutig ihre Fingerspitzen in das Wasser ins Becken gehalten. Aber sie waren nicht weiß geworden. Nur nass.

Später musste sie nach der Schule bei der harten Arbeit in der Küche des Hotels helfen. Aber manchmal durfte sie mit ihrer Mama die Gästezimmer aufräumen. Da gab es so viel zu sehen! Jedes Zimmer war wie ein Märchenland mit den schönsten Kleidern in den Schränken und unglaublich hohen Schuhen mit Bleistift-dünnen Absätzen, die bis in den Himmel reichten.

Auf den Frisiertischen standen wunderschöne Tiegel mit duftenden Cremes, bunten Pudern und leuchtenden Nagellacken. Ja, das Herrichten der Zimmer war immer das Schönste gewesen. Jedenfalls, solange sie noch klein war. Als sie später alleine auf den Fluren arbeitete, wurde es oft unangenehm. Dann tauchten dicke, alte Männer auf, die ihr mit einem süffisanten Grinsen in den Hintern kniffen oder mit ihren ekligen Wurstfingern unter den Rock fassten. Sie lachten, wenn sie auswich oder sagte, dass sie das nicht wolle.

»Ihr wollt das alle, ihr dreckigen kleinen Kaffernmädchen«, geiferten sie dann. Griffen an ihren schon damals recht üppigen Busen und quetschten ihn, bis es wehtat. Manch einer zerrte sie gar in eine Zimmerecke, presste sie gegen die Wand oder auf das Bett. Hielt ihre Hände fest, damit sie sich nicht wehren konnte. Quetschte seine Zunge in ihren Mund, bis sie keine Luft mehr bekam, während seine widerlichen Finger gleichzeitig gierig ihren langsam weiblich aufblühendem Körper begrapschten. Das passierte allen Hausmädchen. Es war normal, man konnte nichts dagegen tun. Am besten wartete man einfach stillschweigend ab, bis es vorbei war, denn wer sich über einen Gast beschwerte, wurde sofort gefeuert. Also hielt man lieber den Mund. Es half sowieso nichts. Selbst wenn man in einem anderen Hotel eine neue Stelle fand, traf man überall auf die gleichen Gäste, die gleichen dicken, alten Männer.

Manche verlangten, dass das Mädchen sich auszog. Auch dann konnte man nicht viel dagegen tun. Hin und wieder half es, zu sagen man hätte seine Periode. Dann ließen einige angewidert von ihr ab. Andere schoben sich trotzdem unter den kurzen Rock der Dienstmädchenkleidung. Nannten sie auch noch eine dreckige Lügnerin, wenn sie fertig waren.

Noch viel schlimmer war der Hotelbesitzer. Wenn man zu ihm gerufen wurde, ging es nicht um einen Anschiss, weil in einem Zimmer das Toilettenpapier fehlte oder ein Kissen nicht richtig aufgeschüttelt war. Manchmal weinte ein Mädchen nur noch und verschwand schließlich. Dann lästerten die Jungs, dass das Mädchen wohl einen Braten im Ofen gehabt hätte. Denn im Zimmer des Hotelbesitzers blieb es nicht bei ein bisschen Grapschen und seiner fetten Zunge im Hals.

Mbhali schüttelte sich angewidert. Es war so lange her, aber sie würde diesen Kerl niemals aus ihrer Erinnerung auslöschen können. Wie sollte sie der Vergangenheit entrinnen? Sie war nicht zu einer der Engelmacherinnen gegangen, wie es viele andere Mädchen taten. Sie war geblieben. Das Personalquartier des Hotels war ihr Zuhause gewesen. Für eine Engelmacherin fehlte ihr das Geld. Noch mehr der

Mut. Außerdem war sie nicht sicher gewesen, ob der Vater des Kindes, das in ihr heranwuchs, nicht vielleicht doch der große, starke Zulu war, der als Gärtner im Hotel arbeitete. Mit ihm war sie im Wald nicht nur spazieren gegangen. Doch als sie das kleine Mädchen im Arm hielt, dessen samtig schimmernde Haut die Farbe von Kaffee mit einem Schuss Milch hatte, war klar gewesen, dass Nattie nicht als Kind der Liebe gezeugt worden war.

Wie kam sie jetzt darauf? Wieso erinnerte sie sich ausgerechnet jetzt an diese Dinge, die so lange zurücklagen? Weil sie sich anmaßte, als schwarzes Hausmädchen die Arbeit eines weißen Hoteliers zu erledigen?

Aber Jeff war ganz anders! Für Jeff spielte ihre Hautfarbe nur dann eine Rolle, wenn er sich mal wieder fürchterlich erschreckte, weil er ihr im Dunkeln begegnete und sie zuvor nicht gesehen hatte. Daraus machten sie beide sich gern einen Spaß. Er fluchte dann immer darüber, wie unfair es war, dass man ihn auch dann sehen konnte, wenn es taghell war, während sie stets mit der Dunkelheit verschmolz. Aber es war ein so liebenswerter Spaß.

Im Gegenteil, Jeff schien sich unter Schwarzen und Farbigen wohler zu fühlen als zwischen seinesgleichen. Welcher Weiße nannte schon einen Xhosa seinen besten Freund, einen, für den er wirklich durch dick und dünn ging. Vielleicht hatte er sich deshalb Sea Point als neues Zuhause ausgesucht.

Zur Zeit der Apartheid war der dicht besiedelte Stadtteil ein rein weißes, hippes Stadtviertel am Strand gewesen. Inzwischen lebten größtenteils Farbige oder Malaien in den hässlichen Hochhäusern und Apartmentblocks, in denen ein gewisses Maß an Kriminalität zum Alltag zählte. Seit wieder ein paar kleine Geschäfte und bessere Restaurantketten in die Ladenlokale auf der Beach Road gezogen waren, kehrten auch die Weißen langsam zurück, doch sie blieben nach wie vor in der Minderheit. Abseits der Promenade blieb Sea Point ein zwielichtiges Viertel. Die am Straßenrand haltenden Minibusse spuckten nur Schwarze und Farbige aus, während die Schaffner mit ihren lauten Rufen »Caaaaapee Toooooown« um Fahrgäste warben. Noch immer liefen heruntergekommene Tik-Junkies auf der Suche nach einem Freier durch die Straßen, um sich den nächsten Globe leisten zu können. Der Globe, diese kaputte Glühbirne, in der eine Ladung Stoff für einen kurzen Trip ´raus aus dem Elend des Junkie-Alltags sorgte.

Natürlich hatte Jeff damals gar kein Geld für den Kauf eines der besseren Hotels in Camps Bay oder Melkbosstrand gehabt. Wahrscheinlich wäre er trotzdem nach Sea Point gegangen. Sie wusste, wie gern er hier lebte. Ihr sollte es recht sein. Gegen die Wellblechhütte in den Cape Flats, in der sie mit Jemmy gehaust hatte, war Sea Point ein ebensolches Paradies wie die Snob-Viertel in Hout Bay oder Bloubergstrand.

Sie lächelte sehnsüchtig bei dem Gedanken an ihn. Ja, er fehlte ihr. Fehlte ihr mehr, als sie ihm gegenüber jemals zugeben würde.

Gemeinsam mit Freunden hatte Dan mit dem wenigen Geld, das nach dem Kauf des Motels noch übrig war, aus dem verfallenen Gebäude diese adrette Unterkunft gemacht. Bei aller Liebe, als Handwerker war Jeff völlig unfähig. Der Mann konnte ja kaum einen Pinsel von einem Heizungsrohr unterscheiden! Dafür wusste er, wie man ein Hotel führte. Was man benötigte, damit auch Gäste einer Budget-Unterkunft sich wohlfühlten. Wie man Werbung machte. Dass Jeff in einem Hotel aufgewachsen und stets als billige Hilfskraft zwischen Rezeption und Büroschreibtisch benutzt worden war, konnte er nicht verleugnen. Mit Buchungssystemen, Kostenrechnungen und Beschwerdemanagement kannte er sich aus, ohne je eine Hotelfachschule von innen gesehen zu haben.

Sie waren im gleichen Hotel, aber dennoch in völlig verschiedenen Welten aufgewachsen. Doch im Gegensatz zu seinem Vater war Jeff immer freundlich zu jedem gewesen. Sogar zu einem kleinen, schwarzen Mädchen wie ihr. Manchmal hatte sie sich unter seinem Fenster an die Wand gedrückt und still zugehört, wenn er auf seinem Saxofon spielte.

Bis er eines Tages seine Taschen und den Saxofonkoffer in den Kofferraum eines alten Autos warf. Mbhali kannte den Wagen ganz genau. Er gehörte ihrem Großvater, der Jeff lehrte, wie man dem golden glänzenden Instrument diese wundervollen Töne entlockte. Mbhali war dreizehn Jahre alt gewesen, als die Melodien verstummten. Am Ende waren sie beide auf ihre Weise am Besitzer des Hotels gescheitert, hatten beide die *Royal Poinciana Lodge* verlassen, um nie mehr dorthin zurückzukehren.

Wenn sie noch lange hier saß und durch die Vergangenheit wanderte, würde der freundliche Jeff mit dem netten Lächeln sie nach seiner Rückkehr noch immer vor dem Computer finden. Nein, er würde kein böses Wort darüber verlieren, dass sie die Buchungsbelege zwar hübsch sortiert, aber nicht eingetippt hatte. Er würde ganz allein sich selbst Vorwürfe dafür machen, ihr diesen Job angehängt zu haben, obwohl sie mit Computern auf Kriegsfuß stand.

So schwer war es doch nun wirklich nicht, diese

paar Daten in die Liste zu übertragen, die auf dem Bildschirm angezeigt wurde. Sie lächelte zufrieden. Es waren nämlich nicht nur ein paar, sondern so viele Daten wie nur eben möglich. Das Motel war seit Tagen ausgebucht, und es hatte den Anschein, dass sich an diesem bemerkenswerten Zustand auch eine weitere Woche lang nichts ändern würde.

Die Einkaufsliste war fertig. Morgen musste sie unbedingt nach Gardens fahren. Noch so eine Sache, die sie hasste. Da schob sie dann dieses Ungetüm von Einkaufswagen durch die endlosen Gänge eines anonymen Supermarktes, in dem alles griffbereit abgepackt lag und es nur nach Reinigungsmitteln roch. Naja, in der Ecke mit dem Fisch nicht unbedingt.

Supermärkte waren ihr viel zu unpersönlich. Gut, dass Jeff die Fahrerei stets übernahm. Sie selbst kaufte das, was sie für ihre kleine Familie tagtäglich brauchte, am liebsten auf dem Markt ein. Ebenso gern ging sie in die kleinen Läden, die sich in den hinteren Gassen drängten. Dort, wo die Miete billig und man unter sich war. Wenn es sich vermeiden ließ, kam bei ihr kein Huhn in den Kochtopf, das den Sonnenaufgang nicht mehr erlebt hatte! Auch wenn Jeff darüber grinste und seine Witze riss. Er musste das Huhn ja nicht schlachten, also ging es ihn nichts an, wo sie wann was einkaufte. Wenn er sich die zweite Portion ihres Potjikos auf den Teller häufte, wusste sie, dass sie auch weiterhin so kochen würde, wie Mama es ihr beigebracht hatte.

\* \* \*

Eine halbe Stunde später speicherte sie den letzten Datensatz und fuhr mit einem erleichterten Seufzer den PC herunter. Geschafft! Für heute war sie von ihrem Posten als stellvertretende Motelchefin erlöst. Sicherheitshalber ging sie noch einmal den Spickzettel durch, um nichts zu vergessen. Sie war völlig erledigt. Eigentlich sollte man denken, es wäre anstrengender, stundenlang zu putzen, zu waschen und zu bügeln. Aber das war ein Klacks gegen die Sache mit dem verdammten Computer. Dazu die vielen Anrufe! Sie musste immer erst nachsehen, ob zu einem bestimmten Termin Zimmer frei waren. Von den unterschiedlichen Preisen je nach Zimmergröße und Saison ganz zu schweigen. Jeff hatte das alles im Kopf. Sie selbst dagegen brauchte stets das dicke Buch, das Auskunft über all diese Dinge gab. Nein, Mbhali putzte lieber. Viel lieber.

Sie stand auf, reckte sich und räumte die Unterlagen in den klobigen Safe. Dann knipste sie das Licht aus und zog die Tür hinter sich zu. Azibo schaute von einem Rugbyspiel auf, das über den kleinen Fernseher hinter dem Tresen flimmerte, während er sich Biltongstücke in den Mund steckte.

»Na, Feierabend?«

Mbhali nickte. »Endlich! Aber ich habe keine Ruhe für die Buchungsbelege, solange der Kleine nicht im Bett ist. Jetzt verstehe ich, warum Jeff das am liebsten nachts erledigt.« Sie gähnte verstohlen hinter ihrer Hand. »Hier alles klar?«

»Alles ok. Zwei Gäste fehlen noch, die Reservierung für die 212, aber die hatten angekündigt, dass sie erst spät anreisen.« Er zuckte mit den Schultern.

»Wir haben die Kreditkartennummer. Ihr Pech, wenn sie nicht kommen.«

»Gut, dann gehe ich mal. Gute Nacht, Azibo. Bis morgen!« Ehe sie nach Hause ging, warf sie ganz automatisch den gleichen Blick über die Anlage, mit der auch Jeff stets kontrollierte, ob alles in Ordnung war. Sie war kaum im Wohnzimmer, als das Telefon klingelte. Oh nein, bitte nicht! Wer wagte es, sie jetzt noch zu stören? Sie wollte ihre Ruhe haben. Sich noch eine kleine Weile auf die Couch setzen, einen Tee trinken, einfach abschalten. Sich nicht mit einer ihrer Schwägerinnen über die vollgeschissenen Windeln ihrer unzähligen Nichten und Neffen unterhalten müssen. Dennoch eilte sie zum Telefon, damit das Klingeln Jemmy nicht aufweckte.

»Masango.«

»Molo, Mbhali!«

»Jeff!« Mit einem Schlag war ihre Müdigkeit vergessen. »Wie schön, dass du anrufst! Wie geht´s dir?«

»Ich bin okay.« Seine Stimme klang traurig. Gar nicht okay. »Wie geht´s dir? Und dem Kleinen?«

»Uns geht´s gut. Jemmy schläft schon. Du hast vergessen, dass es bei uns schon eine Stunde später ist und …«

»Nein«, unterbrach er sie leise. »Ich weiß ganz genau, wie spät es bei euch ist.« Sie hörte ihn seufzen, schwieg erst einmal. »Ich wollte … mit dir reden.«

»Was ist passiert? Ist was mit Sarah?«

»Nein. Nein, wirklich, uns geht es gut.«

»Du hörst dich nicht so an.« Gerade noch wäre sie am liebsten auf die Couch gefallen und hätte die Füsse hochgelegt, jetzt machte schon der Gedanke daran sie nervös. Sie ging zum Wohnzimmerfenster, starrte in die Dunkelheit hinaus. Dorthin, wo die Wellen sich am Strand brachen.

»Die Transplantation ist wirklich gut gelaufen. Es ist alles okay. Hast du meine SMS nicht bekommen?«

»Doch, hab ich. Aber du hörst dich gar nicht gut an. Sag mal«, sie stutzte. »Wo bist du eigentlich?«

»Im Krankenhaus. Mach dir keine Sorgen, mir geht es gut. Eine Woche im Krankenhaus ist normal.«

»Rufst du etwa vom Handy aus an?«

»Ja.«

»Dann geht´s dir beschissen! Also hör auf, mich anzulügen!«

Er schwieg, doch dieses Schweigen sagte mehr, als Worte es vermocht hätten.

»Jeff, was ist passiert? Sag schon, was ist los?«

»Eigentlich gar nichts«, antwortete er deprimiert.

»Sarah und mir geht es gut, alles Werte sind bestens.« Er schwieg für einen Moment. »Ich wollte deine Stimme hören«, gab er schließlich leise zu. »Ich musste einfach deine Stimme hören.« Sie hörte ihn erneut seufzen. »Erzähl mir irgendwas. Egal, was. Was macht Jemmy? Wie läuft´s im Motel? Egal, erzähl einfach.« Seine Einsamkeit war fast greifbar. Wieder einmal verfluchte Mbhali die Zehntausend Kilometer, die sie davon abhielten, ihn mit einem Stück Kuchen und einem Kaffee aufzumuntern.

»Hast du mit Sarah gesprochen?« fragte sie ahnungsvoll. »Sie wollte nicht mit dir reden, stimmt´s?«

»Nein, nein. Wir haben sogar tatsächlich miteinander geredet. Zumindest eine Weile.« Bis Carla dazwischen kam und wieder einmal alles zerstörte, setzte er in Gedanken hinzu. Aber das sagte er nicht. Das Letzte, was er jetzt hören wollte, waren Mbhalis Flüche, die sie über Carla ausschütten würde.

»Bitte, lass uns von etwas anderem reden. Erzähl mir von Jemmy.«

»Er spielt dir jeden Abend auf dem Saxofon etwas vor. Ich hoffe, du hörst es.«

»Ach, ich wundere mich schon, wer hier abends den Fernseher so laut macht. Und dann laufen da ausschließlich Songs, die ich kenne.« Zum ersten Mal drang ein Lächeln durch seine Stimme. »Sag ihm, dass es Jimbo prima geht. Er schläft zum Entsetzen aller Ärzte und Krankenschwestern auf meinem Kopfkissen.«

Mbhali lachte. »Und Jemmy schläft mit deinem Kopfkissen im Arm. In deinem Bett.«

»Wirklich?«

»Ja. Seither schläft er wieder viel ruhiger.« Dass sie selbst auch in Jeffs Bett umgesiedelt war, verschwieg sie. Er musste nicht alles wissen. Noch nicht.

»Gut. Lass ihn, wenn es ihm hilft. Er fehlt mir so sehr. Du kannst dir nicht vorstellen, wie langweilig es ist, den ganzen Tag hier herumzuliegen. Ich hätte mir einen Stapel Arbeit mitbringen sollen.«

»Zum Glück hast du das nicht! Ruh dich aus und sieh zu, dass du wieder auf die Beine kommst.«

»Meinen Beinen geht´s gut. Eigentlich geht es mir überhaupt wieder gut. Ich meine, ich hätte nie gedacht, dass man so eine OP so schnell wegsteckt. Es ist eben nur ...« Traurig brach er ab.

»Sarah«, ergänzte Mbhali an seiner Stelle. »Aber für das Problem Sarah gibt es keine Pillen.«

»Ich weiß.« Er drückte das Handy gegen seine Wange, als könnte er ihre Berührung dadurch spüren.

»Das wird langsam teuer«, sagte er hilflos. »Ich rufe wieder an, sobald ich aus dem Krankenhaus bin. Dann kann Carla die Rechnung zahlen.«

»Dann telefonieren wir stundenlang! Jemmy kann dir was vorspielen, ich grüße dich von allen Leuten einzeln ...«

»Mbhali?«

»Ja?«

»Du fehlst mir.«

»Du fehlst mir auch, Jeff.« Sie lächelte wehmütig.

»Wenn du wieder hier bist, lasse ich dich nie wieder so weit weg!«

»Du bist nicht weit weg. Du bist ganz nah bei mir. Du und Jemmy.«

»Komm bald nach Hause, ja?«

»Sobald wie möglich. Gute Nacht, Mbhali. Gib dem Kleinen einen Kuss von mir.«

»Mach ich. Gute Nacht, Jeff. Pass auf dich auf!«

»Du auch. Gute Nacht.«

Er nahm das Handy vom Ohr, drückte wie in Zeitlupe den winzigen Knopf mit dem roten Hörer. Nur der Gedanke daran, wie teuer jede Minute war, ließ ihn das Gespräch beenden. Als wäre es ihre Hand, strich er mit den Fingern über das Telefon, ehe er es zusammenklappte und weglegte Er schloss die Augen, atmete tief durch. Zum ersten Mal, seit die Narkose-Watte sich aus seinem Kopf verflüchtigt hatte, verspürte er keine Einsamkeit. Seine Familie war bei ihm.

Am anderen Ende der Welt legte auch Mbhali nur zögernd das Telefon zurück auf die Gabel. Anschliessend ging sie ins Nebenzimmer, wo Jemmy sich wieder einmal zu einem Embryo zusammengerollt hatte und Jeffs Kopfkissen erwürgte. Sanft beugte sie sich zu dem schlafenden Jungen hinunter, gab ihm einen Kuss auf die Wange.

»Es geht im besser, Jemmy«, flüsterte sie erleichtert. »Jetzt geht es ihm besser.«

## 24. Kapitel

» Hat`s geschmeckt?« Schwester Monika griff nach dem Essenstablett, stutzte überrascht. »Sie haben ja sogar den Salat gegessen! Sind sie krank?«

Jeff zuckte ergeben mit den Schultern. »Was soll ich machen? Sie sind immer so enttäuscht, wenn ich das Giraffenfutter übrig lasse.«

»Giraffenfutter? Nennt man das Grünzeug in Südafrika so?« Monika warf einen sehnsüchtigen Blick aus dem Fenster. »Da ist es jetzt bestimmt richtig schön warm, oder?«

»Für Europäer schon. Zuhause geht es auf den Winter zu, da pfeift der Wind manchmal ziemlich unangenehm. Wir haben jetzt knapp zwanzig Grad. Dann arbeiten die Verkäuferinnen im Supermarkt mit Wollmantel, Pudelmütze und Handschuhen.«

»Wie bitte?« Ungläubig stellte die Krankenschwester das Tablett zurück auf den Tisch. »Haben sie gerade zwanzig Grad gesagt? Über Null, oder?«

»Wunderschöne zwanzig Grad Celsius über Null, ja. Für einen echten Afrikaner saukalt. Dabei sind wir in Kapstadt noch richtig zäh, bei uns spielt der Atlantik dem Wetter gern mal einen Streich. Wenn wir im Winter Besuch aus Gauteng oder Mpumalanga bekommen, verkriecht der sich ganz schnell unter der Heizdecke!«

»Umpuma -wo?«

»Ach Monika«, Jeff lachte herzhaft. »Kann ich sie für den Rest ihrer Schicht ausleihen? Ich könnte ihnen ein bisschen Xhosa oder Afrikaans beibringen, das wäre sicher lustig.«

»Für sie bestimmt! Mir müsste Dr. Bergner anschließend eine neue Zunge transplantieren, weil meine hoffnungslos verknotet wäre!« Sie trug das Tablett zum Abräumwagen dem Flur, kam jedoch umgehend zurück. Etwas verlegen verbarg sie eine Hand in ihrer Kitteltasche, in der sich etwas Eckiges abzeichnete.

»Eigentlich darf ich das ja nicht«, begann sie ungewöhnlich kleinlaut. »Aber ... Sie sind so nett, und ... Meine Mutti ... Sie hat Geburtstag und ...«

»Nanu, haben sie den Knoten etwa schon ohne meinen Sprachkurs in der Zunge? So kenne ich sie ja gar nicht.«

»Naja, es ist nur ... Meine Mutti, die war ... Nein, sie ist immer noch ... Also, sie hört so gerne ihre Musik. Sie war früher sogar bei ihren Konzerten.«

»Wenn ich ihr ein Geburtstagsständchen bringen soll, wird das leider nichts.« Jeff wies auf seine Hand.

»Nein. Nein, natürlich nicht.« Monika schüttelte den Kopf. »Nur ... Äh, ... Wenn sie nicht wollen, ist das auch okay, nur sagen sie bitte nichts Dr. Bergner, weil ... Dann bekomme ich Ärger ... und ...«

»Wenn sie noch lange herum stottern, sonne ich mich bereits wieder in Afrika, ohne jemals zu erfahren, was ich mit dem Geburtstag ihrer Mutti zu tun habe.«

Schüchtern zog Monika die CD und einen schwarzen Filzstift aus der Kitteltasche.

»Naja, also, ... Würden sie vielleicht ein ... Autogramm ... für Mutti ... zum Geburtstag ...?«

»Ach herrje, Monika, sie enttäuschen mich! Tagelang machen sie mich zur Schnecke, weil ich meinen Salat nicht esse und meinen Tee nicht trinke - und jetzt bibbern sie herum, nur weil ich meinen Namen schreiben soll?« Er griff nach der CD und zog das Booklet mit seinem Foto aus der Plastikhülle. Mit einem wehmütigen Lächeln betrachtete er das Cover. Die letzte CD, die er aufgenommen hatte. Hätte er damals geahnt, dass er ein paar Monate später sein letztes Konzert geben würde ... Gedankenverloren blätterte er durch die Seiten mit den Fotos von sich und seiner Band, als er bemerkte, wie Monika nervös mit einem Knopf an ihrem Kittel spielte.

»Hoffentlich weiß ich noch, wie das geht«, scherzte er ein wenig verkrampft.

»Wenn Dr. Bergner das erfährt ...«

»Solange sie das Cover nicht freudestrahlend durch die Gegend schwenken, dürfte das Risiko gering sein.« Er atmete einmal tief durch. Es war nur eine Unterschrift. Wie auf einem Scheck, nur die hier kostete nichts. »Wie heißt ihre Mutti?«

»Renate.«

»*Liebe Renate, zum Geburtstag alles Gute wünscht Ihnen herzlichst Ihr Jeff Thompson*« Er reichte Monika Stift und CD zurück. »Entschuldigung, aber als Poet bin ich eine Niete.«

Monika strahlte. »Super! Vielen lieben Dank!«

»Gern geschehen. Aber jetzt packen sie bloß das scheue Reh wieder weg und holen meine Moni zurück!«

»Mach ich!« Sie steckte die Sachen in ihre Kitteltasche. »Was dagegen, wenn ich ihnen einen Kaffee bringe, sobald ich nebenan abgeräumt habe?«

»Bringen sie am besten noch einen Stapel CDs zum Unterschreiben mit, vielleicht bekomme ich dann ja sogar einen doppelten Espresso. Und ein paar Koeksisters?«

»Kamillentee und Kekse, Herr Thompson!« Jetzt lachte sie wieder. »Ich habe zwar keine Ahnung, was ein Köksissters ist, aber sollte ich mal nach Umpumadingens kommen, werde ich das auf jeden Fall probieren. Ich schaue mal, ob der Kaffee fertig ist.«

Er sah ihr nach, bis sie die Türe hinter sich geschlossen hatte. Himmel, es gab tatsächlich noch Fans. Wie hatte er diese Autogrammschreiberei gehaßt. Carla dagegen trug damals stets seine Autogrammkarten in ihrer Handtasche herum und verteilt sie nur zu gern, wenn sie darum gebeten wurde.

Carla. Sie war und blieb das Problem. Schon seit Stunden überlegte er, wie er noch einmal mit Sarah sprechen konnte, ohne Gefahr zu laufen, dass sie wieder ins Zimmer platzte und alles zunichtemachte.

»Ist das nicht merkwürdig?« Monika schob die Tür mit dem Fuß hinter sich zu. »Der schwarze Tee sieht heute fast wie Kaffee aus. Riecht auch so.« Sie stellte das Tablett ab, auf dem neben einer Tasse ein paar mit Schokolade überzogene Plätzchen auf einem Teller lagen. Richtig gute Plätzchen. Mit einem Nicken wies sie auf die Kekse. »Vielleicht schmecken die ja so ähnlich wie Kökdings.«

»Monika, sie sind die Größte!« Genüsslich sog er den Duft des Kaffees ein. Plötzlich hielt er inne.

»Würden sie mir einen Gefallen tun?«

Monika legte den Kopf schief. »Jetzt gucken sie aber wie das Reh vor dem Löwen! Wenn sie ein Autogramm von mir möchten, kein Problem.«

»Himmel, wie werde ich sie vermissen, wenn Dr. Bergner mir hier morgen den Mietvertrag kündigt. Vielleicht sollte ich dafür sorgen, dass ich bis zum Heimflug hier bleiben darf.« Das wäre überhaupt die Idee! Er wäre in Sarahs Nähe und weit weg von Carla, Ellen und der eiskalten Villa. Ihm entfuhr ein inbrünstiger Seufzer.

»Na, so schlecht ist der Kaffee nun wirklich nicht! Und die Plätzchen hat Schwester Bärbel gebacken. Drüben, von der Kinderstation. Die sind echt klasse!«

»Glaube ich ihnen sofort. Es nützt den Plätzchen auch nichts, dass sie im Krankenhaus sind, die überleben den Tag trotzdem nicht.« Er sah sie bittend an. »Haben sie vielleicht eine Kollegin auf C2, die mal kurz gucken könnte, ob meine Tochter allein ist?«

»Kein Problem. Babs ist unten.« Monika griff nach dem Telefon. »Welches Zimmer?«

»3.37.«

»Hallo Babs, ich bin´s, Moni ... Klar, können wir machen ... Du, hör mal, kannst du vielleicht mal eben in die 3.37 gehen? ... Warst du gerade? Ist die Patientin drin? Alleine? ... Ja, Sarah Thompson ... Oh, prima! ... Nein ... Ich hab doch ihren Vater hier ... Ja ... Also, Sarah hat keinen Besuch, das klingt gut ... Ja ...« Sie nickte Jeff freudig zu. »Nein, super, Babs, das war´s schon. Oh ... Warte mal eben.« Sie legte eine Hand über die Sprechmuschel, als Jeff ihr ein Zeichen gab.

»Kann ihre Kollegin vielleicht notfalls irgendwie dafür sorgen, dass wir für etwa eine halbe Stunde alleine bleiben?«

»Babs? ... Falls jemand ´rein will, also in die 3.37 ... Das geht jetzt mal für ´ne Stunde oder so nicht ... Falls jemand kommt? Mensch, sag einfach ... Ach, dir fällt schon was ein. Nur halt´ uns die Mutter vom Leib. Und die Oma auch!« Im Hintergrund musste Jeff wider Willen lachen.

»Ja, er kommt gleich ... Merci vielmals! Ciao!« Monika legte den Hörer zurück und drehte sich grinsend um. »Schätze, das mit der Mutter und der Oma war in ihrem Sinne, oder?«

»Hätte ich nicht besser ausdrücken können!« Jeff war bereits damit beschäftigt, seine Badeschlappen gegen Turnschuhe auszutauschen. »Sagte ich schon, dass sie ein Goldstück sind?«

»Gehen sie nur, Babs passt auf. Die können sie nicht verfehlen: So breit wie groß, schwarze Haare, die wie Spikes abstehen. Futtert garantiert gerade, wenn sie sie sehen sollten. Die futtert immer. Aber trinken sie ruhig erst ihren Kaffee, unten haben sie jetzt alle Zeit der Welt. An unserer Babs kommt selbst ihre Ex nicht vorbei!«

Die Endvierzigerin, der er auf dem Weg zu Station C2 begegnet war, hätte er auch ohne den Schokoriegel, den sie gerade verdrückte, sofort als besagte Babs identifiziert. Sie war mit Schuhen vielleicht einen Meter sechzig groß, hatte einen Vorbau, der sich einen deutlich sichtbaren Kampf mit den Knöpfen ihres Kittels lieferte - wobei noch nicht feststand, wer den Kampf bis zum Schichtende gewinnen würde - und ein Doppelkinn, das ihren Hals erfolgreich verschwinden ließ. Kurze, glänzend schwarze Haare standen in alle erdenklichen Richtungen ab. Dazu blitzten freche, grüne Augen ihn aus ihrem runden, überaus sympathischen Gesicht an. Da sie den Mund voll hatte, wies sie nur mit dem Daumen auf Sarahs Zimmertür. Zögernd klopfte er.

»Ja? Herein?« Dieses Mal war sie nicht mehr überrascht, ihn zu sehen. Sie grüßte nicht, jagte ihn aber auch nicht gleich wieder weg.

»Hi Sarah. Wie geht´s dir?« Mutig stürmte er in die Arena, bis hin zu ihrem Bett.

»Ganz okay.«

»Ich dachte, du wärst vielleicht auf?«

»War ich auch.« Zu seiner Überraschung wich sie ihm nicht aus. »Aber nach der Therapie bin ich immer ziemlich kaputt.«

»Ja, das ist alles ganz schön anstrengend, was?« Mit gespielter Lässigkeit setzte er sich. Doch sein forsches Auftreten konnte nicht verhindern, dass er nervös begann, seine linke Hand zu massieren.

»Ich wollte noch mal mit dir reden. Alleine. Morgen werde ich entlassen, und ...«

»Das heißt, du sitzt morgen Abend im Flieger nach Kapstadt. Nett, dass du dich dieses Mal wenigstens verabschieden kommst.«

»Nein, ganz so schnell wirst du mich noch nicht los. Eine Weile muss ich schon noch bleiben, wegen der Nachuntersuchungen. Nicht nur deswegen«, setzte er hastig hinzu. »Ich würde dir gern endlich erklären, was damals wirklich geschehen ist.« Jetzt ließ er doch den Kopf hängen.

»Ich will nicht abreisen und wissen, dass ich nie wieder etwas von dir hören werde. Sarah, bitte! Gib mir eine Chance.«

»Wozu?« Sie musterte ihn aus diesen unsagbar traurigen Augen, die vor langer Zeit stets nur ein strahlendes Lachen gewesen waren. »Du bist schon mal einfach weggegangen und hast mich vergessen. Kann doch nicht so schwer sein, das noch mal hinzukriegen.«

»Ich habe dich nicht vergessen, Kleines. Niemals!« Niedergeschlagen schüttelte er den Kopf. »Aber was hätte ich denn tun sollen? ... Sarah, ich wollte nie einer dieser Väter sein, die nach der Scheidung alle Schuld auf die anderen schieben. Ich habe selbst genug Mist gebaut, daran besteht kein Zweifel. Aber die ganze Sache war nicht so, wie du denkst.«

»Ist doch egal, was ich denke.«

»Nein, das ist es nicht! Ich gebe einen Dreck darum, was andere Leute über mich denken. Sollen sie. Aber was du über mich denkst, das ist mir nicht egal.« Er sah sie voller Schmerz an. »Es tut so weh, dass du wirklich glaubst, ich hätte dich vergessen.«

»Ja, war echt schwer, was?« erwiderte sie voller Sarkasmus. »Immerhin musstest du ja ständig an mich denken, wenn du mir mal wieder einen deiner vielen Briefe geschrieben hast. Dazu die ganzen Karten zu Weihnachten und zum Geburtstag!«

»Ich wusste nicht, dass ich meine Briefe als Beweismittel brauche, sonst hätte ich sie mitgebracht.«

»Oh, ich dachte immer, der Briefträger hätte sie wegen der exotischen Marken geklaut.« Sie zog eine Grimasse. »Briefe, die du nie abschickt hast, konnte ich schlecht lesen.«

»Ich habe sie abgeschickt.« Schwer atmend fuhr Jeff sich mit der Hand durch die Haare. »Ich habe sie alle abgeschickt. Briefe, Geburtstagskarten. Weihnachtskarten.« Seine Augen blieben an Sarahs verstörten Blick hängen.

»Sie sind alle zurückgekommen«, sagte er bitter.

»Alle. Selbst die, auf deren Umschläge ich keinen Absender geschrieben habe, sind ausnahmslos zurückgekommen. Von deiner Mutter fein säuberlich neu eingetütet, frankiert und mit dem Vermerk »Annahme verweigert« zurückgeschickt.«

»Mama hat meine Post … zurückgeschickt?« Fassungslosigkeit breitete sich auf ihrem Gesicht aus. Jeff nickte. »Alles. Wie ein Bumerang kam jeder Brief postwendend zurück. Nur die letzte Geburtstagskarte fehlt noch. Entweder ist sie nicht rechtzeitig angekommen, bevor deine Mutter nach Kapstadt geflogen ist, oder sie ist erst bei mir gelandet, als ich schon hier war.« Er schaute über das Bett hinweg aus dem Fenster. »Es war eine Kette drin. Mit einem Glücksbringer. Ein kleines, silbernes Ginkgoblatt.«

»Du hast mir eine Kette zum Geburtstag geschickt?«

»Ich habe dir zu jedem Geburtstag und zu jedem

Weihnachtsfest etwas geschenkt. Es liegt alles in einer Schublade in meinem Schlafzimmer, zusammen mit den Briefen. Wenn ich nach Hause komme, werde ich wohl mal wieder einen Brief und eine Kette dazu legen können.«

»Davon wusste ich nichts«, gab Sarah betroffen zu.

»Das hat Mama mir nie gesagt. Ich ... Ich hätte ... Ich hätte deine Briefe doch niemals zurückgeschickt!«

»Das weiß ich, mein Schatz. Sonst hätte ich schon lange damit aufgehört, dir immer wieder zu schreiben. Aber irgendwie habe ich die Hoffnung nie aufgegeben, dass doch mal ein Brief bei dir ankommt. Selbst wenn du nicht geantwortet hättest. Wenn er nicht zurückkam, hätte ich gewusst, dass du ihn bekommen hast. Aber bisher sind alle treu und brav wieder zurückgekommen.« Er schloss die Augen, suchte nach Worten, während sie wieder einmal ihre Bettdecke knetete wie einen Strudelteig.

»Ich wollte dir damals erklären, was passiert ist«, sagte er bedrückt. »Aber deine Mutter und deine Großeltern haben mir keine Gelegenheit dazu gegeben.« Die Erinnerung schien wie ein Film vor seinem inneren Auge abzulaufen. Als wäre es erst gestern gewesen. »Als deine Großeltern mit dir ausgezogen sind, bin ich jeden Tag zu diesem Chalet gefahren. Immer und immer wieder habe ich sie gebeten, ja, angefleht, mit dir reden zu dürfen. Sie haben mich nicht einmal ins Haus gelassen! Sie haben behauptet, du wärst nicht da, obwohl ich im Hintergrund deine Stimme gehört habe.« Es tat so weh. Die Erinnerung an diese erniedrigenden Momente, wenn er darum bettelte, seine eigene Tochter sehen zu dürfen.

»Sie haben mir die Tür vor der Nase zugeschlagen. Ich habe deine Mutter gebeten, dabei zu sein, wenn sie nicht wollte, dass ich mit dir alleine ...« Er brach ab. Presste sich die Hand auf den Mund, bis er sich wieder im Griff hatte. »Sie hat mir verboten, dich zu sehen.«

»Sie hatte Anwälte, du hattest Anwälte,« konterte Sarah erbost. »Am Geld für einen guten Anwalt wird es wohl kaum gescheitert sein.« Sie zog eine abfällige Miene. »Wenn ich dir so wichtig war, warum hast du dann nicht durchgesetzt, dass du mich sehen darfst? Dafür sind Anwälte da! Niemand ist über eine Scheidung und einen handfesten Sorgerechtsstreit glücklicher als eine Horde Anwälte, die nur noch die Dollarzeichen vor Augen haben.«

»Aber auch der beste Anwalt ist völlig machtlos, wenn eine Mutter befürchtet, dass der Vater das Mädchen ins Ausland verschleppen könnte«, erwiderte er verbittert. »Sie hatte Trümpfe in der Hand, gegen die meine Anwälte absolut machtlos waren. Ich bin Ausländer, Sarah! Ein damals stinkreicher Ausländer. Es wäre nicht schwer gewesen, dich nach Südafrika zu entführen und dort unterzutauchen.« Er sprang auf, zu aufgewühlt, um länger still sitzen zu können. »Das allein hätte genügt für die Einstweilige Verfügung, mit der sie mir jeden Kontakt zur dir untersagt hat. Aber dieser Triumph alleine genügte ihr nicht. Sie musste mich k. o. setzen und auch noch die Schlagzeilen ausnutzen. Dass ich eine Fünfzehnjährige geschwängert hätte.«

»Hattest du ja auch. Schließlich läuft da unten in Kapstadt der lebende Beweis herum.«

»Der Beweis dafür, dass jemand mit Nattie geschlafen hat, ja. Aber nicht der Beweis, dass ich Jemmys Vater bin!«

»Was wird das jetzt? Thompsons Märchenstunde?« Sarah schüttelte mit einem fast hysterischen

Lachen den Kopf. »Erzähl mir nicht, dass der Storch den Jungen gebracht hat. Aus dem Alter bin ich 'raus.«

»Nein, es war nicht der Storch. Aber ich auch nicht! Ich habe Nattie nichts getan.«

»Niemand hat behauptet, dass du diese Nattie vergewaltigt hast.« Sarah tat so cool, doch ihre nervösen Finger verrieten sie. »Was aber nichts daran ändert, dass du der Vater eines Kindes bist, dessen Mutter bei seiner Geburt wesentlich jünger war als ich heute!«

»Ich bin Jemmys Vater, ja.« Jeff sah sie fest an. »Ich bin der einzige Vater, den er hat. Und ich würde lügen, wenn ich sagte, dass ich das nicht von Herzen gern bin. Ich habe den kleinen Kerl von Herzen lieb. Aber trotzdem bin ich nicht sein leiblicher Vater!«

* * *

Unangenehmes Schweigen lag im Zimmer wie kalter Rauch aus einem alten Aschenbecher. Sarah hatte den Kopf abgewendet und schaute aus dem Fenster ins Nirgendwo. Jeffs Hände baumelten zwischen seinen Beinen, mit hängenden Schultern hing er auf der Stuhlkante und betrachtete fasziniert den Linoleumfußboden.

Hatte er Sarah gegenüber wirklich gerade abgestritten, Jemmys leiblicher Vater zu sein? Nur Mbhali kannte die ganze Wahrheit. Und Nattie natürlich, aber die war lange tot. Sarah würde ihm doch sowieso nicht glauben. Warum auch? Alle Welt glaubte, dass er ...

»Das glaube ich dir nicht«, betätigte Sarah nach einer geraumen Weile seine Gedanken. »Das ist ganz mies von dir«, giftete sie ihn an. »Wie kannst du jetzt sagen, dass er gar nicht dein Kind ist? Erst machst du mit dem Mädchen 'rum, und dann sagst du hinterher, dass du das gar nicht warst! Typisch Mann! Du hast jahrelang für ihn bezahlt! Du hast …«

»Ja, habe ich!« gab Jeff im gleichen Ton zurück. Ungehalten stand er auf, lehnte sich mit dem Hintern gegen die Fensterbank. »Ich streite gar nicht ab, dass Jemmy mein Junge ist. Genau so, wie du immer mein Mädchen sein wirst. Aber du bist meine leibliche Tochter, und wer jemals daran zweifeln sollte, ist blind wie ein Maulwurf.« Langsam trat er wieder ans Bett, umfasste die Metallstange am Fußende und sah Sarah fest an.

»Jemmy ist mein Sohn, ja. Auf dem Papier und in meinem Herzen. Aber als mir Nattie zum ersten Mal in meinem Leben begegnet ist, war Jemmy bereits sechs Wochen alt!«

## 25. Kapitel

Seine Tasche war gepackt, Jimbo steckte im Rucksack, seine Lederjacke lag auf dem Bett. Jeff hockte auf der Fensterbank und beobachtete das bunte Treiben fünf Stockwerke unter ihm. Das schöne Wetter hatte viele Patienten an die frische Luft gelockt. Das waren ja auch alles abgehärtete Schweizer und keine verweichlichten Südafrikaner! Einige humpelten auf Krücken neben ihrem Besuch her, andere ließen sich, in warme Decken gehüllt, im Rollstuhl durch die Sonne schieben. Er hatte selbst vorhin eine kurze Runde bis zum Teich gedreht, einen Moment lang den Enten zugeschaut, die dem eisigen Wasser trotzten. Wahrscheinlich schnatterten sie im wahrsten Sinne des Wortes vor Kälte, trotzdem hatten die Viecher eigentlich einen ganz zufriedenen Eindruck gemacht.

Lange war er nicht draußen geblieben. Der strahlende Sonnenschein täuschte einen Frühlingstag vor, dessen Temperaturen weit unter dem lagen, was er als angenehm bezeichnet hätte.

Sein Magen verkrampfte sich, als er einen großen Hund sah, der auf eine Frau zu rannte. Er sprang an ihr hoch und führte einen wahren Freudentanz auf, während sie sich hinunterbeugte, um ihren vierbeinigen Freund zu beruhigen. Sofort pochte und klopfte seine Hand. Seine Finger zuckten, als hätte jemand Elektroden an den Nervenenden befestigt. Seit der Sache mit Trixie und dem Pit Bull stand er mit kläffenden Vierbeinern auf Kriegsfuß.

Er massierte seine Finger, dehnte und streckte sie, bis der Schmerz langsam verebbte. Die bange Kinderstimme, die in seinem Kopf hilfesuchend nach ihrem Papa schrie, ließ sich nicht so schnell vertreiben. In gewisser Weise rief Sarah ihn immer noch um Hilfe, obwohl sie sich gleichzeitig nach Kräften bemühte, ihn von sich zu schieben.

Natürlich glaubte sie ihm nicht. Wieso sollte sie? Er war Jemmys Vater. Der Mann, der drei Jahre lang jeden Monat heimlich Geld auf das Konto von Nathalie Masango bei der Standard Bank in Kapstadt überwiesen hatte. Die Fotos, die ihn mit einem schwarzen Baby auf dem Arm zeigten, waren um die Welt gegangen. Sogar eine Kopie von Jemmys Geburtsurkunde war in den Boulevardblättern erschienen, weiß der Himmel, wem sie dafür wie viel gezahlt hatten. In Südafrika konnte man alles kaufen, es war nur eine Frage des Preises. Wobei Jeff nicht einmal sicher war, ob der Reporter wirklich jemanden in dieser schäbigen Klinik in Guguletu bestechen musste. Für ein paar Rand war Nattie sicherlich selbst gern bereit gewesen, der Presse eine Kopie des Formulars zu überlassen. Da stand es schwarz auf weiß: Jeremy Masango. Mutter: Nathalie Masango. Vater: Jeffrey Thompson.

»Sollten sie mal nach Kapstadt kommen, besuchen sie mich, ja? Hier ist meine Adresse.« Jeff zog eine kleine Karte aus seiner Hosentasche und reichte sie Schwester Monika. »Ist nicht das tollste Palasthotel am Kap, aber ich sorge dafür, dass sie die besten Koeksisters der Welt probieren können.«

»Wer weiß, vielleicht heirate ich ja mal und mache meine Hochzeitsreise ans Kap.« Sie betrachtete die Visitenkarte des *Sea Point Beach Motel*s. »Ich verspreche ihnen, dass es in Kapstadt kein anderes Motel für mich geben wird!«

»Seien sie vorsichtig mit ihren Versprechungen,

junge Frau«, mischte Carla sich ein. »Sie haben keine Ahnung, welcher Schuppen sie da unten erwartet. Fliegen sie lieber weiterhin nach Mallorca!«

Der Blick, den Monika ihr zuwarf, ließ Jeff den Mund wieder schließen. Stattdessen grinste er. Nein, dieses Mal hatte die Schlange auf Granit gebissen. Er gab der Schwester die Hand, zog sie dann in einer spontanen Umarmung an sich. »Vielen Dank, Monika. Für alles.«

»Passen sie auf sich auf, Herr Thompson.« Sie lächelte wehmütig. »Schade, jetzt habe ich niemanden mehr, der über das Giraffenfutter zum Mittagessen schimpft.«

»Dafür werden sie nie mehr Salat essen, ohne an mich zu denken.«

»Stimmt!«

»Kommst du endlich?«

»Ja!« Er verdrehte die Augen, tätschelte dann noch einmal kurz ihren Arm. »Wie sagten sie so schön zu Schwester Babs: Merci vielmals!«

»Machen Sie es gut, Herr Thompson.«

»Sie auch, Moni.« Damit folgte er Carla zum Aufzug. Schweigend fuhren sie nach unten. Dass er mal ungern ein Krankenhaus verlassen würde, um in die Villa zurückzukehren, hätte er sich früher niemals vorstellen können. Wie ihm jetzt vor der Rückkehr ins Gästezimmer graute! Nur das Telefon lockte. Gleich heute Abend würde er ein langes Telefonat mit Jemmy und Mbhali führen, ohne auch nur eine Sekunde lang an die Kosten zu denken. Das konnte SIE bezahlen.

## 26. Kapitel

Er war es so leid! Selbst das Alleinsein im Krankenhaus war besser gewesen als die Einsamkeit in der Villa. Dort hatten wenigstens die freundlichen Krankenschwestern mit ihm geplaudert. Hier fühlte er sich wie in einer luxuriösen Gefängniszelle eingesperrt, da konnte auch die Kaffeemaschine auf dem Sideboard nichts dran ändern. Gut, er war nicht ganz unschuldig an seinem Einsiedlerleben. Schließlich zog er sich freiwillig sofort ins Gästezimmer zurück, sobald er von den täglichen Untersuchungen heimkam. Er hatte einfach keine Kraft mehr, sich permanent mit ihr zu streiten. Längst war ihm die Telefonrechnung egal. Carla musste sie bezahlen, nicht er.

So saß er auch jetzt wieder auf dem japanischen Schlafmonstrum, das nicht einmal über ein bequemes Rückenpolster verfügte. Das Sofa war nicht viel besser, auf dem steifen Lederding fror er ja noch mehr!

Hemmungslos telefonierte er mit Mbhali. Es war bereits der zweite Anruf an diesem Abend. Vorhin erst hatte er lange mit Jemmy gesprochen, bevor der Kleine ins Bett musste. Wie sehr er Mbhali beneidete! Sie saß jetzt im Wohnzimmer auf der ebenso alten, wie urgemütlichen Couch. Im Hintergrund lief leise die afrikanische Musik, die sie so sehr liebte. Im Geiste sah er, wie sie sich mit einer Tasse Tee und etwas Schokolade verwöhnte, während er in seiner asketischen Musterzelle aus dem Einrichtungskatalog für unterkühlte Lackfetischisten hockte. Jimbo lag auf seinen Beinen, und während er mit der einen Hand den Telefonhörer hielt, streichelte er mit der anderen über das zottelige Fell des Hundes.

»Hattest du heute Gelegenheit, noch mal mit Sarah zu sprechen?« fragte Mbhali hoffnungsvoll. Jeff schüttelte den Kopf, dann fiel ihm ein, dass sie das durch das Telefon gar nicht sehen konnte.

»Nein«, sagte er bedrückt. »Keine Chance. Nach meinen Kontrollterminen in der Klinik gehen wir zwar zu ihr, aber Carla ist immer dabei.« Er atmete ein paarmal hörbar durch. »Ich habe sie heute tatsächlich gebeten, mir ein wenig Zeit mit Sarah allein zu geben. Mbhali, kannst du dir das vorstellen? So weit bin ich schon, dass ich sie anflehe, mir einen Besuch ohne Anstandswauwau bei meiner eigenen Tochter zu gestatten!«

»Lass mich raten: Sie hatte keine Zeit und musste dringend mit dir zurückfahren.«

»Und für diese absolut korrekte Antwort hast du nicht einmal deine vergammelten Hühnerknochen befragen müssen.«

»Meine Hühnerknochen sind tausend Mal frischer als diese vertrocknete alte Zicke!«

Zum ersten Mal an diesen Tag musste Jeff schmunzeln. »Du fehlst mir«, gestand er leise. »Ich kann dir gar nicht sagen, wie sehr du mir fehlst.«

»Dann komm endlich nach Hause!«

»Wenn's nach mir ginge, säße ich heute Abend noch im Flieger. Aber es ist zu früh. Der Doktor würde mich am liebsten noch vier Wochen hierbehalten, aber ...«

»Wie bitte? Hat der sonst keinen, den er verarzten kann?«

»Wenn ich noch vier Wochen lang hier bleibe, gehe ich an akuter Streiteritis ein!« Energisch schüttelte Jeff den Kopf. »Nee, dann wäre ich reif für die Klapsmühle! Maximal eine Woche noch. Länger ertrage ich Carla und meine reizende Schwiegermutter nicht mehr, ohne einen Mord zu begehen.«

»Warum dauert das so lange, obwohl alles gut verlaufen ist?«

»Schweizer Ärzte sind halt vorsichtiger als afrikanische Medizinmänner. Mach dir keine Sorgen, ich bin mit meiner frisch operierten Hand damals so oft geflogen, da werde ich die kleine Narbe am Bauch auch überleben.« Er zog eine abfällige Grimasse, die nur Jimbo sehen konnte. »Es hat doch sowieso alles keinen Zweck. Langsam weiß ich nicht mehr, was ich noch machen soll. Ich kann Sarah verstehen«, setzte er voll Bitterkeit hinzu. »Keiner hatte unter der ganzen Sache so sehr zu leiden wie sie! Carla war viel zu sehr mit sich selbst beschäftigt, und wie ihre Großeltern auf mir herumgehackt haben, kann ich mir lebhaft vorstellen. Sarah musste da ganz alleine durch. Sie ist bis heute ganz allein.«

\* \* \*

Schmerzvoll erinnerte er sich an den Disput, den sie sich beim Abendessen wieder einmal geliefert hatten. Es begann, als Jeff ein unbedachter Scherz über Carlas fehlende Talente am Kochtopf über die Lippen gekommen war. Nur, weil sie eine Schüssel aus der Mikrowelle nahm. Noch im Nachhinein hätte er sich für den gedankenlosen Moment am liebsten in den Hintern getreten. Gerade erst war er nach dem fröhlichen Telefonat mit Jemmy ungewöhnlich gut gelaunt ins Esszimmer gekommen - da war es auch schon passiert. Die Antwort war eine bissige Bemerkung von Carla darüber gewesen, wie dankbar sie ihrer Mutter für die Unterstützung gerade in dieser schweren Zeit war. Das genügte. Ein erster Spaziergang zum See hinunter war anstrengender als erwartet gewesen, Jeff verspürte er zum ersten Mal seit Tagen wirklichen Hunger. Der kleine Funke reichte aus, um auch seine Lunte sofort zu zünden.

»Wie schön für dich, dass du jemanden hast, der dir hilft, und mit dem du reden kannst«, konnte er sich eine zynische Bemerkung nicht verkneifen. »So ein Glück war Sarah leider nicht vergönnt. Hast du überhaupt gewusst, dass sie seit Jahren keine einzige Freundin mehr hat?«

Carla stellte gelangweilt das Essen auf den Tisch.

»Das ist nichts, was sie mir sagen würde«, antwortete sie nüchtern. »Sie hat sich nach unserer Trennung ziemlich abgekapselt.«

»Oh Mann! Das ist dir sogar aufgefallen?«

»Was sollte ich denn machen? Sie musste in die Schule. Ich konnte sie ja wohl kaum Zuhause halten, nur weil wir uns haben scheiden lassen!«

»Wieso hast du sie nicht von der Schule genommen?«

»Hab ich doch. Sie war fast ein Jahr lang in England. Wer konnte denn ahnen, dass der ganze Scheiß, den du verzapft hast, danach wieder hoch kocht?«

Unverständig blickte er sie an. »Du hättest sie anschließend in eine andere Schule schicken können, weg von allen, die sie so gut kannten. Wie konntest du zulassen, dass man sie dermaßen fertigmacht? Sie konnte nichts dafür!«

»Daran hättest du vielleicht mal denken sollen, bevor du dein Testosteron-gesteuertes Ego mit dieser kleinen Niggerschlampe ausgelebt hast. Aber ich kann mir schon vorstellen, dass deine Tochter der letzte Mensch auf Erden war, an den du in diesem Moment gedacht hast!«

»Fang nicht wieder davon an! Hier geht es weder um mein, noch um dein Ego. Wenn du mir jemals eine Chance gegeben hättest, dir die ganze Sache zu erklären, statt mich vor die Tür zu setzen, noch ehe die Druckerschwärze in den Schmierblättern getrocknet war ...«

»Ich glaube nicht, dass ich jemals dafür Verständnis aufgebracht hätte, gegen eine fünfzehnjährige Nutte ausgetauscht worden zu sein!«

Mühsam beherrscht schüttelte Jeff den Kopf.

»Genau das meine ich! Du bist ja immer noch damit beschäftigt, im Selbstmitleid zu zerfließen.« Er schob den Teller von sich, von dem er nichts gegessen hatte. Ihm war der Appetit bereits wieder vergangen. »Ich werde nie begreifen, wie ich eine Frau heiraten konnte, die so dermaßen egoistisch ist wie du!«

»Dann sind wir ja ausnahmsweise sogar mal einer Meinung. Ich frage mich auch seit Jahren, wie ich auf einen Kerl hereinfallen konnte, der es lieber mit halben Kindern treibt!«

Er explodierte nicht einmal. Zu seiner eigenen Überraschung konnte dieser Satz ihn nicht einmal mehr hochgehen lassen wie eine Rakete. Sie hatte ihn zu oft benutzt. Stattdessen stützte er die Ellenbogen auf den Tisch, verschränkte seine Finger ineinander und legte sein Kinn darauf. Bedächtig musterte er sie.

»Wir waren seit zwölf Jahren verheiratet. Wir haben zusammen gelebt, gearbeitet, miteinander geschlafen«, zählte er ungewöhnlich ruhig auf. »Wir haben ein gemeinsames Kind. Aber als es hart auf hart kam, da hast du mir nicht einmal die Chance gegeben, mich zu verteidigen. Kaum war die ganze Sache in den Zeitungen, saß ich auf der Straße!«

»Was erwartest du, wenn man aus der Zeitung erfährt, dass der eigene Ehemann seit Jahren ein Doppelleben führt und einen mit einem kleinen, afrikanischen Flittchen betrogen hat?« Im Gegensatz zu Jeff keifte Carla aufgebracht. Längst hielt es sie nicht am

Esstisch, gereizt stolzierte sie im Zimmer herum.

»Was wohl?« Er zuckte mit den Achseln. »Geschrei, Tränen, Theater, eine Riesenszene. Von mir aus fliegende Fäuste, ein blaues Auge und eine blutige Nase. Das wäre alles verständlich gewesen. Aber an irgendeinem Punkt, irgendwo zwischen der gebrochenen Nase und dem blauen Auge hätte ich dir gerne mal meine Version der ganzen Sache erzählt!«

»Glaubst du wirklich, deine Lügengeschichten hätten dann noch etwas geändert?«

»Du hast mir ja nicht einmal die Gelegenheit gegeben, dich anzulügen! Geschweige denn, dir die Wahrheit zu sagen! Ich gebe zu, dass es unter den gegebenen Umständen sicher nicht leicht für dich war, aber zu einer Ehe gehört auch so etwas wie Vertrauen.«

»DU redest von Vertrauen? Ausgerechnet du? Wer hat hier wen betrogen? Verlangst du etwa auch noch, dass ich Verständnis dafür aufbringe, wenn dich der Hafer sticht und du deine geilen fünf Minuten mit einer minderjährigen Negerschlampe auslebst?«

»Würdest du es bitte endlich unterlassen, derart abfällig über meine Landsleute zu reden? Nattie war weder eine Schlampe oder Nutte, noch ein Neger oder Nigger. Sie war ein farbiges Mädchen, das …«

»Es ist mir völlig egal, was sie war!« Carlas abfällige Miene unterstrich ihre Worte nur zu deutlich.

»Schade, dass du in Bezug auf unsere Ehe nicht auch solchen Wert auf political correctness gelegt hast!«

Entmutigt gab Jeff auf. Er war müde, hatte keine Kraft mehr, sich noch länger über etwas aufzuregen, was am Ende doch zu nichts führte. Beide Hände auf den Tisch gestützt, stemmte er sich erschöpft von seinem Platz auf.

»Vielleicht war ja alles ganz anders«, sagte er matt.

»Aber so ein handfester Skandal verkauft sich halt besser, nicht wahr? Musste ja was dran sein, wenn nicht mal die eigene Ehefrau an der Wahrheit interessiert war!« Damit ließ er sie stehen, ohne sie auch nur eines weiteren Blickes zu würdigen und ging mit schweren Schritten die Treppe hinauf ins Gästezimmer.

## 27. Kapitel

Mittlerweile zeigte sich der Frühling von seiner schönsten Seite. Die Sonne schien vom strahlend blauen Himmel und wärmte sogar schon ein wenig. Dazu bot sich am See ein umwerfendes Panorama auf die immer noch schneebedeckten Alpengipfel. Jeder nutzte die Gelegenheit, endlich mal wieder an die frische Luft zu kommen. Mütter schoben Kinderwagen über den Weg am Ufer entlang, Kinder fütterten die Enten, die ersten Radfahrer drehten mehr oder weniger sportliche Runden. Gelegentlich trabten ein paar Jogger vorbei.

An eine halbhohe Mauer gelehnt, beobachtete Jeff amüsiert zwei Kinder, die mit einem Fahrrad und einem Roller unterwegs waren, sich aber nicht einigen konnten, wer welches Gefährt benutzen durfte. Eine Weile zeterte das Mädchen mit dem jüngeren Bruder, dann schwang sie sich triumphierend auf den Sattel des Fahrrads. Sie strampelte davon, während der Kleine sich unter lautstarkem Protest beeilte, ihr mit dem Roller zu folgen. Eine ältere Frau saß auf einer Parkbank. Sie rief dem Mädchen etwas zu, worauf es anhielt und widerwillig zurückfuhr. Wütend riss ihr der Junge das Rad aus der Hand, warf ihr den Roller schwungvoll vor die Füße und fuhr nun seinerseits zufrieden mit dem Rad davon.

Schmunzelnd wandte Jeff sich von den Kindern ab und schlenderte weiter gemächlich die Uferpromenade entlang. Die Spaziergänge zum See bewiesen regelmäßig, dass es mit seiner Kondition nicht sehr weit her war. Das erwartete er wenige Wochen nach der OP auch gar nicht. Es war nicht ungewöhnlich, nach einer Nierenspende schneller zu ermüden oder erschöpft zu sein, hatten ihm die Ärzte wiederholt eingetrichtert. Damit konnte er leben, wozu gab es schließlich Kaffee.

Er ließ den Blick über das fast schon kitschige Postkartenpanorama schweifen. Dieses Bild erinnerte ihn langsam doch daran, was ihn einst in dieser Gegend gehalten hatte. Wie oft hatte er die Ruhe genossen, die der Blick über den See und die Berge bot und dabei schlichtweg die Zeit vergessen. Stress, Zwänge, Termine - das alles war von ihm abgefallen, sobald das grandiose Naturschauspiel ihn immer wieder aufs Neue zu verzaubern begann. Meistens waren diese gestohlenen Momente in hektischen Aktionen geendet, wenn Carla mit einem ungeduldigen »Bist du fertig? Kommst du endlich?« ins Zimmer gestürmt war. Zu ihrem Entsetzen trug er zu diesem Zeitpunkt normalerweise noch Jeans und T-Shirt, während sie bereits im aufregenden Cocktailkleid und auf unglaublich hohen Absätzen herumstöckelte. Das wiederum weckte in ihm stets ganz andere Ideen als die Vorstellung, schnellstens adrett gekleidet mit seinem Saxofon vor den Kameras einer Fernsehshow zu erscheinen.

Seit über fünf Jahren lag sein Zuhause nun am Atlantischen Ozean. Mittlerweile hatte er das Meer mit all seinen schönen, aber auch rauen Facetten kennengelernt. Mal war es spiegelglatt, türkisblau schimmernd und lockend. Wie Diamanten funkelnd, wenn die Sonnenstrahlen auf die Wasseroberfläche trafen. Es verfärbte sich feurig rot, sobald die Sonne am Horizont unterging und einen orange-goldenen Pfad malte, der wie eine Straße ins Paradies auf dem Wasser lag. Im nächsten Augenblick konnte es furchteinflößend tosen, wenn Gewitter und Sturm über den Strand zogen, die Wellen meterhoch aufpeitschten und die Gischt die Sicht vernebelte. Der unbarmherzige Südostwind riss Ziegel von den Dächern, fegte Dachrinnen und Mülltonnen wie Spielzeug durch die Straßen und peitschte so manchen Regenguss durch die Ritzen unter den Zimmertüren hindurch.

Nicht alle Gesichter Kapstadts entsprachen den Vorstellungen derer, die die südafrikanische Glitzermetropole nur aus der Ferne kannten oder mal für ein paar Tage im Urlaub besucht hatten. Jeff liebte sie mit all ihren Marotten, und er liebte das Meer. Natürlich kannte er die grausamen Schattenseiten seiner Wahlheimat, die nicht ohne Grund zu einer der gefährlichsten Städte der Welt zählte. Sie ließen sich an einem Ort wie Sea Point gar nicht ignorieren. Hier gehörten die Sirenen der vorbeirasenden Polizeifahrzeuge ebenso zum Alltag wie die Kleinkriminellen, denen Männer wie Dan ihren Job verdankten. Ohne die deutlich sichtbare Präsenz seines muskelbepackten Freundes wären nächtliche Überfälle auf das Motel an der Tagesordnung und kein halbwegs vorzeigbares Auto auf dem Parkplatz vor den jugendlichen Gangs sicher.

Noch heute durchliefen ihn Schauer des Entsetzens, wenn er daran zurückdachte, wie Dan ihn auf der Suche nach Jemmy tief hinein ins Labyrinth der Cape Flats geführt hatte. Das Leben eines Menschen, noch dazu eines Weißen, war in den Townships und illegalen Siedlungen nicht mehr wert wie die Schuhe, die er trug. Sie hatten einen harten Kampf ausgefochten, bis er den Schwarzen letztendlich davon überzeugen konnte, ihn mitzunehmen. Dan hatte ihn keine Sekunde aus den Augen gelassen. Hatte ihn auf Schritt und Tritt durch das Gewirr verfallener Hütten und staubiger Pisten begleitet, bis sie schließlich vor der schäbigen Wellblechhütte standen, in der Mbhali mit dem Jungen lebte. Nur unweit der Hütte, in der

Dan selbst mit seiner Familie hauste und sich zum ersten Mal im Leben vor seinem besten Freund in Grund und Boden schämte. Ohne Dan hätte er Jemmy niemals gefunden. Ohne Dan wäre Mbhali niemals in sein Leben getreten ...

Seine Leute kamen alle aus den elenden Townships am Rande der Traumstadt. Im harten Kampf ums Überleben hatte nicht nur Nkosane schon so manches Gefängnis von innen gesehen.

In dieser Beziehung musste er Carla sogar insgeheim recht geben: Mit genügend Geld und einflussreichen Beziehungen ließ sich in Südafrika wirklich alles kaufen. Sonst säße Dan seit über zehn Jahren hinter Gittern, wäre niemals mit dieser lächerlich kurzen Haftstrafe davon gekommen, die er für den Mord an Jeffs Vater verbüßt hatte. Doch außer Dan und Jeff wussten nur Mbhali und Anele, dass der tödliche Autounfall am kurvenreichen Bain´s Kloof Pass alles andere als ein Unfall gewesen war.

Sobald ein guter Anwalt über ein üppiges »Spesenkonto« verfügen konnte, fand sich immer ein geldgeiler Bulle, der bereitwillig Beweismaterial verschwinden ließ und Fakten zurechtbog. Nicht einmal der Presse war es gelungen, eine Verbindung zwischen Jeff, dem geheimen Konto auf einer südafrikanischen Bank und Dans Anwalt herzustellen. Dabei hatte gerade der Verkauf der geerbten Lodge mehr als genug Geld eingebracht, um über diskrete Kanäle so manch versperrte Tür zu öffnen. Am Ende war sein schwarzer Freund sogar schneller als erwartet aus dem Knast zu seiner Familie zurückgekehrt.

Den Alten über die schroffen Felsen ins Jenseits zu befördern, war kein Mord gewesen, sondern eine Befreiung! Dan anschließend ausgerechnet vom Geld der Lodge aus dem Gefängnis zu holen eine zusätzliche Genugtuung. Wie viele schlaflose Nächte lang hatte Jeff selbst die kühnsten Pläne geschmiedet, nachdem seine Mutter gestorben war. Solange er zurückdenken konnte, war sie eine kränkliche Frau gewesen, die ihre zahlreichen Blessuren immer mit ihrer eigenen Ungeschicklichkeit entschuldigt hatte. Jeff wusste genau, dass der Alte sie an diesem Abend wieder verprügelt hatte. Wenige Stunden später war sie an inneren Blutungen gestorben. Aber was konnte ein vierzehnjähriger Junge schon ausrichten.

Dan hatte sich nicht mit theoretischen Plänen aufgehalten, sondern in seiner rasenden Wut auf den in Paarl hochgeschätzten Hotelier und ehemaligen Bürgermeister kurzerhand getan, was in seinen Augen schon viel früher hätte getan werden müssen. Jeff lebte zu diesem Zeitpunkt längst glücklich verheiratet in der Schweiz, die Freundschaft zu Dan bildete die einzig noch existierende Verbindung zwischen ihm und seiner Heimat. Der Schwarze wusste, dass er sich auf seinen »zu blass geratenen Stammesbruder« hundertprozentig verlassen konnte. Und jetzt hatte Dan sich ausgerechnet ihn als zukünftigen Schwager auserkoren.

Unwillkürlich musste Jeff bei dem Gedanken grinsen, wie hartnäckig der Muskelprotz seit geraumer Zeit daran arbeitete, ihn mit seiner Schwester zu verkuppeln. Dabei setzte ein stolzer Xhosa normalerweise alles daran, eine Beziehung seiner kleinen Schwester zu einem Weißen zu verhindern. Nun, Dan hatte andere Pläne. Mbhali war ja auch wirklich immer noch ein verdammt heißer Feger!

Plötzlich verspürte er eine schier unerträgliche Sehnsucht nach seiner südafrikanischen Familie, aber auch das gewohnte Leben in der Zwitterwelt Kapstadts fehlte ihm.

Zu ihm selbst war die Stadt immer gut gewesen, hatte ihn beide Male aufgefangen, als er vor dem Nichts gestanden und nicht mehr gewusst hatte, wie es weitergehen sollte. Angesichts der endlosen Weite des Ozeans war es ihm zwei Mal gelungen, sein Leben wieder in den Griff zu bekommen, es würde ihm auch ein drittes Mal gelingen.

Die Wellen waren seine Musik der Nacht, wenn er an der Rezeption über seinen Belegen brütete und die Brandung in der Dunkelheit krachend auf die Felsen traf. Wie sehr er die Melodie der Wellen vermisste! Ihm fehlte die pulsierende Kraft des Meeres, die salzige Brise, das Geschrei der Möwen. Der Dunstschleier, der sich dort bildete, wo die schäumenden Wellen aufschlugen und Milliarden winziger Wassertropfen sich im Sonnenschein in Myriaden mikroskopisch kleiner Regenbögen verwandelten.

Jeff blieb stehen und betrachtete den See und das majestätische Felsmassiv im Hintergrund. Boote dümpelten gelangweilt auf dem Wasser, darauf wartend, dass ihre Besitzer sie endlich von ihren Leinen ließen und mit ihnen auf Tour gingen. Es würde nicht mehr lange dauern, bis die Freizeitkapitäne das Blau des Sees in ein Meer aus weißen Segeln verwandelten. Ein idyllischer Anblick wie aus dem Reisekatalog. Beinahe kitschig, wenn dazu am Sonntagmorgen die Glocken der Kirchtürme zum Gottesdienst riefen.

Die sich auf dem Wasser spiegelnden Sonnenstrahlen blendeten ihn. Er zog die Sonnenbrille aus seiner Jackentasche und setzte sie auf. Es war sowieso besser, die dunkle Brille aufzusetzen, bevor er den Weg in den Ort einschlug. Natürlich erinnerten sich die Dorfbewohner an ihr einst so berühmtes Gemeindemitglied. Besonders die Alten, die genau wie früher noch immer auf ihre Besen gestützt in den Hauseingängen warteten, um mit einem ebenso alten Nachbarn in unverständlichem Dialekt eine Weile zu tratschen. Sie schauten ihn nicht an, doch er hörte ihr Getuschel hinter seinem Rücken. Es interessierte ihn nicht. Sollten sie doch reden, so hatten sie wenigstens ein Gesprächsthema, während sie sich beim Bäcker und Metzger die Zeit vertreiben mussten. Dagegen beunruhigte es ihn ungemein, dass Sarah diesem Spießrutenlauf jedes Mal aufs Neue ausgeliefert war, sobald sie einen Schritt außerhalb der schützenden Mauern der Villa wagte.

Kein Wunder, dass sie ihn nicht an sich heranließ. Seine Niere hatte ihr ein neues Leben ermöglicht, seine Anwesenheit in Zöllikon aber auch alte Geschichten wieder zum Leben erweckt. Auf ihn wartete die beruhigende Anonymität Kapstadts. Auf sie dagegen nur die Rückkehr in die gewohnte Einsamkeit.

Unbewusst tastete seine Hand nach der Operationswunde. Sie war gut verheilt, die Fäden längst gezogen. Erneut drückte er auf die Stelle, unter der sich nur noch ein großes Loch anstelle seiner Niere befand. Der Druck löste keinen Schmerz aus, nur ein etwas unangenehmes Gefühl. Nicht der Rede wert.

Er ließ noch einmal den Blick über den See und die Berge schweifen. Ein Bild, das er immer im Hinterkopf behalten würde. Aber Sarah hatte ihm in den vergangenen Wochen keinerlei Hoffnung auf eine mögliche Versöhnung gemacht. Vielleicht war es an der Zeit, einzusehen, dass sie ihre Ruhe vor ihm haben wollte. Ganz sicher war es an der Zeit, nach Hause zurückzukehren.

## 28. Kapitel

Bei jeder Pause, die er einlegte, betrachtete er zufrieden den länglichen Karton, der mit seinem Gewicht dazu beitrug, dass er immer wieder verschnaufen musste. Nichts, was unter die Rubrik »bloß nach der OP nicht schwer heben« fiel, aber doch nicht nur daran spürbar, dass sein rechter Arm immer länger zu werden schien. Schon das Bild auf der Verpackung ließ ihn selbst strahlen wie den Jungen, für den er den Pappkarton gerade schleppte. Ein flippiges Waveboard in rot-schwarzer Flammenoptik, das einen Zehnjährigen einfach in Ekstase versetzen musste. Natürlich war es um Einiges teurer als geplant gewesen. Den Gedanken ans Geld verdrängte Jeff ganz schnell. Er freute sich diebisch über das hippe Teil, das er in diesem riesigen Sport- und Freizeitmarkt ergattert hatte. Schließlich wurde es höchste Zeit, das versprochene Mitbringsel für Jemmy zu besorgen.

Er hatte einfach keinen Nerv mehr für dieses andauernde Theater, das am Ende zu nichts führte. Sie waren geschieden, Carla führte ihr Leben, er lebte seins. Abgesehen vom »Problem Sarah«, wie Mbhali es nannte, hielt sie beide nichts mehr zusammen. Sie lebten in verschiedenen Welten und waren zufrieden damit. Warum stritten sie sich immer noch?

Sarah. Sie würde ihm schrecklich fehlen, so, wie sie ihm zuvor auch in jeder Sekunde seines Lebens gefehlt hatte, seit man sie ihm genommen hatte. Die derzeitigen Besuche waren eine Farce. Erdrückende dreißig Minuten, in denen Carla große Reden schwang und die besorgte Mutter spielte, während Vater und Tochter schweigend ihre eigenen Kämpfe miteinander ausfochten. Es war vorbei, das musste er endgültig einsehen, auch wenn es noch so weh tat. Daran änderte sich nichts, egal, ob er heute, morgen oder in einem Monat abreiste.

Dr. Bergner hatte ihn zwar erneut eindringlich gebeten, noch eine Weile in Zürich zu bleiben, aber Jeff wollte nicht mehr bleiben. So schmerzlich es war, Sarah erneut zurückzulassen, er wollte endlich nach Hause!

Er musste ja nicht unbedingt sofort wieder Nachtschichten schieben, aber ein paar Dinge am Computer konnte er schon erledigen. Oder einfach mit Jemmy am Strand Saxofon spielen. Falls der zukünftige Besitzer dieses Wahnsinns-Boards überhaupt noch Zeit und Lust hatte, Saxofon zu spielen.

Wieder machte Jeff, an eine Hauswand gelehnt, eine Pause und betrachtete das flotte Board, das auf dem Karton abgebildet war. Zu gern hätte er sich selbst mal auf das merkwürdige Ding gestellt, auch wenn ihm schleierhaft war, wie man sich damit fortbewegen sollte. Der Verkäufer hatte den Trick drauf gehabt, der war damit ganz geschickt über die Teststrecke im Laden gefegt. Jemmy würde gewiss auch nicht lange brauchen, um damit den Parkplatz vor dem Motel unsicher zu machen. Das Teil war der Mega-Hit! Ja, es war ziemlich teuer gewesen. Aber die Billigen hatten längst nicht so rasant ausgesehen. Dieses Board dagegen war garantiert echt voll cool!

Seufzend trat er die letzte Etappe bis zur Villa an, schließlich konnte er den Rückweg nicht ewig hinauszögern. Langsam meldete sein Körper Sehnsucht nach einer Sitzgelegenheit an, besser noch nach einem Bett, auf dem er sich ausstrecken konnte. Sofort verspürte er ein unangenehmes Zucken im Kreuz.

Das japanische Monstrum verursachte ihm schon Rückenschmerzen, wenn er nur an das Biest dachte. Nur Asiaten kamen auf die Idee, ein Bett zu bauen, dessen Liegefläche sich knapp über dem Fußboden befand. Er hatte noch immer nicht herausgefunden, wie man sich am besten zusammenfaltete, ohne wie ein plumper Elefant auf der Matratze zu landen. Jedenfalls waren seine Bandscheiben eindeutig nicht zum Origami geeignet!

An der Toreinfahrt verzog er erneut missmutig das Gesicht. Die simple Tätigkeit, auf den Klingelknopf drücken zu müssen, demütigte ihn mehr, als er je zugeben würde. Carla hatte ihm weder die Zahlenkombination für das Tor verraten, noch einen Schlüssel für die Haustür gegeben. War er allein unterwegs, musste er anschließend jedes Mal wie ein lästiger Hausierer klingeln und auf Einlass warten, um sein eigenes Haus betreten zu dürfen!

Glücklicherweise kam Frau Mathies ihm zuvor. Sie war damit beschäftigt, die Granitfliesen des Hauseingangs zu wischen, als Jeff am Tor auftauchte. Sofort öffnete sich das Tor mit einem leisen Surren wie von Geisterhand.

»Grüessech, Herr Thompson.« Sie winkte freundlich, den nassen Wischlappen in der Hand.

»Guten Tag, Frau Mathies.« Mit einem entschuldigenden Lächeln bemühte er sich, rasch im Haus zu verschwinden, ehe die Putzfee ein Gespräch beginnen konnte. Ohne die Jacke auszuziehen, eilte er zur Treppe, doch auf der dritten Stufe angekommen, vernahm er Ellens Stimme aus dem Wohnzimmer.

»Wie lange glaubt er eigentlich noch, hier herumlungern zu können? Wenn der Faulpelz meint, wir wären ein billiges Sanatorium, dann hat er sich getäuscht. Der soll sich doch von seiner afrikanischen

Großmutter in Hottentottenland pflegen lassen, hier jedenfalls ...«

»Keine Sorge, Ellen, das werde ich auch tun!« Erschrocken fuhren Ellen und Carla, die bei einer Tasse Kaffee auf dem Sofa saßen, zu ihm herum. Mit seiner Jacke bekleidet, einen länglichen Karton unter dem Arm, stand er hinter ihnen.

»Ich werde eure überaus großzügige Gastfreundschaft nicht länger strapazieren, obwohl ihr euch sicher vorstellen könnt, wie schwer mir der Abschied fallen wird. Schließlich habt ihr ja bislang keine Gelegenheit ausgelassen, um mir zu zeigen, wie unerwünscht ich bin!«

»Du kannst selbstverständlich so lange hierbleiben, wie Dr. Bergner es für nötig hält.« Unangenehm berührt stand Carla auf. »Solange er von einem Flug abrät ...«

»Ich denke nicht, dass du solche Versprechungen machen solltest, Carla«, fuhr Ellen kalt dazwischen.

»Jeffrey war hier, um seine Niere abzuliefern. Jetzt kann er wieder gehen. Ich wüsste nicht, was er noch länger hier sollte.«

»Dein Charme hat mich immer schon verzaubert, Ellen. Vom ersten Tag an.« Jeff bedachte sie mit einem eisigen Blick. »Was ein paar offene, ehrliche Worte angeht, konnte nur Charles dir das Wasser reichen. Der war dir auf diesem Gebiet allerdings um Längen voraus, wenn ich das noch erwähnen darf.«

»Wenn es nach Charles und mir gegangen wäre, hätte einer wie du unsere Tochter nicht einmal mit der Kneifzange anfassen dürfen, da kannst du sicher sein! Leider war Carla nicht so wählerisch.«

»Mama, bitte!«

»Warum um den heißen Brei herumreden? Glaubst du wirklich, dieser Mistkerl ist es noch wert, sich ...«

»Mach dir keine Sorgen, Ellen, ich werde euch nicht länger mit meiner Anwesenheit belästigen. Carla, würdest du bitte meinen Heimflug buchen? Wenn möglich für morgen, spätestens übermorgen. Bis dahin werde ich in ein Hotel ziehen.« Er wandte sich zum Gehen, doch Carla hielt ihn zurück.

»Bitte, bleib hier.« Ungewohnt verlegen sah sie ihn an. »Ich will nicht, dass du dein Leben riskierst, nur weil du ...«

»Ich riskiere mein Leben, wenn ich noch länger hier bleibe! Entweder rege ich mich so über sie auf, dass ich einen Herzanfall kriege, oder ich bringe sie um und lande im Knast. Auf beides habe ich keinen Bedarf, also reise ich lieber ab. Gegen sie«, er wies mit einem Nicken auf Ellen, die mit gelangweilter, arroganter Miene ihre Tasse an die Lippen hob und an ihrem Kaffee nippte, »bist ja sogar du noch nett.«

»Jeff, die OP ist gerade mal drei Wochen her. Es ist zu früh, um einen Langstreckenflug anzutreten.«

»Es ist mir egal, was Dr. Bergner sagt. Ich weiß, wie ich mich fühle, und zumindest was die OP angeht, fühle ich mich gut. Ich muss nach Hause, ich habe ein Motel zu leiten.« Er warf einen erneuten Blick auf seine frühere Schwiegermutter. »Ich hätte dich sowieso nachher darauf angesprochen, aber nachdem Ellen das Thema nun freundlicherweise bereits angeschnitten hat ...«

»Du musst ihretwegen nicht gehen, Jeff«, sagte Carla leise. »Bleib hier, bis der Flug kein Risiko mehr darstellt.«

Jeff schüttelte entschieden den Kopf. »Ich will heim«, sagte er ehrlich. »Ich will einfach nur noch nach Hause!« Er hob sein Paket an, das er auf den Boden gestellt hatte. »Sei bitte so nett und buch´ möglichst die Maschine, die nonstop bis Jo´burg fliegt. Notfalls kann ich aber auch in Frankfurt umsteigen. Ich gehe jetzt packen.«

Er ließ sich nicht anmerken, wie sehr Ellens Worte ihn verletzt hatten, sondern ging hoch erhobenen Hauptes mit seinem Paket unter dem Arm die Treppe hinauf. Sogar dem schier unerträglichen Drang, die Tür des Gästezimmers mit einem satten Tritt ins Schloss zu befördern, widerstand er. Stattdessen legte er den Karton auf das Bett, ging ins Bad und riss sich die Kleidung vom Leib, während er in der Dusche das Wasser aufdrehte. Als er in die Duschkabine trat, waren die Glaswände vom Dunst des heißen Wassers bereits komplett beschlagen. Er zuckte kurz zusammen, als das heiße Wasser auf seine Haut traf, dann stellte er sich mitten unter den Strahl. Selbst, als seine Haut von der Hitze schon die Farbe eines gekochten Hummers angenommen hatte, zitterte er tief in seinem Inneren noch immer vor Kälte.

* * *

Bekleidet mit einem Jogginganzug, die Haare noch nass, war er damit beschäftigt, das Waveboard in seiner Reisetasche unterzubekommen. Der Gedanke an ein oder zwei kostspielige Nächte in einem Hotel behagte ihm gar nicht. Er war in Zürich, einer der teuersten Städte der Welt! Selbst das billigste Motel würde ein schmerzhaftes Minus auf seinem Konto hinterlassen. Eine andere Lösung musste her. Für nur eine Nacht konnte er vielleicht am Flughafen bleiben. Sein Gepäck in ein Schließfach geben, sich wie so viele gestrandete Passagiere zwischen zwei Flügen auf den Sitzreihen im Wartebereich ausbreiten. Am Morgen könnte er sich für ein paar Franken in einem der Duschräume frisch machen, die für Langstreckengäste bereit standen. Er musste auch noch ein letztes Mal zu Dr. Bergner. Außerdem würde er auf gar keinen Fall abreisen, ohne sich von Sarah verabschiedet zu haben.

Endlich war der Karton verstaut. Er überlegte gerade, wie er die Anzüge falten sollte, damit sie die Nächte in der unförmigen Tasche unbeschadet überstanden, als es an der Tür klopfte. Zuerst wollte er es ignorieren.

»Jeff! Bitte, mach auf«, hörte er Carla überraschend kleinlaut. »Ich habe dein Ticket. Lass mich ´rein.«

Er öffnete, versperrte ihr jedoch den Eingang, indem er sich in den Türrahmen lehnte. Dennoch sah sie durch einen Spalt die Tasche und seine Kleidung auf dem Sofa.

»Müssen wir unbedingt auf dem Flur miteinander reden?« Sie schaute ihn bittend an. »Lass mich rein. Bitte.«

Wortlos trat er beiseite. Sie blieb mitten im Zimmer stehen, verlegen mit einem gefalteten Blatt Papier spielend, dass sie in den Händen hielt.

»Schätze, das ist meine Bordkarte?« fragte er mit einem Blick auf das Papier. Carla nickte.

»Morgen Abend um viertel vor elf. Nonstop mit SWISS nach Johannesburg. Du hast dort zwei Stunden Aufenthalt und bist übermorgen um dreizehn Uhr in Kapstadt.«

Betont desinteressiert nahm er ihr das Flugticket aus der Hand und legte es, ohne einen Blick darauf zu werfen, auf den Couchtisch, wo bereits seine Dokumententasche lag.

»Jeff, es … Es tut mir leid.« Ihre gewohnte Überheblichkeit war einer seltenen Befangenheit gewichen. Da sie den Zettel nicht mehr hatte, um ihre Finger zu beschäftigen, spielte sie mit einem ihrer Ringe. Hilflos suchte sie nach Worten, während er ungerührt Sweatshirts in seine Tasche packte.

»Du weißt doch, wie sie ist. Du kennst sie doch.«

»Ja, leider kenne ich sie.« Unbeirrt packte er weiter. »Es stimmt, ich bin nur hergekommen, um meiner Tochter zu helfen. Dass ich für euch nichts weiter als ein Ersatzteillager war, habe ich verstanden. Ich werde euch daher nicht länger zur Last fallen.«

»Jeff, du … Ich …« Sie trat entschlossen neben ihn, legte eine Hand auf seine Schulter. »Bitte, bleib hier. Es ist doch nur noch für eine Nacht.«

Er hielt inne. Das letzte Shirt noch in Händen haltend, musterte er sie skeptisch. Er konnte sich nicht daran erinnern, sie jemals derart unsicher und verlegen erlebt zu haben.

»Ich passe auf, dass sie dir nicht mehr über den Weg läuft. Aber ich will nicht, dass du ins Hotel gehst. Bitte, Jeff!« Verschämt sah sie ihn an. »Ich weiß, dass alles zwischen uns schiefgelaufen ist. Alles! Aber ich lasse nicht zu, dass du so gehst. Nicht, nachdem du Sarah das Leben gerettet hast.«

Er zögerte. Betrachtete nachdenklich ihr sichtliches Unbehagen. »Ich will mich von ihr verabschieden«, sagte er, keinen Widerspruch duldend. »Allein!«

Carla nickte. »Du hast den ganzen Tag Zeit. Ich bringe dich abends zum Flughafen.«

»Und ich esse hier oben. Falls ich überhaupt noch etwas bekomme.«

Jetzt musste sie doch lächeln. »Darf ich es wenigstens selbst bringen? Oder muss ich Frau Mathies schicken?«

»Solange es nicht deine Mutter ist …«

»Geht klar.« Mit einem Seufzer nahm sie die Hand von seiner Schulter und ging zögernd zur Tür. Den Griff bereits in der Hand, sah sie ihn erneut an. Er stand einfach da, das Sweatshirt in Händen haltend, die geöffnete Reisetasche neben sich, seinen Rucksack, aus dem Jimbo heraushing, auf dem Sessel.

»Du ...«, sie schluckte sichtlich. Sah ihn an, blickte zu Boden. Guckte ihn wieder an, während sie verlegen nach den richtigen Worten suchte. »Du bist gar nicht ...«, begann sie unbeholfen. Sie ließ die Türklinke los, verhakte stattdessen die Finger nervös ineinander. Ihre Stimme wurde immer leiser. »Der Junge ... Sarah sagt, du ... Du bist gar nicht ... sein Vater.«

Er hätte gedacht, auf einen derartigen Satz von ihr vollkommen überrascht zu reagieren. Wartete auf die Erleichterung, dass sie am Ende doch noch die Barrikaden einzureißen versuchte, die sie jahrelang zwischen ihnen beiden errichtet hatte. Doch da war nichts. Nichts als diese grenzenlose Erschöpfung, die seinen Körper zu beherrschen schien. Eine Leere, die sie nicht mehr auszufüllen vermochte. Die Frau, mit der er so lange verheiratet - glücklich verheiratet - gewesen war, bedeutete ihm nichts mehr. Obwohl sie kaum einen Meter vor ihm stand, war sie unendlich weit entfernt, und er fühlte nicht den geringsten Wunsch, diese Distanz zu überbrücken.

Stattdessen spürte er tief in sich Mbhalis Nähe, fühlte beinahe ihre Hand auf seiner Schulter, die ihm über die halbe Welt hinweg Kraft und Zuversicht vermittelte. Ihre Liebe zu ihm, die nichts mit Reichtum und Berühmtheit zu tun hatte. Ihre Zuneigung, die nur ihm selbst galt, egal, unter welchen Umständen. Mbhalis Stimme, die ihm leise zuflüsterte, wie sehr sie auf ihn wartete. Und er auf sie.

»Nein, bin ich nicht«, sagte er gefasst. »Aber ich glaube nicht, dass das jetzt noch eine Rolle spielt.«

»Nein.« Sie schüttelte niedergeschlagen den Kopf.

»Nein, wahrscheinlich nicht. Denn dann hätte ich vor mir selbst keine Ausrede mehr dafür, dass ich unsere Familie zerstört habe, weil ich dir nicht vertrauen konnte.« Ungewohnt offen schaute sie ihn an.

»Meine erste Reaktion, als die Sache in den Zeitungen erschien, war sicher verständlich. Aber du hast recht: Irgendwann hätte ich zulassen müssen, dass du mir die Wahrheit sagst. Ob ich sie geglaubt hätte, steht auf einem Blatt, aber ich hätte dir zumindest mal die Chance auf eine Erklärung geben müssen.« Seufzend ließ sie den Kopf hängen. »Die betrogene Ehefrau zu spielen war einfacher, als dir zu vertrauen und diesem Skandal an deiner Seite die Stirn zu bieten. Dazu war ich nicht bereit.« Sie seufzte erneut, sah aber wieder auf. »Ich war der Idiot, Jeff. Nicht du.«

Jeff lächelte versöhnlich. »Die Einsicht kommt zwar reichlich spät, aber es ist trotzdem nett, dass du das sagst.« Als sie die Tür hinter sich ins Schloss zog, ließ er sich auf die Sessellehne sinken, legte das Shirt achtlos beiseite. Mit einem schiefen Lächeln, das völlig in die Hose ging, zog er Jimbo aus dem Rucksack und guckte das einäugige Gesicht des Hundes an.

»Wenn sie will, kann sie ganz nett sein, hast du das gesehen?« fragte er das Spielzeug traurig. »Sie muss nur wollen. Schade, dass die Einsicht ein paar Jahre zu spät kommt und man ihr dafür erst in ihren eigentlich immer noch ganz hübschen Hintern treten muss.« Er atmete erleichtert aus.

»Wenigstens haben wir heute Nacht doch noch ein Bett, auch wenn es nur dieses Fakirteil ist. Zumindest kostet es nichts.« Er nahm das Flugticket zur Hand.

»Es geht nach Hause, Jimbo! Was glaubst du, wie sehr sich Jemmy und Mbhali freuen, wenn wir sie nachher anrufen und ihnen sagen, dass wir übermorgen nach Hause kommen!«

## 29. Kapitel

Als er eintrat, wusste sie, dass er gekommen war, um sich zu verabschieden.
Sie saß am Fenster, ließ den Tablet-PC auf die Tischplatte sinken, als er mit hängenden Schultern näher kam. Am Tisch blieb er stehen. Wortlos. Schaute sie nur an mit diesem Gesichtsausdruck, der viel zu deutlich zeigte, wie schwer es ihm fiel, nicht weinend zusammenzubrechen.

Auch Sarah schwieg, während ihre Hände unter die Tischplatte glitten und sich dort nervös ineinander verschränkten. So, wie er unbewusst seine linke Hand massierte. Wie sie trug er eine Jogginghose. Seine war dunkelblau, ohne jegliches Label, die Beinabschlüsse bei näherem Hinsehen ein klein wenig ausgeblichen, als wären sie des Öfteren mit Salzwasser in Berührung gekommen. Über das rechte Bein ihrer topmodischen, tiefschwarzen Sweatpants zog sich der grell-leuchtende Schriftzug PINK. Die gleichen Buchstaben prangten in Schwarz auf ihrem pinkfarbenen Sweatshirt. Das blau-grau gestreifte Kapuzenshirt unter seiner Lederjacke stammte wahrscheinlich aus dem gleichen Discounter wie die Hose und seine namenlosen Sportschuhe mit Klettverschluss. Billige, bequeme Klamotten. Bereit für eine lange Nacht im Flugzeug.

Die Tage der teuren Anzüge waren vorbei, die Maskerade des eleganten Herrn Thompson aus dem Zürcher Villenvorort wieder in den Tiefen seiner Reisetasche verschwunden. Vor ihr stand ihr Vater. Ihr Papa, mit dem sie früher im Sommer nachts im See gebadet hatte, wenn alle anderen längst schliefen und Mama einen Tobsuchtsanfall bekam, falls sie es herausfand. Der mit ihr bei Wanderungen in den Bergen atemlos hinter Felsvorsprüngen im Matsch gekauert hatte, um eine Murmeltierfamilie zu beobachten. Er hatte an ihrem Bett gesessen, ihr Geschichten vorgelesen. Geschichten aus dem fernen Land am Kap, wo die Winter sich in heiße Sommer verwandelten und Menschen unterschiedlichster Hautfarben sich in über einhundert verschiedenen Sprachen miteinander unterhielten. Eine davon war die Klicksprache der Xhosa. Unverständliche Worte mit faszinierenden Klicklauten, von denen er damals selbst nur Bruchstücke beherrschte, sie aber immer wieder damit zum Lachen bringen konnte.

Ihr Vater, der bald zehntausend Kilometer entfernt mit dem Verlassen des Flugzeugs gleichzeitig einen Schritt in eine völlig andere Welt machte. Eine Welt, die nichts mit der ihr bekannten Welt in der Schweiz, in Europa oder selbst in Amerika zu tun hatte. Seine Welt, die sie sich trotz aller Bilder und Berichte aus dem Internet nicht vorstellen konnte.

»Wann fliegst du?« brach sie irgendwann mit leisen, gefassten Worten das Schweigen.

»Heute Abend. Viertel vor elf.« Er ließ den Kopf hängen, nur um sofort wieder aufzublicken und sie anzuschauen. Dieses Bild in seinem Kopf war alles, was ihm von ihr blieb, wenn das Flugzeug in wenigen Stunden in die dunkle Nacht startete.

»Dr. Bergner sagt, es wäre ziemlich riskant, so schnell nach der OP zu fliegen«, sagte sie nüchtern. Jeff zuckte mit den Schultern. »Ich muss zurück.«

Sarah musterte ihn mit undurchdringlicher Miene. Das hatte sie von ihrer Mutter, ging es Jeff unwillkürlich durch den Kopf. Die Gabe, nicht zu zeigen, wie es in ihrem Inneren wirklich aussah. Das Pokerface. Meistens verbarg sie sich wie er selbst eher hinter beißendem Sarkasmus, wenn ihr jemand zu nahe trat. Ein paar harte Sprüche, die tief ins Herz trafen, wären im lieber gewesen als diese Maske, die er nicht zu durchschauen vermochte. Er wollte sie packen, an sich ziehen, sie schütteln und dazu zwingen, ihre Gefühle zu zeigen. Sie sollte ihn anbrüllen und mit Fäusten auf ihn einhämmern, weil er sie wieder einmal im Stich ließ. Sollte ihn anschreien, dass sie ihn nicht bräuchte, nie im Leben wiedersehen wollte und er sich dahin verziehen sollte, wo der Pfeffer wächst. Alles. Nur nicht einfach still dasitzen, ihn anschauen und eiskalte Fakten nach seinem Wohlbefinden oder der Abflugzeit dieses verdammten Jets abfragen.

»Klar. Der Junge wartet auf dich.«

»Ja.« Jeff schluckte schwer. Okay, wenn sie es knallhart und sachlich wollte, dann eben knallhart und sachlich. Er wusste, dass es ihn keine zwei Sekunden auf dem Stuhl ihr gegenüber halten würde, also setzte er sich gar nicht erst. Stattdessen lehnte er sich gegen die Fensterbank und streckte die langen Beine von sich. Seine Hände klammerten sich haltsuchend um das Fensterbrett.

»Ich muss mich mal wieder um meinen Job kümmern. Ich kann das Motel nicht ewig alleine lassen.«

»Den Jungen und deine Frau auch nicht.«

Was hatten die ihr gegeben? Konnte er auch was davon haben? Am besten eine doppelte oder dreifache Dosis?

Wenn er zu ihr aufsah, blickte er in das vierunddreißig Jahre jüngere Spiegelbild seiner selbst. Die gleichen blauen Augen, die gleichen Gesichtszüge, auch wenn ihre zum Glück weicher, weiblicher ausgefallen waren. Die gleichen dunkelbraunen Locken.

Wie verabschiedete man sich am besten von seiner Tochter, die es offensichtlich überhaupt nicht interessierte, dass ihr Vater in wenigen Stunden für immer aus ihrem Leben verschwinden würde? Warum sollte es sie auch interessieren? War ja nicht das erste Mal. Scheiß Déjà-vu.

»Sie ist nicht meine Frau«, erwiderte er fest. Bewusst vermied er es, ihrem Blick auszuweichen. Dabei bemerkte sie sofort das leise Lächeln, das für einen winzigen Moment seine Lippen umspielte.

»Aber so was Ähnliches, egal, wie du es nennst«, stellte sie achselzuckend fest.

»Nenn es ruhig meine Familie.« Es tat überraschend gut, die Worte aussprechen. Jemmy und Mbhali, die bereits die Minuten zählten, bis sie ihn in die Arme schließen konnten. Sobald er aus dem Bus ausstieg und die wenigen hundert Meter von der Haltestelle bis zum Motel ging, war er zuhause. Bei seiner Familie. Wo die Vergangenheit keine Rolle mehr spielte und nur die Tatsache, dass er nach der Operation wieder gesund auf seinen eigenen zwei Beinen vor ihnen stand, von Bedeutung war. Abgenutzte Möbel statt glänzender Lackschichten. Mit Jemmy Saxofon spielen am Strand statt unterkühlter Gespräche mit Sarah am Krankenbett.

»Sie sind meine Familie«, wiederholte er fest, als müsste er sich selbst davon überzeugen, indem er es nur oft genug laut aussprach. Dennoch verriet sein von Kummer getrübter Blick, wie schwer es ihm fiel, sie zurückzulassen und zum zweiten Mal gegen sein anderes Kind am Kap einzutauschen.

»Ich wünschte, du könntest irgendwie dazugehören.« Er räusperte sich, als er bemerkte, wie ihm dieser Satz ungewollt über die Lippen gehuscht war. Zögernd schaute er sie an, aber sie zeigte keinerlei Regung. Nur ihre immer noch unter dem Tisch versteckten Finger hätten sie verraten können.

»Wenn du doch nur irgendwie wieder ein Teil meines Lebens sein wolltest«, sagte er noch einmal. Jetzt spielte es keine Rolle mehr, er hatte es ausgesprochen, er konnte und wollte es nicht zurücknehmen. Es interessierte sie doch sowieso nicht, wie er sich hier zum gefühlsduseligen Affen machte. In ein paar Stunden hob der Flieger ab, mit ihm an Bord, das war so sicher wie der Löwe das Zebra verschlang, wenn er die Gelegenheit dazu bekam. Auf Nimmerwiedersehen. Alles, was ihm von ihr blieb, war der Gedanke an dieses Gesicht, das ihn spüren ließ, wie sehr sie ihn verabscheute. Vielleicht nicht einmal das. Vielleicht reichte ihr Zorn auf ihn dafür gar nicht mehr. Vielleicht war er ihr einfach nur noch egal. Sie hatte seine Niere, er hatte seine Schuldigkeit getan. Das Ersatzteillager wurde nicht mehr benötigt, er konnte abreisen.

Sie antwortete nicht, schaute stattdessen aus dem Fenster. Seine Hand fuhr in die Innentasche seiner Jacke, zog einen länglichen, weißen Umschlag hervor, den er auf den Tisch legte. Sie griff nicht danach, sondern hielt ihre Hände nach wie vor unter der Tischplatte verborgen.

»Was ist das?« fragte sie dennoch. Nicht wirklich neugierig. Eher gelangweilt.

»Das Einzige, womit ich dir beweisen kann, dass Jemmy nicht mein leiblicher Sohn ist.«

»Ist doch egal, ob er dein Sohn ist oder nicht.« Zum ersten Mal verriet ihre Stimme, dass sie längst nicht so eiskalt war, wie sie vorzutäuschen versuchte.

»Auf jeden Fall hat er morgen seinen Papa wieder.« Unter dem Tisch bohrten sich ihre Fingernägel in die Handflächen bis der physische Schmerz sie von der seelischen Qual ablenkte. »Ich darf in drei Tagen nach Hause.« Unbeirrt starrte sie aus dem

Fenster. »Wenn du wieder weg bist, muss ich wenigstens nicht mehr immer bei Oma essen.«

Er musste hier 'raus. Er musste verdammt noch mal hier 'raus, und zwar schnell! Ein letztes Mal sah er sie an, ihr Profil, denn mehr gab sie ihm nicht. Dazu war das, was sich auf der anderen Seite der Glasscheibe abspielte, zu interessant. Auf jeden Fall immens wichtiger als die Tatsache, dass er sich gerade endgültig für immer von ihr verabschieden musste.

Er stieß sich von der Fensterbank ab, ging um den Tisch herum, trat neben sie. Reglos ließ sie zu, dass er seine Hand auf ihre Schulter legte, für einen Moment zärtlich über ihren Arm streichelte.

»Pass auf dich auf, Prinzessin«, flüsterte er heiser. Dann ging er mit langen Schritten aus dem Zimmer und zog die Tür hinter sich mit einem entschiedenen Ruck ins Schloss.

Sie sprang auf, warf sich der Länge nach auf ihr Bett und hämmerte schluchzend auf ihr Kopfkissen ein. Nicht ahnend, dass er sich in einer nur wenige Schritte entfernten Toilette auf dem Flur einschloss. Die Arme um die Knie geschlungen, hockte er auf dem kalten Fliesenfußboden. Seine Faust war gegen seine Lippen gepresst, damit nur kein Laut nach draußen drang und man ihn heulend hier fand. Vor seinem inneren Auge saß sie noch immer reglos am Fenster. Oder war vielleicht gerade damit beschäftigt, seinen Brief ungelesen in kleine Fetzen zu zerreißen.

## 30. Kapitel

Ein Gähnen unterdrückend stand Jeff am Gepäckband, den Blick auf den flatternden Gummivorhang geheftet, der einen Koffer nach dem anderen ausspuckte. Wider Erwarten hatte Carla es sich nicht nehmen lassen, ihn in der Businessclass nach Hause zu schicken. Trotzdem war es ihm nicht gelungen, auch nur eine Sekunde zu schlafen. Stattdessen hatte er stundenlang einfach nur an die Kabinendecke gestarrt. Den größten Teil des Abendessens konnte die Flugbegleiterin wieder abräumen, sein Appetit schien unterwegs auf der Strecke geblieben zu sein. Selbst den Kaffee hatte er verschmäht.

Seine Sitznachbarin war eine dieser perfekt gestylten Businessfrauen gewesen. Die verbrachten eine ganze Nacht in Bleistiftrock und Bluse im Flugzeug und sahen am nächsten Morgen immer noch aus, als kämen sie gerade aus dem Schönheitssalon. Die Dame mit der Hochsteckfrisur und den klassischen Pumps hatte ihn nur einmal kurz von oben bis unten angesehen. Anfangs erfreut, als sie sein attraktives Gesicht sah. Dann war ihr Blick tiefer gerutscht, über das gestreifte Sweatshirt, die Jogginghose mit den ausgebleichten Bündchen, die billigen Schuhe, den abgewetzten Rucksack, der unter dem Vordersitz lag. Es stand in Leuchtschrift auf ihrer Stirn geschrieben, wie sie abfällig darüber grübelte, dass dieser Penner es geschafft hatte, sich ein Upgrade in die Businessclass zu ergaunern. Warum mussten die Schwachköpfe an den Check-in-Schaltern immer ausgerechnet die Sitzplätze in der Economyclass doppelt vergeben, die es Kerlen wie ihm ermöglichten, einen der teuren Plätze zu belegen? Und dann auch noch ausgerechnet neben ihr?

Hätte sie gewusst, dass sich unter seiner Jogginghose weiße Thrombosestrümpfe verbargen, hätte sie wahrscheinlich die Flugbegleiterin diskret um einen anderen Platz gebeten. Schließlich wusste man doch nie, ob man sich bei »so einem« nicht mit irgendeiner Seuche ansteckte.

Es war zeitweilig ganz unterhaltsam gewesen zu beobachten, wie sie ihr ebenso teures wie üppiges Handgepäck zu verstauen versuchte, ohne ihn dabei aus den Augen zu lassen. Offensichtlich befürchtete sie, er könnte etwas aus ihrem Beautycase aus schwarzem Lack stehlen. Schwarzer Lack verfolgte ihn neuerdings!

Aber selbst die demonstrativ zur Schau gestellte Abneigung der Frau, die ihn so sehr an Carla erinnerte, war nicht amüsant genug, um ihn für längere Zeit von seinem Abschiedsschmerz abzulenken.

In Johannesburg musste er eine Stunde länger als geplant auf den Anschluss nach Kapstadt warten. Er nahm es gelassen. Dies hier war Afrika, nicht die überpünktliche Schweiz. Nur die Touristen liefen unruhig im Terminal auf und ab, guckten andauernd auf die Uhr und gingen den Angestellten der Fluggesellschaft auf die Nerven. Als wenn der Flug davon pünktlicher wurde. Solange der Jet nicht gelandet war, konnte er nicht starten, daran änderten auch hektische Blicke auf die Anzeigetafeln nichts.

Der Flug lag hinter ihm, die paar Kilometer bis nach Sea Point würde er auch noch schaffen. Jetzt ein Taxi, eine Dusche und dann ins Bett. Wunschträume! Stattdessen würde er den Linienbus nehmen, der eine Ewigkeit durch die Stadt zockelte und an jeder

Ecke anhielt. Endlich angekommen, warteten sicherlich Büroarbeiten auf ihn, die umgehend erledigt werden sollten. Buchungen, Rechnungen, Mails und - na endlich! Der Anblick seiner Sporttasche riss ihn aus seinen Gedanken. Mühsam hob er die Tasche vom Band und stellte sie auf den Gepäckwagen. Sie mochte nicht viel wiegen, dennoch war sie in seiner derzeitigen Verfassung zu schwer. Kein Wunder, wenn man flippige Waveboards darin verpackte.

Jeff gähnte. Nicht einmal der Gedanke an Jemmys Freude über das neue Spielzeug konnte ihn momentan aufmuntern. Auf den Gepäckwagen gestützt, schlurfte er zum Ausgang, wo die automatischen Türen den Blick auf eine Schar wartender Abholer und die übliche Horde farbiger Gepäckträger in bunten Overalls freigab. Ohne nach rechts oder links zu schauen, trat er hinaus und lenkte den Wagen auf den Ausgang zu.

»Daddy!«

Der kindlich ungestüme Jubelschrei hallte über das Stimmengewirr hinweg durch die Menge. Noch ehe Jeff aus seiner Lethargie erwachte, rannte Jemmy bereits mit ausgebreiteten Armen auf ihn zu. Der Wagen blieb mitten im Durchgang stehen, geistesgegenwärtig ging Jeff gerade noch rechtzeitig in die Knie, um den strahlenden Jungen aufzufangen.

»Daddy!«

»Jemmy!« Inmitten der vielen Menschen ganz allein auf der Welt drückte er ihn an sich, während magere Arme sich um seinen Hals schlangen. Verständnisvoll auf die Beiden herabsehend machten nachfolgende Passagiere einen Bogen um die unverhohlene Wiedersehensfreude, nicht ohne den einen oder anderen amüsierten Kommentar abzugeben. Die Beiden am Boden bekamen von allem nichts mit.

»Bist du okay, Daddy?« Ohne ihn loszulassen, rückte Jemmy ein winziges Stück von ihm ab und beäugte ihn kritisch. Sein Strahlen wich einer ungewohnt sorgenvollen Miene. »Warum guckst du denn so komisch?«

»Weil du ihn gerade erwürgst und er gerne mal wieder Luft holen würde!« Mbhali tauchte hinter Jemmy auf. Erschrocken lockerte der Junge seinen Griff.

»Ein paar Sekunden hätte ich schon noch überlebt.« Wieder drückte Jeff ihn an sich, presste sein Gesicht an die kleine Schulter. »Ich hab dich so vermisst, Kumpel!«

»Ich dich auch! Wir warten schon eeewig hier! Ich hatte schon Angst, du kommst gar nicht!«

»Ich wusste doch nicht, dass ihr mich abholt. Sonst hätte ich dem Piloten Beine gemacht, damit er schneller fliegt!« Jeff legte seine Hand um den Griff des Gepäckwagens. Mit leicht schmerzverzerrtem Gesicht zog er sich langsam daran hoch. Mbhali beobachtete ihn besorgt.

»Keine Angst, alles okay.« Er nickte bestätigend, konnte allerdings ein Japsen nicht ganz unterdrükken. »Im Moment mag die Narbe solche hastigen Verrenkungen noch nicht, aber das geht wieder vorbei.«

»Darf ich mal gucken? Da, wo sie dir das Dings rausgenommen haben?«

»Darfst du. Aber meinst du, wir könnten das Zuhause erledigen? Ich glaube nicht, dass die Leute hier in der Halle das unbedingt sehen wollen.«

»Ich mein´ doch Zuhause!«

Lächelnd wuschelte Jeff ihm durch die Haare, den Blick auf Mbhali geheftet. Er legte seine Arme um ihre Taille, zog sie an sich. Einen Moment lang ließ er sein Kinn auf ihren Kopf sinken, schloss die Augen und sog nur ihre Nähe in sich auf wie ein Schwamm. Fühlte ihre Hände auf seinem Rücken, die ihn an ihren Körper drückten. Nur äußerst ungern ließ er von ihr ab.

»Ist das schön, dass ihr da seid«, sagte er glücklich.

»Hast du wirklich geglaubt, wir würden dich alleine ankommen lassen?«

»Naja, so mitten in der Woche ... Moment mal«, er warf einen strengen Blick auf Jemmy. »Wieso bist du nicht in der Schule?«

»Weil er an akuter Sehnsucht nach Daddy leidet und ich ihn beim besten Willen heute nicht in die Schule schicken konnte.« Mbhali lächelte nachsichtig.

»Ausnahmsweise habe ich ihn entschuldigt, weil er krank ist.«

»Ja, jetzt wo du es sagst, sehe ich es auch. Er sieht wirklich sehr krank aus.« Das breite Grinsen auf Jemmys Gesicht bestätigte seine Worte allerdings nicht wirklich.

»Ich schiebe den!« Er griff nach dem Gepäcktrolley, ohne sich daran zu stören, dass er kaum über die Haltestange sehen konnte. »Du darfst nämlich nichts Schweres machen, hat Mamani gesagt.«

»Na, wenn Mamani das gesagt hat, wird es wohl stimmen. Aber ein bisschen darauf abstützen darf ich mich schon, oder?« Einen Arm um Mbhalis Schultern gelegt, half er Jemmy mit der anderen unauffällig beim Lenken.

»Du kannst dich auch draufsetzen, dann schiebe ich dich bis zum Auto«, bot Jemmy großzügig an.

»Warum nimmst du ihn nicht huckepack auf deine Schultern und trägst ihn heim, Supermann?« Mbhali schüttelte amüsiert den Kopf. Sie schaute Jeff überrascht an, als die Hand auf ihrer Schulter sie zärtlich streichelte und er ihr unvermittelt einen Kuss auf die Wange drückte. »Wie hab ich das vermisst«, gestand er. »Wie sehr habe ich dieses Lachen vermisst.«

»Kommt ihr jetzt? Oder knutscht ihr etwa auch noch ´rum?«

Verdutzt ließ er von ihr ab. Beide schauten Jemmy an, der sie mit genervter Miene forschend beobachtete.

»Ob ich deine Mamani knutsche oder nicht, klären wir später«, grinste Jeff. »Jetzt los, ich will endlich nach Hause!«

»Oh Gott, ist das herrlich!« Kaum den Drehtüren des Flughafenterminals entkommen, breitete er die Arme aus, legte den Kopf in den Nacken und ließ sich die Strahlen der Nachmittagssonne ins Gesicht scheinen. »Endlich Wärme, tut das gut!«

»Es ist ziemlich kalt, Daddy.« Verständnislos betrachtete Jemmy seinen Vater. »Guck, ich habe einen Pullover und eine Jacke an. Und Mamani hat auch eine dicke Jacke an.«

Tatsächlich trugen beide ihre Winterjacken. Jeff schmunzelte über sich selbst. »Nach der Kälte in der Schweiz kommt mir das hier gerade vor, als wäre ich mitten im Hochsommer gelandet. Ich hatte ganz vergessen, wie kalt es um diese Jahreszeit in Zürich ist. So wie in den letzten Wochen habe ich lange nicht mehr gefroren.« Über den Gepäckwagen hinweg traf sein Blick sich mit dem von Mbhali. Sie nickte wissend. Er verzog das Gesicht, zuckte wortlos mit den Schultern. Natürlich war das Zürcher Wetter am wenigsten schuld an diesem Frieren gewesen.

»Los, fahren wir nach Hause. Wo habt ihr das Auto versteckt?«

»Im Parkhaus. Gaaanz oben auf dem Dach!« Jemmy zeigte mit ausgestrecktem Arm auf das oberste

Stockwerk des Betonklotzes auf der anderen Straßenseite. Sich wieder auf den Gepäckwagen stützend, gab Jeff dem Gefährt einen Schubs.

»Dann gib Gas, Kumpel, ich will heim.«

»Jau, ich auch! Ich hab nämlich Hunger.«

»Manche Dinge ändern sich nie, was?«

»Hast du keinen Hunger?« Jemmy drückte den Knopf, um den Aufzug zu rufen. Mbhali betrachtete Jeff kritisch, der mit offener Jacke am Gepäckwagen lehnte. Er war so dünn geworden! Als er vor vier Wochen abgeflogen war, hätte sie seine Figur als athletisch schlank bezeichnet. Jetzt war er regelrecht hager, sein Gesicht eingefallen, die Haut unnatürlich blass und grau. Natürlich zehrte so eine Operation am Körper, auch fehlte ihm die südafrikanische Sonne. Die Müdigkeit und dieser glanzlose Ausdruck in seinen Augen aber konnten nicht nur auf eine schlaflose Nacht im Flugzeug zurückzuführen sein.

»Ich habe im Flieger gegessen«, gab er auch prompt die falsche Antwort. »Es gab Omelett zum Frühstück.«

»Im Flugzeug? Haben die denn da einen Ofen?«

Während sie mit dem Lift nach oben fuhren und Jeff dem faszinierten Jungen erklärte, wie ein Flugzeugessen aussah, beobachtete Mbhali ihn weiterhin still. Das Frühstück musste Stunden her sein. Normalerweise würde er inzwischen demonstrativ den Hungertod sterben und mit Jemmy um die Wette nach Nahrung fordern. Nicht einmal die deutliche Wiedersehensfreude konnte überspielen, dass er wirkte, als hätte man eine Batterie in ihm abgeschaltet. Als liefe er nur auf Reserve. Sie empfand sein unnatürliches Aussehen beängstigend. Es war höchste Zeit, dass sie Gelegenheit dazu bekam, ihn wieder aufzupäppeln!

## 31. Kapitel

Die ganze Heimfahrt über plapperte Jemmy unentwegt. Er war auf dem Rücksitz so weit nach vorne gerutscht, wie der Sicherheitsgurt es ihm gerade noch erlaubte. Beide Hände lagen auf Jeffs Schultern, als müsse er ihn festhalten, damit er sich nicht in der nächsten Sekunde in Luft auflöste. Völlig zusammenhanglos sprang er von einem Thema zum anderen. Sprach er gerade noch von einer ach so dämlichen Schularbeit, wechselte er ohne Punkt und Komma zu den Ergebnissen der letzten Rugbyspiele. Dann wieder erzählte er aufgeregt von einem schwierigen Song, den er endlich fehlerfrei beherrschte, was er seinem Vater auf jeden Fall nachher sofort und umgehend auf dem Saxofon beweisen wollte.

Jeff hatte den Kopf gegen die Kopfstütze gelehnt und hing matt auf dem Beifahrersitz. Das muntere Geplapper vom Rücksitz war Musik in seinen Ohren, dennoch konnte er nicht verhindern, dass seine Gedanken immer wieder abschweiften.

»Wenn du wieder weg bist, muss ich wenigstens nicht mehr bei Oma essen.«

Der Satz hämmerte sich seit Stunden in einer Art Endlosschleife durch sein Hirn, als hätte die Platte einen Sprung und spielte erbarmungslos stets die gleiche Stelle. Sarahs gleichgültige Bemerkung, während sie gelangweilt aus dem Fenster schaute.

Er sah zu Mbhali hinüber, wie sie den Kombi ruhig und konzentriert durch den dichten Nachmittagsverkehr auf der N1 steuerte. Der Freeway war wie immer brechend voll. Bis auf wenige Nachtstunden drängten sich permanent unzählige Fahrzeuge über die für derart viel Verkehr nicht ausgelegte Straße, die sich ausgerechnet durch die armseligsten Townships der Stadt wand. Gerade in der Traumstadt am Kap gelandet, wurde jeder zuerst mit der grausamen Wirklichkeit der Cape Flats konfrontiert, die sich staubig rechts und links der Autobahn ausbreiteten. Am Straßenrand versuchten riesige Werbeplakate für Castle Bier, Kondome und unbezahlbare Eigentumswohnungen an der Küste die Fahrer abzulenken, die in der blendenden Sonne im Stau standen.

Minibusse drängten sich in kamikazeartigem Fahrstil an ihnen vorbei, Luxusreisebusse brachten Touristen zu ihren Nobelhotels an der Waterfront oder in exklusive Lodges an den Stränden von Camps Bay und Clifton. Ungeduldige Motorradfahrer kurvten wild zwischen neuen Mietwagen und schäbigen Vans hindurch. Schwarze Tagelöhner hockten auf LKW-Ladeflächen, die sie zurück zu den Sammelpunkten an der Durban Road brachten. Vielleicht reichte das, was sie für die Erledigung der Knochenjobs auf den Baustellen bekamen, gerade für das heutige Abendessen ihrer Familien.

Der Freeway war ein Gewirr aus Armut und Luxus, das Zusammentreffen verschiedener Welten auf den Straßen vor den Toren der Stadt. Nicht zu vergleichen mit dem langweiligen Einerlei, das sich Schweizer Autofahrern im Stau der Zürcher City bot.

Eine nicht zu leugnende, unterschwellige Gefahr lauerte stets auf dem Asphalt. Wo sich in Zürich bei einem Zusammenstoß zwei Fahrer vielleicht ungehalten beleidigten, zückte hier nicht selten einer ein Messer. Überfälle auf Autos waren ebenso an der Tagesordnung wie gewaltsame Auseinandersetzungen zwischen hitzegeschädigten Fahrern oder weggetretene Junkies, die im Rausch quer über die Fahrbahn liefen. Jeff beobachtete und lächelte leise. Er war endlich wieder Zuhause.

* * *

Sie waren alle gekommen, um ihn zu begrüßen! Azibo, Nkosane, Bheka, Hanaa, alle schwenkten kleine, südafrikanische Fähnchen vor der Rezeption. Dan gab sich gar nicht erst mit den mickrigen Wimpeln ab, sondern wedelte gleich eine ausgewachsene Fahne mit beiden Händen über seinem Kopf. Im Fenster hing ein bemaltes Bettlaken, das in schiefen Buchstaben »Willkommen Zuhause, Jeff!« in Englisch und Xhosa verkündete. Mbhali ließ den Wagen auf den Parkplatz rollen, da drängten sie auch schon jubelnd näher, rissen die Beifahrertür auf und riefen wild durcheinander stürmische Begrüßungen. Verdutzt rieb Jeff sich die Augen. Hatte er wirklich geglaubt, sich mit dem Bus anschleichen zu können, als käme er nur mal eben vom Zahnarztbesuch zurück?

»Komm raus, Alter! Lass sehen, ob noch alles dran ist!« Dans massige Figur schob sich in die Tür. »Soll ich dich tragen? Oder bist du kein Invalide mehr, Milchgesicht?«

»Soll ich dir mal zeigen, dass auch ein Invalide dir in gewisse Weichteile treten kann?«

»An mir gibt´s keine Weichteile. Ich bin immer knallhart!«

»Lass deine Griffel von mir, bevor ich dir das Gegenteil beweise.« Kumpelhaft boxte Jeff seinem Freund gegen den mächtigen Bizeps, der sich unter dessen knallgelbem T-Shirt spannte. »Darf ich jetzt aussteigen?«

»Wer hindert dich dran?«

»Ein schwarzer Kleiderschrank vor meiner Tür.«

Mit einem Grinsen zog Dan den Kopf aus der Tür und richtete sich auf. Wie ein Redner hob er die

Hände, nickte seinem Publikum zu, bis Ruhe herrschte und ließ einmal den Blick in die Runde schweifen.

»Jungs - und Mädels -«, er zwinkerte Mbhali und Hanaa entschuldigend zu. »Er ist zwar nicht mehr komplett bestückt, aber in Ordnung!«

Allgemeiner Jubel war die Antwort, als Jeff sich aus dem Sitz schwang, wobei er sich möglichst unauffällig auf dem Türgriff abstützte. Doch Mbhali war es nicht entgangen. Mit typisch männlich-afrikanischen Dreifach-Handschlag begrüßten Azibo, Nkosane und Bheka ihn. Dan umarmte ihn derart heftig, dass Jeff im Geiste seine Rippen knacken hörte. Schüchtern schob sich Hanaa, mit ihrem Baby auf dem Rücken dazwischen.

»Ndibulisile Jeff!« begrüßte sie ihn höflich. »Schön, dass du zurück bist. Geht es dir gut?«

»Ja, danke, Hanaa. Es ist alles gut verlaufen. Ich bin nur ein wenig geschafft von der langen Reise.«

»Du warst wochenlang zur Kur in der Schweiz! Gesunde Bergluft, heiße Krankenschwestern und fröhliches Alphorngedudel, also stell dich nicht so an, Alter!« Ein kameradschaftlicher Schlag auf die Schulter ließ Jeff in die Knie gehen. Dan grinste breit.

»Wenn von der langen Reise einer kaputt ist, dann der Pilot, der dich herfliegen musste, während du in deinem Fliegersesselchen Schampus getrunken und den Stewardessen unter´n Rock geguckt hast.«

»Wusste gar nicht, dass du dich da oben so gut auskennst. Mit welcher Gesellschaft bist du zuletzt geflogen?«

»Mit Anele Airlines! Als meine Gattin mir mal wieder ´nen satten Tritt in den Arsch verpasst hat, weil ich ´n klein wenig angetrunken ins gemeinsame Schlafgemach getorkelt bin. Dabei wollte ich ihr nur die Aufwartung des stämmigen Freundes machen, der in meiner Hose wohnt.«

»Vielleicht hat sie 'nen strammen Flugkapitän erwartet und war enttäuscht, als da unten nur der kleine Funker S.O.S. meldete!«

»Vielleicht vertraust du 'n bisschen zu sehr auf deine Muckis, Nkosane? Noch so 'n Spruch, und Danny Boy schenkt dir einen Freiflug über'n Parkplatz! Aber glaub' ja nicht, dass da Schampus und Stewardessen inklusive sind.«

»Stopp! Alle beide!« Sicherheitshalber trat Jeff zwischen die beiden Hitzköpfe. »Keine Showkämpfe zu meiner Begrüßung, das wäre zu viel der Ehre. Ich muss dich enttäuschen, Dan, aber die servierfreudigen Damen habe ich verschmäht. Mein Bedarf an blonden Schweizerinnen ist bis auf Weiteres gedeckt.«

»Was fliegst du auch mit den Ausländern? Flieg mit South African, da hast du bestimmt ...«

»... nur dralle Burenmädchen an Bord, die noch blonder sind als meine Ex.«

Zufrieden sah Jeff sich über die Köpfe der anderen hinweg um. Sein Motel sah genau so aus, wie er es verlassen hatte. Keine sichtbaren Schäden, alles picobello sauber, mehrere fremde Autos auf dem Parkplatz, die zeigten, dass Gäste da waren. Erfreut bemerkte er einen relativ neuen Toyota mit einem Nummernschild aus Namibia. »Sag, dass die hier wohnen und nicht nur dreist bei uns parken, während sie am Strand Muscheln suchen«, beschwor er Azibo mit einem Kopfnicken auf den Wagen. Der Farbige, dessen Handy am Gürtel verriet, dass er im Dienst war, nickte.

»Kyle und Leanne Nujoma. Sind vor zwei Tagen aus Windhoek angekommen und bleiben noch bis übermorgen. Denen gefällt´s hier. Und da drüben«, er wies auf einen Mitsubishi, der neben einem verbeulten Isuzu stand. »Das glaubst du nie: Das ist der Wagen von Familie Van der Merwe. Drei Nächte in der Suite.«

»Van der Merwe? Du meinst - Weiße? Hier? Bei uns?«

»Ja!« Azibo grinste zufrieden, als er Jeffs Überraschung bemerkte. »Nicht ganz so blass wie du, aber eindeutig Weiße. Ebenfalls aus Namibia, ich glaube, aus der Gegend von Swakopmund. Keine Ahnung, warum wir neuerdings zum Lieblingsmotel der Deutsch-Afros werden.«

»Der Grund ist mir völlig egal, solange sie nur kommen, ihre Namibdollars hierlassen und so zufrieden wieder abreisen, dass sie ihrer ganzen Sippschaft einen Aufenthalt bei uns empfehlen.«

Wieder schwenkte Jeffs Blick über die Gebäude, blieb dann am Bettlaken im Fenster der Rezeption hängen. »Wer war das?«

»Die Ladys natürlich«, Bheka zuckte mit den Achseln. »Wir hätte dich lieber mit ´nem anständigen Saufgelage empfangen, aber die Ladys fanden ihr Betttuch wohl passender, weil du gerade aus dem Krankenhaus kommst.«

»Das Saufgelage holen wir nach, Alter, keine Sorge!« Erneut bekräftigte Dan seine Worte mit einem freundschaftlichen Klaps, bei dem Jeff jetzt doch das Gesicht verzog.

»Wenn du noch oft auf die Stelle haust, muss mir jemand eine neue Schulter spenden.«

»Zimperliche Schweizer! Nichts gewöhnt!«

»Willst du mich beleidigen? Ich bin kein Schweizer! Und zimperlich schon gar nicht!«

»Du bist dünn wie ´n Bikinimodel aus ´ner Werbung für Abmagerungsdrinks! 'nen Knochen wie dich würde jeder Aasgeier verschmähen, der was auf sich hält. Kein Wunder, dass du gleich auseinanderfällst, wenn man dich nur antippt. Wird Zeit, dass mein Schwesterherz dich mal wieder ordentlich füttert. Gibt´s in der Schweiz nichts zu essen?«

»Essen ist genau mein Stichwort!« Mbhali tauchte hinter den Männern auf. »Los, Leute, ran an den Tisch!«

»Ich dachte ... Ich wollte eigentlich duschen ... Und dann erst ...«

»Du kannst später denken und duschen, jetzt wird gegessen.« Schon hatte Dan ihn auf der einen Seite untergehakt, Bheka packte ihn von der anderen Seite. Gemeinsam marschierten sie um die Rezeption herum zum Haus, wo die nächste Willkommensgirlande über der Eingangstür ihn fröhlich-bunt begrüßte.

»Häng´ das Schild ans Fenster, dass du über das Handy erreichbar bist.« Mbhali nickte Azibo wohlwollend zu. »Und jetzt kommt, das Essen wird kalt.«

Er hatte keine Chance. Während des Begrüßungsrituals der Männer hatten Mbhali und Hanaa unter nicht ganz freiwilliger Mithilfe von Jemmy Stühle und Klapphocker aufgestellt, Geschirr herangeschleppt und Schüsseln mit Reissalat, Mielipap und Früchten aufgereiht. Auf dem Grill brutzelten saftige Fleischstücke und eine endlos lange Boerewors, im gusseisernen Topf schmorte über dem offenen Feuer ein verlockend duftendes Potjiekos. Jemmy verteilte Braai Punch auf Gläser. Schnell griffen Bheka und Dan sich eine der wenigen Bierflaschen aus einem mit Eiswürfeln gefüllten Eimer. Das Willkommenslaken wurde von Azibo und Nkosane gut sichtbar im Wohnzimmerfenster aufgehängt, was Jeff mit einer

Grimasse kommentierte, ansonsten aus taktischen Gründen aber lieber den Mund hielt.

»Hmmm, das riecht gut! Hier bin ich richtig!«

»Jeff, wenn´s jedes Mal ein Braai gibt, wenn du landest, kannst du gerne Flugbegleiter werden!«

»Sorry, aber als Steward bin ich untauglich. Soweit ich mich erinnern kann, stehe ich auf Frauen.«

»Wenn du dich daran noch erinnern kannst, musst du ein Gedächtnis wie ein Elefant haben«, feixte Dan.

»Oder hast du dich mal von einer Schweizer Krankenschwester genauer untersuchen lassen?«

»Ein Gentleman genießt und schweigt.«

»Vor allem, wenn´s nichts zu erzählen gibt!«

Gutgelaunt witzelten die Männer herum, während sie sich mit Teller bewaffnet über die Schüsseln hermachten oder sich von Hanaa etwas aus ihrem Topf schöpfen ließen. Fassungslos betrachtete Jeff die gelungene Überraschungsparty.

»Wie hast du das so schnell gemacht?« fragte er verblüfft. Mbhali lächelte zufrieden.

»Ich habe alles heute Morgen vorbereitet, Hanaa musste nur den Grill anwerfen. Hab sie angerufen, während Jemmy dich am Flughafen überfallen hat.« Sie strich ihm über den Arm. »Schön, dass du wieder da bist.«

Selig drückte er sie an sich, während er daran zurückdachte, wie kalt und gefühllos er in Zürich ins Gästezimmer abgeschoben worden war.

»Komm, iss endlich was, bevor du meinen vertrockneten Hühnerknochen Konkurrenz machst.« Mbhali goss Soße aufs Mielipap und reichte ihm den gut gefüllten Teller. »Setz dich zu Jemmy, da kriegst du die meiste Sonne ab.«

»Ja, du sitzt hier bei mir!«

Wie in Trance ging Jeff zu dem bequemen Stuhl

am Kopfende des Tisches, der eigentlich an den Esstisch in der Küche gehörte. Neben ihm zappelte Jemmy bereits ungeduldig. »Zeigst du uns, wo das Organdings drin war?«

»Jemmy, wir wollen essen!« Mahnend schüttelte Mbhali den Kopf, während die Männer lachten.

»Ich will doch nur mal gucken!«

»Später, Kumpel. Wenn wir alleine sind. Komm her.« Liebevoll drückte Jeff ihn an sich. »Ich hab dir auch was mitgebracht«, sagte er geheimnisvoll.

»Jimbo?« Ein hoffnungsvolles Strahlen zog über das Gesicht des Jungen.

»Den auch! Der ist so froh, wieder hier zu sein, das kannst du dir nicht vorstellen.«

»Ich bin auch total froh, dass Jimbo wieder da ist. Hatte er wieder Flugangst?«

»Wer ist Jimbo?« warf Bheka, genüsslich an einem Lammkotelett knabbernd, ein. »Ein Neuer für die Nachtschicht?«

»Nein, mein Bodyguard der letzten drei Wochen. Dan war zu schwer für's Handgepäck.«

»Kein Wunder, so wie der 'reinhaut!«

»Ich bin nicht zu schwer, ich bin nur extrem muskulös gebaut.« Dan biss herzhaft ein Stück Boerewors ab. »Kann ja nicht jeder so 'n Hungerhaken wie unser Boss sein!«

»Sei froh, dass der Hungerhaken müde ist. Sonst würdest du das nicht ungestraft zu mir sagen.« Jeff versuchte vergeblich, ein Gähnen zu unterdrücken.

»Oh Mann, die Nacht im Flieger war echt lang.«

»Du hast doch gesagt, da sind richtige Betten drin. Kann man da nicht schlafen?« fragte Jemmy neugierig. Er ignorierte Mbhalis tadelnden Blick, als sie ihn dabei erwischte, wie er sich Fett und Ketchup von den Fingern leckte, anstatt die Serviette zu benutzen.

Mit einem hoffnungslos überladenen Hamburger hatte er sich so dicht neben seinen Vater gesetzt, dass er bei jeder Bewegung mit dem Ellenbogen gegen ihn stieß. Jeff tätschelte ihm die Wange.

»Wenn man kein zu groß geratener Hungerhaken ist, kann man da sicher prima schlafen. Aber irgendwie haben die Leute, die die Schlafsessel bauen, nur Zwerge als Versuchskaninchen benutzt.«

»Stand da vielleicht »Made in Taiwan« drauf?«

»Ganz sicher!« Jeff grinste Dan hinterlistig an. »Ich würde zu gerne mal sehen, wie DU dich in so ein Teil faltest.«

»Elefanten reisen im Frachtraum, wusstest du das nicht?«

Schallendes Gelächter war die Antwort. Azibo fluchte, als er sich wiederholt von seinem vollgehäuften Teller trennen musste, um neue Gäste einzuchecken, wohingegen Jeff zufrieden registrierte, dass das Motel für eine weitere Nacht offensichtlich gut gebucht war. Die üblichen Anekdoten über Gäste, die während seiner Abwesenheit für so manche Abwechslung von der alltäglichen Routine gesorgt hatten, machten die Runde, während gegessen, getrunken und herzhaft gelacht wurde. Nur Mbhali bemerkte, wie ungewöhnlich still Jeff dazwischen saß, auch wenn er keinen der gewohnt derben Sprüche unbeantwortet ließ, mit denen seine Männer ihn immer wieder bedachten. Zumindest seine Schlagfertigkeit hatte nichts von ihrer gewohnten Schärfe eingebüßt, ansonsten hatte er allerdings wenig Ähnlichkeit mit dem Mann, den sie vor ein paar Wochen auf dem Flughafen verabschiedet hatte.

\* \* \*

Schließlich verlosch die Glut der Grillfeuer, Töpfe und Schüsseln waren leer, allmählich ging die Sonne unter. Schlagartig wurde es kalt im Schatten. Mbhali und Hanaa räumten auf, die Männer brachten die Stühle und Hocker zurück. Jeff wurde endlich entlassen, um unter die wohlverdiente Dusche zu verschwinden. Als er eine geraume Weile später ins Wohnzimmer trat, war es draußen still geworden. Jemmy umarmte ihn und ließ ihn nicht los, bis sie gemeinsam auf der Couch saßen, wo er sich eng an ihn schmiegte.

»Wo ist Jimbo?« fragte er schließlich. Im Rausch der Wiedersehensfreude war sogar sein schmuddeliger Freund für eine Weile in Vergessenheit geraten.

»Da im Rucksack.«

Ein netter Mensch hatte sein Gepäck ins Haus getragen, während er im Bad gewesen war. Wie von der Tarantel gestochen sprang Jemmy auf und machte sich über den Rucksack her.

»Jimbo!« jubelnd zog er das Plüschtier heraus.

»Hast du gut auf Daddy aufgepasst?«

»Hat er«, bestätigte Jeff. »Aber jetzt ist er genau so froh wie ich, endlich wieder zuhause zu sein. In Zürich gab es ja nicht mal Potjiekos und Melktert.«

»Nein? Ja, aber ... Was essen die denn dann in der Schweiz? Nur Käse?

«Auch. Stell dir vor, ich musste im Krankenhaus jeden Tag Giraffenfutter essen!« Erwartungsgemäß verzog Jemmy das Gesicht.

»Und noch ganz viel anderes Zeug, das alles nicht so toll schmeckt wie das, was Mamani kocht!«

»Deshalb passt Mamani jetzt auch auf, dass du wieder was auf die Rippen kriegst.« Mbhali setzte sich neben in. »Du hast eben kaum etwas gegessen.«

»Ich habe ...«

»Ich weiß, was du hast. Wenn es danach geht, sollte ich jetzt beleidigt sein. Du hast kaum etwas angerührt, nicht mal den Nachtisch. Oder glaubst du, ich hätte nicht gesehen, dass die gierige kleine Hyäne neben dir das Meiste von deinem Teller stibitzt hat?«

»Ich war zu müde zum essen, Mbhali. Glaub mir, das Braai war eine wunderschöne Überraschung. Aber ich bin einfach fertig von der langen Reise.« Er legte versöhnlich seinen Arm um ihre Schultern.

»Gib mir ein bisschen Zeit, anzukommen. Wenn ich erst einmal richtig geschlafen habe, sieht die Welt wieder anders aus.«

Sie drückte sich an ihn. »Wie gerne würde ich dir das gerne glauben«, sagte sie voller Zweifel. »Aber irgendetwas sagt mir, dass du davon selbst ebenso wenig überzeugt bist wie ich.«

## 32. Kapitel

Endlich verbarg sich der Herbst in Kapstadt nicht mehr hinter einem Kostüm, das stark an die grauen Tage in Zürich erinnerte. Nach tagelangem Dauerregen waren die dicken Tropfen gegen Mittag in ein nebelartiges Nieseln übergegangen, dann schließlich vom Wind ins Hinterland verdrängt worden. Noch etwas zögerlich blinzelte erstes Blau durch die Wolkendecke über dem Atlantik. Erfahrungsgemäß ließ das auf klare Wintertage mit schier endloser Fernsicht und wenigstens stundenweise wärmenden Sonnenstrahlen hoffen.

In eine Strickjacke gewickelt lehnte Mbhali am Geländer, das sich entlang des Flurs im ersten Stock zog. Sie winkte Jemmy zu, der den schulfreien Samstag eine ganze Weile damit zugebracht hatte, Saxofon zu spielen. Zwischendurch war er immer wieder zum Fenster geflitzt, um zu sehen, ob sich der Regen nicht doch endlich verzog. Es tropfte noch von allen Dachrinnen und Vorsprüngen, da war das Instrument im Koffer verschwunden und der kleine Flegel mit seinem Waveboard auf dem Parkplatz unterwegs. Er winkte fröhlich zurück, während er die zahllosen Pfützen zu einem Slalomparcours umfunktionierte und geschickt zwischen den Wasserlachen hindurch manövrierte. Mbhali beobachtete ihn mit mütterlicher Hingabe. Seit Jeff das Paket mit diesem merkwürdigen Brett auf zwei Rädern vor zehn Tagen aus seiner Tasche gezaubert hatte, hallte Jemmys Jubelschrei ihr noch immer in den Ohren. So schnell hatte sie den Kleinen selten etwas auspacken sehen! Natürlich kannte er diese neumodischen Sportgeräte aus dem Fernsehen. Anfangs gab Jeff Hilfestellung, hielt ihn bei den ersten Versuchen, auf dem wackligen Ding zu stehen, fest. Doch seine zupackenden Hände wurden schnell als absolut überflüssig abgetan. Ein paar aufgeschlagene Knie und blutige Handballen später flitzte Jemmy in gekonntem Schwung zwischen den Autos auf dem Parkplatz hindurch. Jeff lobte sein Können mit sichtlichem Vaterstolz, und Mbhali flickte geduldig die neuen Löcher in den Hosen.

Der Gedanke an Jeff holte sie in die Gegenwart zurück. Das Hämmern und Klopfen hinter ihr hatte aufgehört. Sie nahm den Stapel frischer Handtücher, den sie auf einer Bank abgelegt hatte und betrat das Zimmer. Im gleichen Moment kam ihr Bruder aus dem Bad, einen riesigen Werkzeugkasten in der Hand. »Molo, Mbhali. Bin fertig. Die Dusche funktioniert wieder.«

»Gut. Aber deshalb bin ich nicht hier.« Sie legte die Wäsche auf das Bett und schloss die Tür. »Hast du ein paar Minuten, Danjuma?«

Sofort musterte Dan sie argwöhnisch. »Probleme?«

Sie nickte.

»Jeff?«

Sie nickte erneut, worauf er den Werkzeugkasten auf den Boden stellte und einen der beiden Stühle heranzog. Er drehte ihn um, setzte sich rittlings darauf und legte die massigen Arme auf die Rückenlehne. Mitleidig warf Mbhali einen skeptischen Blick auf die dünnen Stuhlbeine, doch offensichtlich waren sie dem Gewicht ebenso gewachsen wie die Lehne aus eierschalenfarbenem Plastik. Sie blieb stehen, die Arme vor dem Körper verschränkt, unbewusst die Jacke enger um sich ziehend.

»Ich komme einfach nicht an ihn heran«, begann sie ohne Umschweife. »Er ist hier und doch nicht hier. Hockt nur im Büro vor seinem Computer, aber ganz ehrlich: Die meiste Zeit starrt er aus dem Fenster. Versteh´ mich nicht falsch, ich bin froh, dass er sich nicht sofort wieder in die Arbeit gestürzt hat. So, wie er aussieht, gehört er ins Bett und nicht an den Schreibtisch oder die Rezeption. Aber …«

»Er sieht aus wie der Tod auf Stelzen, ich weiß«, beendete Dan den Satz ungewöhnlich ernst. »Er sagt, seine Werte wären okay, und das glaube ich ihm auch. Damit treibt er keinen Unfug. Er weiß genau, dass er hier gebraucht wird. Aber der Jeff, den wir kennen, ist irgendwo zwischen dieser verdammten Schweiz und Südafrika auf der Strecke geblieben.«

»Die Albträume sind wieder da.« Als hörte sie wieder seine Schreie, rieb Mbhali sich die Hände, presste ihre Finger gegen ihre Lippen, atmete mit geschlossenen Augen schwer durch. »Sie haben gleich in der ersten Nacht angefangen«, sagte sie wie zu sich selbst. »Er ruft nach Sarah, manchmal schreit er etwas. Aber ich verstehe nichts, weil er im Schlaf ein wildes Durcheinander aus Deutsch und Englisch redet. Wenn ich ihn wecke, ist er schweißgebadet und völlig am Ende. Er sagt, es wäre alles in Ordnung und verschwindet unter der Dusche.« Sie sah auf, ihr Blick voller Schmerz.

»Morgens in aller Frühe geht er mit seinem Saxofon an den Strand. Aber ich weiß, dass er nicht spielt. Ich bin ihm heimlich gefolgt. Er steht nur da, hält das Saxofon fest und starrt aufs Meer hinaus. Stundenlang. Ich weiß nicht, ob er überhaupt spielen will, aber selbst wenn, ließe es seine Hand gar nicht zu. Er leugnet es, aber ich weiß, dass er Schmerzen hat. Die hatte er immer, wenn die Albträume kamen. Außerdem sehe ich doch, wie er die Hand hält und es vermeidet, damit etwas anzufassen. Er isst so gut wie nichts«, setzte sie hilflos hinzu. »Er schläft auch nicht. Sogar Jemmy macht sich inzwischen Sorgen, weil er nicht bei der Sache ist, wenn er mit ihm Musik macht oder zuschaut, wie er auf diesem Rollbrett durch die Gegend kurvt.«

»Was hältst du davon, wenn ich ihn mir vorknöpfe und ihm von Mann zu Mann die Leviten lese?«

Zum ersten Mal musste Mbhali schmunzeln. »Vielleicht redest du erst einmal ein paar Takte mit ihm, bevor du ihm die Rübe einschlägst?«

»Schade, dass ich ihm nicht einfach eine Portion Vernunft in sein blasses Hirn prügeln kann … Mal sehen«, schwerfällig stemmte er sich von seinem Stuhl hoch, der jetzt doch etwas gequält ächzte. »Bisher hab ich in diesem Motel noch alles repariert, warum soll ich nicht zur Abwechslung mal den Seelenklempner für unseren Boss spielen!«

Draußen war es ruhig geworden, Jemmy nirgendwo zu sehen. Anscheinend hatte der Lausebengel den unbeobachteten Moment genutzt, um sein Trainingsareal wieder einmal etwas zu erweitern und surfte jetzt durch die holprige Seitenstraße, die das Motelgelände vom Nachbargrundstück trennte. Der Durchlass war nichts weiter als eine schmale Gasse voller Löcher im Asphalt, in der sich Müllcontainer aneinanderreihten. Der besondere Reiz lag darin, dass die Gasse abschüssig in Richtung Küste verlief, weshalb Jemmy jede sich bietende Gelegenheit für eine rasante Fahrt nutzte. Leider hatten auch die Rowdies auf ihren frisierten Motorrädern Spaß an einem Ritt über die raue Piste und rasten rücksichtslos zwischen den Mauern hindurch. Wäre Jeff nicht gerade zu sehr damit beschäftigt, in seinen Depressionen apathisch vor sich hin zu dämmern, läge das

Waveboard längst unter Verschluss, bis Jemmy hoch und heilig geschworen hätte, keinen weiteren Gedanken an die Gasse zu verschwenden. Schließlich war die schon für sein altes Skateboard absolut tabu gewesen. Aber momentan war ein gelangweiltes »Ach lass ihm doch seinen Spaß, er kann mit dem Ding umgehen. So sind Jungs eben!« alles, was Mbhali zu hören bekam, wenn sie schimpfte oder Jeff zu einem Machtwort bewegen wollte.

Sie fanden ihn im Büro. Bunte Regenbögen flackerten über den Computermonitor. Jeff hing in seinem Schreibtischstuhl, ein Bein von sich gestreckt, das andere auf einem der Füße des Stuhls abgestützt. Er war so weit auf der Sitzfläche herab gerutscht, dass sein ausgezehrter Körper eine fast gerade Linie bildete. Die Arme vor der Brust verschränkt, pendelte sein Kopf im Schlaf willenlos hin und her. Dan nickte Mbhali zu, die nach einen sorgenvollen Blick den Rückzug antrat.

»Jeff?« Dan knuffte ihm gegen die Schulter. Sofort schreckte er hoch, verzog dabei gleichzeitig das Gesicht, als sein Körper gegen die ruckhafte Bewegung protestierte. Geblendet blinzelte er gegen die Helligkeit im Zimmer an.

»Hey, Dan«, murmelte er schlaftrunken und rieb sich mit der Hand durch das Gesicht. Dabei verursachten seine ungepflegten Bartstoppeln ein kratziges Geräusch. Er gähnte, reckte sich und massierte sich den steifen Nacken. »Ich muss eingenickt sein.« Mühsam rutschte er in seinem Stuhl hoch. »Scheiße, mein Hintern pennt immer noch!«

»In den wollte ich dir sowieso gerade treten. Steh auf! Wenn ich das erledigt habe, denkt dein Arsch garantiert vorläufig nicht mehr an Schlafen!«

»Dan, mach keinen Stress! Was willst du?«

»Mit dir reden.«

»Tust du gerade. Klappt die Dusche wieder?«

»Willst du mich beleidigen? Natürlich klappt die Dusche wieder. Jetzt beweg deinen verpennten Arsch und komm!«

Verständnislos rieb Jeff sich immer noch träge den Nacken. »Sag was los ist. Kurz, in maximal drei Worten. Und dann lass mich in Ruhe, ich habe zu tun.«

»Aufstehen. Mitkommen. Biertrinken.«

»Häh?«

»Waren drei Worte, also motz nicht. Jetzt komm endlich!«

»Ich verstehe immer Bier.«

»Gut, dann hast du den wichtigen Teil kapiert. Schwing dich hoch, wir beide gehen einen trinken.«

»Ich trinke nicht. Will meine Niere nicht kaputt machen. Hab nur noch eine, da muss ich vorsichtig mit umgehen.«

»Ein Bier bringt dich nicht um. Los jetzt, oder muss ich dir wirklich erst in den Arsch treten, bevor du endlich aufstehst?«

Jeff betrachtete zweifelnd Dans wuchtige Oberschenkel, die den Nähten seiner verwaschenen Jeans einiges abverlangten. Sein Blick glitt hinunter zu einem Paar Arbeitsstiefel von der Größe eines Einfamilienhauses. Vielleicht war es keine gute Idee, einen Tritt in den Hintern zu riskieren. Widerwillig wuchtete er sich hoch und schlurfte missmutig zur Tür, die Dan zufrieden nickend öffnete.

»Ich brauch ´ne …«

»Hier!«

Schon flog ihm seine Lederjacke ins Gesicht. Offensichtlich hatte auch Mbhali sich gegen ihn verschworen und die Jacke bereits auf dem Tresen deponiert. Lustlos schlüpfte er hinein. »Verrätst du mir, was diese Pseudo-Entführung soll?« fragte er mürrisch, als sie nach draußen traten.

»Sobald wir beide ein Bier vor der Nase haben.«

Achselzuckend vergrub Jeff seine Hände tief in den Jackentaschen und latschte stumm neben seinem Freund her, der zielstrebig um die nächste Ecke bog.

Hier prägten schmuddelige Ladenlokale das Strassenbild. Billig-Telefonläden, Wettbüros und kleine Lebensmittelläden reihten sich aneinander. Malaiische Imbissbuden verströmten den Geruch von scharfgebratenem Lammfleisch, süßlichen Currys und nicht mehr ganz frischem Frittierfett. Ein buntes Sprachgewirr drang aus offenen Fenstern und Türen, Kinder unterschiedlichster Herkunft spielten johlend mit selbst gebastelten Drahtautos auf der Straße.

Der *Old Beer Keg* lag in einer heruntergekommenen Parallelstraße, nur wenige Gehminuten vom *Sea Point Beach Motel* entfernt. Falls sich Touristen überhaupt in die zwielichtigen Gassen zwischen den hässlichen Wohnblocks wagten, machten sie um die schummrige Spelunke mit dem muffigen Eingang einen weiträumigen Bogen. Eine fleckige Holzbar mit billigen Barhockern bildete den Mittelpunkt der Kneipe, ein paar wacklige Holztische mit ebensolchen Bänken standen an der Fensterfront und einer Seitenwand. Unzählige Biergläser hatten ihre Kränze auf den nackten Tischplatten hinterlassen, es roch nach Alkohol, Zigarettenqualm und Schweiß. Ein Großteil der Frontscheibe war mit grüner Farbe umrandet, mittendrin prangte der verkratzte Schriftzug *Old Beer Keg* über dem Bild eines Bierfasses. Die Bemalung gab dem Tageslicht kaum eine Chance, den dämmrigen Innenraum zu erhellen, und die spärliche Beleuchtung über dem Tresen machte deutlich, dass der Besitzer nicht mehr Geld als unbedingt nötig an den Stromversorger verschwendete. Obwohl die Gläser, soweit erkennbar, sauber zu sein schienen, trank man besser aus der Flasche. Auf den Besuch gewisser Örtlichkeiten hatte Jeff bislang wohlweislich verzichtet und gedachte, diesen Bereich auch weiterhin zu meiden. Ansonsten aber mochte er die düstere Atmosphäre der Kneipe, in der sich prinzipiell niemand um jemand anders als sich selbst kümmerte und das Bier eiskalt auf den Tisch kam.

Obwohl es erst später Nachmittag war, hockten bereits ein paar notorische Säufer am Tresen und hielten sich an ihren Drinks fest. Sie starrten mit ausdruckslosen Augen auf den flackernden Fernseher in der Ecke, der ein auf Zulu kommentiertes Fußballspiel übertrug. Auf einer Bank lehnte ein Kerl in einem dreckigen T-Shirt an der Wand. Er schnarchte vor sich hin, ohne dabei die Flasche in seiner Hand loszulassen.

»Castle«, orderte Dan von Weitem bei dem stämmigen Typen hinter der Theke, der Gläser abtrocknete und nebenbei das Spiel auf dem Bildschirm verfolgte. Er hielt zwei Finger in die Höhe. Der Barkeeper nickte, ließ sich allerdings in seinem Tun nicht beirren. Ohne Worte steuerten die Beiden einen Tisch am Fenster an und warteten geduldig. Die Arme vor der mächtigen Brust verschränkt beobachtete Dan, wie Jeff gedankenverloren die Flecken und Kratzer auf der schäbigen Tischplatte fixierte, während er mit einem herumliegenden Streichholzpäckchen zu spielen begann.

»Die Durbs verlieren haushoch.« Der Kellner stellte die Bierflaschen auf den Tisch, fischte einen Öffner aus den Tiefen seiner schmuddeligen Schürze hervor und zog die Verschlüsse ab. Als keiner der beiden

Anstalten machte, auf seine Bemerkung einzugehen, schlurfte er gleichgültig zu seinem Fußballspiel zurück. Wie auf Kommando griffen Dan und Jeff nach ihrem Bier. Beide seufzten genüsslich, als sie die Flaschen zurück auf den Tisch stellten und innerlich verfolgten, wie die kalte Flüssigkeit sich ihren Weg durch ihre Kehlen bis in den Magen bahnte.

»Dein Mädchen ist wieder zuhause?« brach Dan schließlich das Schweigen.

»Soweit ich weiß, ja.«

»Du hast nichts von ihr gehört, stimmt´s?«

Jeff schüttelte den Kopf. Seine rastlosen Finger versuchten, das feuchte Label von der Bierflasche abzuziehen. Gebannt starrte er darauf, ohne zu bemerken, was er eigentlich tat. »Im Gegenteil, Carla hat die Telefonnummer ändern lassen«, sagte er bitter. Ihre versöhnliche Ader hatte offensichtlich nicht allzu lange angehalten.

»Ich war kaum weg, da hatte sie nichts Eiligeres zu tun, als die Telefonnummer ändern zu lassen.«

»Du hast sie also angerufen.«

»Ich wollte doch nur wissen, wie es ihr geht.«

»Obwohl du ganz genau weißt, dass deine Ex dir das heute genau so wenig sagen wird wie damals!«

Um nicht antworten zu müssen, trank Jeff einen weiteren Schluck aus seiner Flasche, ehe er wieder das Spiel mit dem Etikett aufnahm. Die schwarze Pranke, die sich auf sein Handgelenk legte, hinderte ihn daran. »Hak es ab, Jeff! So schwer es fällt, hak es ab. Du gehst sonst daran kaputt!«

Jeff schwieg, doch selbst in der schummrigen Kneipenbeleuchtung konnte er den Schmerz nicht verstecken, der sich hinter seiner mühsam bewahrten Fassade verbarg.

»Du hast es schon einmal geschafft, du schaffst es

wieder. Damals war es doch noch viel schwerer! Damals musstest du ein Kind zurücklassen. Heute ist sie eine junge Frau.«

»Ich weiß nicht, vielleicht hatte ich damals einfach mehr Ablenkung«, gab Jeff leise zu, ohne sein Gegenüber anzusehen. »Ich kann mich an jede Sekunde erinnern, weiß, dass es damals genauso schwer wie heute war, aber die Situation war völlig anders.« Er seufzte. »Da war Jemmy, der plötzlich damit fertig werden musste, dass ein völlig Fremder sich um ihn kümmerte. Noch dazu ein Weißer. Aber er hat mir vertraut. Ebenso wie Mbhali.« Für einen winzigen Moment zog ein Lächeln über sein Gesicht. Unbeholfen blickte er Dan an.

»Denk mal daran, wie wir beide dagestanden haben. Wie die Loser vom Dienst! Du warst doch selbst gerade erst aus dem Knast ´raus.«

Dan verzog das Gesicht, doch Jeff redete weiter, ohne es zu bemerken. Stattdessen konzentrierte er sich wieder auf das Flaschenetikett. »Wir waren einfach ein Team, du, Mbhali und ich. Wir hatten alle Hände voll zu tun. Sonst hätten wir das Motel niemals auf die Beine gestellt.«

»Aber wir haben es auf die Beine gestellt!« Bestätigend festigte Dan seinen Griff um Jeffs Gelenk, das zwischen seiner Bratpfannen-großen Hand klemmte. Immerhin erreichte er damit, dass sein Freund nun ihn anstatt der Flasche fixierte.

»Und wir haben es verdammt gut auf die Beine gestellt«, wiederholte er, keinen Widerspruch duldend. »Du hast aus dem Schuppen eine anständige Unterkunft gemacht. Du hast uns allen ein neues Leben ermöglicht. Wenn du mir keinen Job gegeben hättest …« Er schob den Gedanken mit einer eindeutigen Grimasse beiseite. »Stell dir mal vor, wo die

Jungs heute wären, wenn du sie nicht von der Straße geholt hättest. Nkosane hätte höchstens im Knast als Schläger Karriere gemacht!«

»Ich weiß.« Gedankenlos wollte Jeff seine Stirn in seine linke Hand stützen, zuckte aber sofort zurück, als ein stechender Schmerz ihn durchfuhr. Er entzog Dan seinen Arm und begann, seine Finger zu kneten.

»Ich werde die Albträume nicht los. Seit ich zurück bin, sind sie wieder da. Jede Nacht. Ich will nicht mehr schlafen.« Die Augen geschlossen, kämpfte er sichtlich um Fassung. »Sie sind schlimmer als je zuvor. Sonst waren sie immer eine Wiederholung dessen, was damals passiert ist. Aber jetzt ...« Er schluckte schwer, blickte gegen die grün bemalte Glasscheibe, die ihm die Sicht auf die Straße versperrte. »Dieser Scheißköter rennt auf uns zu, Sarah steht da, mit Trixie auf dem Arm ... Sie sieht den Hund, aber sie kann nicht weglaufen. Sie steht wie angewachsen da, diese grauenhafte Angst im Gesicht ... Ich renne und renne, rutsche im Schnee aus, stehe auf, renne weiter, aber dieser verdammte Köter ist schneller! Er ist schneller! ... Ich komme jedes Mal zu spät ... Jede Nacht ... Dann höre ich ihren Schrei, sehe nur noch das Blut ...« Hastig schlang er seine Arme um sich, wandte sein Gesicht ab, damit niemand Zeuge seiner Qual wurde. Dabei hatten die Männer am Tresen sowieso nur Augen für das Fußballspiel, das nach wie vor über den Bildschirm flimmerte. Hilflos sah Dan zu, wie Jeff mit hängendem Kopf vornübergebeugt da saß, eine Faust zwischen die Zähne gepresst, um jeden Laut zu unterdrücken. Eine Ewigkeit schien zu vergehen, bis er endlich aufsah.

»Scheiße!« entfuhr es ihm niedergeschlagen. »Ich weiß einfach nicht, wie ich da wieder rauskommen soll! Ich bin müde. Ich will endlich schlafen. Und gleichzeitig will ich nie wieder schlafen!«

»Lass sie endlich los, Jeff!« Wieder griff Dan fest nach dem Arm seines Freundes, als könnte er ihm so einen Teil seiner eigenen Kraft geben. »Ich hab keine Ahnung von diesem ganzen psychologischen Scheiß, aber ich glaube, du musst endlich kapieren, dass du nichts mehr tun kannst. Du hast ihr das Leben gerettet. Jetzt leb deins!«

»Sie hat eine Kopie des Vaterschaftstests«, sagte Jeff, als hätte er Dans Worte gar nicht gehört. »Ich habe ihr gesagt, dass ich Nattie erst nach Jemmys Geburt kennengelernt habe und vorher gar nicht wusste, dass sie überhaupt existiert. Sie hat meine E-Mail-Adresse. Meine Handynummer. Alles.«

»Und sie meldet sich nicht.«

»Nein.« Verzweifelt schüttelte Jeff den Kopf.

»Dann kapier endlich, dass sie nichts mit dir zu tun haben will! Sie ist eine erwachsene Frau, Jeff! Wenn sie kein verwöhntes, europäisches Mädchen wäre, würde sie in absehbarer Zeit heiraten und selbst Kinder haben. Lass sie endlich gehen!«

»Sie ist gerade erst achtzehn, Dan!«

»Na und? Nattie hatte in dem Alter ein Kind und war drei Jahre später tot. Deine Tochter lebt! Du hast ihr die Chance auf ein normales Leben gegeben!«

»Musst du mich ausgerechnet jetzt an Nattie erinnern?«

»Ja. Weil sie der andere Sargnagel ist, den du dir ständig ins Hirn hämmerst!« Seine freie Hand legte sich auf die weißen Finger, schob sich dazwischen, hielt sie fest. »Wenn ich früher gewusst hätte, was dieser Scheißkerl Mbhali angetan hat, wäre er von mir sofort ohne Narkose kastriert worden. Ich hätte ihm seine Eier schon viel früher in die Fresse stopfen

sollen, dann wär´ die Sache mit Nattie nie passiert.«
Dan seufzte abgrundtief. »Dass ich den einfach nur so von der Straße gefegt habe, war viel zu gut für das alte Dreckschwein!«

»Dann gäbe es Jemmy jetzt nicht,« bemerkte Jeff kaum hörbar.

»Scheiße.«

»Sag ich doch!«

Sie stützten beide die Ellenbogen auf dem Tisch auf, legten das Kinn auf ihre Fäuste, ohne zu bemerken, dass sie völlig spiegelbildlich handelten. Ratlos starrten sie sich an.

Jeff brach als Erster das Schweigen. »Und jetzt?«

Dan griff nach seiner Flasche und leerte sie in einem Zug. Jeff tat es ihm nach.

»Besaufen darfst du dich nicht, oder?« fragte Dan frustriert. Jeff zuckte missmutig mit den Schultern.

»Keine Ahnung, aber ich vermute mal, dass ich für heute genug Alkohol hatte.«

»Scheiße!«

»Hast du mir sonst noch was zu sagen, Dan?«

»Nein. Scheiße!« Er verzog das Gesicht. »Mbhali bringt mich um, wenn ich dich abliefere, ohne dir die Meinung gegeigt zu haben.«

»Wenn du mich besoffen im Wohnzimmer auf die Couch schmeißt, bringt sie dich auch um. Und mich gleich mit.«

»Scheiße!«

»Geh´n wir?«

Dan kramte ein paar Geldscheine aus seiner Hosentasche hervor und warf sie achtlos auf den Tisch.

»Ich würd´ mich jetzt zwar lieber besaufen, aber du Hungerhaken kriegst mich dann garantiert nicht nach Hause. Also gehen wir!«

## 33. Kapitel

Er saß mit hängenden Schultern am Küchentisch, beide Hände um die Tasse mit Sarahs Kinderfoto gelegt. Wie lange er schon auf das Foto starrte, wusste er nicht. Die Nacht war wieder ein einziger Albtraum gewesen. Im Morgengrauen war er am Meer spazieren gegangen, hatte sich das Gespräch mit Dan durch den Kopf gehen lassen. So sehr er sich davon zu überzeugen versuchte, dass sein Freund recht hatte, es linderte seine Sehnsucht nach Sarah nicht. Zurück im Haus hatte er sich Kaffee gemacht. Seither saß er am Tisch und starrte auf die Tasse.

Er hatte nicht die leiseste Ahnung, wie lange Mbhali bereits mit ernster Miene an der Küche lehnte. Vielleicht war sie gerade erst hereingekommen, vielleicht stand sie auch schon seit einer Ewigkeit dort und beobachtete ihn. Seit er wieder zuhause war, betrachtete sie ihn nur noch mit diesem sorgenvollen Gesichtsausdruck. Unbewusst wand er sich unter ihrem Blick wie ein Schuljunge, der sein schlechtes Gewissen zu verbergen suchte.

»Hat Dan mir dir geredet?« fragte sie unvermittelt. Jeff nickte, ohne von seiner Tasse aufzusehen.

»Wenn du wüsstest, wie oft ich in den letzten Tagen kurz davor war, diese verdammte Tasse gegen die Wand zu schmeißen, damit sie endlich kaputt ist!«

Automatisch legten sich Jeffs Hände noch enger um die Tasse. Mit einem abgrundtiefen Seufzer schloss er für einen Moment erschöpft die Augen.

»Gib mir ein bisschen Zeit«, bat er matt. Er ließ die Tasse los, stützte seine Ellenbogen auf den Tisch und bettete seine Stirn auf seine Hände. »Gebt mir doch alle einfach nur ein bisschen Zeit.«

»Alle Zeit der Welt hilft dir nicht!« Sie wurde nur selten ungeduldig, aber jetzt funkelte sie ihn aufgebracht an. »Ich weiß, wie sehr du Sarah vermisst. Du hast gehofft, du könntest die alten Geschichten endlich in Ordnung bringen. Es ist schiefgegangen. Aber wenn du zur Abwechslung mal ehrlich zu dir selbst bist, dann hast du das schon gewusst, bevor du in dieses Flugzeug nach Zürich gestiegen bist. Du hast von Anfang an gewusst, dass sie genauso ein verkorkster Dickschädel ist wie du und die letzten Jahre nicht einfach abhaken wird, nur weil du ihr mal eben das Leben rettest. Kapier das endlich!«

Hilflos vergrub er sein Gesicht erneut in seinen Händen. Der Anblick tat ihr in der Seele weh, dennoch rührte sie sich nicht vom Fleck. Die Arme um sich geschlungen, bemühte sie sich, ihren eigenen Kummer zu verdrängen. Sie wusste genau, wie er sich fühlte. Vielleicht war es sogar noch schmerzhafter, ein Kind zu verlieren, das lebte. Ihr selbst war nichts weiter geblieben als das Grab, an dem sie mit ihrer Tochter sprechen konnte. Aber Nattie hatte ihr wenigstens ein Stück von sich hinterlassen, als sie gegangen war. Es war ihre Pflicht, sich um Jemmy zu kümmern. Aus dem Jungen einem Mann zu machen, der selbstbewusst darüber hinwegsehen konnte, unter welch erniedrigenden Umständen er gezeugt worden war. Eine Pflicht, die sie voller Stolz und Liebe bis zu ihrem letzten Atemzug erfüllen würde. Jeff dagegen hatte sich aus freien Stücken dazu bereit erklärt, sie und Jemmy auf diesem Weg zu begleiten. Er hatte die Verantwortung für Jemmy übernommen, obwohl er dazu in keiner Weise verpflichtet war und Nattie ihm alles zerstört hatte.

Mbhali schluckte schwer. Wie sehr müsste er ihre Tochter hassen! Nattie mit ihrer verdammten Habgier allein war schuld daran, dass er Sarah verloren hatte. Dennoch war nie auch nur ein einziges böses Wort über Nattie gefallen. Jemmy hatte seine Mamani, die von Anfang an die einzige Mutter für ihn gewesen war. Jetzt war auch sein Daddy wieder bei ihm. Oder zumindest die magere, knochige Hülle seines Daddys. Der Junge brauchte sie beide. Mbhali brauchte ihn. Also musste sie ihn ums Verrecken noch mal endlich aus dem Ozean seines Selbstmitleids retten, in dem er zu ertrinken drohte.

»Sie fehlt mir so«, flüsterte Jeff nach einer geraumen Weile tonlos. »Sie fehlt mir so schrecklich!«

»Ich weiß, Jeff«, erwiderte sie verständnisvoll, doch ohne das leiseste Mitleid in der Stimme. »Keiner weiß so gut wie ich, wie sehr sie dir fehlt. Aber das Leben geht weiter. Auch wenn es noch so hart ist, das einzusehen. Es geht weiter!«

Schwerfällig wuchtete er sich hoch. »Es ist, als wäre sie gestorben, obwohl sie doch lebt.«

»Sie lebt. Du hast alles getan, was du tun konntest.« Mbhali strich ihm über die stoppelige Wange.

»Aber jetzt brauchen wir dich hier. Das Flugzeug hat nur deinen Körper zurückgebracht, aber dein Geist ist in der Schweiz geblieben. Es wird höchste Zeit, dass du endlich nach Hause kommst!«

Er nickte. Dankbar für ihre Nähe legte er seine Arme um sie, ließ sein Kinn auf das Nest ihrer Zöpfchen sinken. Atmete den Duft ihrer Haare ein. Die Augen geschlossen, spürte er, wie sie ihn an sich drückte, fühlte ihre wohltuende Wärme.

Eine Ewigkeit schien vergangen, bis er sich von ihr löste. Seine Hand angelte nach der Tasse. Ein letztes

Mal warf er einen Blick darauf. Dann drückte er sie ihr in die Finger. »Stell sie weg«, sagte er entschieden. »Wirf sie bitte nicht an die Wand, aber stell sie weg.« Dann sah er an sich herab. Sah das verwaschene Sweatshirt, die ausgebeulte Jogginghose, die schmutzigen Frotteesocken an seinen Füßen.

Ein jungenhaftes, zögerliches Grinsen, das fast ein wenig an den alten Jeff erinnerte, zeichnete sich auf seinem Gesicht ab. Er rieb sich mit der Hand über das Kinn, das schon gestern vergeblich auf eine Rasur gewartet hatte. »Ich gehe jetzt unter die Dusche. Und zwar ziemlich lange, scheiß was aufs Wasser, ich brauch´ das jetzt! Tut mir leid, Mbhali, aber ich glaube, wenn ich aus dem Badezimmer wieder herauskomme, bist du deinen Job als stellvertretende Chefin unseres Motels los.«

»Gelobte Ahnen, habt Dank!« entfuhr es ihr erleichtert. »Dann darf ich endlich wieder in aller Ruhe versiffte Toiletten putzen und Bettlaken bügeln!«

*  *  *

Es herrschte wieder diese gewohnte Atmosphäre im Wohnzimmer, die ohne Worte deutlich machte, dass ihre kleine Welt in Ordnung war. Jemmy lag seit geraumer Weile in seinem eigenen Bett, hielt Jimbo im Arm und schlief tief und fest. Mbhali saß auf der Couch, einen Wäschekorb neben sich, ihren Handarbeitskorb auf dem Tisch. Der CD-Player spielte traditionelle Lieder einer populären afrikanischen Sängerin. Jeff sortierte am Esstisch einen Stapel Post, indem er die Werbung in den Müll warf und vom Rest neue Stapel bildete. Er liebte diese Musik, die ihn mit Worten einlullte, die er nicht verstand, während der Rhythmus ihn mitnahm auf eine melodische Reise. Einen Briefumschlag in der Hand, betrachtete er Mbhali, wie sie mit geschickten Fingern einen Kissenbezug flickte. Die Melodie summend, war sie völlig in ihre Handarbeit versunken.

　Seine Gedanken drifteten zurück in das kalte, starre Wohnzimmer der Schweizer Villa. Kostspielige Eleganz ohne jegliches Leben. Wie ein Foto aus einem exklusiven Möbelkatalog. Genau wie Carla, die wie ein Model in edlen Designer-Klamotten in ihrem eigenen Haus als hübscher Dekorationsartikel lebte.

　Das bunte Wohnzimmer mit seinen einfachen Holzmöbeln war sauber und ordentlich. Trotz der Flickwäsche, die Mbhali um sich herum ausgebreitet hatte. Trotz der Spielzeugautos, die neben einem Rudel Plastiklöwen in einer Ecke auf dem Fußboden lagen. Auf dem Tisch vor ihm stand eine Vase mit bunten Blumen, deren Namen er nicht kannte. Liebevoll auf dem Markt ausgewählte Blüten, zu einem fröhlichen Strauß arrangiert, anstatt nach einem Foto im Internet bestellt und geliefert worden zu sein.

　Wieder sah er zu Mbhali hinüber, die selbstvergessen vor sich hin sang, während sie einen neuen Faden in ihre Nadel fädelte. Sie breitete ein Laken über ihrer Hand aus, bis der zu stopfende Riss richtig lag. So still und friedlich, wie sie sich der kaputten Wäsche widmete, erschien es fast unwirklich, dass sie ihn vorhin erst auf den Boden der Tatsachen zurückgeholt hatte. Eine Aufgabe, an der Dan so kläglich gescheitert war. Doch als er schon glaubte, ohne Fallschirm in den Abgrund zu stürzen, nichts mehr gegen den freien Fall ins Nirwana unternehmen zu können, da hatte sie ihn gepackt. Mit ihrer selbstlosen Liebe aufgefangen und festgehalten. Carla gegenüber hätte er sich niemals derart jämmerlich gezeigt, sondern sich im Musikzimmer eingesperrt, bis er sich wieder im Griff gehabt hätte.

　Er lachte leise, als er beobachtete, wie sie sich die

Nadel zwischen die Zähne klemmte, während sie nach ihrer Schere kramte, dabei aber gleichzeitig weiter zu singen versuchte. Es kam ihm vor, als wäre die beschlagene Brille, durch die er das Leben seit seiner Abreise aus Zürich betrachtet hatte, verschwunden. Als hätte Mbhali die Schärfe korrigiert, sodass er endlich wieder klar sehen konnte. Sie sah auf, als ein Schatten auf sie fiel und sie bemerkte, dass er vor ihr stand. Wollte sich schon wieder ihrer Arbeit zuwenden, als er ihr vorsichtig die Nadel aus dem Mund nahm und das Laken von ihrer Hand schob.

»Was ist?«

Sanft zog er sie hoch, seinen Blick fest auf ihre dunklen Augen gerichtet, die jetzt so überrascht dreinblickten. Zärtlich legte er eine Hand an ihre Taille, die andere unter ihr Kinn und hob es leicht an, sodass sie ihn anschauen musste. »Tust du mir einen Gefallen?« fragte er bittend.

»Was?«

»Wenn du das, was ich jetzt tue, nicht wirklich willst, dann hau mir eine 'runter. Oder tritt mir dahin, wo es richtig wehtut.« Er verzog bei dem Gedanken unwillkürlich das Gesicht. »Aber sag, dass dann trotzdem alles so bleibt, wie es ist. Versprich mir, dass ich dich nicht verliere.«

Ihr Blick war undurchdringlich, gab nicht den kleinsten Hinweis preis. Sie verzog keine Miene.

»Jeff?«

»Hmmm?«

»Tu es einfach!«

Den Bruchteil einer Sekunde lang zögerte er, obwohl sich ihre Lippen schon fast berührten. Dann ließ er sich zum zweiten Mal an diesem Tag fallen und riss die Frau in seinen Armen mit sich, die ihm nicht den geringsten Widerstand entgegensetzte.

»Ich liebe dich«, sagte er nach Luft ringend, als er sich von ihr lösen musste, weil ihm die Puste ausging. Ebenso liebevoll wie besitzergreifend umfassten seine Hände ihren Nacken, während seine Daumen die Linien ihres Gesichts nachzeichneten. »Ich liebe dich, Mbhali.«

Auch ihre Finger erforschten sein Gesicht, wie sie es noch nie zuvor getan hatten. Sie lächelte glücklich.

»Willkommen zuhause, Jeff«, flüsterte sie. Ihr Daumen glitt über seine Lippen. »Ndiyakuthanda!« Ich liebe dich.

»Ndiyakuthanda«, wiederholte er innig, bevor er sie erneut küsste.

»Es reicht nicht!« Er schüttelte den Kopf. »Keine Sprache reicht aus, um dir zu sagen, wie sehr ich dich liebe!«

Mbhali lachte dieses Lachen, das ihn schon immer verrückt nach ihr gemacht hatte. Sie ließ ihren Finger über sein Kinn und seinen Hals bis unter den Kragen seines Sweatshirts gleiten. »Dann zeig´s mir doch«, murmelte sie verheißungsvoll. »Wir haben die ganze Nacht. Zeig es mir einfach!« Sie reckte sich auf die Zehenspitzen und bestätigte ihre Worte mit einem Kuss, dem er nur zu gern folgte. Ein letzter Geistesblitz ließ ihn den Schlüssel herumdrehen, als er die Tür zu seinem Schlafzimmer leise ins Schloss schob. Nein, bei aller Liebe, einen verschlafenen Jemmy mit Kopfkissen und Sabberhund unter dem Arm konnte er jetzt wirklich nicht gebrauchen. Das war allerdings der letzte sinnvolle Gedanke, den er für eine geraume Weile hatte.

\* \* \*

Es war dunkel, als Jeff aufwachte, nachdem er bei dem Versuch, sich auf die andere Seite zu rollen an einen warmen Körper gestoßen war. Ein Körper, der so ganz anders war als der von Jemmy. Weicher. Runder. Er spürte eine Hand auf seinem Oberschenkel, Finger, die ihn selbst im Schlaf festhielten.

Mbhali.

Selig lächelte er in die Dunkelheit. Sie war noch da. Er hatte befürchtet, dass sie sich in ihr eigenes Bett schleichen und bereuen würde, was geschehen war. Doch so, wie ihre Hände sich in seine Haut gruben, bereute sie definitiv nichts.

In seinen Armen war sie schließlich in zufriedener Erschöpfung eingeschlafen. Erst da hatte er sich erlaubt, ebenfalls die Augen zu schließen. Zum ersten Mal seit Wochen übermannte ihn innerhalb weniger Sekunden ein erholsamer, traumloser Schlaf.

Jetzt versuchte er, ihre Umrisse auszumachen, doch es war ein hoffnungsloses Unterfangen. Sie verschmolz mit der Nacht. Die Leuchtziffern des Weckers zeigten, dass sie in einer guten Viertelstunde aufstehen würde. Die Zeit sollte man sinnvoll nutzen! Jeff hatte in letzter Zeit lange genug in Betten gelegen und sich gelangweilt.

Spielerisch ließ er seine Finger über ihren Körper gleiten, während seine Lippen gleichzeitig ihre nackte Schulter mit kleinen Küssen bedeckte. Sie rekelte sich in seinem Arm wie eine Katze. Seit er herausgefunden hatte, wie kitzlig sie an der Taille war, nutzte er dieses Wissen prompt aus. Sofort zuckte sie zusammen, wobei sie mädchenhaft kicherte. Er knabberte an ihrem Ohrläppchen, ohne seine Finger von dieser magischen Stelle zu nehmen, die sie zu derart anregenden Verrenkungen ermutigte.

»Hörst du damit auf, wenn ich zugebe, dass ich wach bin?« fragte sie, ohne die Augen zu öffnen.

»Vielleicht.«

»Wann vielleicht?« Vergeblich versuchte sie, seine

Hand beiseite zu schieben.

»Sobald ich eine andere Stelle finde, an der du auch so lustige Geräusche von dir gibst.«

»Ich bin kein Saxofon, falls du das noch nicht gemerkt haben solltest!«

»Nein?« Er tat erstaunt. »Dabei hast du so einen schönen Resonanzkörper. Und wenn man an den richtigen Stellen drückt, gibst du sehr interessante Töne von dir!«

»Ich gebe keine interessanten Töne von mir!«

»Tust du doch!« Ehe er sich versah, legte sie sich auf ihn, was ihn japsen ließ. Mbhali lachte. »Was war das? Eine sterbende Tuba?«

»Glaube nicht, dass hier momentan irgendetwas an mir stirbt«, stöhnte Jeff. »Im Gegenteil. Das fühlt sich alles eher ziemlich lebendig an.« Er grinste frech.

»Wusste gar nicht mehr, dass das überhaupt noch lebt nach der langen Zeit.«

»In der Namib gibt es Blütensamen, die liegen jahrelang vertrocknet auf dem Wüstenboden herum. Aber sobald auch nur ein paar Regentropfen fallen, blühen sie auf und werden zu prächtigen Pflanzen!«

»Scheiße, dann ist in meinem Schlafzimmer gerade das Dach undicht, und wir haben Platzregen!«

Als der Wecker klingelte, überlegte Jeff bereits, ob eine sterbende Tuba sich auch so wohl fühlen konnte. Gemächlich rollte er sich auf die Seite und stützte seinen Kopf auf einem Arm ab, während Mbhali widerwillig aus dem Bett kroch.

»Meinst du, ich könnte meine Fingerübungen auf deinem Resonanzkörper heute Abend wiederholen?« fragte er schelmisch, nachdem sie die Nachttischlampe angeknipst hatte.

»Willst du damit andeuten, dass Jemmy ab sofort

auf ein eigenes Zimmer hoffen darf?« gab sie ebenso schelmisch zurück. Jeff nickte mit todernster Miene.

»Na hör mal, das sind wir dem Jungen schuldig. Immerhin ist er schon zehn Jahre alt! Er kann doch nicht ewig mit seiner Großmutter in einem Zimmer schlafen.«

»Wie gut, dass du neuerdings offensichtlich kein Problem mehr damit hast, mit seiner Großmutter nicht nur im gleichen Zimmer, sondern sogar im gleichen Bett zu schlafen.« Sie klaubte ihre Sachen vom Fußboden auf, die ihren zärtlichen Spielereien vom Vorabend zum Opfer gefallen war, während Jeff sie dabei ungeniert beobachtete. Vielleicht sollte er ihre Kleidung öfter auf diese Art verteilen?

Enttäuscht seufzte er, als sie ihr Kleid über den Kopf zog. »Ich stehe total auf Großmütter«, beteuerte er ernsthaft. »Zumindest auf eine!«

»Und hast nur jahrelang gebraucht, um das festzustellen!« Sie beugte sich über ihn und küsste ihn.

»Immerhin bist du ansonsten aber glücklicherweise eher von der temperamentvollen Sorte!«

Nachdenklich streichelte er ihren Arm. »Vielleicht stand Carla doch immer noch zwischen uns«, gab er ehrlich zu. »Ich weiß es nicht. Vielleicht musste ich ihr noch mal begegnen, um zu kapieren, wie viel du mir bedeutest. Außerdem ...« Er zögerte. »Ich war mir nicht sicher, ob du mit mir ... Nach allem, was mein Vater dir angetan hat ...«

Mbhali setzte sich zu ihm auf die Bettkante, nahm seine Hände in die ihren. »Du bist nicht dein Vater, Jeff«, erwiderte sie fest. »Du bist nicht schuld an dem, was er getan hat. Und es ist auch nicht deine Schuld, dass ich einen saufenden Schläger geheiratet habe, nur weil ich unbedingt einen Vater für meine Tochter wollte.«

»Wir sind ein schönes Pärchen, was?« stellte er voller Ironie fest. Doch sie blieb ernst. »Sind wir. Ja! Wir sind vielleicht das merkwürdigste Pärchen von ganz Kapstadt. Aber bestimmt auch eines der glücklichsten. Wir wissen nämlich, dass wir uns aufeinander verlassen können!«

»Da du gerade von verlassen redest ... Kannst du es wirklich verantworten, mich jetzt ganz alleine in diesem riesigen Bett zurückzulassen?«

»Wenn du deinem Sohn gleich erklären möchtest, warum ich auf dir liege, anstatt ihm Frühstück zu machen und ihn in die Schule zu treiben, kann ich gerne noch eine Weile bleiben. Aber DAS erläuterst du ihm!«

»Frühstück klingt gut. Ich hätte gerne einen großen Kaffee. Dazu bitte Rührei mit Schinken. Und Mangosaft. Und ...« Als ihm ein Kissen ins Gesicht flog, beschloss er, sich lieber noch ein paar Minuten umzudrehen und ein kleines Nickerchen zu machen.

## 34. Kapitel

Es war ein herrlicher Nachmittag. Auch wenn der Taxifahrer sich mit Mantel, Wollschal und einer Strickmütze gegen die »winterliche« Kälte gewappnet hatte, zog Sarah rasch ihre leichte Jacke aus. Sie reichte dem Fahrer das Geld für die Fahrt vom Flughafen hierher. Der bedankte sich herzlich für das großzügige Trinkgeld, mit dem sie den Betrag aufgerundet hatte. Nur zu gern hob er ihre beiden großen Koffer samt Bordcase aus dem Wagen und stellte alles am Eingang zur Rezeption ab. Neugierig sah sie sich um. Das *Sea Point Beach Motel* sah genau so aus, wie es die Bilder im Internet gezeigt hatten. Eine hübsche Anlage zwischen tristen Apartment-Wohnblocks und halbhohen Bürogebäuden. Welch eine Wahnsinns-Aussicht über den Atlantik! Da konnte sie ja bis nach Südamerika gucken. Mindestens!

Ihre Mutter hatte ihr etwas von einer schäbigen, heruntergekommenen Bleibe erzählt, doch auf Sarah machten die beiden gepflegten Gebäude mit ihrem sonnengelben Anstrich einen frischen Eindruck. Natürlich hatte sie das Motel nach Jeffs Abreise längst gegoogelt und wusste, dass es keine Fünf-Sterne-Lodge war, doch eine derart einladende Unterkunft hatte sie nicht erwartet.

Auf dem Parkplatz standen zwei Kombis und ein Kleinbus mit südafrikanischen Kennzeichen, daneben ein Van, auf dessen Heckscheibe ein Aufkleber mit der Aufschrift *I love Namibia* prangte. Alles um sie herum wirkte so fremd und exotisch, dass sie sich selbst für derartige Nichtigkeiten begeistern konnte.

Erst jetzt entdeckte sie den schlaksigen Jungen,

der geschickt auf einem Waveboard surfte. Sie beobachtete ihn unbemerkt aus dem Schatten des Vans. Auch wenn sie ehrlich zugeben musste, dass die Farbigen und Schwarzen in ihren Augen alle ziemlich ähnlich aussahen, fiel ihr die verhältnismäßig helle Haut des Jungen auf. Dazu das blaue Spiderman-Shirt ... Das musste Jeremy sein.

Sie ließ ihr Gepäck stehen und ging auf den Jungen zu, als der sie bemerkte. Mit einem abrupten Stopp glitt er von seinem Board.

»Hi!« grüßte Sarah mit einem freundlichen, wenn auch etwas scheuen Lächeln.

»Hi!« gab Jemmy zurück, wobei er sich alle Mühe gab, möglichst cool zu wirken. Er klemmte sich das Waveboard unter den Arm, dabei musterte er sie sichtlich.

»Bist du Jeremy?«

»Hmmm.« Er nickte bestätigend. »Bist du Sarah?«

Jetzt war sie ehrlich verblüfft. »Woher weißt du das?«

»Sieht man doch!« Er zog eine Grimasse, die überdeutlich sagte, dass er das fremde weiße Mädchen schon jetzt für ziemlich schwachsinnig hielt. »Falls du deine Organniere umtauschen willst, Daddy ist nicht da.«

Upps, das wusste er also auch schon. Der Kleine war clever. Verdammt clever.

»Verrätst du mir vielleicht, wo dein Daddy ist?«

»Mit Onkel Dan weg. Einkaufen oder so.«

»Und wann kommt er wieder?«

»Wenn er fertig ist mit einkaufen oder so.« Lässig hielt er sein Board auf einer Hüfte. »Was willst'n du überhaupt hier?«

»Wüsste nicht, was dich das angeht.«

»Wenn Daddy nicht da ist, bin ich der Mann im

Haus. Dann geht mich alles was an!«

»Ah ja, dann bist du hier der obercoole Cowboy, was?« Sarah konnte sich ein Grinsen nur mühsam verkneifen. »Wenn du so schlau bist, Cowboy, dann weißt du wahrscheinlich auch, dass DEIN Daddy auch MEIN Daddy ist. Außerdem ich bin wesentlich älter als du. Also geht es mich sehr wohl etwas an, wo er ist und wann er wiederkommt.«

»Machst du auf wichtig? Du bist´n Mädchen!«

»Und du bist ein kleiner Wichtigtuer.« Bevor sie einen Lachanfall bekam, ging sie lieber zu ihrem Gepäck zurück. Wie erwartet, raste er an ihr vorbei und blieb vor ihr stehen. »Wo willst´n du jetzt hin?«

»Da ´rein!« Sie wies auf die Rezeption. »Hab nämlich keine Lust, in der Sonne anzuschmoren. Du hast doch hoffentlich ein Zimmer für mich, Cowboy?«

»Kann sein.« Gönnerhaft hielt er ihr sogar die Tür auf. »Azibo, guck mal, wer da ist.«

Der Mann hinter dem Tresen schaute gelangweilt von seinem Sportmagazin auf, doch schlagartig stutzte er.

»Das ist Sarah«, tönte Jemmy wichtig. »DIE Sarah!«

Azibo wurde es umgehend heiß, als Sarah ihn mit einem strahlenden Lächeln begrüßte.

»Hi! Ich weiß zwar nicht, was daran so spannend ist, dass ich DIE Sarah bin, aber du hast doch bestimmt ein Zimmer für mich frei, oder?«

»Ich … Äh … Ein Zimmer? … Äh … Hier? …?«

»Ja, hier.«

»Hier? Ein Zimmer … Äh … Also … Äh …«

»Azibo, das ist die Sarah aus der Schweiz. Du weißt schon. Für die ist Daddy doch weggeflogen.«

Irgendwie war der Typ hinter dem Tresen mindestens so lustig wie die Vorwitznase an ihrer Seite.

Doch jetzt griff der Mann nach dem Telefon. Sarah schüttelte den Kopf. »Ich glaube nicht, dass du deinen Chef anrufen musst, nur weil ich ein Zimmer will. Der merkt noch früh genug, dass ich hier bin.«

Azibo legte das Telefon weg. »Ein Zimmer?« wiederholte er immer noch völlig neben der Spur.

»Hier?«

»Sieh mal, das hier ist doch ein Motel, oder?«

Azibo nickte.

»Prima, dann hätten wir das schon mal geklärt. Und auf dem Schild«, sie wies auf die Leuchtreklame im Fenster, »da steht, dass ihr Zimmer frei habt.« Sie legte eine Kreditkarte und ihren Reisepass auf den Tresen. »Brauchst du sonst noch was, damit ich ein Zimmer bekomme? Ich würde mich nach der Nacht im Flieger gerne ein wenig frisch machen.«

In Zeitlupe nahm Azibo die Dokumente zur Hand.

»Gib ihr 105«, kommandierte Jemmy in geschäftsmäßigem Ton. Sarah sah ihn an. »Was ist mit 105?«

»Ist am weitesten vom Getränkeautomaten und der Eiswürfelmaschine weg.« Jemmy nickte wichtig.

»Wenn´s da die ganze Nacht scheppert, weil sich jemand was holt, schläfst du keine Sekunde!«

»Okay, danke.« Sie wandte sich wieder Azibo zu.

»Dann also 105, bitte, wenn´s geht.«

Azibo gab auf. Er tippte die nötigen Informationen in den Computer ein. Zwar war er sich nicht sicher, ob er die Kreditkarte wirklich durch den Ratscher ziehen und Sarah den Beleg unterschreiben lassen sollte, aber andererseits … Zerreißen konnte Jeff das später immer noch. Er machte hier nur seinen Job, und den machte er richtig. Auch wenn das gar nicht so einfach war, denn die Braut hatte ein Lächeln … Dazu diese blauen Augen … Hach, die hätte er ja zu gern mal umgehend und sofort … Himmel, das hier war nicht einfach nur eine piekfeine, mega-heiße weiße Braut, das war die Tochter vom Boss! Sicherlich hatte der noch weniger Verständnis als seine Frau, wenn er mal eben ... Hastig schob er Sarah den Beleg hin. »Wenn sie hier bitte unterschreiben würden, Ma'am!«

Sarah lachte - und hatte keine Ahnung, was sie in ihrem Gegenüber damit anrichtete ...

»Ich bin keine Ma'am! Ich bin Sarah.« Sie unterschrieb die Quittung und nahm den Schlüssel entgegen. Dann wies sie auf das Telefon. »Tust du mir einen Gefallen?«

»Selbstverständlich!«

»Dann ruf ihn bitte nicht an, sobald ich zur Tür 'raus bin.«

»Geht klar. Äh, Zimmer 105 ist die vorletzte Tür links.«

»Ich zeig's ihr doch«, mischte Jemmy sich wieder ein. Sarah schenkte dem Mann hinter dem Tresen ein letztes Lächeln, dann folgte sie Jemmy hinaus.

»Daddy hat heute Geburtstag!« Ganz Kavalier, schleppte er ihr Bordcase, während sie ihre beiden Rollenkoffer hinter sich herzog. »Er kauft jetzt mit Onkel Dan ein, damit wir heute Abend feiern können. Weißt du, was ein Braai ist?«

»Bisher nicht, nein. Aber ich weiß, dass das hier Zimmer 105 ist.« Sie blieb stehen und steckte die Schlüsselkarte ins Schloss. »Wann kommt er denn wieder?«

Er zuckte ratlos mit den Schultern. »Keine Ahnung. Sie sind vorhin erst gefahren.«

Sie schob die Tür auf und betrat das geräumige Zimmer, in dem zwei Queen-Size-Betten standen. Die Wände leuchteten in einem hellen Meeresblau, auf den Betten lagen Tagesdecken, die einen Sandstrand voller Muscheln zeigten. Am Kopfende fanden sich unterschiedlich große Kissen in verschiedenen Blautönen, sandfarbene Übergardinen am Fenster rundeten das Beach-Design ab. Über den Betten hing ein großformatiges Aquarell, das einen Strand mit bunten Badehäusern vor der Kulisse des Tafelbergs zeigte. Das Bild kam ihr bekannt vor, in ähnlicher Weise war es in jedem Südafrika-Reiseführer zu finden. An der gegenüberliegenden Wand stand ein weißer Schrank mit Schubladen und einem altmodischen Fernseher, daneben ein runder Glastisch mit zwei Stühlen. Ein kleiner Strauß frischer Blumen setzte dem Ambiente ein einladendes i-Tüpfelchen auf. Neugierig ging Sarah durch eine Tür und fand sich im Bad wieder. Auch hier setzte sich das hellblaue Motiv fort, der Duschvorhang war mit Muscheln und Leuchttürmen übersät. Weiße Badelaken und Handtücher steckten in einer Wandhalterung, auf der Fensterbank standen die üblichen Fläschchen mit Duschgel, Shampoo und Bodylotion.

»Ist das schön hier«, stellte sie begeistert fest. »Total gemütlich und …« Erst jetzt bemerkte sie, dass sie allein war. »Jemmy?«

Keine Antwort. Gelassen zuckte sie mit den Schultern, ging zur Tür und sah auf den Gang hinaus, doch der Junge war wie vom Erdboden verschwunden. »Dann eben nicht, Cowboy.«

Wieder sah sie sich um. Sie war schon in unzähligen Hotels in aller Welt gewesen, mit ihren Eltern auf Konzertreisen oder im Urlaub, später mit ihrer Mutter und Großmutter auf Shoppingtrips. Die Luxushotels der Welt kannte sie in- und auswendig. Sie wusste, wie viel Trinkgeld man dem Pagen gab oder wie man beim Zimmerservice bestellte, wonach einem gerade der Sinn stand. Wollte man am Abend ein ausverkauftes Musical am Broadway sehen, schob man dem Concierge die erforderlichen Dollars zu, die auch eine Stunde vor Showbeginn noch beste Plätze garantierten. Brauchte man für einen Auftritt im Opernhaus von Sydney dringend ein Cocktailkleid und passende Schuhe, weil der eigene Koffer in Hong Kong gelandet war, rief man ebenfalls nach dem Concierge.

Die Nobelherbergen zwischen Tokio und L. A. funktionierten alle nach dem gleichen Prinzip, wenn man nur das nötige Kleingeld besaß. Sie waren gleichermaßen perfekt designed - und grottenlangweilig. Kannte man eins, kannte man sie alle. Dieser harmonische Raum dagegen war ganz anders als alle Hotelzimmer, die sie je betreten hatte. Sie war noch nie in einem Motel gewesen. Solche Unterkünfte sah sie stets nur im Vorbeifahren, meist lagen sie an den Ausfallstraßen unweit der Flughäfen. Zum ersten Mal überlegte sie, ob sie den Motels am Straßenrand überhaupt jemals ihre Aufmerksamkeit geschenkt hatte. Oder waren sie unbeachtet an ihr vorbeigezogen, weil sie eine verwöhnte Rotzgöre war, für die die Wirklichkeit fernab von Zuhause erst dann begann, wenn über dem Gebäude Namen wie Hilton oder Plaza leuchteten und sich livrierte Diener um sie scharrten? Wenn sie großzügig bemessene Suiten betrat, die von namhaften Innenarchitekten für teures Geld auf multinationalen Einheitsgeschmack getrimmt waren und durch hohe Scheiben auf Normalsterbliche herabblickte, die zahllose Stockwerke unter ihr wie Ameisen über den Gehweg flitzten?

Schaute sie durch das Moskitonetz vor dem Fenster auf den Parkplatz hinaus, sah sie keine BMW, Mercedes oder Porsche. Niemand sorgte mit Valet-Parking für die totale Bequemlichkeit der verwöhnten Besitzer. Da draußen parkte japanische Massenware. Fortbewegungsmittel statt Statussymbol. Wieder schaute sie sich in ihrem Zimmer um.

*Zuhause!* war das Wort, das ihr in den Sinn kam. Warm und gemütlich wie ihr Reich in der Villa in Zöllikon. Sie ließ sich rücklings auf eines der Betten fallen, verschränkte die Arme hinter dem Kopf und baumelte fröhlich mit den Beinen, die über die Kante hingen. So pudelwohl hatte sie sich schon lange nirgendwo mehr gefühlt!

\* \* \*

Es klopfte an der Tür.

»Komme«, rief Sarah und reckte sich noch einmal genüsslich, bevor sie aufstand. War der kleine Cowboy also doch zurückgekommen. »Na, bist du doch wieder …« Sie brach ab, als statt Jemmy eine schwarze Frau in einem bodenlangen, orange-gelben Kleid unter einer hellbraunen Strickjacke vor ihr stand. Die Fremde war fast genau so groß wie Sarah selbst und hatte ein zum Kleid passendes Tuch um ihre Haare gewickelt, unter dem auffällige Ohrringe baumelten. An ihrem langen, schlanken Hals und ihren Armen klimperten zahlreiche Ketten und Armreifen.

»Hallo! Entschuldige bitte die Störung, aber …« Die Schwarze schaute sie mit ehrlicher Sympathie an.

»Jemmy sagte mir, dass Sarah da wäre.« Sie nickte bestätigend. »Ja, du musst Sarah sein.«

»Bin ich.« Etwas unsicher musterte sie die Fremde.

»Ich bin Mbhali.« Sie reichte ihr die Hand. Kräftige Finger schlossen sich mit festem Griff um Sarahs Hand, deren weiche Haut auf Schwielen eines langen, harten Arbeitslebens trafen. »Ich bin die …«, Mbhali zögerte.

»Sie ist Daddys Frau!« krähte Jemmy triumphierend. Mit einem siegessicheren Grinsen kam er zur

Tür gerannt. Sichtlich verärgert drehte Mbhali sich zu ihm um und herrschte den Jungen in einer unverständlichen Sprache an, die von ungewöhnlichen Klicklauten durchsetzt war. Jemmy zog sichtlich den Kopf ein, erwiderte kurz etwas in der gleichen Sprache, allerdings in sehr kleinlautem Tonfall. Als er einen weiteren, von Klicklauten dominierten Wortschwall abbekam, trottete er schmollend davon.

»Entschuldige bitte«, wandte sich Mbhali nun ihrerseits verlegen wieder Sarah zu. »So solltest du es eigentlich nicht erfahren.«

»Ich wusste, dass du die Freundin von Papa bist, ich habe ein Foto von euch bei uns im Gästezimmer gesehen«, erwiderte Sarah nicht einmal wirklich überrascht. »Zumindest hat er gesagt, dass du seine Freundin wärst.«

»Das war ich auch ... Bis vor Kurzem. Es ... Es ging alles ziemlich schnell, nachdem er ...« Mbhali brach sichtlich verlegen ab. »Müssen wir uns wirklich auf der Türschwelle kennenlernen? Warum kommst du nicht mit hinüber? Jeff ist bestimmt noch eine Weile unterwegs. Oder ... Du möchtest nach dem langen Flug wahrscheinlich unter die Dusche? Dann lasse ich dich vielleicht besser alleine und ... ?«

»Nein«, fiel Sarah ihr hastig ins Wort. »Nein, ich habe schon auf dem Flughafen in Johannesburg geduscht. Ich hatte zwei Stunden Aufenthalt, da war ich in der Lounge.« Schließlich hatte sie ja erwartet, hier sofort auf ihren Papa zu treffen. Ihr Papa, der jetzt doch wieder verheiratet war. Irgendwie lief hier momentan nichts mehr nach Plan. Allerdings machte die fremde Frau einen ziemlich netten Eindruck, und Sarah brannte darauf, sie näher kennenzulernen.

»Das mit dem Zimmer regeln wir später«, sagte Mbhali, als sie sah, wie Sarah die Schlüsselkarte vom

Tisch nahm. Sie schüttelte vorwurfsvoll den Kopf.

»Azibo hätte mir wirklich mal eben Bescheid geben können, anstatt dich wie einen x-beliebigen Gast einfach einzuchecken.«

»War nicht seine Schuld. Er wollte anrufen, aber ich habe ihn daran gehindert.« Sarah ging neben Mbhali um die Rezeption herum. Unauffällig beäugte diese das Mädchen. Groß, sportlich, ein typisch westlicher Teenager in grauen Designer-Jeans, verwaschen-blauen Sneakers und einem Shirt mit dem Logo einer Surfwear-Firma. Ihre Locken hatte sie zu einem Pferdeschwanz gebändigt. Offensichtlich war sie im derzeit in Europa herrschenden Sommer viel an der frischen Luft gewesen, denn ihre Haut zeigte eine gesunde Bräune. Kecke blaue Augen verrieten sofort, dass nur Jeff ihr Vater sein konnte.

»Jeff hat keine Ahnung davon, dass du hier bist, oder täusche ich mich?«

Sarah schüttelte den Kopf. »Nein. Ich wollte ihn zum Geburtstag überraschen.«

»Na, das dürfte dir gelingen!« Mbhali lachte hell.

»Der wird Augen machen, wenn er kommt.«

Gespannt blickte Sarah sich um, als sie den kleinen Vorgarten hinter dem Motel erreichten und sie zum ersten Mal das Haus sah, in dem ihr Vater wohnte. Mbhali öffnete die Tür. »Komm rein. Er muss dich ja nicht gleich sehen, wenn er nachher um die Ecke biegt. Mach´s dir gemütlich. Hast du Hunger, kann ich dir etwas zu trinken anbieten?«

»Was zu trinken wäre nett.«

»Mangosaft? Kaffee? Eistee? Oder eine Cola?«

»Ich habe noch nie Mangosaft getrunken.«

»Dann wird es allerhöchste Zeit dafür.«

Sarah schlenderte durch den Wohnraum. Unverhohlen sah sie sich um, blieb vor dem Bücherregal stehen, auf dem Fotos von Jeff gemeinsam mit seiner afrikanischen Familie standen, wie sie Jemmy und Mbhali insgeheim nannte. Aber auch ein Kinderfoto von ihr selbst blickte ihr entgegen. Daneben ein großformatiges Foto von Jeff im dunklen Anzug und Mbhali in einem weißen Gewand, das mit kunstvollen Ornamenten und Mustern bestickt war. Auf dem Kopf saß ein raffiniert gewickelter Turban. Sie trug kein klassisches Make-up, stattdessen waren Stirn, Nase und Wangen mit einem seltsamen Muster aus weißen Punkten geschmückt. Beide blickten überglücklich in die Kamera. Ein weiteres Foto zeigte ein farbiges Mädchen etwa in Sarahs Alter, das entfernte Ähnlichkeit mit der Frau hatte, die gerade am Tisch Saft auf zwei Gläser verteilte. Allerdings konnte sie die Hautfarbe absolut nicht zuordnen: Das Mädchen war deutlich heller als Mbhali, zugleich aber auch dunkler als Jemmy.

»Er hätte dir sicher lieber selbst gesagt, dass wir geheiratet haben.« Unbemerkt war die Schwarze hinter Sarah getreten und hielt ihr ein Glas entgegen.

»Ist schon okay. Er hatte ja keine Ahnung, dass er dazu mal Gelegenheit bekommen würde.« Sarah verzog beschämt das Gesicht. »Zuletzt war ich ziemlich gemein zu ihm.«

»Er liebt dich sehr.«

»Ich weiß.« Sie probierte den Saft, leckte sich dann über die Lippen. »Das ist super-lecker!«

»Findet dein Vater auch.« Mbhali musterte Sarah wissend. »Du hast ihn sehr lieb.« Es war keine Frage, eher eine Feststellung, die keinen Widerspruch erwartete.

Sarah nickte. »Ja.«

Sie setzte sich an den Esstisch und ließ den Blick wieder durch das Zimmer schweifen. Der ganze

Raum war nicht einmal so groß wie ihr Zimmer zuhause, aber während dort nur traurige Einsamkeit herrschte, lebten hier drei Menschen, die offensichtlich sehr glücklich miteinander waren. Alles war einfach und ein wenig abgenutzt, dennoch strahlte das Zimmer wesentlich mehr Wärme aus als alles, was Sarah kannte, seit ihr Vater ausgezogen war.

»Es ist so wunderschön hier«, sagte sie, wobei sie einen wehmütigen Ton nicht unterdrücken konnte.

»Ja, das ist es.« Mbhali nickte ihr mit einem wissenden Lächeln zu. »Du wirst dich hier sehr wohl fühlen.«

Erstaunt sah Sarah sie an. »Woher weißt du, dass ich nicht in ein paar Tagen wieder abreise?«

»Sagen wir einfach, dass ich eine sehr weise Frau bin, okay?« Sie lächelte geheimnisvoll, toastete ihr dann mit ihrem Saftglas zu. »Willkommen in Südafrika, Sarah.«

Verwirrt biss Sarah sich auf die Unterlippe. Als mysteriös und unheimlich hatte ihre Mutter die Lebensgefährtin ihres Vaters beschrieben. Tatsächlich kam es Sarah vor, als könnte Mbhali ihr mit einem einzigen Blick bis tief in die Seele schauen. So nett die Frau sie auch empfing, schien sie dennoch von einer mystischen Aura umgeben, die sie nicht einzuordnen wusste. Sie nickte daher scheu, ehe sie erneut nach ihrem Saft griff.

*\*\*\**

»Daddy kommt!« Die Haustür flog auf, und Jemmy schoss wie ein Wirbelwind herein. Er wollte sich sofort wieder umdrehen und verschwinden, doch ein scharfes Wort von Mbhali stoppte ihn.

»Du bleibst hier, habe ich gesagt. Ab in dein Zimmer!«

»Aber ... Daddy ... Ich muss doch beim Ausladen

helfen! Daddy darf nichts tragen!«

»Jemmy! Ich habe dir gesagt, was mit dem Waveboard passiert. Ab jetzt!«

Der Junge zog eine Schnute, wagte aber keine weiteren Widerworte. Er schob die Tür hinter sich zu, doch Sarah hatte selbst zu viel Lauscherfahrung, um zu hören, dass das Schloss nicht einrastete. Sie schmunzelte verstohlen und stand auf. »Dann verstecke ich mich jetzt mal besser.«

Mbhali nickte. Geschäftsmäßig werkelte sie an der Spüle herum, während Sarah ins Schlafzimmer ging. Auch sie lehnte die Tür nur vorsichtig an, ehe sie sich neugierig umsah. Ein breites Doppelbett mit einer bunten Decke und passenden Kissen. Helle, praktische Holzmöbel. Goldene Schallplatten, ein Konzertposter, Fotos aus Jeffs Künstlerzeiten. Sie trat näher an die Fotos heran, entdeckte sich selbst als Kind auf einigen der Bilder. Ihre Mutter war auf keinem Foto zu sehen, aber das war wohl nicht überraschend. Auch dieser Raum strahlte trotz seiner Einfachheit eine wohlige Atmosphäre aus. Alles war so anders, viel behaglicher als daheim in Zürich.

»So, jetzt kann die Party starten, wir haben alles«, hörte sie die Stimme ihres Vaters von nebenan. Sie presste sich eine Hand vor den Mund. Schlagartig grummelte es in ihrem Magen. Vorhin noch aufgeregt und erwartungsvoll, war sie ihrer Sache plötzlich nicht mehr ganz so sicher. Was, wenn er sie hier gar nicht haben wollte? Er hatte zwar gesagt, dass er glücklich wäre, wenn sie zu seiner Familie gehören wollte. Aber da war er noch nicht verheiratet gewesen. Was, wenn er jetzt wünschte, dass sie …

»Na, das dürfte auch reichen, falls noch jemand kommt.« Das war Mbhalis helle Stimme. »Das reicht für die halbe Stadt!«

»So viel ist das gar nicht. Du sagst doch selbst immer, dass man nie weiß, wer wen noch alles mitbringt.«

Sie blinzelte durch den Türspalt, sah, wie Jeff ihr Glas vom Tisch nahm und es in einem Zug leerte.

»Mann, ich wäre auch gleich verdurstet! Willst du 'ne Cola, Dan?«

»Nee, lass mal, danke. Komm, wir holen noch schnell die ...«

»Moment!« Mbhali legte das Geschirrtuch achtlos auf die Küche. »Jeff, bleib mal eben hier.«

»Was gibt's?« Er stand mit dem Rücken zum Schlafzimmer, doch ein leises Geräusch ließ ihn sich umdrehen. Sichtlich befangen trat Sarah durch die Tür.

»Happy Birthday, Papa«, sagte sie zaghaft. Ihre Unterlippe zitterte. Ihr Herz klopfte so laut, dass sie es fast zu hören glaubte. Fassungslosigkeit breitete sich auf seinem Gesicht aus, und in seinem Kopf begann sich alles zu drehen. Mit halb geöffnetem Mund starrte er sie an wie eine Fata Morgana. Unbewusst legte sich seine Hand haltsuchend um die Lehne des Stuhls, als seine Knie sich in Pudding zu verwandeln schienen. Ungläubig schüttelte er den Kopf.

»Sarah?« Es war nur ein Hauch, kaum hörbar, und doch durchdrang es die völlige Stille im Raum. Er schluckte schwer. Zögernd, mit unsicheren Schritten trat sie ein Stück näher, ihre Augen, in denen sich Furcht und Freude einen erbitterten Kampf lieferten, fest auf ihn geheftet. »Sarah!« Keine Frage mehr, aber noch immer nur ein atemloses, heiseres Flüstern.

»Papa!« Ihre Nerven gaben den Kampf auf. Unvermittelt begann sie zu weinen. Im gleichen Moment war er mit zwei langen Schritten bei ihr, riss sie an sich und schloss seine langen Arme um ihren Körper.

»Sarah!«

»Papa!«

Sie heulten um die Wette. Lachten, weinten, sahen sich an, nur um sich sofort wieder aneinanderzupressen, aus Angst, der andere würde sich in Luft auflösen.

»Warum weint Daddy denn?« Klammheimlich tauchte Jemmy auf. »Freut er sich nicht über Sarahs Besuch?« Er drückte sich an seinen Onkel, nachdem seine Mamani ihm zuletzt schlimmste Strafen angedroht hatte. Dan legte seine mächtige Pranke auf die kindliche Schulter und nickte zufrieden.

»Keine Sorge, Jem, der heult nur, weil er sich so freut.« Gerührt beobachtete er das Wiedersehensdrama.

»Ich hab nicht geheult, als ich mich über mein Waveboard gefreut habe!«

»Weißt du was, Jemmy, wir beide gehen jetzt nach draußen und räumen die Sachen aus dem Auto, okay?«

»Ich will aber bei Daddy bleiben!«

»Und ich will, dass du mitkommst!« Dagegen war Jemmy machtlos. Wieder zog er eine Schnute. Seit das doofe Mädchen da war, wurde er nur noch herumkommandiert. Die konnte sich auf was gefasst machen, wenn das so blieb!

»Wo kommst du her? Oh Gott, ich kann nicht glauben, dass du da bist! Was machst du hier?« Aufgebracht umklammerte Jeff ihre Schultern und musterte sie fassungslos.

»Ich wollte sichergehen, dass meine Glückwünsche zu deinem Geburtstag ankommen.« Sie griff in den Ausschnitt ihres Shirts und zog eine Silberkette hervor, an der ein zartes Ginkgoblatt hing.

»Du hast sie bekommen!« Ungläubig legte Jeff seine Finger an das zierliche Schmuckstück. »Du hast sie wirklich bekommen.«

»Ja. Nachdem ich Mama mal etwas rabiater nach deiner Post gefragt habe, tauchte die Karte plötzlich auf. Die Kette ist wunderschön!«

»Deine Mutter ...« Jeff stutzte. Irritiert sah er sich um. »Wo ist sie eigentlich?«

»Zuhause.«

»Wie, zuhause?«

»Zuhause. In Zürich.«

»Wieso ist sie ...? Wieso bist du ...?« Ihm stockte der Atem. »Sag jetzt bitte nicht, dass du abgehauen bist und inzwischen international gesucht wirst!«

Lachend schüttelte sie den Kopf. »Nein, keine Sorge! Mama weiß, dass ich hier bin. Außerdem kann sie mir das sowieso nicht mehr verbieten, schließlich bin ich erwachsen.«

»Du bist ... Sie weiß ... Moment, langsam wird's ein bisschen viel für einen alten Mann.« Er ließ sich auf den nächstbesten Stuhl fallen. Sarah saß ihm kaum gegenüber, da verschränkten sie ihre Hände auf der Tischplatte fest ineinander. Noch immer befürchten sie offensichtlich, dass der andere einfach verschwand, wenn sie sich nicht festhielten.

»Mama und ich hatten eine etwas längere ...«, sie suchte einem passenden Ausdruck. »Auseinandersetzung. Ich habe sie nach deiner ganzen Post gefragt und ihr dann von dem Brief erzählt, den du mir im Krankenhaus gegeben hast. Tja, daraufhin ...«

»Oh Gott, das Krankenhaus!« unterbrach er sie erschrocken. »Geht's dir gut? Ist alles in Ordnung mit dir? Was ist mit deiner Niere? Du musst doch ...«

»Papa! Keine Panik!« Beruhigend drückte sie seine Hände. »Mir geht's prima! Dr. Bergner hat auch schon alles abgeklärt, damit ich zur Kontrolle hier zu dem Doktor gehen kann, zu dem du auch gehst. Es ist alles okay.« Sie sah ihn forschend an. »Wie geht es dir? Ist mit dir auch alles okay?«

»Alles bestens«, nickte er. Noch immer zweifelnd betrachtete er sie. »Du bist auch wirklich nicht abgehauen?«

»Nein. Und muss ich dir erst meinen Pass zeigen, damit du mir glaubst, dass ich tatsächlich schon achtzehn bin?«

»Nein. Ja! Nein, natürlich nicht.« Fahrig strich er sich durch die Haare, griff dann nach dem leeren Saftglas. »Hast du auch solchen Durst?«

»Ja. Mein Vater hat mir nämlich meinen Saft geklaut!«

Erstaunt guckte er das Glas an. »Oh! Ich dachte, das gehört Jemmy.«

»Hier musst du auf alles aufpassen, was man essen oder trinken kann, Sarah.« Sichtlich amüsiert trat Mbhali aus dem Hintergrund hervor. Verdutzt guckten zwei blaue Augenpaare sie an, die völlig vergessen hatten, dass sie anwesend war.

»Wir haben zwei permanent ausgehungerte Raubtiere im Haus, vor denen ist nichts sicher.«

»Ein Raubtier kenne ich schon.« Sarah lachte. »Papa war immer schon gefräßig wie eine neunköpfige Raupe.«

»Noch nicht ganz hier, aber schon kesse Sprüche auf der Lippe«, konterte Jeff. Allmählich wurde er etwas ruhiger, schien zu begreifen, dass Sarah tatsächlich unmittelbar vor ihm saß und wie früher mit ihm scherzte. »Wie gut, dass wir vorhin den halben Supermarkt leer gekauft haben. Als hätte ich geahnt, dass ein neuer Mitesser im Anflug ist.«

»Ach, ihr habt wirklich noch etwas übrig gelassen?« Mbhali reichte Sarah ein neues Saftglas. »Normalerweise kann doch jeder Supermarkt schließen, wenn du mit Dan auf Beutezug gehst.«

Doch Jeff war schlagartig ernst geworden. Peinlich berührt blickte er zwischen seiner Frau und seiner Tochter hin und her. »Ihr kennt euch offensichtlich schon«, begann er unsicher. »Mbhali ist …« Er verstummte abrupt.

»Sie weiß es bereits, Jeff.« Mbhali legte ihre Hand auf Sarahs Schulter. »Jemmy hatte nichts Eiligeres zu tun, als sein Revier abzustecken. Er hat lauthals verkündet, dass ich deine Frau bin.«

»Na bravo! Ich dreh´ ihm den Hals um, wenn ich ihn in die Finger kriege!«

»Lass meinem kleinen Bruder in Ruhe!« Sarah drohte ihm mit dem Zeigefinger. »Der hat jetzt eine große Schwester, die auf ihn aufpasst.« Sie grinste. »Ich mag den kleinen Cowboy. Er ist zwar frech hoch fünf, aber total süß!«

»Es ist doch völlig okay, dass ihr verheiratet seid. Ihr seid ja schließlich eine Familie«, setzte sie hinzu. Der letzte Satz war deutlich leiser ausgefallen. Es war nicht zu überhören, dass sie sich ausgegrenzt fühlte. Jeff stand auf und nahm sie in den Arm.

»Du bist auch meine Familie, Prinzessin«, sagte er fest. Dabei sah er ihr offen in die Augen. »Ich werde dir alles erzählen, von Anfang an. Und du erzählst mir, wieso du so unverhofft hier bist und …« Wieder stutzte er. »Sag mal, hast du gar kein Gepäck dabei?«

»Doch. Drüben in meinem Zimmer.«

»In welchem Zimmer?«

»105. Hat Jemmy mir empfohlen, weil es am weitesten von der Eiswürfelmaschine und dem Getränkeautomaten weg ist.«

»Du … hast ein Zimmer … Hier? … Im Motel? …

Wer hat dich da 'reingelassen?«

»Der Typ an der Rezeption. Er war ein bisschen schwer von Begriff, aber ich konnte ihn davon überzeugen, mir ein Zimmer zu vermieten. Mit Jemmys Hilfe.«

»Vermieten? Wieso vermieten?«

»Jeff!« Geduldig ging Mbhali dazwischen. »Lass sie erst mal ankommen. Und dich auch! Du kapierst im Moment sowieso nichts mehr. Die Idee mit dem Zimmer ist doch perfekt, oder soll sie hier auf dem Sofa schlafen?«

»Nein, natürlich nicht.«

»Gut. Zur Konkurrenz schicken wir sie erst recht nicht, also ist doch alles in Ordnung. Wie wär's, wenn ihr beide eine Weile am Strand spazieren geht, während ich damit anfange, alles für die Party vorzubereiten? Sonst steht der Besuch auf der Matte, bevor ich den ersten Maiskolben auf dem Grill habe.«

»Party? Welche Party?«

»Oh Mann, Papa! Du hast Geburtstag!«

»Ach ja? Verdammt, ich kriege überhaupt nichts mehr mit. Stimmt, ja, Geburtstag, da war was.« Immer noch perplex schüttelte er den Kopf. »Gehen wir spazieren, Sarah? Meine geliebte Frau hat mich gerade 'rausgeschmissen.«

»Machen wir«, wieder lachte Sarah selig. »Aber nur unter einer Bedingung: Heute will ich nichts über die Scheidung und den ganzen Mist hören. Das hat Zeit bis morgen.« Sie schlang beide Arme um seine Hüften und drückte ihn an sich. »Heute will ich nur genießen, dass ich meinen Papa wiederhabe.«

»Sag die Stelle mit »Mein Papa« noch mal, und ich heule schon wieder!«

»Raus mit euch!« Mbhali machte mit beiden Händen eine wedelnde Geste in Richtung Haustür.

»Sonst gibt es heute Abend nichts zu essen!«

»Nichts wie weg! Ich kenne sie. Sie meint das ernst!« Er legte seinen Arm um Sarahs Schultern. Zufrieden überquerten sie den Parkplatz und marschierten von dort direkt zum Strand. Jemmy, der sich zwischen zwei Autos versteckte und sie beobachtete, bemerkten sie nicht.

## 35. Kapitel

Jeff hatte die halbe Nacht lang darüber gegrübelt, ob Sarah wirklich in Zimmer 105 im Bett lag oder sich die überraschende Begegnung nicht doch als Halluzination entpuppte. Aber sie musste wirklich real zu sein, jedenfalls saß sie ihm fröhlich plaudernd gegenüber, während sie hungrig über ihr Frühstück herfiel.

Schon während der Grillparty am Vorabend hatte er erleichtert festgestellt, wie gut sich seine frischgebackene Ehefrau mit seiner so überraschend vom Himmel gefallenen Tochter verstand.

Sarahs anfängliche Scheu den Fremden gegenüber war schnell in heitere Unbefangenheit umgeschlagen, als sie spürte, mit welch offener Herzlichkeit sie in ihrer Mitte aufgenommen wurde. Noch jetzt musste Jeff insgeheim darüber grinsen, dass besonders Dan einen sichtlichen Narren an der in seinen Augen exotischen Schönheit gefunden hatte.

»So´n Zuckerschneckchen hätte ich dir gar nicht zugetraut, Alter! Der müssen wir hier ganz schnell ´n richtigen Kerl suchen, damit sie nicht in die falschen Hände gerät.« Gemeinsam mit Jeff war er spätabends über den Parkplatz geschlendert. Scheinbar gebannt hatte er den nächtlichen Sternenhimmel betrachtet.

»Mein Themba ist übrigens gerade auf Brautschau, wenn ich das mal erwähnen darf.«

»Erwähnen darfst du viel, solange deine Söhne ihre Finger von meiner Tochter lassen. Sie ist erst achtzehn!«

»Passt perfekt. Themba ist zweiundzwanzig.«

»Themba kann in dreißig Jahren mal vorsichtig an meine Tür klopfen und anfragen, ob er ihr vielleicht -

aber auch nur vielleicht - rein platonisch den Hof machen darf.«

»Es ist nicht jeder so langstielig wie du, was heiße Bräute angeht. Meine Jungs wissen, dass man Blumen pflücken muss, bevor sie verwelken.«

Jeff seufzte nachdenklich. »Wer weiß, vielleicht reist sie ja nächste Woche schon wieder ab. Ich habe mich noch nicht getraut, zu fragen, wie lange sie überhaupt bleibt.«

»Mein Schwesterherz hat mir verraten, dass in der 105 die beiden größten Koffer stehen, die sie je gesehen hat.«

»Ach ja?« Diese Neuigkeit ließ ihn aufhorchen.

»Ach ja!«

»Gute Nacht, Dan«, grinste er überaus zufrieden. Der schlug ihm freundschaftlich-derb auf die Schulter. »Gute Nacht - *Papa*!«


»Musst du nicht arbeiten, Paps?« riss Sarah ihn aus seinen Gedanken. Er schüttelte mit einem breiten Grinsen den Kopf. »Nein. Ich bin hier der Boss, das genügt doch, oder?«

»Mama sagte, du würdest an der Rezeption Nachtschichten machen.«

»Hab ich auch, aber das ist vorbei.« Er zwinkerte ihr über den Rand seiner Kaffeetasse zu. »Meine bessere Hälfte hatte gewisse Bedenken, dass ich meinen ehelichen Pflichten nicht zu ihrer vollsten Zufriedenheit nachkommen würde, wenn ich meine Nächte am Computer verbringe.«

»Womit sie nicht ganz unrecht haben könnte«, gab Sarah zurück. »Ich mag sie. Sie passt viel besser zu dir als Mama.«

»Deine Mutter und ich ... Das war etwas ganz anderes. Bis der Unfall geschah, waren wir auch sehr glücklich, nur eben ... anders.« Mit einem leisen Seufzer rieb er sich den Nacken, dann lächelte er sichtlich verliebt. »Mbhali ist das Beste, was mir seit deiner Geburt passiert ist.«

»Eigentlich konnte ich mir nie vorstellen, dass du Mama jemals betrogen hast. Andererseits können sich Kinder ja sowieso nie vorstellen, dass ihre Eltern ... Naja, du weißt schon ...«

»Wenn Eltern nicht naja-du-weißt-schon ...«

Sarah lachte, als er ihren Tonfall nachahmte und dabei die Augen verdrehte.

»Dann gäbe es dich nicht. Ich muss gestehen, dass ich des Öfteren naja-du-weißt-schon mit deiner Mama gemacht habe.« Er grinste breit. »Sie allerdings mit mir auch.«

»Hab ich mir fast gedacht. So viel zu den ehelichen Pflichten.« Sie schob den leeren Teller von sich und begann nachdenklich, am Nagel ihres Zeigefingers zu knabbern.

»Wer ist Jemmy denn nun wirklich?« lenkte sie das Gespräch schließlich in Richtung Vergangenheit. Jeff nickte bedächtig, die Zeit war reif für die Wahrheit.

»Hast du Lust auf einen Spaziergang am Strand?«

»Klar, immer!«

»Dann komm, wir fahren nach Clifton. So bekommst du zu einer hässlichen Geschichte wenigstens eine der schönsten Ecken dieser Stadt zu sehen.«

\* \* \*

An einem Wochentag im Winter war es selbst an einem der Traumstrände Kapstadts fast menschenleer. Nur vereinzelt sonnten sich ein paar Touristen, ein paar Unverwüstliche surften, in dicke Neopren-Anzüge gehüllt, auf den nicht sonderlich beeindruckenden Wellen. Anfangs bewunderte Sarah noch begeistert die traumhafte Kulisse der schneeweißen Bucht vor dem Panorama des Tafelbergs. Vor den mondänen Villen parkten schnittige Sportwagen, was der Szene einen Hauch von Kalifornien gab. Doch nachdem sie bis hinüber zum festen Sand nahe der Brandung geschlendert waren, wurden beide still und hingen eine Weile ihren Gedanken nach.

»Er ist mein Neffe«, sagte Jeff schließlich leise. Einen Augenblick zögerte er, ehe er kaum hörbar hinzusetzte: »Und gleichzeitig mein kleiner Bruder.«

Sarah blieb wie angewurzelt stehen. Zu verwirrt, dieses merkwürdige Verwandtschaftsverhältnis auf Anhieb zu verstehen, blickte ihn verständnislos an.

»Dein ... Bruder?«

Jeff nickte. Er massierte verlegen seine Hand, während er offensichtlich nach Worten suchte. Langsam ging er weiter, den Blick auf den Ozean geheftet.

»Nattie war meine Schwester ... Meine Halbschwester, genauer gesagt. Ich hatte nicht die leiseste Ahnung, dass es sie gab. Bis sie auf der Beerdigung meines Vaters plötzlich vor mir stand.«

*Knapp zehn Jahre zuvor.*

Turmhoch stapelten sich die Kränze und Blumengebinde auf dem frischen Grab. Der Verstorbene war ein angesehenes Mitglied im Stadtrat von Paarl gewesen, hatte jahrelang das Amt des Bürgermeisters innegehabt. Darüber hinaus gehörte ihm die exklusive *Royal Poinciana Lodge,* die mit ihren stilvollen Luxus-Suiten als eines der besten Boutique-Hotels der ganzen Region galt. Dementsprechend groß war die Schar derjenigen, die sich heute versammelt hatte, um dem Toten die letzte Ehre zu erweisen. Noch anziehender als das Ansehen des Toten war allerdings die Tatsache, dass die örtliche Polizei Zweifel an dem tödlichen Unfall auf der Passstraße hegte und nach Feinden des auf solch tragische Weise verstorbenen Hoteliers suchte. Gerüchte um einen hinterhältigen Mord brodelten mit der Hitze in der Weinregion am Kap um die Wette.

Nur äußerst ungern war auch Jeff aus Zürich angereist, nachdem er tagelang überlegt hatte, ob er sich diese Farce wirklich antun wollte. Es war fast vierundzwanzig Jahre her, seit er sein Elternhaus mit den wenigen Habseligkeiten, die ihm wirklich etwas bedeuteten, für immer verlassen hatte. Sein alter Musiklehrer brachte ihn damals in einen schäbigen Vorort Kapstadts. Anfangs war Dan, der als Rausschmeißer in einem Nachtclub arbeitete, alles andere als begeistert gewesen, einen reichen, weißen Schnösel bei sich aufnehmen zu müssen. Aber gegen seinen Großvater wagte selbst Dan nicht, aufzumucken. So war Jeff bei dem Schwarzen gelandet, der ihm Asyl gewährte und einen grottenschlecht bezahlten Job als Barkeeper in eben diesem Nachtclub besorgte. Nachmittags stand Jeff mit seinem Saxofon dort, wo die Touristen gerne bereit waren, für seine Popsongs und Jazzmelodien ihr Kleingeld in seinen Filzhut zu werfen. Ab und an gelang es ihm, abends in einem Jazzclub einen Auftritt zu ergattern. Das waren die Momente, für die er lebte. Wenn die Welt nur noch aus ihm und seiner Musik bestand. Für einen halbwegs gefüllten Kühlschrank war der Job hinter dem Bartresen allerdings einträglicher. Nacht für Nacht mixte er Drinks für einen Haufen stinkreicher, schleimiger Anzugträger auf Geschäftsreise, während diese sich an den fast nackten Tänzerinnen auf der Bühne aufgeilten und später mit den Mädchen, die nur ihren Körper verkaufen konnten, um zu überleben, verschwanden. Er verabscheute sie abgrundtief. Genau wissend, dass diese großkotzigen Lackaffen umgehend zum unterwürfigen Pantoffelhelden wurden, sobald sie ins gediegene Familienreihenhaus in Europa oder den USA zurückkehrten.

Dans Meinung über seinen neuen Untermieter änderte sich schnell, als er merkte, dass der sich aus unerfindlichen Gründen eher für seine weiße Hautfarbe zu schämen schien und ansonsten nicht nur ein prima Kerl, sondern obendrein auch noch, genau wie er selbst, permanent pleite war.

Die *Royal Poinciana Lodge* hatte Jeff nie wieder betreten. Ab und zu war er noch zum Grab seiner Mutter gefahren. Doch nachdem er erst als Studiomusiker entdeckt, dann Mitglied einer Band wurde und nur wenige Jahre später als Solist Karriere machte, waren die Abstecher nach Paarl immer seltener geworden.

Dennoch war er heute hier. Wahrscheinlich nur, weil er sichergehen wollte, dass sie den alten Mistkerl tatsächlich unter die Erde gebracht und damit für alle Zeiten aus seinem Leben beseitigt hatten. Sein Vater hatte ihm mit Enterbung gedroht, als er gleich nach seiner Entlassung aus der High School auf Nimmerwiedersehen abgehauen war. Jetzt würde er wider Erwarten doch zum Besitzer des Hotels werden. Klar, wer sonst? Jeff war das einzige Baby gewesen, das seine Mutter nicht durch eine Fehlgeburt verloren hatte.

Dabei wollte er die verhasste Lodge gar nicht haben. Sie würde ganz schnell im Angebot eines Maklers zu finden sein. Um ehrlich zu sein, war er nur jetzt schon hier, weil in einigen Tagen das Jazz Festival in Kapstadt stattfand. Dort zählten seine Konzerte zu den Höhepunkten der Veranstaltung, weshalb er sowieso nach Südafrika geflogen wäre. Natürlich hatte sich die Pressemeute sofort auf ihn gestürzt, aber er war ihnen letztendlich entkommen. Es wurde Zeit, zurück in die Stadt zu fahren, wo er nur noch diese verlogenen Trauerklamotten gegen irgendetwas Buntes eintauschen wollte. Vielleicht gönnte er sich heute Abend sogar ein Glas Champagner, um die Tatsache zu feiern, dass sein verhasster Vater endlich auf dem Weg in die Hölle war.

Die Hände in die Hosentaschen vergraben, seine Augen selbst im Schatten der Allee hinter einer Sonnenbrille verborgen, ging er mit langen Schritten den Friedhofsweg entlang. Endlich allein! Nichts wie weg hier.

»Hallo Jeff!«

In Gedanken bereits mit den anstehenden Konzerten beschäftigt, sah er etwas ungehalten auf die junge Farbige mit einem Kinderwagen. Sie war mit äußerst weiblichen Rundungen gesegnet, die sich unter ihrem knappen T-Shirt ebenso abzeichneten wie der üppige Hintern in den knallengen Jeans. Nur ihr mädchenhaftes Gesicht verriet schnell, dass sie wesentlich jünger war, als sie vorgab.

»Ich muss mit dir reden«, sagte sie in verbindlichem Ton. Ohne stehen zu bleiben, musterte er sie flüchtig.

»Sorry, aber ich gebe jetzt keine Autogramme«, antwortete er unwirsch. Ungehalten blickte er sie an, als sie ihn daraufhin kurzerhand am Arm packte.

»Dein Autogramm will ich höchstens auf 'nem Scheck«, entgegnete sie forsch und lachte, als sie sein verärgertes Gesicht sah. »Ist übrigens ziemlich unhöflich von dir, deiner Schwester nicht einmal Guten Tag zu sagen!« Damit hatte sie seine Aufmerksamkeit gewonnen. »Was?«

»Ich bin deine Schwester, Jeff. Naja, Halbschwester, aber egal.« Sie tat diese nichtige Information mit einer Handbewegung ab. »Ich heiß' Nathalie. Kannst aber Nattie sagen. Tun alle.«

Er schüttelte verwirrt den Kopf, doch Nattie redete bereits munter weiter. »Der da ...« Sie deutete mit einem Nicken auf das schlafende Mischlingsbaby im Kinderwagen, »das ist dein Sohn Jeremy.«

Wie vom Blitz getroffen blickte Jeff zwischen Nattie und dem Baby hin und her. »Wie, bitte?« Ungläubig starrte er sie an. »Entschuldige, bitte, aber - hast du sie noch alle? Ich kenne dich überhaupt nicht! Wie kommst du darauf, ich könnte ...«

»Dann wird's Zeit, dass du uns kennenlernst«, fiel sie ihm in fröhlichem Plauderton ins Wort. »Das ist unser Sohn. Jeremy.« Vorwurfsvoll schob sie die Unterlippe vor. »Ist schon fast sechs Wochen alt! Da wird's doch wohl Zeit, dass er endlich seinen Vater kennenlernt, oder? Aber du bist ja auch immer unterwegs. Das versteht er bestimmt, wenn er ...«

»Moment mal! Ich habe dich noch nie im Leben gesehen und auch ganz bestimmt nie mit dir ...«

»Ändert nichts daran, dass ich deine Schwester bin. Bin zwar erst geboren, als du schon längst weg warst, aber deine Schwester bin ich trotzdem. Mama hat für euch geschuftet. Oder für unseren Alten, besser gesagt. Egal, Schwester ist Schwester, auch wenn's dir nicht passt!«

»Du behauptest also, mein Vater und du ...«

»Dein Vater war auch mein Vater, Jeff«, unterbrach sie ihn. »Haste keine Ahnung von, das hat der Alte immer gut vertuscht. Mama war ja schließlich nur 'n Dienstmädchen. Und ich die Tochter vom Dienstmädchen! So was ist Freiwild auf der *Royal Poinciana Lodge*!«

Er nahm die Sonnenbrille ab und steckte sie achtlos in die Tasche seines schwarzen Sakkos. Die Arme vor der Brust verschränkt, musterte er sie verwirrt.

»Darf ich vielleicht erfahren, wer deine Mama ist?«

»Mbhali Masango. Du kennst sie vielleicht noch als Mbhali Shongwe. Sie hat mal geheiratet, ist den Scheißkerl aber wieder los geworden. Meine Großeltern haben sich übrigens auch für euch abgerackert.«

»Für mich ganz sicher nicht!«

»Jedenfalls ist das da«, sie wies ungerührt auf das Baby, »der Sohn von Jeffrey Thompson.« Sie grinste breit. »Irgendjemand muss dafür sorgen, dass der Bengel satt wird. Und DU bist doch Jeffrey Thompson, stimmt´s oder hab ich recht?«

Jeff sah sich nach einer Sitzgelegenheit um. Seine Beine versagten ihm allmählich den Dienst, ebenso wie er langsam, aber sicher an seinem Verstand zu zweifeln begann. Ein Stück entfernt fand er eine verwitterte Bank, auf die er sich einfach fallen ließ. Sofort folgte Nattie ihm mit dem Kinderwagen.

»Bleibt alles in der Familie«, fuhr sie unbeeindruckt fort, während sie sich neben ihn setzte. »Hat der Alte auch immer gesagt, wenn er zu mir ins Bett gekrochen ist. Dieser geile Waschlappen! War echt überrascht, dass der überhaupt noch …« Wieder nickte sie in Richtung des Kinderwagens. »Aber Männer können ja immer, egal, wie alt und …«

Resolut griff Jeff nach ihrem Arm, um ihren Redefluss zu unterbrechen. »Du behauptest also allen Ernstes, mein Vater hätte erst mit deiner Mutter und dann mit dir …«

Nattie lachte zynisch. »Hast du was anderes von dem alten Schwein erwartet?« Sie betrachtete ihn wissend. »Warum biste denn selber sofort nach der Schule weg?« Ohne seine Antwort abzuwarten, wies sie wieder auf das Baby. »Ich hab ihn Jeremy genannt. Wollte nicht, dass er auch Jeffrey heißt. Der Kleine kann ja nichts dafür. Kannst ihn Jemmy nennen, tu ich auch.«

Fassungslos versuchte Jeff, das gedankliche Wirrwarr wenigstens ansatzweise in den Griff zu bekommen, als das Baby zu schreien begann. Nattie hob den Kleinen aus dem Wagen. »Benimm dich, Sohnemann! Du willst doch ʼn guten Eindruck auf deinen Dad machen, oder?« ermahnte sie den Jungen. »Komm schon, so übel sieht er gar nicht aus für sein Alter. Außerdem …«

Jeff atmete tief durch, als könnte er diesen Albtraum dadurch verscheuchen, dann unterbrach er sie in bemüht sachlichem Ton. »Was willst du von mir?«

Nattie lachte. »Was schon? Geld natürlich! Du hast doch genug!« Völlig unerwartet drückte sie ihm das Kind in den Arm. »Hier, halt mal, ich habʼ irgendwo seinen Schnuller.«

Verdutzt beäugte Jeff das Baby in seinen Armen, während Nattie in einer Tasche wühlte, die in einem Korb unter dem Kinderwagen stand. Ganz automatisch schaukelte er den weinenden Jungen leicht hin und her, der sofort ruhig wurde und ihn aus großen, dunkelbraunen Augen neugierig anschaute. Mit dem Schnuller in der Hand tauchte Nattie wieder auf. Zufrieden grinste sie. »Na, sieh an! Kaum auf Daddys Arm, schon ist Ruhe. Bei mir brüllst du …«

»Hör auf mit dem Quatsch! Es mag sein, dass du meine Schwester bist, wundern würde es mich nicht. Ich glaube dir auch, dass er dich …« Er brach ab.

»Aber ich bin ganz sicher NICHT der Vater von diesem Jungen!«

»Auf dem Papier schon.« Nattie zuckte gelangweilt mit der Schulter. »Da steht nur Jeffrey Thompson. Den Senior hab ich weggelassen. Bin ja nicht doof! ... Mensch, Jeff, du hast doch genug Kohle! Deine Millionen kannste behalten, ich will nur genug für mich und ihn. Und 'n bisschen was für meine Mama.«

»Was machst du, wenn ich nicht zahle?«

Wieder zuckte Nattie fast gelangweilt mit den Schultern. »Dann such ich mir 'n Reporter und erzähl' ihm alles. Wird bestimmt 'ne schöne Story: Der tolle Sax-Man mit seiner tollen Frau und der tollen Tochter - und dann plötzlich so 'n schwarzer Bastard von der kleinen Schwester ...« Sie lachte anzüglich. »Ob deiner Frau das gefällt?«

»Damit kommst du nicht durch! Mit so einer Erpressung kommst du nicht durch!« Jeff schüttelte den Kopf. »Er ist nicht mein Sohn. Ein Vaterschaftstest kann das ganz schnell beweisen.«

»Klar. Kein Thema. Aber bis dahin steht's längst in allen Zeitungen! Und dann haste 'n Problem!« Nattie stand auf, nahm ihm das Baby ab und legte es zurück in den Wagen.

»Ich bin morgen um zehn Uhr wieder hier.« Sie sah Jeff kalt an. »Wär' besser, wenn du dann auch hier bist. Und bring Geld mit!« Fürsorglich strich sie über die hellblaue Häkeldecke, die auf dem Wagen lag. »Dein Sohn hat schließlich Hunger.«

Damit schob sie hocherhobenen Hauptes ohne ein weiteres Wort den Kinderwagen die Friedhofsallee entlang und verschwand aus dem Blickfeld. Erschüttert blieb Jeff auf der Bank zurück.

\* \* \*

»Ich bin hingegangen.« Die Hände tief in den Hosentaschen vergraben, beobachtete er fasziniert die kleinen Sandfontänen, die er bei jedem Schritt auslöste. »Um mit ihr zu reden. Natürlich wollte ich ihr helfen ... Mein Gott, sie war meine kleine Schwester!« Er schluckte schwer. »Sie war gerade erst sechzehn und stand mit einem Kind da!« Als könnte er es noch immer nicht fassen, rieb er sich seufzend mit der Hand durch das Gesicht. »Dann hat sie mir die Fotos gegeben ... Ihr Freund hatte auf dem Friedhof im Gebüsch gesessen und alles geknipst ... Sie sagte, sie würde die Bilder einem Reporter geben ...« Verschämt hielt er inne.

»Ich hab gezahlt«, gestand er reumütig. »Ich habe ihr jeden Monat Geld geschickt, damit sie Jemmy durchkriegt. Aber sie hat ihn einfach bei ihrer Mutter abgeladen und sich von dem Geld ihre Scheiß Drogen gekauft!« Er blickte Sarah jämmerlich an. »In gewisser Weise bin ich schuld daran, dass sie tot ist. Ich hab's nicht gewusst, aber das spielt keine Rolle. Deshalb habe ich trotzdem drei Jahre lang für sie bezahlt. Als ich dann nach dem Unfall im Krankenhaus lag und kein Geld mehr geschickt habe, weil ich ganz andere Sorgen hatte, da hat sie alles an die Presse verkauft. Den Rest kennst du ... Von dem Geld hatte sie nicht viel«, setzte er traurig hinzu. »Sie ist kurz darauf an einer Überdosis gestorben.«

Sie waren eine Zeit lang still weitergegangen. Sarah hatte ihren Arm um seine Taille geschoben, er seinen Arm um ihre Schultern gelegt. Jetzt saßen sie auf einem Felsen im Sand.

»Warum hast du uns das alles nie erzählt?« fragte Sarah sentimental. »Du konntest doch nichts dafür!«

»Ich habe mich so sehr geschämt«, gab Jeff hilflos zu. »Dafür, dass mein Vater so ein Scheißkerl war. Ich wusste doch, was für ein mieses Schwein er war. Entschuldige bitte, aber einen anderen Ausdruck gibt dafür nicht! Dein Großvater war ein dreckiger Sklavenhalter, der verpasst hatte, dass das achtzehnte Jahrhundert lange vorüber war. Frauen hatten jederzeit für ihn und seine perversen Gelüste parat zu stehen, egal, wie alt - oder jung - sie waren. Mbhali hat sich mal verplappert und angedeutet, dass manche Mädchen auf der Lodge abgetrieben haben.« Er sah betreten zu Boden. »Nicht alle haben überlebt.«

Still kämpfte er gegen die aufkeimende Wut an, die stets in ihm zu brodeln begann, wenn er daran zurückdachte. »Sie selbst hat Nattie nur aus Angst vor den sogenannten Engelmacherinnen bekommen«, fuhr er tonlos. »Nattie war schlauer. Die hat sich sofort überlegt, dass sie mir das Kind später unterjubeln und dann abkassieren kann!«

Er sah sie traurig an. »Irgendwie wusste ich damals schon, dass deine Mutter einen derartigen Skandal nicht mit mir gemeinsam durchziehen würde. Ich hatte wahnsinnige Angst, dich auch noch zu verlieren. Also habe ich gezahlt. Mir war klar, dass die Sache irgendwann auffliegen würde, aber ... Ich war einfach dankbar für jeden Tag, den ich noch mit dir verbringen durfte.«

Wieder hingen sie ihren Gedanken nach, schauten auf das Meer hinaus, während Sarah sich in seinen Arm kuschelte. »Dass du ihr helfen wolltest, obwohl sie dich erpresst hat, finde ich gut«, sagte sie zustimmend.

»Sie war doch meine kleine Schwester. Sie war jünger als du und stand mit einem Kind da, dessen Vater ...« Er schnaubte ungehalten. »Dieses verdammte Schwein! Schon meine Mutter ist an ihm zugrunde gegangen! Und dann macht er sich an ein halbes Kind heran, das obendrein seine eigene Tochter ist ...«

Sarah kuschelte sich noch enger an ihn.

»Ich hab´ dich lieb, Papa!« Voller Liebe schaute sie ihn an. »Ich hab dich schrecklich lieb. Und ich bin so froh, dass ich endlich meinen Papa wiederhabe. Da teile ich dich auch gerne mit dem kleinen Cowboy.«

Die Enge in seiner Kehle ließ ihm keine Chance auf eine Antwort. Dankbar zog Jeff sie wortlos an sich und vergrub sein Gesicht in ihren Haaren.

## 36. Kapitel

Ein lauter Knall ließ Sarah erschrocken zusammenzucken. Abrupt löste sie sich aus seiner Umarmung, während sie sich gleichzeitig ängstlich nach allen Seiten umschaute. »Was war das?«

»Die beste Methode, Touristen einen Mordsschrecken einzujagen«, lachte Jeff. »Keine Angst, das war nur die Noon Gun auf dem Signal Hill.« Er wies mit dem Finger auf den lang gestreckten Bergrücken, der sich neben dem markanten Gipfel des Lion´s Head aus dem Häusermeer erhob. »Die Kanone wird jeden Mittag pünktlich um zwölf Uhr abgefeuert, eine alte Tradition aus der Zeit, als es da oben wirklich noch einen Signalposten gab. Man hat eine Wahnsinnsaussicht von dort.« Unternehmungslustig sah er sie an.

»Sollen wir hochfahren und ein Picknick machen? Wir könnten unterwegs vom India Take-Away was Leckeres mitnehmen.«

»Au ja.« Sofort schob sich ihre Hand in seine, und sie gingen zum Auto zurück. Der Tag war wie geschaffen für einen Ausflug wie diesen. Die Sonne schien in sattem Orange, während der wolkenlose Himmel und die klare Winterluft für schier endlose Fernsicht sorgten.

»Das ist der totale Wahnsinn, Paps!« Begeistert sprang Sarah aus dem Auto, kaum dass der Wagen am Ende der Signal Hill Road zum Stehen kam. Glücklich beobachtete Jeff, wie sie zum Zaun rannte, aufgeregt herumwirbelte und versuchte, möglichst viele Eindrücke auf einmal zu erhaschen. Die eleganten Villenviertel von Camps Bay und Clifton lagen ihnen zu Füßen, ebenso die Waterfront und die lang gezogene Tafelbucht. In der Ferne war schemenhaft die ehemalige Gefängnisinsel Robben Island erkennbar. Hinter ihnen wachte der Tafelberg majestätisch über Stadt und Küste. Jeff deutete auf ein Stückchen Strand, das tief unten winzig klein vor ihnen lag. »Da kommen wir gerade her.«

»Es ist so schön hier! Ich gehe nie wieder weg!«

»Zum Abendessen sollten wir schon zurück sein, sonst ist Mbhali beleidigt.«

»Ich meinte nicht diesen Berg, sondern dich.« Sarah legte ihre Arme um seinen Hals. »Ich will nie wieder von dir weg.«

Jeff schluckte. Plötzlich schien sein Hirn zu keinem klaren Gedanken mehr fähig. Eingezwängt in Gefühle, für die er keine Worte fand, strich er ihr geistesabwesend eine Haarsträhne aus dem Gesicht, die sich aus ihrem vom Wind zerzausten Pferdeschwanz gelöst hatte. Die Sonne blendete ihn mit unbarmherziger Helligkeit, doch er kam gar nicht auf die Idee, seine Sonnenbrille aufzusetzen. Stattdessen verlor er sich in dem blauen Augenpaar, das ihn längst nicht mehr so selbstsicher wie zuvor betrachtete. Deutliche Zweifel zeichneten sich auf ihrem Gesicht ab, als er keine Antwort gab.

»Willst du ... mich nicht ... hier haben?« fragte sie unerwartet befangen. »Schickst du mich etwa ... wieder ... weg?« Sie wollte nicht weinen, doch die Tatsache, dass er nicht sofort in den erwarteten Jubel über ihre Zukunftspläne ausbrach, ließ ihre Unterlippe verdächtig zittern. Mit hängendem Kopf wandte sie ihm den Rücken zu. Für die grandiose Aussicht, die ihr gerade noch den Atem geraubt hatte, fehlte ihr mit einem Schlag jeglicher Sinn.

Er wollte sie nicht. Zu Besuch ja, aber mehr nicht. Er hatte also doch nur so dahergeredet.

»Ich wünschte, du wolltest irgendwie zu meiner Familie dazugehören.« Die Worte aus dem Krankenhaus hallten in ihrem Kopf wider. Irgendwie dazugehören. Das hieß also für ihn gar nicht »immer bei dir sein«, sondern eher: »Du kannst mich ja mal besuchen kommen.«

Er konnte sie mal! Unbewusst stampfte sie trotzig mit dem Fuß auf. Sie verschränkte die Arme vor dem Körper. Also doch alles gelogen! Klar, er hatte ja auch den kleinen Cowboy, er brauchte sie nicht. Was hatte sie sich nur dabei gedacht, einfach hier aufzukreuzen, mit Sack und Pack und ihrem halben Hausstand in diesen beiden bis zum Bersten vollgepackten Riesenkoffern? Nicht mal ein Rückflugticket hatte sie. Jedenfalls keines, auf dem ein Datum stand. Umso besser, dann konnte sie ja auch bei nächster Gelegenheit wieder zurückfliegen zu … Ja, wohin eigentlich? … Etwa zurück zu Mama und Oma?

Sie versuchte gar nicht erst, die aufsteigende Verzweiflung zu bekämpfen. Stattdessen ließ sie sich einfach auf den staubigen Asphalt sinken, schlang die Arme um ihre angezogenen Knie und verbarg hemmungslos schluchzend ihr Gesicht darin.

»Sarah! Nicht weinen! Nein, nicht weinen!« Erschüttert kniete er neben ihr nieder und tätschelte ihr hilflos den Rücken. »Bitte, hör auf zu weinen, Prinzessin. Dazu gibt es doch gar keinen Grund.«

»Nein?« Sie wandte ihr verweintes Gesicht zur Seite, gerade weit genug, um ihn anzusehen. »Wenn mich überhaupt keiner haben will, hab ich keinen Grund zum Heulen?« Sie vergrub ihr Gesicht wieder in ihren Armen.

»Natürlich will ich dich hier haben, Baby. Wie kommst du bloß darauf, dass ich dich nicht bei mir haben will?«

»Du willst nicht, dass ich bleibe«, drang es undeutlich, von einem Schluckauf unterbrochen, aus ihr hervor.

»Liebling, wenn es nach mir ginge, würde ich dich nie wieder auch nur eine Sekunde lang aus den Augen lassen. Hab doch mal ein bisschen Geduld mit mir! ... Ich komme gestern nichts ahnend vom Einkaufen, da stehst du vor mir. Einfach so. Und jetzt erfahre ich mal eben ganz nebenbei, dass du sofort komplett nach Südafrika auswandern willst. Dabei habe ich mich bisher nicht einmal getraut, dich zu fragen, wie lange du bleiben wirst, weil mir davor graut, dass du wieder abreist.« Ein Lächeln umspielte seine Mundwinkel. »Darf ich das alles erst einmal verstehen, bevor du die Stadt unter Wasser setzt und mich als Rabenvater zum Mond schießt?«

Vorsichtig blinzelte sie hinter ihren Tränenschleier hervor. Es dauerte nicht lange, bis sie beim Anblick seines Dackelblicks eine schiefe Grimasse zog.

»Ich glaub´, das ist jetzt alles irgendwie völlig in die Hose gegangen«, stellte sie betreten fest.

»Könnte man so sagen«, gab er in gleichem Ton zurück. Sie begann zu kichern. Schon musste auch er schmunzeln. Als er sie in die Arme zog, lachten sie beide herzhaft.

»Hast du vorhin nicht was von einem Picknick erzählt?« Sarahs Kummer wich einem knurrenden Magen. Mit einem Ruck zog Jeff sie auf die Füße. »Typisch meine Tochter, die Welt geht unter, und sie hat Hunger!«

»Ganz der Vater, würde Mama jetzt sagen.«

»Ausnahmsweise hätte deine Mama recht!«

Gemeinsam breiteten sie ihre Vorräte auf einem schattigen Picknicktisch aus. Sofort zog ihnen der appetitliche Duft von Tandoori-Huhn in die Nase, das zwar nur noch lauwarm war, aber dennoch köstlich schmeckte.

»Wenn du wirklich hierbleiben willst«, begann Jeff zwischen zwei Bissen, »dann bleibst du hier. Aber ich muss dich warnen. Hier herrscht nicht nur das schöne Postkartenimage aus deinen Reiseführern. Kapstadt zählt nicht ohne Grund zu den gefährlichsten Städten der Welt, und es ist längst nicht alles so toll wie das, was du da unten gerade siehst.«

»Du bist in der ach so sicheren Schweiz von einem Hund gebissen worden und daran fast verblutet«, erwiderte sie ungerührt, während sie Reissalat auf ihren Pappteller schaufelte. »Wenn man zur falschen Zeit am falschen Ort ist, ist das Leben immer gefährlich.«

»Musst du mir mit solch drastischen Argumenten den Wind aus den Segeln nehmen?«

Sie zuckte mit der Schulter. »Wenn`s doch stimmt!«

»Trotzdem, das hier ist eine ganz andere Welt. Du wirst deine gewohnte Umgebung sehr schnell vermissen.«

»Ich habe dich früher mal gefragt, ob du dein Zuhause in Afrika nicht vermisst. Darauf hast du geantwortet, dass ein Zuhause immer dort ist, wo man geliebt wird. Egal, an welchem Ort.« Über ihren Lunch hinweg blickte sie ihn voller Ernst an. »Ich bin zuhause angekommen, Papa.«

»Und was wird aus der Schule?«

»Hier gibt es auch Schulen. Wir sind vorhin erst an einer vorbeigefahren.« Gelassen griff sie nach einem Stück Huhn, biss herzhaft hinein und kaute seelenruhig, während er sich mehr schlecht als recht bemühte, diese überraschenden Neuigkeiten zu verarbeiten. Nachdenklich stützte er sein Kinn auf eine Hand. »Bleibt die Frage: Wo bringen wir dich unter?« Er guckte etwas ratlos. »Du kannst ja nicht ewig im Motel wohnen.«

»Was ist mit dem Dach von deinem Haus?«

»Was soll mit dem Dach von meinem Haus sein? Willst du da zelten?«

»Nö, aber da kann man bestimmt ein Apartment draufsetzen. Das Motel hat doch auch zwei Etagen, nur dein Haus nicht.« Sie leckte sich mit der spielerischen Grazie einer Katze etwas Bratfett von den Fingern. »Da ist Platz genug für meine neue Wohnung. Mit Balkon und Mega-Aussicht!«

Einen Moment lang war Jeff sprachlos, doch dann musste er schallend lachen, bis ihm die Tränen kamen. »Wie haben meine armen Bandkollegen meine exotischen Ideen damals nur jahrelang ertragen, wenn du mich schon nach ein paar Stunden fertigmachst?« japste er. »Ich glaube, in dir steckt mehr von einer Afrikanerin, als ich je geahnt habe!«

»Heißt das, du schickst mich nicht mit einem Vermerk »Annahme verweigert« postwendend zurück?«

Mit einem zufriedenen Grinsen zog Jeff ihre fettigen Finger zwischen die seinen. »Das könnte deiner Mutter so passen, Prinzessin! Hast du wirklich geglaubt, ich ließe dich je wieder weg?«

# 37. Kapitel

»Wo ist Daddy?« Seine Schultasche unter dem Arm, stürmte Jemmy in die Waschküche. »Das Auto ist nicht da.«

Unbeeindruckt von seinem vorwurfsvollen Ton ließ Mbhali ein Bettlaken durch die Mangel gleiten. Das Lied, das sie leise gesungen hatte, brach unvermittelt ab. »Ich wünsche dir auch einen schönen Tag, Jeremy!« Sie warf ihm einen strengen Blick zu. Sofort zog er schuldbewusst den Kopf ein.

»Ninjani nina, Mamani?«

»Danke, mir geht es gut, Jemmy. Wie war es in der Schule?«

»Wie immer.« Schwungvoll setzte er sich auf einen wackligen Tisch neben der Mangel und baumelte mit den Beinen. »Wo ist Daddy denn jetzt?«

»Er ist mit Sarah unterwegs, um sie in einer Schule anzumelden.«

»Aber die ist doch schon groß!« Erstaunen breitete sich auf seinem Gesicht aus. »Wieso muss die denn noch in die Schule?«

»Weil sie aufgrund ihrer Krankheit bisher keinen Abschluss machen konnte. Sie wird vielleicht schon bald in die gleiche Schule gehen wie du.«

»Die bleibt echt hier? So für immer?«

»DIE hat einen Namen, Jemmy!« Mbhali ließ das nächste Laken durch die Mangel laufen. »Was ist los mit dir? Ich dachte, du magst Sarah.«

»Sie ist ein Mädchen«, sagte er abfällig.

»Das bin ich auch.«

»Nee, du bist meine Mamani.«

»Das auch. Und? Hast du Hausaufgaben auf?«

»Nee.« Halbwegs glaubwürdig winkte er ab. »Nur

ein bisschen Rechnen«, gab er kleinlaut zu, als er Mbhalis zweifelnde Miene bemerkte.

»Dann sieh zu, dass du damit fertig wirst.«

»Wann kommt Daddy wieder? Er hat versprochen, heute mit mir Saxofon zu spielen!«

»Dann wird er das auch tun. Aber solange die Hausaufgaben nicht gemacht sind, spielst du gar nichts.«

Murrend sprang Jemmy vom Tisch, zerrte seinen Ranzen hinter sich her und schob schmollend davon. Mbhali beobachtete ihn durch das kleine Fenster der Waschküche, bis er aus ihrem Sichtfeld verschwunden war. In ihre Arbeit vertieft, sang sie wieder leise vor sich hin.

\* \* \*

»Du wirst in der Schule bestimmt schnell Freunde finden«, meinte Jeff, als er aus dem Auto stieg. »Als Weiße bist du anfangs allerdings bestimmt ein ziemlicher Exot, die meisten Schüler hier sind Schwarze oder Farbige.«

»Egal. Außerdem ich bin bestimmt auch bald so knackig braun wie Jemmy.« Demonstrativ reckte Sarah ihr Gesicht der Sonne entgegen. »Hauptsache, in der neuen Schule zieht mich keiner mehr mit den alten Geschichten auf.«

»Das Problem wirst du ganz sicher nicht haben.« Er legte einen Arm um seine Tochter und schlenderte mit ihr zum Motel hinüber. »Oder willst du nicht doch lieber die Deutsche Internationale Schule besuchen? Die ist drüben in ...«

»Nein.« Bestimmt schüttelte Sarah den Kopf. »Jemmys Schule gefällt mir, die ist so schön afrikanisch.«

»Mein liebes Fräulein Tochter, du wirst es nicht glauben, aber hier ist alles ziemlich schön afrikanisch! Was meinst du, wie schön afrikanisch du dich erst fühlst, wenn du in klobigen Schuhen und bravem Faltenrock zur Schule gehst.«

»Eine Schuluniform hatte ich in England auch, das ist okay.« Sie schaute ihn vorwurfsvoll an. »Ich bin nicht so oberflächlich wie du denkst. Ich bin nicht wie Mama!«

»Das habe ich allerdings auch schon mitbekommen.« Er gab ihr einen versöhnlichen Klaps. »Ich muss mich um ein paar Dinge im Büro kümmern. Wir sehen uns später, ja?«

»Geh ruhig arbeiten, schließlich willst du ja unbedingt meine Klosterschuhe bezahlen«, konterte sie frech. »Ich werde mal sehen, wo Jemmy ist. Vielleicht lässt er mich heute endlich mal auf seinem Waveboard fahren.«

»Oh, oh, der lässt ein doofes Mädchen auf sein Waveboard?«

»Du bist so gemein, Papa!«

»Du wolltest einen kleinen Bruder, jetzt hast du einen.« Bevor sie antworten konnte, verdrückte er sich schnell. Sie winkte noch einmal, dann trabte sie gut gelaunt zu ihrem Zimmer.

* * *

»Er ist weg!« Die Bürotür flog auf, und Sarah rannte aufgeregt herein, gefolgt von Mbhali, die entgegen ihrer sonstigen Ruhe sichtlich verstört war.

»Wer ist weg?«

»Jemmy! Er ist weg! Ich hab überall gesucht … Er ist nicht da … Er ist bestimmt sauer, weil ich …«

»Er sollte Hausaufgaben machen«, unterbrach Mbhali Sarahs aufgebrachtes Gestammel. »Aber er ist nirgends zu finden.« Sie zögerte. »Jimbo ist weg. Das Waveboard und sein Saxofon auch. Und seine Spardose ist leer. Jeff, ich … Ich denke er ist … weggelaufen.«

»Das ist alles meine Schuld, Papa! Er ist bestimmt eifersüchtig, weil ich hier bin ...« Sarah schniefte. »Er ist meinetwegen abgehauen.«

»Ganz ruhig, Panik hilft uns jetzt nicht weiter.« Mühsam die eigene aufkeimende Angst verdrängend, atmete Jeff ein paar Mal tief durch. Nervös hämmerten seine Finger auf die Tischplatte ein. Azibo streckte seinen Kopf durch die Tür. »Hab ich gerade richtig gehört? Jemmy ist verschwunden?«

Jeff nickte. »Habt ihr wirklich überall nachgesehen? Am Strand? ... Er trifft sich auch manchmal mit Freunden am Leuchtturm in Green Point.«

»Aber doch nicht mit Saxofonkoffer und Waveboard unter dem Arm.« Mbhali schüttelte den Kopf. Ihre Stimme zitterte. »Ich hab noch mit ihm geschimpft, als er aus der Schule kam. Aber ...«

»Wir finden ihn«, unterbrach Jeff sie fest. Er stand auf und nahm sie in die Arme. »Wir finden ihn.« Es klang eher, als müsste er sich selbst von seinen Worten überzeugen.

»Es ist alles meine Schuld!« Verzweifelt knabberte Sarah an ihren Fingernägeln. »Wenn ich nicht ...«

»Nein, Liebling, es ist nicht deine Schuld.« Jeff ließ seine Frau los, die ihm mit einem Nicken bestätigte, dass sie sich wieder im Griff hatte. »Ich habe ihn in den letzten Tagen auch ganz schön vernachlässigt. Aber das hilft uns jetzt nicht weiter. Wir müssen ihn finden, es wird gleich dunkel!« Er zwang sich, nicht daran zu denken, in welcher Gefahr ein kleiner Junge nach Einbruch der Dunkelheit in dieser Stadt schwebte. Stattdessen wandte er sich zu Azibo um.

»Mach Dan, Nkosane und Bheka Feuer unterm Hintern, sie sollen sofort auf die Suche nach ihm gehen.« Azibo eilte zurück zur Rezeption.

»Rufst du seine Freunde an, Schatz?«

»Ja, mache ich. Vielleicht ist er dort irgendwo.«
»Gut.« Er zog seine Jacke über, gleichzeitig steckte er sein Handy ein. »Ich suche die Seitenstraßen ab und komme über den Strand zurück. Sobald Dan da ist, soll er mich anrufen.«
»Ich komme mit, Papa.«
»Nein, kommst du nicht!« Seine Stimme duldete keine Widerrede. »Du bleibst hier bei Mbhali.«
In der Tür hielt Mbhali ihn zurück. »Was ist, wenn er mit dem Bus in die Flats gefahren ist, um Dan zu suchen?« fragte sie voller Angst. »Er kann überall sein.«
»Wir werden ihn finden, mein Schatz. Auch dort werden wir ihn finden!«

\* \* \*

»Wir müssen die Polizei rufen«, schlug Sarah machtlos vor, nachdem auch die Anrufe keinen Erfolg gebracht hatten. Jemmy schien wie vom Erdboden verschwunden. Niedergeschlagen schüttelte Mbhali den Kopf.
»Weißt du, wie viele Kinder in dieser Stadt jeden Tag verschwinden? Du musst schon verdammt reich und wichtig sein, wenn du auch nur einen einzigen Polizisten dafür gewinnen willst, nach deinem Kind zu suchen. Für einen kleinen Mischling aus Sea Point macht die Polizei so schnell keinen Finger krumm.«
»Aber ... Aber das geht doch nicht! ... Sie müssen doch ... Sie können doch nicht ...«
»Vergiss es, Sarah! Wir sind nicht in der Schweiz. Hier bist du zuerst einmal auf dich selbst gestellt.« Tröstend nahm Mbhali sie in die Arme, dankbar, nicht mit ihren Sorgen allein zu sein. »Dan und Jeff werden ihn finden. Ganz bestimmt!«
Zur gleichen Zeit steuerte Dan seinen klapprigen Pick-up durch die staubigen Straßen der Cape Flats.

Eine gute Stunde war vergangen, seit Sarah Jemmys Verschwinden bemerkt hatte. Die Suchaktion lief auf Hochtouren. Es war ein Wettlauf gegen die Zeit, denn die tiefschwarze Nacht am Kap rückte immer näher. Wieder stoppte Dan an einer löchrigen Strassenkreuzung. Aus dem Fenster heraus befragten sie die Leute, die vor den verfallenen Hütten hockten, hielten ihnen Fotos von Jemmy entgegen, wenn sie näher traten. Jedes Nein machte wieder eine Chance zunichte.

Längst waren alle Gespräche zwischen ihnen verstummt. Langsam fuhren sie zwischen menschenunwürdigen Behausungen hindurch, die teilweise aus nicht mehr als ein paar verrotteten Holzbrettern und rostigem Wellblech zusammengeschustert waren. Halbnackte Kinder liefen barfuß über die verdreckten Straßen, der Qualm offener Feuerstellen reizte die Atemwege. Bis auf die Knochen abgemagerte Hunde streunten durch die Gegend, auf der Suche nach den Resten, die selbst die Ärmsten der Armen nicht mehr verwerten konnten.

Zwei Stunden. Dan knipste die Scheinwerfer an, rollte noch langsamer über die immer erbärmlicher werdenden Pisten zwischen den Bretterbuden.

»Lass das Fenster oben«, warnte er, als Jeff erneut nach der Kurbel griff.

»Wie soll ich die Leute befragen, wenn ich das Fenster nicht öffnen darf?«

»Wenn du 'n Messer an der Kehle hast, fragst du gar keinen mehr. Lass das Fenster oben. Ist die Tür verriegelt?«

»Ja.« Die Nerven zum Zerreißen gespannt, starrte Jeff gebannt nach draußen. »Verdammt, ich prügel ihn windelweich, wenn ich ihn in die Finger kriege!« wütete er. »Er weiß ganz genau ...«

»Ruhe, Jeff! Es bringt nichts, wenn wir durchdrehen. Wir finden ihn!«

»Wo denn? Verdammt noch mal, er kann überall sein! Wie sollen wir ihn finden, er ist schwarz wie die Nacht. Ich sehe ja im Dunkeln nicht mal meine Frau, wenn sie neben mir im Bett liegt! Wie soll ich da einen kleinen Jungen finden, der ...«

»Halt endlich die Schnauze!« herrschte Dan ihn energisch an. Das brachte Jeff zum Schweigen.

»Wir finden ihn. Aber wenn du jetzt die Nerven verlierst, hilft ihm und uns das nicht weiter. Reiß lieber die Augen auf!«

Seufzend presste Jeff die Kiefer aufeinander, dass es schmerzte. Wortlos fuhren sie weiter.

Das Klingeln des Handys ließ sie aufschrecken. Dan trat hart auf die Bremse, während Jeff mit zitternden Fingern nach dem Telefon griff.

»Habt ihr ihn?« fragte er atemlos, ohne auch nur einen Blick auf das Display zu werfen.

»Jeff? Hier ist Hanaa. Jemmy ist bei mir.« Das Telefon glitt ihm aus der Hand, fiel ihm in den Schoß. Erleichtert schlug er die Hände vor sein Gesicht und stieß hörbar die Luft aus.

»Jeff? ... Jeff, bist du da? ... Jeff?« drang die Stimme der jungen Frau aus dem Telefon. Zögernd nahm Dan das Handy an sich. »Hallo? Hier ist Dan.«

»Hallo, Dan, ich bin´s. Hanaa. Ich habe Jemmy gefunden. Er ist hier bei mir. Es geht ihm gut.«

»Dem Himmel sei Dank!« Auch der Schwarze schloss dankbar für einen Moment die Augen. »Jeff! Es geht ihm gut!«

Jeff nickte nur, unfähig, ein Wort zu sagen.

»Wo seid ihr? ... Waterfront? Was zum Teufel macht der Bengel an der Waterfront? ... Nein, bleib da, wir sind unterwegs. ... Ja ... Danke, Hanaa. Und bring ihn noch nicht um, das mach´ ich selbst!«

»Zuerst bin ich dran«, presste Jeff hervor. »Ich bringe ihn zuerst um!« Fahrig tippte er auf das Telefon ein, während Dan über die mit Schlaglöchern übersäte Piste raste.

»Wir haben ihn«, sagte er Sekunden später. »Ja ... Hanaa hat ihn gefunden ... Irgendwo an der Waterfront ... Wir sind unterwegs ... Ja, mache ich. Bis gleich, Schatz!« Erschöpft lehnte er sich gegen die Kopfstütze. »Mbhali sagt allen Bescheid, dass sie die Suche einstellen können.«

»Was will der Bengel an der Waterfront?« Jede Geschwindigkeitsbegrenzung ignorierend, bretterte Dan über die Küstenstraße. »Da hätt´ ich nie gesucht!«

»Ich auch nicht. Aber mir fällt ein ganzer Tafelberg vom Herzen, dass er in die Richtung gefahren ist, anstatt in den Flats zu verschwinden.«

»Dein Sohn ist ja auch nicht blöd!«

»Das ändert nichts daran, dass ich ihn gleich erwürge, vierteile und für den Rest seines Lebens in Ketten lege! Der geht ab morgen mit ´ner Eisenkugel am Bein zur Schule!«

»Darf ich ihn anschließend übers Knie legen? Ich meine, nachdem du ihn geviertelt hast?«

»Falls dann noch was übrig ist, was du übers Knie legen kannst ... Mensch, kannst du nicht schneller fahren? Warum schleichst du so?«

»Entschuldige mal bitte, ich rase gerade mit achtzig Sachen hier lang. Wenn die Bullen uns erwischen, bin ich den Lappen für alle Zeiten los.« Was Dan allerdings nicht daran hinderte, das Gaspedal noch ein gehöriges Stück tiefer nach unten zu drücken.

\* \* \*

Gefährlich schlingernd bog der Pick-up um die letzte Kurve der Dock Road, dann brachte Dan den Wagen mit einem Ruck, der sie beide unsanft in ihre Sitzgurte schleuderte, vor einer Bushaltestelle zum Stehen. Im gleichen Moment sprang Jeff aus dem Auto. Mit wenigen Schritten war er bei Hanaa, die mit ihrem schlafenden Baby auf dem Rücken neben Jemmy stand. Er drückte sich mit sichtlicher Beklommenheit an die junge Frau. Zu seinen Füßen lag sein Saxofonkoffer, daneben sein Rucksack, aus dem das Waveboard und Jimbo herausragten.

»Du verdammter Lausebengel!« Jeff riss ihn in seine Arme und presste ihn so fest an sich, dass Dan, der direkt hinter ihm auftauchte, sicher war, die Rippen des Jungen knacken zu hören.

»Was fällt dir ein, einfach wegzulaufen?« Doch die grenzenlose Erleichterung in seiner Stimme nahm der Strenge seiner Worte alle Schärfe.

»Es tut mir leid, Daddy.« Derart kleinlaut klang Jemmy selten. »Ich mach´s nie wieder. Versprochen!« Seit es um ihn herum dunkel geworden war, hatte seine anfängliche Abenteuerlust drastisch gelitten und war mehr und mehr der Angst vor einer einsamen, kalten Nacht gewichen.

»Das wollte ich dir auch schwer geraten haben, Freundchen!« Ohne ihn loszulassen, musterte er ihn besorgt. »Bist du in Ordnung?«

Jemmy nickte, worauf Jeff ihn widerwillig zurück auf den Boden stellte. »Steig ins Auto.«

Still klaubte der Junge in Windeseile seine Habseligkeiten zusammen.

»Hanaa!« Dankbar umarmte Jeff seine Angestellte, die sich im Hintergrund leise auf Xhosa mit Dan unterhalten hatte. »Das vergesse ich dir nie! Wie hast du den Bengel ausgerechnet hier gefunden?«

»Ich habe mal zugehört, wie er auf seinem Saxofon geübt hat. Er hat mir erzählt, dass du früher hier für die Touristen gespielt hast und sagte, irgendwann will er auch an der Waterfront spielen, genau wie Daddy.« Bescheiden zuckte sie mit den Schultern. »Das ist mir wieder eingefallen. Also hab ich gedacht, ich gucke einfach mal, ob er vielleicht hier ist.«

»Du hast für alle Zeiten einen Job im Motel, das garantiere ich dir«, versprach Jeff erleichtert. »Und morgen reden wir darüber, wie ich das wieder gutmachen ...«

»Lass gut sein, Jeff«, winkte sie ab. »Wer weiß, vielleicht bringst du mir eines Tages einen von meinen Rackern zurück.« Sie drückte seine Hand.

»Bringt ihn nach Hause, damit Mbhali ihm die Leviten lesen kann.«

»Warum Mbhali?«

»Weil du ein viel zu gefühlsduseliger Softie dafür bist«, grinste Dan und boxte ihn kumpelhaft gegen die Schulter. Auch ihm war die Erleichterung deutlich anzusehen. »Steig ein, Hanaa, wir fahren dich und den Zwerg nach Hause.«

»Nicht nötig, ich kann den Bus nehmen. Es ist ...«

»Soweit kommt`s noch! Du findest meinen Jungen, und ich lasse dich Minibus fahren?« Jeff schüttelte den Kopf. »Komm, ´rein mit dir. Wir wollen heim.«

Ihr Baby in den Arm nehmend, rutschte Hanaa auf den Rücksitz des Pick-ups, wo Jemmy sich die größte Mühe gab, möglichst unsichtbar zu werden.

\* \* \*

»Ich fasse es einfach nicht! Die Waterfront ist der bestbewachte Teil von ganz Kapstadt! Sicherheitsdienste, Videoüberwachung, Polizei, das volle Programm! Aber diese uniformierten Wichtigtuer kümmern sich einen Scheißdreck darum, wenn ein Kind mutterseelenallein als Straßenmusikant auftaucht«, maulte Jeff, nachdem sie Hanaa und ihr Baby vor einem schäbigen Wohnblock abgesetzt hatten.

»Die Bullen sind halt nur auf Taschendiebe dressiert, fürs Denken werden die nicht bezahlt«, gab Dan gelassen zurück. »Wenn so´n Bengel ´ner Oma fünf Rand klaut, packen sie ihn sofort am Kragen, da kannst du Gift drauf nehmen! Dann hätten wir ihn schon vor Stunden auf dem Revier abholen können, anstatt die halbe Nacht durch die Flats zu brettern.«

»Ich stehle nicht«, wagte Jemmy leise, sich zu wehren. »Aber ich habe für meine Musik fast achtzehn Rand bekommen!«

»Gut«, knurrte Jeff. »Dann hast du ja schon ein Startkapital für den dicken Blumenstrauß, den du Mamani morgen nach der Schule kaufen wirst. Wehe, du kommst nur mit ein paar geklauten Gänseblümchen heim!«

Jemmy zog es vor, in der jetzt sicheren Dunkelheit eine Schnute zu ziehen und den Mund zu halten.

Als der Wagen auf den Parkplatz bog, fielen Mbhali und Sarah gleichzeitig über ihn her. Seine Großmutter überschüttete ihn auf Xhosa abwechselnd mit wüsten Beschimpfungen und erleichterten Dankesworten an ihre Ahnen. Gleichzeitig tätschelte Sarah an ihm herum, als müsse sie sich leibhaftig davon überzeugen, dass er heil zurückgekehrt war.

»Warum bist du abgehauen? Nur, weil ich mal mit deinem Board fahren wollte?«

»Seit du da bist, hat Daddy gar keine Zeit mehr«, murrte er. »Früher haben wir immer zusammen Saxofon gespielt. Jetzt fährt er nur noch mit dir durch die Gegend. Ich muss in die Schule, und du …«

»Du wirst die nächsten Wochen so viel Saxofon

spielen, dass dir die Lippen am Mundstück anwachsen, das schwöre ich dir«, fiel Jeff ihm ins Wort. »Dir werde ich helfen, einfach wegzulaufen! Dazu wirst du vor lauter Tonleitern und Fingerübungen jahrelang keine Gelegenheit mehr haben, weil ich dich haarscharf im Auge behalten werde!«

»Au prima!« Sarah klatschte begeistert in die Hände. »Dann brauchst du dein Waveboard ja vorläufig nicht, also kann ich damit fahren.«

»Du bist ´n Mädchen. Du darfst nicht mit meinem Board fahren!«

»Und du bist ein kleiner Wichtigtuer, der einfach abhaut, wenn ihm was nicht in den Kram passt!«

»Ruhe, ihr Beiden! Weißt du was, Sarah? Wir kaufen dir morgen ein eigenes Waveboard. Jemmy kann es nämlich gar nicht erwarten, dir so lange freiwillig und ohne freche Kommentare beizubringen, wie man mit dem Ding umgeht, bis du mindestens so gut fährst wie er.«

»Sie ist ´n Mädchen, Daddy!«

»Kleiner Tipp unter Männern, Jem: Du sagst jetzt besser »Ja, das mache ich doch gern, Sarah« und verschwindest dann ganz schnell in deinem Bett.«

»Ich hab aber Hunger. Ich hab kein Abendessen gehabt.«

»Wir auch nicht, Kumpel.« Jeff packte ihn leicht strafend am Ohrläppchen. »Und weißt du auch, wieso nicht? Weil wir dich stundenlang suchen mussten! An deiner Stelle würde ich mich verdrücken und darauf hoffen, dass ich in ein paar Stunden vielleicht etwas zum Frühstück bekomme! Solange ICH nämlich Hunger habe, könnte es leicht passieren, dass mir diverse Strafarbeiten einfallen. Dann hättest du allerdings wochenlang keine Chance mehr, auch nur an dein Saxofon oder Waveboard zu denken!«

Ungewöhnlich kleinlaut zog Jemmy es vor, mit einem leise gemurmelten »Gute Nacht« schnellstmöglich aus dem Blickfeld seines Vaters zu entfliehen.

* * *

Endlich saßen die Drei am Tisch und stillten mit eilig zusammengeschusterten Sandwiches den Hunger, der sich eingestellt hatte, nachdem die Aufregung der vergangenen Stunden allmählich abflaute.

»Er kann doch nicht schlafen, wenn er nichts gegessen hat.« Sarah bedachte ihren Vater und Mbhali mit unwiderstehlichem Bettelblick. Nachgiebig zwinkerte Mbhali ihr zu. »Nimm dir ruhig noch ein Sandwich und etwas Eistee mit ´rüber, falls du nachts Appetit bekommen solltest.« Sie stand auf.

»Jeff? Kommst du mal bitte mit ins Büro? Ich will dir unbedingt noch etwas zeigen.«

Zufrieden begann Sarah, Toastscheiben üppig zu belegen.

»Sarah kann den kleinen Nichtsnutz auch füttern, ohne dass ich mich heute Abend noch mal bewegen muss.«

»Es ist aber viel spannender, wenn wir so tun, als wüssten wir nichts davon. Also komm.«

»Ich hätte den Bengel doch erwürgen, vierteilen und anschließend Dan überlassen sollen«, brummte ihr Mann, während er sich von seinem Stuhl hochstemmte und ihr schicksalsergeben nach draußen folgte.

»Warum machst du das? Daddy hat es doch verboten.«

»Vielleicht merkst du dann, dass es manchmal gar nicht so schlecht ist, eine große Schwester zu haben.« Sie saß auf seiner Bettkante und sah zu, wie er sich mit großen Bissen über das Sandwich hermachte.

»Weißt du eigentlich, dass du gar nicht meine

Schwester bist?« fragte er undeutlich mit vollem Mund.

»Warum nicht?«

»Weil Daddy eigentlich auch gar nicht mein richtiger Daddy ist.« Er schüttelte den Kopf. »Meine Mama war die Schwester von Daddy, und mein richtiger Vater war eigentlich mein Opa. Das ist alles total doof, aber die sind eh alle tot.« Ungerührt biss er den nächsten Happen ab. »Jetzt ist Daddy mein Daddy, und Mamani ist so was wie meine Mama. Das ist okay.« Er musterte Sarah. »Eigentlich bist du auch ganz okay«, stellte er treuherzig fest. »Obwohl du ein Mädchen bist.«

»Eigentlich bist du auch ganz okay«, erwiderte Sarah amüsiert. »Obwohl du manchmal ein ganz schön nerviger Wichtigtuer bist.«

»Danke für das Sandwich.«

Sarah nickte zufrieden. »Gute Nacht, kleiner Bruder.«

»Gute Nacht, große Schwester!«

Sie war schon halb zur Tür hinaus, als sie ihn kichern hörte. »Aber so gut wie ich fährst du nie, nie, nie, niemals Waveboard!«

Lachend zog sie die Tür hinter sich zu und machte sich daran, das Geschirr zu spülen.

## 38. Kapitel

Die untergehende Sonne tauchte die Weite des Atlantiks in einen goldroten Schimmer, schäumende Wellen brachen sich an den Felsen. Nur das Aufschlagen der Brandung vermischte sich mit dem Kreischen der Möwen, die auf der Jagd nach ihrem Abendessen über dem Wasser kreisten.

Jeff stand mit seinem Saxofon nah am Wasser, die salzige Brise genießend, eins mit sich, seiner Musik und dem Alleinsein, das nichts mehr mit schmerzender Einsamkeit zu tun hatte. Jetzt bedeutete es nur noch eine ruhige Auszeit von dem quirligen Trubel, der neuerdings wie ein Sandsturm durch seinen Alltag fegte. Mit einem Mal war sein vor Kurzem noch so geordnetes Leben völlig chaotisch. Bunt wie ein Regenbogen und rasant wie eine Achterbahnfahrt. Hoffentlich wachte er nicht doch noch irgendwann aus diesem wundervollen Traum auf ...

Seit er sich vorhin mit seinem Saxofon hierher an den Strand geschlichen hatte, überließ er sich nur den Emotionen, die sich tief aus seinem Inneren ihren Weg bahnten. Seine Finger spielten von ganz allein die fröhlichen Melodien, die sie schon immer gespielt hatten, damals, als das Leben noch ein ganz anderes war.

Vertieft in *Sarah´s Song* bemerkte er, wie ein Schatten neben ihn trat. Die Melodie langsam ausklingen lassend, kehrte er bedächtig in die Wirklichkeit zurück. Aus den Augenwinkeln sah er einen bunten Rock, der im Wind flatterte, dann das so vertraute dunkle Gesicht Mbhalis, das ihn voller Liebe anlächelte. Wie in Zeitlupe sank das Saxofon herab. Sein

Arm legte sich um ihre Schultern. Still zog er sie an seine Seite und beugte den Kopf hinüber, um sie zu küssen. Sie erwiderte seinen Kuss nur zu gern, schmiegte sich in seine Umarmung, um gemeinsam mit ihm in einvernehmlichem Schweigen zu beobachten, wie sich das glitzernde Sonnenlicht auf den Wellen brach.

»Streiten sie sich immer noch?« fragte er nach einer geraumen Weile, ohne den Blick abzuwenden von dem feurigen Farbenspiel, das Sonne, Wolken und Wasser am Horizont zu einer grandiosen Symphonie vereinte. Mbhali lachte. »Sie streiten sich nicht. Sie benehmen sich nur wie ganz normale Geschwister.«

»Bist du sicher? Für mich hörte sich das vorhin wie die Vorboten eines ausgewachsenen Erdbebens an.«

»Davon hast du keine Ahnung, du bist ein Einzelkind. Was zwischen den beiden abgeht, ist völlig normal. Sie lieben sich!«

»Ich liebe dich auch.« Er wandte sich zu ihr um, ohne darauf Rücksicht zu nehmen, dass das Saxofon zwischen ihnen hing. Spielerisch küsste er ihre Nasenspitze. »Aber ich muss dich jetzt nicht als doofes Mädchen bezeichnen, um dir das zu beweisen, oder?«

»Nein, Cowboy, du darfst weiterhin *wami thanda* zu mir sagen, wenn wir alleine sind.«

»Hast du mich gerade Cowboy genannt?«

»Muss mir so ´rausgerutscht sein.«

»Das kann ich nicht ungestraft durchgehen lassen«, tadelte er in strengem Ton, auch wenn seine Augen etwas ganz anderes ausdrückten. »Wie gedenkst du diesen Ausrutscher wieder gutzumachen?«

Sie legte eine Hand an seine Wange, berührte mit den Fingern kaum spürbar sein Kinn. Ließ die Spitzen ihrer kurz geschnittenen Fingernägel sachte über seine Kehle gleiten, während eine Hand in seinem Nacken ihn ein Stück zu sich hinunter zog. Die winzige Berührung ihrer Nägel an seinem Hals löste Schauer der Erregung aus, die sich noch verstärkten, als sie ihm etwas ins Ohr flüsterte. Als er sie lustvoll anschaute, lächelte sie nur vielsagend, versiegelte seine Lippen mit einem fordernden Kuss und zog ihn an sich. Sie schob eine widerspenstige Locke aus seiner Stirn, die der Wind sofort wieder zurück pustete.

»Ich liebe dich«, sagte er innig. »Auch wenn verdammt viele Misstöne nötig waren, um dich zu finden, ich liebe dich!« Seine Finger zogen die Linien ihrer Lippen nach, seine Daumen streichelten über ihr Kinn. »Ndiyakuthanda, wam Mbhali elimnandi!« Ich liebe dich, meine schöne Rose.

»Dein Xhosa braucht Nachhilfe«, flüsterte sie mit einem erotischen Unterton, während seine Lippen bereits ihr Gesicht erforschten.

»Bring mir Zeichensprache bei«, murmelte er, ohne sein Tun zu unterbrechen. Fast berührten sie einander schon, doch Mbhali schob ein vielsagendes Lächeln in den winzigen Spielraum, den er ihr noch ließ. »Ich unterrichte aber nur nachts.«

»Das passt gut.« Langsam glitten seine Lippen über ihre Nasenspitze tiefer. »Ich habe nichts vor, sobald die Kinder im Bett sind.« Der Kuss war Versprechen und Einladung zugleich. Ein vielsagender Vorgeschmack darauf, dass es in der Nacht keinen Schlaf geben würde.

»Gib mir sofort meinen Drachen wieder! Das ist mein Drachen!«

»Stell dich nicht so an, Cowboy, ich will ihn dir ja nicht wegnehmen, sondern nur mal steigen lassen.«

»Mädchen können das nicht! Du bist zu doof dazu! Wenn du ihn kaputt machst, dann ...«

»Nenn es, wie du willst, sie streiten sich doch!« Trotzig löste Jeff sich aus der innigen Umarmung seiner Frau. Verständnislos den Kopf schüttelnd betrachtete er das ungleiche Pärchen, das sich gerade am Strand eine wilde Verfolgungsjagd lieferte und wüste Drohungen aufeinander ausstieß. Mbhali zog ihn zu sich zurück.

»Ist das nicht genau die Musik, von der du die ganzen letzten Jahre geträumt hast? Dein Sohn und deine Tochter im Rhythmus deines Lebens?«

»Nur, wenn du den Takt dazu angibst«, flachste er, doch mit einem Mal wich seine fröhliche Albernheit einer sichtlich betroffenen Miene.

»Ich habe dich nicht einmal gefragt, ob es für dich in Ordnung ist, wenn sie bei uns lebt«, stellte er schuldbewusst fest. »Mein Gott, das fällt mir jetzt erst auf! Sie ... Sie war plötzlich da und ... Sie ist so selbstverständlich in unsere Familie gerutscht ... Auf meiner Geburtstagsparty ... Sie saß dazwischen und ...« Ein Finger legte sich auf seine Lippen und brachte ihn zum Schweigen.

»Du hast es gerade selbst gesagt: Sie ist ganz selbstverständlich in unsere Familie gerutscht. Sie gehört zu unserer Familie wie du, Jemmy und ich. Also hör auf zu denken und tu das, was du immer noch am besten kannst!« Mit einem Lächeln legte Mbhali seine Hände sanft auf die Klappen des sich golden in den letzten Strahlen der Sonne spiegelnden Saxofons. »Das ist die Melodie, die von nun an unser Leben bestimmt«, sagte sie bedächtig. »Also spiel weiter, Jeff. Spiel einfach nur immer weiter!«

**Danksagung**

Mein erster Roman! Da ist er nun!

Ihr habt ihn bereits gelesen, als das Manuskript nichts weiter als eine Rohfassung war, die bis zum jetzigen Zeitpunkt x-Mal wieder geändert wurde. Ihr habt Euch sozusagen durch den staubigen Rohbau gehangelt und mir mit Euren Tipps und Ratschlägen geholfen, ein Haus zu bauen. Dafür geht mein herzlicher Dank an »Hexilein« Brigitte, Nicole Roth, Elvira Geiger, meine Schwester Gundi und an Herrn Josef Müntnich.

Mein ganz spezieller Dank gebührt Vera von Ballmoos in der Schweiz, ohne die »Frau Mathies« bestimmt ziemlich sprachlos geblieben wäre. «Merci vielmals« für die tolle Hilfe!

Außerdem geht ein großes DANKE an Tim Rohrer und die Leselupe Literaturagentur. Ihr habt sofort an mich geglaubt und mir stets mit Rat und Tat zur Seite gestanden. Ohne Euch gäbe es dieses Buch jetzt nicht!

Vielen Dank natürlich auch an alle meine Leser, die sich auf das Abenteuer eingelassen und den ersten Roman eines Neulings auf dem Buchmarkt gelesen haben.

Wenn ich mit meiner Geschichte über Jeff & Co. für unterhaltsame Stunden sorgen könnte - sagen Sie es bitte weiter! Wenn nicht - legen sie das Buch einfach stillschweigend unter ein wackliges Tischbein und vergessen sie alles Weitere.

In diesem Sinne herzlichen Dank sagt
Susan Florya

Dieser Roman hat Ihnen gefallen? Dann dürfen Sie auf das demnächst erscheinende Werk gespannt sein:

**Susan Florya:**
**Die Maske des Magiers**

Schon vor der Hochzeit untreu? Soweit kommt's noch! Umgehend jagt Patsy ihren Verlobten zum Teufel und geht mit ihrer Schwester Amy auf Karibik-Kreuzfahrt. Statt Liebeskummer stehen Beachboys, Pool und Party auf dem Programm. Bis Amy dem geheimnisvollen Schiffszauberer begegnet. Fremd und auf seltsame Weise doch vertraut, verwandelt er ihr wohlgeordnetes Durchschnittsdasein in ein Wechselbad der Gefühle. Sucht der arrogante Showstar nur einen neuen Fan, um seine Eitelkeit zu befriedigen? Oder steckt mehr hinter dem Mann mit der perfekt modellierten Fassade, der sie zu verzaubern versucht?

»Die Maske des Magiers« ist eine Reise voller Romantik, Liebe und Sehnsucht. Bleibt erst die Vernunft auf der Strecke, ist nichts mehr unmöglich. Denn nur wer sich dem Zauber der Magie öffnet, kann fantastische Illusionen zum Leben erwecken.

Demnächst als E-Book und Paperback erhältlich